— Você não acabou de dizer que foi um erro acelerar minha cura? — Quinnlynn questionou, sem me ouvir. — Me transformar não fará exatamente isso?

Sim. Faria.

E ela não estava errada, era o que eu tinha acabado de dizer.

Mas isso foi antes de perceber que ela negou sua loba por mais de *quarenta anos*. Era um milagre que ela ainda não tivesse se desassociado de seu animal.

Puta merda. Eu senti sua alma despedaçada e as feridas que ela guardava profundamente. Só não tinha percebido a profundidade da causa.

Quatro.

Décadas.

Esta fêmea tinha passado por muita coisa.

Mas não seria nada comparado a cortar os laços com sua loba.

Eu podia sentir como o relacionamento delas estava desgastado, como o vínculo entre fêmea e animal era tênue dentro de sua alma.

— Você precisa abraçar sua loba — eu disse a ela. — Fui capaz de curar quase todo o resto, mas não isso. No entanto, vou forçar sua transformação se for preciso, Quinnlynn. Porque isso precisa acontecer, *para te tornar completa novamente.*

E se ela falasse alguma besteira sobre a querer inteira só para destruí-la, eu rosnaria. Calaria aquela linda boca transformando-a em um focinho.

— Não faça de mim o vilão, querida — avisei. — É

um papel que não quero desempenhar em sua vida. Mas é algo que dominei em muitos outros.

TERRITÓRIO DE SANGUE

SÉRIE V-CLAN

AUTORA BESTSELLER DO USA Today

LEXI C. FOSS

Território de Sangue

Lexi C. Foss

Copyright de Blood Sector © 2022 Lexi C. Foss.

Copyright da tradução © 2023 por Andreia Barboza.

Revisão: Luizyana Poletto

Capa: Jay R. Villalobos with Covers by Juan

Cover Photography: CJC Photography

Cover Models: Marcel Pospiech & Jenna Pospiech

Texto revisado segundo o novo Acordo Ortográfico da Língua Portuguesa.

eBook ISBN: 978-1-68530-308-2

Paperback ISBN: 978-1-68530-301-3

Para meu assistente peludo, Skoga, eu não poderia ter concluído este livro sem você. Sua "assistência" de digitação foi extraordinária. Sinceramente, não tenho ideia do motivo pelo qual minha revisora excluiu todas as suas edições. Tenho certeza de que todos teriam adorado suas adições lkjaisfienfklj830f ao longo do livro! Te amo muito, meu amorzinho. Obrigada por todos os abraços e lambeijos.

PS: Bethany, meu cachorro Skoga foi o responsável pelo eeeee. Você acredita em mim, certo?

TERRITÓRIO
DE SANGUE

UM ROMANCE DO UNIVERSO V-CLAN

TERRITÓRIO DE SANGUE

Quinn MacNamara

Sangue. Morte. Guerra.
Uma dinastia destruída.
Me deixando como prêmio final.

Sou uma loba Ômega não acasalada. Membro da realeza.
E destinada a governar. Mas todos os Príncipes Alfa
restantes querem me reivindicar usando métodos brutais,
aterrorizantes e cruéis.

Passei o último século fugindo, me escondendo em lugares
onde ninguém pensaria em procurar.
Apenas ele me encontrou. Príncipe Kieran, o metamorfo
mais poderoso de todos.

Nosso jogo de esconde-esconde chegou ao fim.
É hora de me submeter.
Ou morrer lutando.

Kieran O'Callaghan

A pequena trapaceira escapou de mim uma vez. Ela se
entregou a um perigoso jogo de perseguição pelos
territórios, mas finalmente encontrei meu prêmio.

A pobrezinha pensou que eu valorizava o cavalheirismo e a

corte. Sou um Príncipe Alfa. Pego o que, quando e como quero. E seu sangue doce atrai o predador dentro de mim para destruir todos os seus sonhos de ser feliz para sempre.

Deixe os Príncipes Alfa aproveitarem as V-Guerras Reais deles.
Enquanto se curvarem a mim como Rei do Território de Sangue, não vou intervir.
Além disso, tenho uma nova e linda Ômega para domar. É hora de colocar uma coroa nela e torná-la minha rainha.

Nota da autora: : Este é um romance de metamorfos sombrios, com temas do Ômegaverso. Kieran é um Príncipe Alfa que não tem remorso e Quinn é uma Princesa Ômega mal-humorada. É uma combinação feita no inferno, onde o anti-herói é o rei.

NOTΛ DΛ LEXI

Território de Sangue é um livro independente, mas que faz parte do universo V-Clan. Nenhum outro livro precisa ser lido antes deste.

É um romance de metamorfos com fortes temas do Ômegaverso. Existem dinâmicas Alfa/Ômega, nidificação, ronronar, ciclos de cio e, é claro, o *nó*. Se você não estiver familiarizado(a) com esses termos, não se preocupe, eles são explicados ao longo do livro. ;)

Se você já tiver lido minha série X-Clan, perceberá essas semelhanças.

No entanto, provavelmente irá notar que Kieran é um pouco diferente dos Alfas do mundo X-Clan. Ele é um macho alfa que entende a arte de adorar uma ômega. E, apesar de sua Quinnlynn tê-lo irritado, sua ideia de punição é mais sensual por natureza.

Ele a reivindicará, pois ela lhe pertence.

Mas ele valoriza mais o consentimento que alguns dos Alfas do meu mundo X-Clan.

Sua abordagem cria uma combinação inebriante de domínio e reverência. No entanto, ainda se passa em um universo repleto de elementos sombrios.

Afinal, este é o futuro.

E o vírus zumbi destruiu mais de noventa porcento da raça humana.

Os sobrenaturais governam o mundo nos vários setores e territórios.

Os lobos do V-Clan são percebidos por outros como tendo sido extintos ao longo dos anos. Isso é mentira. Eles são muito bons em se esconder e tendem a fazer isso.

E o *Território de Sangue* fornece uma introdução ao seu mundo secreto.

Divirta-se! <3.

BEM-VINDOS AO
TERRITÓRIO DE
SANGUE

ONDE O ALFA
É O REI

MAS SUA
ÔMEGA REINA...

KIERAN

— Esta é a violação da nossa segurança? — perguntei, circulando a ômega ajoelhada diante de mim. — Aquela que escapou da nossa barreira?

Os alarmes soaram logo após o amanhecer, me tirando do sono.

Eu esperava encontrar Tadhg ou Lykos se infiltrando em meu território, ou talvez um de seus assassinos de estimação. Mas uma linda ômega? Isso era novo.

A menos que meus companheiros, Príncipes Alfas, tivessem optado por uma ameaça mais sensual que física.

— Ela estava armada? — Me agachei diante da fêmea, querendo vê-la melhor. Mas o capuz escondia suas feições. — Ela te disse seu nome?

— Quinn — uma voz baixa respondeu quando olhos da cor meia-noite encontrou os meus de dentro do tecido preto. — E sim, ela tinha uma faca que gostaria muito que fosse devolvida.

Arqueei a sobrancelha.

— Faca? — Olhei para Lorcan.

1

Ele assentiu e estendeu a adaga para minha análise.

Peguei a lâmina de metal sem brilho e a girei entre os dedos para testar o peso. Embora prática, certamente não era muito emocionante.

— Existe uma razão para vocês terem deixado a capa? — A pergunta era para meus dois Elites, os homens que me protegiam com as vidas deles, apesar do fato de que eu poderia me defender. Especialmente perto de uma lobinha ômega.

— Ela insistiu — Cillian respondeu.

— E nós nos curvamos às exigências dos intrusos agora? — contra-ataquei.

Cillian deu de ombros.

— Ela não é uma intrusa comum, meu senhor. — Uma resposta educada, mas faltou um pedido de desculpas.

Infelizmente, eu supunha que ele estava certo. Esta pequena ômega realmente não se qualificava como uma ameaça.

A menos que ela fosse algum tipo de cavalo de Tróia.

Que fascinante, pensei. *E se ela for uma assassina ômega?* Essa seria uma abordagem única para derrubar um colega da realeza.

Se eu me importasse com política e disputas territoriais, empregaria um conceito semelhante.

Mas escolhi jogar dentro das minhas fronteiras. Por agora.

— Você cruzou meus limites com uma faca como proteção — comentei, ficando mais intrigado. — Não foi uma decisão sábia, pequena.

— Não vim aqui para machucar ninguém — ela me respondeu com a voz forte e combinando com o brilho ousado de seu olhar sedutor.

Isso ainda precisa ser analisado, pensei, olhando-a com curiosidade enquanto embolsava sua lâmina.

— Então por que veio?

— Em busca de asilo — ela respondeu, puxando o capuz para trás para revelar seu lindo rosto.

Maçãs altas, coradas pelo calor dentro das paredes do meu palácio. Íris escuras. Nariz arrebitado. Lábios cheios e deliciosos. Cabelo escuro que parecia fluir por seus ombros esbeltos.

E um pingente familiar de diamante negro em forma de lua crescente pendurado em seu pescoço.

Estendi a mão para pegá-lo.

— Quinn — murmurei. — De... Quinnlynn MacNamara?

O alargamento de suas narinas e o leve arregalar de seu olhar confirmaram meu palpite. Assim como a familiaridade de suas feições. Ela era a cara de sua falecida mãe. Eu deveria tê-la reconhecido no momento em que ela se revelou, sua beleza muito profunda para qualquer lobo.

Cillian xingou. Lorcan apenas semicerrou os olhos.

— Acho que você deveria ter removido o capuz — comentei enquanto me levantava e estendia a mão. — Levante-se, princesa. E me conte mais sobre esse pedido de asilo. Eu não deveria recebê-la. Aceitá-la em meu território me colocaria no centro da guerra.

Uma guerra que atingiu o auge quando a Dinastia MacNamara caiu, deixando para trás uma Princesa Ômega e um reino que muitos alfas desejavam reivindicar: o *Território de Sangue.*

Era o coração do mundo V-Clan com seu sistema subterrâneo de alta tecnologia e fronteiras seguras.

O que aconteceu com os pais de Quinnlynn foi uma tragédia. Os lobos do V-Clan eram imortais, semelhantes aos nossos primos vampiros. Mas não éramos indestrutíveis, como os pais de Quinnlynn descobriram depois de um acidente estranho envolvendo o jato deles.

A loba se levantou por conta própria, recusando minha mão, com a cabeça erguida e majestosa, assim como a rainha que estava destinada a se tornar.

— Quero escolher meu destino.

Arqueei uma sobrancelha.

— Mesmo? — Não era assim que as coisas funcionavam, mas eu a agradaria. — Esclareça-me sobre o destino que você gostaria de escolher, pequena.

— Meu companheiro — ela respondeu. — Quero escolher o meu companheiro.

— E você quer que eu ajude a facilitar essa escolha? — perguntei a ela, me divertindo com a perspectiva. — Fiquei fora desta guerra por uma razão, pequena. Estou contente em meu território e não tenho interesse em lutar pelo Território de Sangue.

— É exatamente por isso que estou aqui. — Seus olhos escuros brilharam com algum segredo oculto, algum conhecimento que ela não queria que eu visse. — Eu escolho você.

Poucas coisas me chocavam na minha idade. Mas essas três palavras me deixaram... atônito.

Porque eu não esperava encontrar uma pequena e doce ômega em meu território esta manhã, muito menos se oferecendo a mim em uma bandeja cheia de diamantes negros.

— Não sou um participante — lembrei com a voz milagrosamente firme, apesar da surpresa florescendo dentro da minha mente. *Isso é algum tipo de truque? Um jogo? Uma espécie de distração?* Olhei para Lorcan e ele assentiu, claramente lendo o aviso em meu olhar.

Ele desapareceu da sala em uma nuvem de fumaça,

provavelmente saindo para verificar nossos perímetros novamente.

Porque isso não poderia ser real.

— É por isso que estou aqui — ela me disse. — Você não está por aí matando inocentes só para provar o tamanho do seu nó. E quero que essa guerra acabe. Então eu escolho você.

Aí estavam as palavras novamente.

— E se eu recusar? — perguntei em voz alta, inclinando um pouco a cabeça para o lado.

— Você não vai.

— Não vou? — repeti.

— Você pode não estar lutando nesta guerra, mas ainda é um Príncipe Alfa. E o Território de Sangue precisa de um Rei. Você não pode recusar esse trono.

Sua abordagem confiante me fez querer incliná-la e ensinar-lhe uma lição que só um alfa poderia. No entanto, isso levaria a sexo.

O que, muito provavelmente, terminaria comigo reivindicando-a, já que tudo sobre esta mulher gritava *me tome*.

Não apenas por causa de seu sangue real, uma essência que fazia meus caninos doerem de desejo, mas por causa de sua personalidade.

Ela não agia como uma ômega.

Não se curvou, nem se encolheu ou implorou. Ela se levantou e fez exigências. Assim como deveria.

Ômegas eram raros. Joias. *Diamantes requintados.*

E este era o mais brilhante de todos.

— Isso é um truque? — perguntei a ela. — Uma armadilha?

— Como eu poderia armar algo para você? — ela perguntou.

— Isso não é resposta, pequena.

5

— Suponho que não. — Ela me considerou por um momento. — Concordar com um vínculo de noivado ajudaria a provar minha sinceridade?

Ergui as sobrancelhas.

— Você dá sua vida de forma tão voluntária?

— Se isso significa que você vai concordar com meu pedido de asilo, então sim.

— Mas você não está me pedindo asilo, Quinnlynn. Você está pedindo para me tornar seu companheiro e assumir o Território de Sangue.

— E você vai me fornecer asilo dentro dos muros do meu território — ela respondeu. — E me salvar da loucura que esta guerra criou.

— Uma fuga de seus pretendentes — traduzi. — É isso que você está me pedindo.

— Sim. Uma fuga dos Príncipes Alfas. *E* um fim para esta guerra.

— Você me considera um herói? — Olhei para ela. — Você vem aqui sem ser convidada e propõe uma parceria a um Príncipe Alfa que mal conhece, com base no fato de que ele não participou da batalha por sua mão. Isso é bastante ousado, Quinnlynn. E ingênuo.

— É uma oportunidade — ela rebateu. — E o risco vale sua rejeição.

— É mais que mera rejeição, Quinnlynn. — Dei um passo intimidante em direção a ela, forçando-a a olhar para cima para encontrar meus olhos. — Eu poderia tomá-la agora, mantê-la como minha e deixar seu território apodrecer. Esse é um risco bastante grande, certo?

Ela me observou por um longo momento, o primeiro sinal de incerteza aparecendo em suas feições marcantes.

— Minha alternativa é deixar esses Príncipes Alfas matarem desnecessariamente em meu nome. Prefiro colocar tudo o que tenho em risco para acabar com a guerra a desistir e aceitar meu destino.

— Ou você pode escolher um deles.

— Eles não são dignos — ela rosnou.

— E eu sou?

— Depende da sua resposta — ela disse. — Você aceitará um voto de noivado?

— Você está pedindo muito mais que aceitação, pequena. Quer que eu acasale com você e assuma o controle do Território de Sangue. E parece pensar que esse noivado vai acabar com a guerra. Mas alguns desses alfas não aceitarão sua escolha. Eles vão me desafiar.

Seus olhos brilharam novamente com segredos que eu quase podia provar na minha língua.

Ela está escondendo alguma coisa.

— Você vai adorar o desafio — ela me disse.

— E você diz isso como se conhecesse a mim e meus motivos — respondi, semicerrando os olhos. — O que a torna tão confiante em sua avaliação?

— Diga-me que estou errada — ela pediu em vez disso.

Ela não estava. O que me fazia querer entender seus motivos e conhecimento ainda mais.

— Com quem você tem falado, pequena? — Porque parecia evidente que alguém havia compartilhado detalhes sobre mim e meu território com ela. De que outra forma ela poderia cruzar minhas fronteiras?

Também explicava sua garantia de que eu aceitaria a oferta.

E seu comentário sobre como eu reagiria a um desafio.

Em vez de responder, ela apenas sorriu.

— Aceite minha oferta e talvez eu te conte.

— Se eu aceitar sua oferta, você não terá escolha —

respondi. Porque acasalar com ela me daria acesso total a sua mente.

Assim como concederia a ela acesso desinibido a minha.

E esse poderia ser o seu objetivo.

Mas um vínculo de companheiro a colocaria em grave desvantagem, faria dela *minha*. Minha para transar. Minha para possuir. Minha para controlar.

Uma conexão perigosa para uma ômega.

Algo que ela não deveria estar tão disposta a dar a qualquer alfa, muito menos a alguém com minhas inclinações.

Algum idiota mal-informado disse a essa pobre garota que eu era um herói.

Ela não poderia estar mais errada sobre minhas tendências ou desejos na vida.

Eu gostava de um bom desafio? Sim. Aceitaria sua oferta e assumiria o trono do Território de Sangue? Também. Mas eu seria o príncipe encantado que ela desejava? O herói que ela merecia? De jeito nenhum.

Eu não era um herói. Vivia nas bordas da escuridão. Brincava com sangue. Fazia acordos que me beneficiavam mais que a qualquer outra pessoa.

Se essa ômega pensasse em jogar comigo, ela perderia.

Raridade ou não, eu a destruiria.

E deixei que ela visse isso em meu olhar enquanto a encarava.

Não sou seu herói, disse a ela com os olhos. *Sou um canalha. Um cretino. Um vilão filho da puta.*

Ela estremeceu, mas manteve os olhos nos meus com a confiança de um alfa. *Você não me assusta*, ela parecia estar dizendo.

Isso é um erro, pequena, disse a ela com um olhar.

— Esta é uma proposta perigosa, princesa. Algo que

não tenho certeza se você considerou totalmente. Então, vou te dar uma única chance de retirá-la. — Me aproximei ainda mais, oprimindo-a com minha energia ancestral e dando-lhe um vislumbre do poder que vibrava dentro de mim.

Eu sou antigo.

Sou um alfa.

Vou te destruir se você me escolher.

— Uma chance — sussurrei em um tom sombrio. — Retire a oferta e eu a escoltarei de volta ao seu reino e a deixarei entregue ao seu destino. Mas esta oportunidade expira em sessenta segundos. Escolha de forma sábia.

— Não preciso de sessenta segundos. Decidi meu destino no momento em que deixei o Território de Sangue. Eu escolho você.

Curvei os lábios.

— Uma escolha imprudente — disse a ela, desviando o olhar para sua boca. — Especialmente se eu descobrir que tudo isso é algum tipo de ardil. — O que eu suspeitava que era. Mas se ela queria jogar, eu a satisfaria.

Afinal, fazia muito tempo que algo não me intrigava.

Poderia muito bem envolver esta pequena ômega e decifrar seus segredos.

Ela engoliu em seco, confirmando ainda mais que possuía um propósito oculto.

— Então, temos um acordo?

Em vez de responder, passei a mão por baixo do tecido de sua capa para envolver a palma em volta de seu pescoço.

— Quanto tempo até seu próximo cio?

Seu corpo ficou tenso, o pulso batia de forma descontrolada contra polegar enquanto eu desenhava um círculo suave em sua pele.

— É uma pergunta justa, *querida pretendente?* —

pressionei. — Saber quando vai aceitar meu nó dentro de você? E meus dentes em sua linda garganta? — Ela veio até mim com este plano estúpido. Ofereci uma fuga. De forma ingênua, ela rejeitou. Portanto, parecia justo demonstrar o que ela havia acabado de concordar.

Talvez ela me implorasse para reconsiderar agora.

Implorar por aquela *oferta* que ela ignorou de forma tão descuida.

— Em dois meses — ela sussurrou, com as pupilas queimando.

— E quanto tempo costuma durar? — perguntei, desviando o olhar para sua boca deliciosa novamente.

— Trinta dias — ela respondeu, engolindo em seco mais uma vez.

— Humm — murmurei. — E você deseja experimentar meu nó antes de nossa proverbial noite de núpcias? Ou prefere que seja uma surpresa?

Ela tremeu, todos os sinais de sua confiança fugindo sob o poder do meu aperto e a potente energia girando entre nós.

Agora você entende, pensei. *Agora você sabe por que essa foi uma decisão terrível.*

— S-surpresa — ela gaguejou.

— Tudo bem — respondi, aplicando pressão com o polegar suficiente em seu pescoço para ser perigoso.

Cillian encontrou meu olhar sobre a cabeça dela. Estávamos juntos há tanto tempo, que um único olhar transmitia meu pedido.

Ele assentiu em reverência e então desapareceu, me dando um momento muito necessário a sós com minha noiva.

— Ainda tem certeza? — perguntei, roçando meu peito no dela enquanto diminuía a distância entre nós.

— Sim — ela murmurou, me surpreendendo. Seus

olhos escuros encontraram os meus. — Ainda escolho você.

Com que propósito?, pensei, examinando seu belo rosto.

— Você pode um dia se arrepender dessa escolha — eu a avisei.

— Hoje, não — ela respondeu, me fazendo sorrir.

— Hoje ainda não acabou, princesa — respondi, apertando seu pescoço com mais força enquanto levava o pulso oposto à boca.

Alguns alfas faziam seus ômegas beberem deles em locais mais inovadores.

Mas eu era antiquado. Eu gostava da corte. Queria que ela me implorasse pelos motivos certos, não por medo ou desespero.

Ela podia ter me escolhido para propósitos nefastos.

No entanto, ela me escolheria porque me desejava mais que qualquer outra pessoa.

Afundei os caninos em minha carne, criando um rio de sangue ao longo de minha pele bronzeada.

Quinnlynn umedeceu os lábios em antecipação.

Ao invés de colocar sangue em minha boca e alimentá-la com minha língua, apenas estendi meu pulso para ela.

— Faça sua escolha, princesa. — Se ela quisesse esse noivado, ela mesma o tomaria.

— Eu já escolhi — ela me lembrou, se inclinando para frente para agarrar minha veia sem um único segundo de hesitação.

Um gole do meu sangue nos envolveria em um vínculo de noivado, algo que só poderia ser quebrado por Quinnlynn aceitando o nó de outro alfa. E uma vez que eu retribuísse o favor durante seu cio, mordendo-a, nossas almas estariam ligadas para sempre.

Foi um primeiro passo perigoso, porque iniciou o

processo de acasalamento, me permitindo sentir a energia dela enquanto ela absorvia a minha.

E foi por isso que sua aceitação ansiosa confirmou o que eu já sabia.

Ela está tramando algo, pensei, passando a mão de sua nuca para cima em seu cabelo, para segurá-la contra meu pulso enquanto a magia aquecia o ar ao nosso redor. *Vou descobrir seus segredos, pequena. Depois, vou te fazer pagar com sangue enquanto eu te como.*

Ela não podia me ouvir.

Ainda não.

Mas seria capaz em breve.

Em dois meses.

Quando eu lhe desse meu nó e a reivindicasse.

Durante o cio dela.

Era atual

Infelizmente, nunca experimentei a deliciosa intimidade de Quinnlynn ou me entreguei aos seus gritos de prazer.

Porque menos de um mês depois, minha querida trapaceira desapareceu na noite sem deixar vestígios, levando meu sangue e noivado com ela.

Deixando-me para governar o Setor de Sangue em sua ausência.

Enquanto eu a caçava em todo o mundo.

Por mais de cem anos.

Mas agora eu a encontrei.

Minha noiva fugitiva desonesta.

Ah, minha doce lobinha. Nosso jogo de esconde-esconde chegou oficialmente ao fim.

Você é minha agora.

Para todo o sempre.

Prepare-se para sangrar...

QUINN

VAMOS, Savi, pensei. *Vamos. Vamos. Vamos!*

Ela não estava respirando. Sua garganta foi esmagada por aquele Alfa do X-Clan enquanto ele a amarrava como se fosse uma boneca.

Ele a deixou com um grunhido, sem perceber minha presença.

Claro, eles nunca me notavam.

Meu perfume os lembrava de uma beta, não de uma ômega. Era um perfume que aperfeiçoei antes de vir para cá. Algo que me salvou da descoberta milhares de vezes.

— Vamos lá — pronunciei as palavras em voz alta enquanto pressionava a palma da mão no pescoço esguio de Savi, e minha magia de cura diminuía a cada segundo que se passava.

Usei muito em Blanca, sem perceber que Savi se encontraria nessa posição novamente.

Merda. Merda. Merda!

14

— Cure! — ordenei com o sussurro mais alto que pude.

Os alfas raramente olhavam em minha direção, mas se soubessem que eu estava aqui embaixo, curando suas ômegas, perceberiam que eu era algo distintamente *diferente*.

Eles já sabiam que eu era uma loba do V-Clan. Essa parte de minha natureza não podia ser escondida. No entanto, havia sobrenaturais de todos os tipos no Território Bariloche, porque Alfa Carlos nutria uma tendência a colecionar ômegas de todos os tipos sobrenaturais. Portanto, ser uma loba do V-Clan não me tornava especial, mesmo que eu fosse a única neste território.

Mas se eles percebessem que eu era ômega, estaria em apuros.

Então seria forçada a me esconder deste lugar.

Mas até que isso acontecesse, eu estava determinada a ajudar o maior número possível de ômegas.

Incluindo Savi.

Com um rosnado baixo, forcei ainda mais energia para ela, exigindo que seus pulmões trabalhassem.

Ela respondeu com um suspiro muito baixo, fazendo meu coração bater de forma descontrolada em meu peito.

E silêncio.

— Merda!

Preciso de mais poder. De mais energia.

Meus olhos se encheram de lágrimas, enquanto o sentimento de fracasso me atingia.

Não, não, não.

Eu não desistiria.

Eu a recuperaria.

Eu precisava fazer isso.

Eu... eu não podia simplesmente deixá-la morrer assim. Não depois de tudo que ela passou.

— Por favor, Savi. Por favor, respire. — Aproximei os lábios de seu ouvido. — O Joseph está vivo. Posso senti-lo em seu sangue, vínculo e *alma*. Você tem que sobreviver para encontrá-lo. Precisa se tornar completa novamente.

Eu já havia dito isso antes, mas ela estava tão mentalmente confusa que era raro me ouvir. O único que realmente poderia recuperar seu espírito quebrantado era Joseph.

E ele foi trancado na masmorra de Alfa Carlos.

Fui até lá através das sombras em inúmeras ocasiões, tentando usar minha magia para curar a fera feroz que o Alfa havia se tornado. Mas Joseph estava tão destruído quanto sua companheira.

Carlos filho da mãe, rosnei para mim mesma.

Eu queria cortar a garganta daquele cretino por fazer tudo isso. Mas ele estava apenas na ponta do proverbial *iceberg*. Sim, ele comandava todos neste território esquecido por Deus. No entanto, seus capangas estavam muito ansiosos para cumprir suas ordens.

O que significava que eu teria que matar muito mais que Carlos para consertar essa merda.

Havia tanto que eu poderia fazer. Vim aqui para salvar quaisquer ômegas que eu pudesse. E isso foi há mais de quatro décadas.

Eu não tinha ido embora porque havia muitas que eu precisava ajudar.

Ômegas como Savi.

Ômegas como Kari.

Meu coração doeu ao pensar na irmã de Savi. Não fui capaz de salvá-la. Ela foi enviada para o Território Invernal como presente de casamento para Alfa Enrique.

Pelo menos, ela ficou aliviada com isso. O par compartilhava um vínculo especial, um que a protegia de sua luxúria. Enrique era irmão de Joseph, o que o tornava parte da família para Kari. Não que ele já tivesse agido abertamente como seu irmão.

No entanto, eu nunca o tinha visto no cio. Ele só tinha levado Kari para um quarto para ronronar para ela.

Mais segredos, pensei. *Segredos que não tenho tempo para questionar agora.*

Porque eu precisava salvar Savi, forçá-la...

Uma onda de energia familiar percorreu minha espinha, acalmando o ar ao meu redor.

Ah, não... Agora não!

Minhas mãos paralisaram no pescoço de Savi e minha exaustão me deixou com apenas duas opções: Correr e deixar Savi morrer. Ou ficar e deixar que *ele* me encontrasse.

A presença de Kieran O'Callaghan tomou conta de mim como uma onda quente de poder furioso, me fazendo tremer de desejo. *Mais*, minha alma sussurrou. *Eu preciso de mais.*

Fazia várias décadas desde que nossas almas se tocaram pela última vez.

Nuuk, pensei, estremecendo com a lembrança. Ele esteve tão perto de me capturar, de descobrir todos os segredos que eu amava.

Segredos que ele talvez já conheça, uma parte de mim sussurrou, me lembrando do motivo de minha fuga. *Segredos que ele pode explorar no momento em que te encontrar.*

Felizmente, escapei antes que ele pudesse colocar as patas em mim.

E fugi para o sul.

Direto para o Território Bariloche, onde permaneci desde então.

Antes daquele encontro casual em Nuuk, houve outro em Atlanta, logo após o início da Infecção, o vírus zumbi que matou noventa por cento da população humana, deixando sobrenaturais para governar o mundo em sua ausência.

Eu estava me escondendo com um grupo de mortais aterrorizados enquanto trabalhava na logística do Santuário com outra ômega. *Kyra*. Minha melhor amiga. Minha *única* amiga.

Mas no momento em que senti o poder de Kieran, fugi.

Assim como eu tinha feito nas duas vezes anteriores.

Desaparecer nas sombras veio naturalmente para mim.

Mas hoje... hoje eu não consegui fazer isso.

Não apenas por causa da exaustão, mas por causa de Savi. Eu... eu não podia deixá-la.

— Você tem que se curar — sussurrei, resignada com o meu destino.

Fazia mais de cem anos desde que me comprometi com Alfa Kieran. Cem anos desde que entreguei o trono do meu reino e o nomeei Príncipe do Território de Sangue. Cem anos desde que fugi sem dar um único olhar para trás.

Engoli em seco, fechando os olhos, enquanto empurrava cada grama de energia que possuía para o corpo imóvel de Savi. Kieran me forçaria a ir embora.

Inferno, ele faria mais do que isso.

Ele me puniria de maneiras que eu nem queria pensar.

Mas tudo o que conquistei no último século valia a dor de sua fúria.

— Vamos lá, Savi — sussurrei. — Não temos muito tempo.

Eu podia senti-lo se aproximar, sua nuvem sombria de poder ficava mais forte a cada segundo que passava. Ele roçou minha pele como um chicote de pura energia, queimando meu interior e fazendo minha alma doer com a necessidade.

Minha atração por ele nunca foi um problema.

Ele era um alfa supremo, um companheiro digno que fazia minha loba interior querer ronronar de excitação.

No entanto, meu animal não entendia a política por trás de nosso noivado ou o potencial de sua traição.

Mas eu, sim.

Não confie nos Príncipes Alfas. Não até você descobrir a verdade, mo stoirín.

As últimas palavras de minha mãe sussurravam em minha mente até agora, a lembrança de meu propósito marcando meu coração.

Seu aviso e meu legado foram o que sempre guiou meu propósito.

Meu noivado com Kieran nunca teve a intenção de levar a um verdadeiro acasalamento.

Eu precisava de seus dons raros. Sua capacidade de *cura*. E os adquiri por meio do vínculo de noivado.

Assim como meus poderes também foram reforçados, como minha habilidade de me esconder sem ser detectada.

A única razão pela qual ele podia me sentir agora era por causa de nosso vínculo.

E isso só funcionava quando estávamos próximos um do outro.

Tentei aproveitar um pouco de sua habilidade, afinal se ele ia estar aqui, era melhor eu usá-la para ajudar Savi. Mas ele parecia ter construído um muro entre nós, estrangulando minha capacidade de absorver sua energia.

Tudo bem, pensei, cerrando os dentes. *Eu mereço isso.*

Eu o abandonei um mês antes do meu cio, deixando-o com a intensa responsabilidade de manter o Território de Sangue na minha ausência.

Bem, fiz muito mais que isso.

Eu o traí da pior maneira, fugindo antes que ele pudesse consumar nosso acasalamento. Ele provavelmente assumiu um harém na minha ausência apenas para satisfazer seu nó.

Tensionei a mandíbula com a ideia.

Eu não o culparia por isso.

Talvez ele tivesse encontrado alguém de sua preferência e me liberasse de nosso compromisso.

Seria uma punição adequada. Claro, ele perderia o Território de Sangue como consequência. Por que minha linhagem ainda superava a dele, mesmo que eu achasse suas habilidades profundamente mais poderosas que as minhas.

Todos os lobos do V-Clan mantinham seus talentos sobrenaturais únicos por meio da magia que corria em suas veias.

E o de Kieran era impressionante, assim como eram os poderes da maioria das famílias reais.

Mas eu era uma MacNamara, a única herdeira da dinastia dos diamantes.

Meu pai tinha sido o alfa mais poderoso que existia. Seus traços corriam em minhas veias. Eu podia não ser capaz de explorar todas essas habilidades, mas minha progênie provavelmente poderia.

E era *isso* que me tornava valiosa para os alfas de minha espécie.

Meu *útero*.

Algo me dizia que isso não seria suficiente para me proteger do sabor de punição de Kieran. Ele não me parecia o tipo "quero um filhote agora". Ao contrário de alguns dos outros alfas de nossa espécie.

Engoli em seco, pensando em todas as maneiras pelas quais Kieran poderia me machucar enquanto tentava inutilmente salvar Savi. Estava ficando sem tempo. A essência dele ficou mais nítida a cada segundo que passava, seu foco na minha assinatura de energia clara e resoluta.

Não demoraria muito agora.

Eu praticamente podia prová-lo no ar viciado.

Sentir seu calor me envolvendo como um manto de escuridão.

Absorver sua raiva como um chicote para os meus sentidos.

Seus passos sussurravam ao longo das pedras escorregadias dos túneis subterrâneos, sua presença era uma sombra que parecia extinguir a mínima luz ao meu redor.

Ele fez uma pausa para murmurar algo que não consegui ouvir direito, fazendo os pelos dos meus braços se arrepiarem em resposta. Esta era a minha última chance de desaparecer.

Mas a condição de Savi me mantinha cativa.

Seus pulmões flexionaram um pouco sob minha última explosão de poder e seus lábios se abriram em outra inspiração.

Mais, disse a ela, empurrando outra onda de energia cada vez menor para dentro dela. *Por favor, Savi...*

Kieran retomou sua jornada, seu perfume de menta girando em torno de mim em um golpe de reivindicação. *Minha*, seu animal parecia dizer. *Você é minha.*

Se eu desaparecesse nas sombras agora, ele me seguiria, com seu poder se enganchando em mim como uma garra afiada, enquanto ele comandava minha loba para se sentar.

Um gemido quase escapou da minha garganta, mas me recusei a me curvar. Savi significava muito para mim. A vida dela era importante. Preciosa. Ela merecia muito mais que esse destino.

Levei a palma da mão ao seu coração, empurrando outro tentáculo de poder dentro dela, tentando ao máximo lhe dar tudo o que me restava antes que fosse tarde demais.

Quando Kieran entrou.

Os olhos escuros e intensos.

Sem sorrir.

Apenas uma expressão severa e aura imponente que fazia meus joelhos tremerem de vontade de me ajoelhar.

— Me ajude — implorei a ele, sentindo sua energia cheia e prosperando ao seu redor como um farol de esperança. — Por favor, me ajude a curá-la primeiro. — Tudo o que eu precisava era de um pequeno empurrão de seu espírito, uma onda quente de vitalidade, e eu poderia empurrar isso direto para ela.

— Você sentiu minha chegada — ele murmurou, ignorando meu pedido.

Assenti, impotente para a sua vontade. *Fiquei por ela*, quase respondi. *Fiquei para salvá-la*. Mas admitir isso em voz alta daria a ele uma fraqueza para explorar.

E eu nunca me perdoaria se ele me punisse matando Savi.

— Você escolheu não fugir — ele comentou, seu olhar da cor da noite olhando de mim para Savi enquanto ele observava sua condição precária. — Colocou a vida dela antes da sua.

Juntei mais energia dentro de mim, minhas reservas quase vazias exceto por um pequeno lampejo de chama que continuava tentando reabastecer meu espírito. Com um aceno de cabeça em resposta a Kieran, enviei uma rajada final ao peito de Savi, tirando tudo dentro de mim mais uma vez e desejando que ela *respirasse*.

Mas tudo o que ela me deu em resposta foi outra inspiração fraca.

— Admirável. — Aquela palavra, falada em tom baixinho, envolveu meu pescoço como uma corda enquanto Kieran segurava meu pulso para me afastar de Savi.

— Kieran, por favor. — Eu estava exausta demais para disfarçar a emoção em meu tom. *Eu falhei com ela. Ela vai morrer porque não pude salvá-la.*

— Seria uma punição adequada te fazer assistir enquanto ela morre — ele me informou em um tom aveludado que envolveu meu coração e o *apertou.*

Um apelo subiu aos meus lábios, enquanto meu interior se desfazia em pó após aquela ameaça letal.

Mas um olhar para os olhos escuros de Kieran me manteve cativa e imóvel.

Eu não estava em posição de negociar.

A vontade dele anulava a minha.

Seu domínio forçava minha submissão.

Sua punição desejada seria meu destino, independentemente de quanto eu implorasse.

— Felizmente para você, não sou tão cruel — ele murmurou, apertando meu pulso com mais força, enquanto a palma da mão oposta foi para o peito de Savi.

A energia ondulou ao nosso redor enquanto ele usava sua habilidade superior, tornando o ar frio repentinamente quente e vivo com vida. Minha respiração ficou presa em meus pulmões e meu coração batia de forma descontrolada em meu peito, em resposta à demonstração de poder enigmático.

Os lábios de Savi se abriram em uma inspiração exuberante, o som trazendo lágrimas aos meus olhos.

Ele a está salvando. Ele está realmente salvando-a.

E também não estava se segurando.

Ele estava dando a Savi tudo o que ela precisava para *prosperar.*

Olhei para ele com uma mistura de choque e gratidão. Sua benevolência não era nada que eu esperava dele nesta situação. Isso me fez querer me ajoelhar e elogiá-lo. Me curvar à sua autoridade. Me... me *submeter.*

Mas seu aperto em meu pulso tornava o movimento impossível.

Ele teceu algum tipo de feitiço ao meu redor, me mantendo imóvel ao seu lado, me forçando a permanecer aqui. Fez isso para que eu não pudesse me afastar. Me prendeu neste túnel. Me segurou *a ele*.

Eu poderia lutar contra isso.

Poderia me afastar e sair do subsolo, levá-lo em uma perseguição por toda Bariloche e pela Cordilheira dos Andes.

No entanto, eu arriscaria Savi em meu rastro.

Arriscaria tudo o que fiz aqui.

E eu estava muito cansada de fugir.

— Humm — ele murmurou, olhando para Savi. — Você deve ser a irmã da Kari.

Arqueei as sobrancelhas. *Ele conhece a Kari? Como?*

Mas não tive tempo de perguntar antes que outra presença se tornasse conhecida. *Lorcan*. Um dos membros da Elite de Kieran.

Porque é claro que ele veio aqui com seu alfa.

Não importava que Kieran pudesse cuidar de si mesmo; seus guarda-costas de estimação se recusavam a sair de seu lado.

Lorcan e Cillian.

Eu não os via há mais de cem anos, mas me lembrava deles claramente.

Lorcan e seu silêncio intimidador.

Cillian e sua charmosa fachada.

Os dois eram mortais e duas das maiores ameaças que já encontrei, apenas com seu líder superando-os.

— Esta vai para o Território de Andorra — Kieran avisou. — Ela precisa de mais tratamento.

Território de Andorra? quase perguntei.

Mas Lorcan já estava avançando, segurando Savi

contra o peito com uma ternura que eu não sabia que o grande alfa possuía.

Então ele desapareceu nas sombras, me deixando piscando em confusão para Kieran.

— Olá, Quinnlynn. Esse jogo de esconde-esconde está ficando cansativo, não acha? — O tom de Kieran era casual, ignorando completamente o fato de que tinha acabado de salvar a vida de Savi.

Sempre tão calmo e controlado, pensei, soltando um suspiro.

— Não sei — respondi de forma leviana, jogando seu jogo. Se ele queria fingir que não tinha me encontrado em uma masmorra cheia de escravas ômegas, então quem era eu para corrigi-lo? — Levou algumas décadas nesta rodada, então acho que estou melhorando nisso. — Em fugir e me esconder, eu quis dizer. — Devemos fazer isso novamente por um século desta vez?

Seu sorriso resultante era todo lobo arrogante.

— Não, pequena trapaceira. Você se escondeu e eu te peguei. — Ele me puxou para seus braços, com o olhar preso ao meu. — Fim de jogo, princesa. Eu ganhei. Agora é hora de ir para casa.

— Claro — respondi. — Assim que você me explicar por que a Savi está indo para o Território de Andorra.

— Você pensa em me dar ordens, pequena? — Ele quase parecia divertido.

No entanto, não me deu chance de responder, em vez disso optou por usar sua habilidade de se esconder nas sombras e me levou para fora da masmorra.

E para o jato esperando lá fora.

Meu coração congelou imediatamente com a ideia de pisar em uma aeronave sancionada pelo Território de Sangue. Uma resposta completamente inepta. Uma impulsionada pelo meu passado. Por medo do que eu sabia que poderia acontecer se caísse.

Ou explodir, pensei entorpecida.

Se Kieran notou minha reação, ele a ignorou. Seu poder nos envolvei novamente e nos levou direto para o quarto do avião.

— Tire a roupa — ele ordenou. — *Agora*.

KIERAN

O MEDO de Quinnlynn sufocou meus sentidos, me deixando quase tão tonto quanto seu cheiro terrível. Eu queria limpá-la, remover aquela sujeira de sua pele e devolvê-la à sua glória de diamante.

Ela não deveria estar tão fraca.

Tão suja.

Tão destruída.

Seus movimentos eram irregulares enquanto ela obedecia à minha ordem, sua loba interior choramingando sob minha coação alfa.

Sim, a usei para forçar sua submissão.

Não, não me senti mal.

Minha noiva errante fugiu de mim por mais de cem anos, me deixando para administrar seu trono em sua ausência, enquanto me envolvia em uma perseguição pelos territórios.

Isso acabava aqui e agora.

Porque eu a capturei.

E ela, com certeza, não iria escapar de mim de novo.

Envolvi um pouco mais do meu poder nela, garantindo que Quinn não pudesse desaparecer nas sombras.

Dei liberdade a ela uma vez, confiando em sua palavra, permitindo que ela me guiasse pelo meu nó, mesmo sabendo que ela estava escondendo algo de mim.

Mas não imaginei que ela desapareceria.

Só de pensar nisso, me enfureci novamente, a lembrança de acordar em um território muito silencioso era um evento que assombrava meus pesadelos.

A princípio, pensei que alguém a tivesse sequestrado. Levou quase cinco anos caçando os vários territórios do V-Clan para perceber que ela não havia sido tomada, mas sim que ela *fugiu*.

Foi quando a verdadeira caçada começou.

Eu a encontrei duas vezes. Mas a pequena fugitiva travessa desapareceu tão rapidamente quanto eu a senti.

E então a *infecção* aconteceu.

Me preocupei desnecessariamente com Quinnlynn, enquanto me sentia completamente incapaz ao mesmo tempo. Que tipo de alfa perde sua companheira pretendida?

Não ser capaz de protegê-la já era ruim o suficiente.

Mas a conotação associada de fraqueza quase me emasculou.

Foi uma combinação irritante de sentimentos: decepção comigo mesmo como líder e companheiro, raiva da minha ômega por fugir, preocupação com seu bem-estar e *orgulho* por sua capacidade de me superar.

Mesmo agora, de pé diante dela enquanto ela se despia sob o meu comando, eu estava dividido entre bater em sua bunda e transar de um jeito insano.

Eu nunca me senti tão atraído e enfurecido por um único ser em toda a minha vida.

Ela engoliu em seco, claramente sentindo minhas emoções conflitantes.

Ou talvez fosse estar em um jato que incomodava seus sentidos.

Quando eu terminasse, ela não estaria pensando nos arredores. Estaria exclusivamente focada em mim. Em *nós*.

Ouvi o som do jeans sendo arrastado por suas pernas, enquanto ela os puxava para baixo e descalçava os sapatos sujos. Eu queria perguntar como ela foi parar no pequeno acampamento de jogos de Carlos. Queria saber por que ela não tinha simplesmente desaparecido. Se jogar no Território Bariloche era realmente muito mais agradável que o prazer que ofereci a ela em casa.

Puta merda, queria perguntar mil coisas diferentes.

Assim como ansiava por fazer mil coisas diferentes *com* ela.

Mas, primeiro, precisava garantir que ela estava bem. Simplesmente tocar seu pulso me disse muito sobre seu estado atual. Ela gastou toda a sua energia na cura de Savi. No entanto, sua dor e sofrimento eram mais profundos do que isso.

Eu podia sentir o gosto das toxinas em seu sangue.

Além daquele perfume desorientador.

Tirar a roupa não ajudou. Ela ficou nua diante de mim, cercada por uma nuvem de injustiça. Meu lobo rosnou por dentro, furioso com seu estado atual.

Como ela poderia se degradar dessa maneira?

Como eu permiti que isso acontecesse?

Eu me senti inferior. Destroçado. *Injustificado*. Testemunhá-la neste estado ameaçou desfazer mais de mil anos de autocontrole.

Porque isso me fez sentir *fraco*.

Envolvi a palma da mão em seu pescoço e enviei uma explosão de poder de cura, precisando que ela se sentisse restaurada, necessitando que ela se sentisse completa.

Ela ofegou em resposta, curvando as costas e fazendo

com que seus seios tocassem meu peito.

Meu senhor, Cillian sussurrou em minha mente. Seu dom para a telepatia não era algo que ele costumava usar comigo, pois sabia que eu desprezava a sensação de ter outra voz dentro da minha cabeça. *Pedimos desculpas pela intromissão, mas aguardamos seu comando.*

Todas as ômegas estão seguras?, perguntei.

Sim.

E o complexo de Carlos?

Atualmente sendo destruído por Ander, Sven e os outros Alfas do X-Clan, Cillian relatou. *Também desmontei as armadilhas que os esperavam. Não haverá mais acidentes.*

Quase bufei com o lembrete não tão sutil de Alfa Sven pisando em uma mina terrestre logo após nossa chegada.

Os lobos do X-Clan poderiam ser úteis em alguns assuntos, mas eram severamente ineptos quando se tratava de inspecionar os arredores.

Ou talvez minha visão fosse distorcida por minhas habilidades aprimoradas.

Eles podem cuidar do resto daqui, Cillian continuou. *Precisarão fazer várias remessas com as ômegas, então podem pedir um ou dois favores.*

Se pedirem, atenda, respondi, dando-lhe total autoridade para cooperar. Não era assim que costumávamos operar. Mas eu estava abrindo uma exceção devido às circunstâncias que envolveram nossa pequena excursão ao Território Bariloche.

Quando Ômega Riley, uma velha amiga minha da fase inicial da Era Infectada, me pediu um favor, aceitei por curiosidade. Ela alegou que tinha uma loba ômega que não podia curar.

Seu desespero com a situação me convenceu a embarcar em um jato.

Como se viu, todo o encontro foi uma casualidade do

destino.

Porque a ômega que precisava ser curada era Kari. E ela conhecia minha Quinnlynn.

Isso trouxe a mim e meus Elites aqui.

Ajudamos os Alfas do X-Clan a se infiltrarem no Território Bariloche para derrubar Carlos e seus generais. Principalmente para que eu pudesse encontrar Quinnlynn. Mas também porque era a coisa certa a fazer.

Um fato que me levou a acrescentar mentalmente: *Se alguma das ômegas precisar da minha marca de cura, me avise. Farei o que puder.*

Vou informar a Ômega Riley, meu senhor.

Bom. Leve-nos para o céu, Cillian.

Sim, Sire.

O motor rugiu enquanto eu continuava a segurar Quinnlynn, me permitindo sentir sua resposta trêmula à sensação do jato se preparando para a decolagem. *Preciso me concentrar em minha noiva errante*, disse a Cillian com um suspiro.

Estamos aqui se precisar de nós, foi a resposta dele.

O silêncio se seguiu, me permitindo dar toda a minha atenção a Quinnlynn enquanto o jato levantava voo.

Ela arregalou os olhos.

— A tecnologia mudou nos últimos cem anos — murmurei. — Foram feitas melhorias para garantir a segurança, entre várias outras coisas.

Talvez mais tarde discutíssemos as capacidades furtivas da nossa frota.

Mas não agora, não quando eu podia sentir o quanto ela estava fraca.

Foi um milagre ela ter conseguido ficar de pé depois de transferir tanta energia para Savi.

Quinnlynn oscilou diante de mim e seu pulso disparou no ritmo do jato.

— Não tem voado recentemente? — perguntei, curioso.

— Não por várias... décadas — ela murmurou, seus cílios tremulando.

Eu a segurei quando seus joelhos cederam, o terror acabando com as reservas de sua energia enquanto o jato subia verticalmente em direção às nuvens.

Não era necessário pista de voo.

Mas levava algum tempo para se acostumar.

E era por isso que eu provavelmente deveria ter colocado o cinto de segurança em Quinnlynn, como evidenciado pela forma como seus olhos reviraram agora.

Eu a carreguei para a cama, minha estabilidade aperfeiçoada depois de décadas voando nessas aeronaves atualizadas. Meu lado animal ajudava, já que meu senso de equilíbrio era uma parte inata de mim que aperfeiçoei durante toda minha longa vida.

Mal notei a mudança no ar.

Mas Quinnlynn notou.

Deitei-a no colchão e aninhei sua cabeça contra os travesseiros.

— Você está precisando de um banho, pequena — disse a ela.

Como ela havia perdido a consciência, não conseguia me ouvir.

O que tornava qualquer tipo de discussão discutível no momento.

Suspirando, me estiquei ao lado dela na cama e me apoiei em um cotovelo enquanto usava a mão oposta para continuar curando-a.

Ela estava severamente mal alimentada.

Muito magra.

Quase com os ossos aparecendo.

Aquele cheiro maculou seu doce aroma.

E aqueles supressores, pensei, sentindo a toxina correndo em suas veias.

— Puta merda, Quinnlynn — rosnei, furioso com o gosto deles na minha boca. — O que é que você tem feito consigo mesma?

Seu interior estava terrível, sua alma fraturada a um ponto de dor óbvia.

Eu levaria dias para curá-la adequadamente.

Começando com sua energia esgotada.

— Ah, pequena trapaceira — suspirei, passando a mão em seu abdômen enquanto eu mergulhava no mal que ela tinha feito a si mesma.

Os lobos do V-Clan se curavam naturalmente. Éramos imortais.

Mas ela estava bombeando algo muito antinatural em suas veias. Também estava banhada em aromas venenosos. E estava claramente usando toda a sua energia para curar a todos, menos a si mesma.

— É como se você cortejasse a morte — sussurrei, tanto enfurecido quanto triste com o conceito. No entanto, eu podia sentir sua necessidade. Seu ar mal-humorado. Sua necessidade desesperada de sobreviver.

Portanto, não se tratava de automutilação.

Isso tinha a ver com sobrevivência.

Eu só não entendia o que a forçou a tais extremos.

— Você poderia ter escapado do Território Bariloche muito antes de eu te encontrar lá. — Observei seu rosto pálido. — Você escolheu ficar. E parece que está lá há um tempo. Por quê? Para ajudar as ômegas de lá? — Era um palpite baseado no que eu a peguei fazendo quando cheguei.

Os extensos danos em seu corpo e espírito sugeriam que ela também fazia isso há algum tempo.

Décadas? me perguntei. Ela disse que fazia décadas

desde a última vez que andou de avião.

Quantas décadas?

E isso era porque ela esteve aqui o tempo todo?

Certamente não era um lugar que pensei em procurar. Nenhuma ômega iria de bom grado para o Território Bariloche.

Claro, Quinnlynn não era uma ômega normal.

Levei meu toque para seu esterno, meus movimentos clínicos enquanto eu traçava a área sobre seu coração, sentindo a batida constante. Ela estremeceu quando enviei uma descarga elétrica, minha necessidade de curá-la superando meu desejo de puni-la.

Ela passou por muita coisa.

Essa percepção não foi suficiente para satisfazer minha raiva, mas a moderou por enquanto.

Eu a curaria primeiro. Então reavaliaria a situação e partiria daí.

No entanto, eu também adicionaria uma espécie de coleira. Algo para impedi-la de ficar fora do meu alcance.

Um mecanismo cruel, mas necessário. Porque eu não arriscaria perder minha ômega novamente.

— Você é minha — disse a ela, ainda muito consciente de que ela não podia me ouvir. — E não vai escapar de mim desta vez.

Aprendi minha lição.

E logo, ela aprenderia a dela.

Mas não esta noite.

Apoiei a palma da mão contra seu peito e criei um fluxo constante de vitalidade para iniciar o processo de cura gradual de sua alma.

Explodi-la com golpes consecutivos de poder a curaria mais rápido. Mas era um método mais doloroso.

Criar um fluxo de energia garantia que ela ainda se curasse enquanto permanecia confortável.

Algo que ela provavelmente não merecia, mas me recusei a deixá-la sofrer.

— Porque não sou cruel — pensei em voz alta, reiterando minhas palavras anteriores. — Pelo menos, não com você. — Por mais zangado que eu estivesse por tudo que ela tinha feito, eu não poderia torturá-la.

Foi por isso que relaxei ao lado dela e a embalei ainda mais em um estado de sono, pois estava claro que ela não tinha descansado muito recentemente, se é que tinha descansado.

— Minha companheira errante — murmurei, estudando seu perfil. — Vamos ter uma discussão séria sobre cuidados adequados quando você acordar. Então eu vou te dar uma aula de submissão. — Passei o polegar ao longo de sua clavícula. — Vou gostar de ver você se ajoelhar para mim.

Assim como ia gostar de me ajoelhar para ela.

Mas isso viria com o tempo.

Assumindo que eu conseguiria domar minha tortuosa pretendida.

Sorri.

— Você me disse uma vez que eu era do tipo que gosta de um bom desafio. — Me inclinei para pressionar os lábios contra sua bochecha antes de passar o nariz por sua pele em direção a sua orelha. — Bem, pequena. Acho que você pode ser meu desafio favorito de todos.

Minha mão esquentou, enquanto eu enviava mais energia para seu peito.

Em seguida, relaxei ao lado dela mais uma vez.

E suspirei.

— Durma bem, princesa. Você vai precisar de cada gota de força que eu lhe der para o que está por vir.

Porque eu pretendia destruí-la da melhor maneira.

Fazendo-a minha.

QUINN

Acordei com um sobressalto, sentindo meu corpo formigar com magia.

Aqueceu minhas veias, me deixando com a sensação de flutuar. *Felicidade.* Suspirei, me deleitando com o calor e permitindo que ele me levasse a um estado de extremo conforto.

Até que minha mente começou a questionar a fonte.

O que está acontecendo? me perguntei, tonta. Meus pensamentos giravam em uma nuvem serena, escapando de mim por um momento antes que as palavras se repetissem em minha cabeça.

Foi um tipo estranho de contentamento, seguido por uma pontada de confusão, antes de me afogar em um mar calmo novamente.

Dentro e fora.
Para cima e para baixo.
Suspiro.
O que está acontecendo?
Onde estou?
Feliz.

Contente.

Suspiro.

Tentei me agarrar ao caminho para a consciência, mas outra onda de energia me fez relaxar mais uma vez.

E assim por diante.

Uma guerra que eu não entendia muito bem, porque no segundo em que comecei a entender que havia algo de importante, desaparecia em um oceano de poder calmante.

Minhas narinas dilataram, inalando um aroma de menta e homem, a combinação instantaneamente reconfortante. *Segura*, minha loba ronronou. *Estou segura.*

Mas algo sobre esse pensamento continuou me incomodando. Eu não estava segura há mais de cem anos. Por que de repente me sentia assim?

Onde estou? perguntei pela milésima vez.

Meus olhos finalmente responderam se abrindo e me permitindo ver o alto dossel de seda escura acima de mim.

Uma cama. Engoli em seco, observando os postes marcantes e as gravações em obsidiana marcadas nas torres de madeira escura. A cabeceira atrás de mim tinha um design semelhante.

E ao meu redor havia uma nuvem de tecido escuro.

Tecido que combinava com o vestido que eu usava agora.

Toquei o material lustroso, a cor preta fazendo minha pele parecer ainda mais pálida que o normal.

A iluminação mais baixa também não ajudava meu brilho de alabastro. Eu parecia quase um fantasma neste mar de escuridão.

Inalei, sentindo o cheiro de menta e homem mais uma vez, enquanto minha mente trabalhava para processar essa mudança. *Por que isso é tão familiar?*

Como eu cheguei aqui?

Onde estou?

Eu odiava essa pergunta, porque ficava girando em meus pensamentos.

As janelas estavam cobertas por persianas pretas, impossibilitando a visão do lado de fora. Então, em vez disso, estudei a mobília, observando como as cômodas e as mesinhas de cabeceira combinavam com a madeira escura da cama.

Mas a área de estar, emoldurada por cortinas de obsidiana, era toda de couro e vidro.

Um conjunto de portas francesas dava para um corredor à minha direita, que presumi levar a um banheiro porque o carpete mudou para mármore na entrada.

O que significava que o corredor a cerca de dez metros de mim provavelmente levava a uma saída.

Exceto que o tapete felpudo também dava lugar a ladrilhos escuros.

Me sentei devagar para absorver tudo de novo enquanto acariciava o tecido macio que tocava minhas coxas. *Com certeza não é o Território Bariloche*, decidi, traçando meus lados enquanto avaliava a energia de cura que corria através de mim.

Não era minha.

Mas parecia familiar. Na verdade, isso me lembrava...

Suspirei.

— Ah.— *Ahhh.* — Kieran.

Seu nome saiu da minha boca em um sussurro, fazendo minhas mãos paralisarem perto dos meus seios enquanto eu lutava para entender como isso era possível.

Ele me encontrou?

Quando?

Onde?

Como?

Segurei o pescoço por impulso e paralisei novamente quando senti o pingente pendurado na corrente. *Merda*.

Eu sabia, sem olhar, que tinha pertencido à minha mãe. O Pingente do Território de Sangue. Uma lua crescente brilhando com diamantes negros.

Era uma herança de família.

O equivalente do Território de Sangue a uma coroa.

Este é um sinal de poder, mo stoirín. E agora é seu. Use-o para nós. Use-o para você. Use-o quando matar nosso traidor.

Engoli em seco, o tom urgente de minha mãe carregava uma memória que machucou meu coração.

Estou em casa. Eu podia sentir isso agora, as correntes familiares no ar, a magia do subterrâneo, o frio gelado do clima islandês.

A lembrança de Kieran me encontrando no Território Bariloche começou a se infiltrar em meus pensamentos, como ele salvou Savi antes de me conduzir ao avião.

Lembrei-me pouco depois da decolagem, o conceito de estar no ar causando medo em meu coração e desligando minha mente.

Mas o calor que se seguiu ao toque de Kieran permaneceu.

Ele me curou.

Levantei o braço e senti o cheiro de sabonete fresco em minha pele.

Ele me banhou.

Passando os dedos pelo meu cabelo, eu confirmei que ele não tinha apenas me banhado, ele tinha me *arrumado*.

Pela primeira vez em décadas, senti meu próprio cheiro. De ômega. O doce perfume me deixou aliviada e apavorada ao mesmo tempo.

Eu sentia falta de ser eu.

Mas ser eu significava que não estava mais disfarçada.

Exceto...

Pressionei a palma da mão em meu abdômen, procurando pelos supressores que eu sabia que prosperavam em meu organismo. Alguns ainda estavam lá, mas a magia de cura estava trabalhando em cada partícula estranha no meu sangue e removendo a essência do meu corpo.

Arregalei os olhos. *O que vai acontecer quando isso acabar completamente? E se for removido muito rápido?*

Eu não tinha experimentado um ciclo de cio em mais de quarenta anos.

Como ele poderia remover isso sem considerar as consequências?

Fiz força contra sua magia, tentando parar o ataque, mas ela deslizou ao meu redor como fumaça, ultrapassando facilmente meu bloqueio e continuando seu processo.

Um rosnado retumbou dentro de mim. *Pare com isso.*

Mas não consegui.

Não importava o quanto eu tentasse afastar, seu poder dominava o meu.

Quase gritei. Em parte por frustração, mas também por medo. Porque eu não tinha ideia do que isso faria comigo, e ele simplesmente me deixou aqui... neste quarto... para quê? Entrar no cio sozinha?

Esse é o meu castigo?

Pisquei, assustada com a ideia.

Eu sempre soube que Kieran me puniria no momento em que colocasse as mãos em mim. Mas assim? Me forçando a entrar no cio sozinha? Depois de mais de quarenta anos reprimindo meus impulsos?

Entreabri os lábios. Ele não faria isso.

Eu já tinha passado um século sem um nó.

Um século de agonia todos os anos quando meu cio me atingia.

Suprimi-lo foi quase um alívio.

Mas desfazer tudo isso agora, de uma vez?

Eu poderia entrar no cio por um ano...

Meu corpo podia se sentir compelido a compensar todo esse tempo perdido.

Minha lobo certamente se sentia compelida a se transformar. A correr livre. A finalmente sentir minhas patas no chão.

Fazia tanto tempo desde minha última transformação. Quase tanto quanto meu último cio.

As lágrimas turvaram minha visão quando percebi que isso provavelmente era para ser meu castigo – um isolamento chique, cercado por cortinas pretas e o cheiro de Kieran, enquanto eu sofria meu cio sozinha.

Eu te odeio, queria dizer a ele. *Eu te odeio*.

E, no entanto, não poderia culpá-lo também.

Eu o traí da pior maneira possível. Não importava que minhas razões fossem nobres. Ele não se importaria com isso. Ele era um Alfa. Eu me comprometi com ele para tomar emprestado seu poder, então fugi e o deixei para liderar meu território.

Meu coração doeu com a memória.

Eu me odiei por essa escolha.

No entanto, faria isso de novo, se necessário.

Porque o que consegui depois de deixá-lo superou em muito a dor da minha alma destruída. Isso fez com que eu não sentisse remorso.

Sim, eu o machuquei. Sim, eu merecia alguma medida de punição.

Isso era brutal.

Kieran não tinha ideia do que aconteceria quando os supressores passassem.

Ele não tinha ideia do que faria com meu corpo.

Era quase tão ruim quanto me encher de uma droga

para induzir meu cio... o que eu já tinha visto acontecer várias vezes no Território Bariloche. Várias ômegas quase morreram com a experiência.

Mas eu as salvei.

Agora, quem está lá para salvá-las? Fiz uma careta. *Espere. Kieran não mencionou algo sobre o Território de Andorra para seu Elite?*

Lorcan levou Savi, mas Kieran nunca esclareceu sua intenção ou o que aconteceria com ela. Ou por que ela estava destinada ao Território de Andorra. Eu sabia que a medicina deles era avançada, que poderia ajudar Savi a se curar.

Mas Kieran nunca confirmou ou negou seus planos para ela.

Ele simplesmente me acompanhou até seu jato, que funcionava mais como um foguete que como um avião, e me trouxe para casa.

As outras ômegas estão aqui? Tentei acionar minha habilidade de desaparecer nas sombras por instinto, querendo procurar as outras ômegas, ou talvez até mesmo Savi.

Apenas para sentir um forte puxão em resposta.

Algo que me manteve aqui.

Nesse quarto.

Confirmando minha prisão.

Ele me prendeu.

É claro que ele me prendeu,. Ele não iria querer que eu escapasse de novo.

Me senti aborrecida, mas o sentimento foi rapidamente afugentado pela confusão. Porque eu nem tinha pensado em fugir. Eu... eu meio que fiquei sentada aqui, aceitando minha punição sem lutar.

O que há de errado comigo?

Talvez fosse a névoa curativa na qual eu ainda estava

perdida que me impedia de querer reagir de forma negativa ao castigo de Kieran.

Ou talvez... talvez ele tivesse feito algo para me manter complacente.

O pensamento fez meu sangue gelar. Ele *não faria* isso.

Mas isso não era verdade. Eu sabia que faria. Os poderosos Alfas do V-Clan foram abençoados com a habilidade de *coerção*. Assim como ele me coagiu a me despir no avião.

Eu me lembrava claramente agora, a força de seu comando impelindo meus movimentos. No entanto, eu não tinha me importado. Estar nua na frente de um metamorfo significava muito pouco para mim.

Mas me tornar complacente em minha punição?

Esse foi um nível totalmente novo de submissão.

A menos que ele tivesse feito isso como um presente para amortecer o impacto.

No entanto, mesmo assim, foi cruel. Eu poderia lidar com muitas formas de repreensão, mas manipulação mental não era uma delas.

Por quanto tempo ele esperava controlar minhas reações? Ao longo de todo o ciclo de cio? Eu ficaria presa sob essa fachada de calma, mesmo enquanto meu corpo queimasse por um nó?

Ah, luas...

E se...

E se o meu cio durar meses? Anos?

Apalpei minha barriga, desejando que a sensação parasse. Rechaçando inutilmente seu poder mais uma vez. *Não, não, por favor! Assim, não!*

Um mês sendo emocionalmente sufocada enquanto estaria perdida no cio me destruiria de uma forma que eu não tinha certeza se iria me recuperar. Talvez com o tempo.

Mas se o meu cio durar mais tempo...

Isso vai me prejudicar de forma irrevogável.

Rosnei mais uma vez e usei cada grama de poder que possuía para criar uma parede dentro de mim e bloquear a energia de Kieran.

Mas ele apareceu das sombras como se não tivesse saído de lá.

— *Puta merda.*

— O que há de errado, pequena trapaceira? — A voz de Kieran ressoou pelo corredor diante de mim, precedendo sua entrada no quarto. — Tendo problemas para desaparecer nas sombras?

Ele parecia divertido.

Satisfeito até.

Isso me fez querer arrancar seus olhos. Arranhar aquele rosto lindo demais. Machucá-lo por inventar esse castigo torturante.

Porque eu o odiava.

Queria destruir cada parte dele.

Sim, eu o traí.

Sim, eu provavelmente merecia esse destino ou pior.

Mas não podia deixá-lo me degradar. Porque isso me destruiria se ele me impusesse esse castigo. Meu cérebro e meu espírito nunca mais se recuperariam.

Tudo o que eu seria era uma escrava reprodutora.

Assim como alguns daquelas ômegas do Território Bariloche.

— Eu te escolhi porque pensei que você possuía um pingo de decência — estourei. — Vejo agora que não tem.

Ele parou a poucos metros da cama.

— O quê?

— Certamente você poderia pensar em uma punição melhor que forçar meu cio enquanto me incapacita mentalmente — continuei, ignorando sua expressão e a energia opressiva que emanava dele.

Eu estava furiosa demais para me concentrar em qualquer coisa que não fosse minha raiva crescente.

— Eu mereço tratamento melhor. Sou a Rainha do Território de Sangue. É da *minha* linhagem que você precisa para ter um herdeiro. Então o que vai fazer? Me reduzir a nada, me fazer procriar e depois? Não poderei ser mãe do nosso herdeiro se você me destruir.

Outro pensamento me atingiu rapidamente, a percepção esvaziando um pouco da minha ira e fazendo meu peito doer como se estivesse sendo perfurado por uma lâmina.

— Você vai escolher outra ômega para criar a criança... — Porque é claro, ele provavelmente já havia escolhido alguém para ser minha substituta.

Isso explicaria sua crueldade. O motivo pelo qual ele não via nenhum problema em me deixar aqui sofrendo por meses, talvez até anos, enquanto minha psiquê era destruída sob seu poder.

— Eu te odeio — murmurei, fechando as mãos contra meu abdômen. — Eu sabia que você poderia ser cruel, mas isso... — Isso era mais que eu jamais poderia ter previsto.

— O que exatamente que você acha que vou fazer com você? — Kieran perguntou, seu tom carecendo da diversão anterior.

— Não jogue comigo, Kieran. Posso sentir sua coação, me forçando a relaxar mesmo quando eu deveria estar perdendo a cabeça. Especialmente com o meu cio chegando. Quarenta anos de supressão contida. Vai... — Não consegui terminar, a dor se espalhou de minha mente para o meu coração.

No entanto, meu pulso permaneceu milagrosamente *calmo*.

Por causa do controle *dele*.

— Nem pensei em tentar desaparecer nas sombras até me lembrar da Savi — sussurrei. — Você sufocou completamente os meus instintos.

— Entorpeci seus sentidos para protegê-la da dor da cura — ele retrucou. — Estava te fazendo um favor. Eu queria que você descansasse.

Algo se descontrolou dentro de mim, alguma coisa se quebrou em minha alma e provocando um forte inspirar do meu peito.

Sua coação.

Ele está... ele está me liberando de sua coação.

— E você toma supressores há *quarenta anos*? — Ele xingou. *Bem alto.* — Você estava tentando matar sua loba? Quando foi a última vez que se transformou?

Eu estava muito sobrecarregada por todas as sensações que me atingiam de uma vez para responder.

Sua energia de cura pulsava dentro de mim, mas as brasas ardentes lambiam minhas veias e provocavam dores de desconforto em minha mente. *Puta merda, isso dói.*

Eu não me sentia mais quente e relaxada.

Me sentia tensa, dolorida e *cansada*.

— O que você fazia antes dos supressores? Como lidou com o cio? Com um beta, talvez?

Bufei. Como se eu fosse arriscar meu vínculo de noivado, deixando qualquer homem ou mulher me tocar dessa maneira. Eu precisava muito do poder de Kieran para arriscar quebrar o vínculo.

— Eu me escondia — resmunguei, minha voz soando muito mais grave que momentos atrás. — Então comecei... — fiz uma pausa para inspirar fundo — os supressores. Em Bariloche.

De repente, ele estava ao meu lado na cama, a palma de sua mão cobrindo a minha na parte inferior do meu abdômen enquanto mais energia vibrava com seu toque.

Vacilei em resposta e ele me silenciou.

O poder pareceu mudar, a pulsação diminuiu em minha barriga para uma dor baixa.

— Estou com você nesse estado há sete dias. Tentei acelerar o processo hoje para terminar sua cura, mas agora vejo que foi um erro.

— Tão ansioso para me fazer sofrer? — perguntei, ofegando sob seu poder.

— Ansioso para torná-la *inteira* — ele respondeu.

— Por quê? Assim você mesmo pode me destruir?

Ele grunhiu.

— Você tem passado muito tempo com os Alfas do X-Clan, Quinnlynn. Caso contrário, saberia que minha punição para você será muito mais inventiva.

— Me trancar em um quarto, desabilitar minha capacidade de reagir e me forçar a um cio prolongado sem acesso a um alfa ou qualquer tipo de alívio não é inventivo o suficiente para você? — Eu não sabia por que sentia a necessidade de provocá-lo, mas ainda não havia superado o que ele fez comigo quando acordei. Eu nunca mais queria sentir esse tipo de manipulação mental novamente.

Mesmo que ele alegasse que era por motivos razoáveis.

A palma da mão de Kieran envolveu minha garganta, e seu polegar empurrou meu queixo para cima, para forçar meu olhar para ele.

— Coloquei uma coleira em suas habilidades de desaparecer nas sombras, sim. Mas não te prendi. E você está no *meu* quarto, Quinnlynn. Você não estará sozinha durante seu cio. Você terá a mim. *Seu companheiro pretendido*.

Ele apertou um pouco para garantir que eu não apenas o ouvisse, mas também o sentisse.

Engoli.

E pisquei.

— Você não está me punindo?

— Ah, eu pretendo te castigar, querida — ele prometeu com a voz suave como seda. — Mas não assim. *Nunca* assim. — Ele me segurou por mais um instante, então baixou a palma da mão para o meu estômago novamente. — Quando foi a última vez que você se transformou? — ele repetiu a pergunta.

Limpei a garganta, mas nenhum som me escapou, pois estava muito atordoada pela mudança abrupta de raiva e medo, para compreensão confusa.

Este era o alfa de que me lembrava.

Dominante, mas estimulante. Pelo menos no que dizia respeito a mim.

Não foi fácil deixá-lo.

Também não seria fácil deixá-lo novamente.

Mas minha vida exigia sacrifícios.

Ele semicerrou o olhar como se já pudesse ler minha mente.

— Você não vai escapar de mim de novo.

Veremos, pensei.

Mas, em vez de expressar essa resposta, respondi à pergunta que ele havia feito antes de sua declaração.

— Desde a época do meu último ciclo de cio.

Ele rosnou, e o som fez com que todos os pelos dos meus braços se arrepiassem.

— Se transforme. Agora mesmo — ele exigiu. Mas suas palavras careciam de qualquer indício de coação. Ele também não usou seu controle alfa sobre mim para forçar os movimentos.

Embora, eu tenha notado o desejo de me comandar à espreita em seus olhos escuros.

Se eu não obedecesse, ele me faria transformar.

E isso iria doer.

Mas o mesmo aconteceria com a transformação em geral. Especialmente depois de tantos anos... *décadas...* negando minha loba.

Engoli em seco.

— Kieran...

— Não vou discutir com você.

— Se eu me transformar, meu metabolismo...

— Muito provavelmente terminará o trabalho de livrar seu corpo desses supressores e vai te mandar para o cio. Sim, Quinnlynn. Estou ciente. *Agora, se transforme.*

— Eu não estou pronta — disse a ele. — Não estou pronta para...

— Para que eu te dê meu nó? — Ele arqueou uma sobrancelha. — Para que eu te reivindique? Um século não foi tempo suficiente para você, Quinnlynn? Precisa de *mais tempo*?

Ele se afastou da cama e ouvi seu jeans escuro sussurrar contra os lençóis sedosos.

Então ele tirou a camisa.

— Se você não se transformar, corre o risco de se desassociar permanentemente de sua loba quando entrar no cio. O que provavelmente acontecerá nas próximas vinte a trinta horas. Não há *tempo* para debater, Quinnlynn. *Agora, se transforme.*

KIERAN

— Você NÃO ACABOU de dizer que foi um erro acelerar minha cura? — Quinnlynn questionou, sem me ouvir. — Me transformar não fará exatamente isso?

Sim. Faria.

E ela não estava errada, era o que eu tinha acabado de dizer.

Mas isso foi antes de perceber que ela negou sua loba por mais de *quarenta anos*. Era um milagre que ela ainda não tivesse se desassociado de seu animal.

Puta merda. Eu senti sua alma despedaçada e as feridas que ela guardava profundamente. Só não tinha percebido a profundidade da causa.

Quatro.

Décadas.

Esta fêmea tinha passado por muita coisa.

Mas não seria nada comparado a cortar os laços com sua loba.

Eu podia sentir como o relacionamento delas estava desgastado, como o vínculo entre fêmea e animal era tênue dentro de sua alma.

— Você precisa abraçar sua loba — eu disse a ela. — Fui capaz de curar quase todo o resto, mas não isso. No entanto, vou forçar sua transformação se for preciso, Quinnlynn. Porque isso precisa acontecer, *para te tornar completa novamente*.

E se ela falasse alguma besteira sobre a querer inteira só para destruí-la, eu rosnaria. Calaria aquela linda boca transformando-a em um focinho.

— Não faça de mim o vilão, querida — avisei. — É um papel que não quero desempenhar em sua vida. Mas é algo que dominei em muitos outros.

Permiti que ela visse a severidade em meu olhar, a ameaça muito real que meu alfa interior representava para sua ômega.

Ela engoliu em seco em resposta e lentamente se levantou da cama.

A seda preta parecia água em cascata sobre suas curvas, fluindo lindamente contra sua pele de alabastro. Eu queria prová-la, *conhecê-la*, torná-la minha.

Mas não ainda.

Não depois de tudo que ela acabou de me acusar de querer fazer com ela.

Eu estava com raiva? Absolutamente.

No entanto, nunca a submeteria a tal tormento. E o fato de ela ter pensado por um único momento que eu era capaz de tal crueldade, apenas provou o quanto ela me conhecia pouco.

Ômegas eram feitas para serem adoradas, não destruídas.

E esta ômega claramente precisava dessa lição mais que a maioria.

Considerando o lugar onde ela passou os últimos quarenta anos de sua vida, não fiquei surpreso.

O Território Bariloche foi totalmente queimado depois

que saímos, e com razão. Alfa Carlos não merecia sua terra, muito menos sua cabeça.

Quinnlynn engoliu em seco, agarrando o vestido.

Arqueei uma sobrancelha, curioso com sua demora. Eu já tinha tirado a camisa, deixando clara minha intenção de me transformar com ela. *Gostaria que eu te despisse?*, quase perguntei, mas as palavras pararam na minha garganta enquanto ela lentamente puxava o tecido por suas pernas bem torneadas.

Não me incomodei em esconder minha admiração.

Ela era uma criatura impressionante, de quem senti muita falta nos últimos cem anos.

Nunca tive a oportunidade de dar um nó nela, ou mesmo beijá-la.

Tudo porque ela *fugiu*. De mim. Como se eu fosse algum tipo de monstro que pretendia mantê-la trancada ou coisa pior.

Ou talvez esse tivesse sido seu plano o tempo todo. Fugir.

Eu não sabia.

Mas estava determinado a descobrir.

Quinnlynn bufou enquanto puxava o vestido pela cabeça. Seus olhos escuros encontraram os meus em desafio, me fazendo sorrir.

— Pode me testar o quanto quiser, pequena trapaceira — informei a ela. — Gosto de ganhar.

Ela tensionou a mandíbula.

— Não estou te testando.

— Humm — murmurei, nem concordando, nem discordando.

Ela bufou novamente e fechou os olhos.

A energia girava enquanto ela enfrentava sua loba, o calor de seu espírito parecendo roçar o meu.

Nossa, meu animal ronronou. *Esta fêmea é nossa.*

Ela permaneceu intocada, ou deu a entender isso, de qualquer maneira. Embora ela pudesse ter transado com um beta ou mesmo outro ômega, ela definitivamente não tinha estado com outro alfa. Se tivesse levado o nó de outro alfa, nosso noivado teria se desfeito e sua ligação com minhas habilidades teria morrido.

É por isso que ela permaneceu fiel? me perguntei. *Ou era algo mais?*

Quinnlynn estremeceu, atraindo meu foco de volta para sua loba.

Ou a falta dela.

Fiz uma careta. *Algo está muito errado.*

Eu podia senti-la tentando se transformar, o zumbido suave de familiaridade beijando minha alma e me incitando a me transformar com ela. Mas ela não estava se transformando em nada.

Ela se agachou no chão de uma maneira graciosa, que sugeria que ela estava prestes a se transformar. No entanto, nada aconteceu.

Quinn permaneceu de quatro na forma humana, uma posição que eu acharia útil e até atraente na maioria das situações, especialmente porque ela estava fazendo isso ao lado da minha cama, mas a dor que emanava dela me fez ajoelhar na sua frente, em vez de atrás.

— Quinnlynn, você está...

— *Estou tentando* — ela rosnou, estremecendo com as palavras e abaixando a testa no chão, em súplica.

— Posso sentir que você está tentando, querida — falei baixinho, levando a mão para sua nuca. — Sua loba está te recusando?

— Eu não... eu não sei. — As palavras soaram dolorosas, me fazendo querer curá-la.

Mas não queria ser acusado de "sufocar seus instintos" novamente.

Então, ao invés disso, ronronei, meu lobo precisando fazer algo para aplacar sua futura companheira.

Ela se acalmou sob minha mão, a energia de sua transformação se dissolvendo ao seu redor.

Não comentei, nem a pressionei. Apenas lhe proporcionei um pouco de conforto.

Ela finalmente ergueu seu olhar cheio de lágrimas para o meu, com a testa franzida em confusão.

— O que você está fazendo?

— Esperando — respondi.

— Pelo quê?

— Você se acalmar e tentar de novo — respondi simplesmente, meu ronronar um ritmo constante sob minhas palavras.

— Você não vai me forçar?

— Eu preferiria não precisar fazer isso — disse a ela. — Mas vou se você me pedir. — Ou se ela se recusasse a tentar novamente, então sim, eu a obrigaria. Porque ela precisava disso. Ela passou muito tempo sem se transformar.

Quatro décadas.

Talvez eu nunca a perdoasse por isso.

Puta merda, a *loba* dela poderia não perdoá-la. E essa era a verdadeira preocupação aqui.

E se ela estiver ainda mais desassociada de seu lado animal do que eu percebi? Passei o polegar pela base de sua garganta. *Se for isso, teremos muito trabalho a fazer.*

Acariciei sua aura com meu dom de cura, tecendo os fios desgastados que a ligavam à sua alma animalesca. Eles foram danificados, mas não partidos. Ela deveria ser capaz de se transformar.

Mas quando ela se conectou com seu dom novamente, senti os fios se esticando dentro dela, ameaçando estourar. Meu ronronar aumentou, sua agonia despedaçando meu coração e tornando quase impossível ignorar meu instinto de *ajudar*.

Ela gritou e caiu para a frente mais uma vez, mas desta vez sua testa foi para o meu peito em vez do chão. Eu a segurei contra mim e continuei meu ronronar baixo, tentando acalmá-la, e ela tremeu em resposta.

— *Kieran*.

— Shh — silenciei, intensificando meu ronronar, enquanto puxava seu corpo trêmulo contra o meu.

Quinnlynn passou os braços em volta dos meus ombros enquanto enterrava o rosto em meu pescoço. O suor umedeceu sua espinha e sua pele assumiu um brilho de seus esforços.

Seu tremor aumentou, a respiração ficou ofegante pelo esforço de tentar se transformar.

Acariciei minhas costas para cima e para baixo, enquanto minha mão oposta permanecia contra sua nuca, segurando-a contra meu pescoço, tentando acalmá-la com meu peito.

— Está tudo bem, pequena — sussurrei. — Vamos consertar isso.

— Eu não sabia — ela respondeu. — Não percebi...

— Está tudo bem — repeti.

Na verdade, não estava tudo bem. Era o oposto de bem. Mas nos preocuparíamos com isso *depois* que eu a ajudasse.

Castigar minha companheira nesta condição só iria prejudicá-la ainda mais. O que ela precisava agora era do meu apoio, não de castigo.

Me sentei no chão e a puxei para o meu colo. Ela se enrolou em meu peito com um estremecimento, com o rosto úmido de suas lágrimas.

Foi por isso que não quis forçar sua transformação com um grunhido, iria doer.

Mas parecia que tentar se transformar por conta própria também doía.

Talvez eu devesse apenas rosnar, pensei. Mas eu teria me sentido um idiota por abusar do meu poder sobre ela. Fui sincero no que disse: não queria ser o vilão dela. Eu ficaria feliz em ser um vilão *por* ela, mas nunca *para* ela.

Continuei a passar a mão em suas costas, mantendo o ronronar em um ritmo constante em meu peito.

Ela finalmente começou a se acalmar, seus tremores se dissipando sob alguns suspiros pesados, enquanto ela se derretia em meu peito.

Era isso o que deveríamos ter tido desde o início, quase falei. *Mas você fugiu. Me deixou. E ainda não faço ideia do porquê.*

Afastei o toque de seu pescoço para passar os dedos por seu cabelo escuro e sedoso. Acariciando-a. Conhecendo-a. *Acalmando-a.*

Ela não se afastou, sua loba interior faminta pelas atenções de um alfa. E não apenas qualquer alfa, mas o *seu*. Porque embora a mulher pudesse ter fugido, seu animal conhecia o meu. Nossas almas estavam ligadas através do vínculo de noivado.

O que era parte do motivo pelo qual eu não podia puni-la agora.

Mesmo que ela merecesse.

— Por quê? — ela sussurrou. Sua voz era um som rouco que a fez limpar a garganta.

— Porque o quê? — respondi, ainda passando os dedos em seu cabelo. Minha outra mão estava na parte inferior de suas costas, a posição destinada a fazê-la se sentir segura e protegida.

— Por que você está sendo gentil? — Sua voz estava um pouco mais forte agora, mas ainda baixa.

— Porque você é minha — respondi simplesmente.

— Mas você está com raiva de mim.

— Muita — concordei. — No entanto, já te disse que nunca iria puni-la de forma prejudicial, Quinnlynn. Não sou um desses alfas do X-Clan, do Território Bariloche.

— Nem todos eram alfas do X-Clan — ela murmurou, as palavras tão baixas que quase não as ouvi.

Paralisei.

— Havia outros tipos?

— Alfas visitantes — ela confirmou.

Segurei seu cabelo e puxei-a um pouco para trás, querendo ver seu rosto.

— Que tipos de alfas visitantes?

Ela estremeceu, demonstrando que meu tom e toque tinham sido um pouco rudes demais. Mas o que ela acabou de dizer sugeria algo que eu não esperava: que outros alfas visitavam o *playground* de Carlos, no Território Bariloche.

— Havia Alfas do V-Clan? — questionei. Porque isso ia contra o cerne da nossa existência. Alfas do V-Clan protegiam e reverenciavam ômegas. *Sempre*. E não havia nada de *protetor* ou *reverente* na transa que eu tinha visto no território de Carlos.

— Um — ela admitiu.

— Quem?

Ela balançou a cabeça.

— Eu nunca o vi. Me escondi quando ele visitou o lugar.

— E ele não te sentiu?

— Eu me escondi fora do território — ela esclareceu. O que confirmou o que eu já sabia: Quinnlynn poderia ter deixado aquele lugar se quisesse. No entanto, ela escolheu permanecer naquele inferno ao invés de voltar para casa.

— Era realmente muito melhor lá que aqui? — perguntei, irritado com a escolha dela.

Ela olhou para mim, seus olhos escuros não revelando nada.

— Elas precisavam de mim.

— As ômegas?

— Sim.

— Eu as teria ajudado — apontei. — Se você tivesse me pedido.

Ela se afastou, semicerrando o olhar da mesma maneira desafiadora de antes. — Enviando-as para o Território de Andorra? Como você fez com a Savi?

— Entre outras localidades.

— Então volte e salve as outras — ela pediu. — Volte e ajude-as.

Olhei para ela por um longo momento, debatendo sobre o quanto eu queria contar a ela. Por um lado, eu poderia reter a informação e talvez usá-la como moeda de troca mais tarde. Por outro, eu poderia abrir mão da verdade e ganhar algum favor.

Este último era melhor que ela merecia, pois era eu quem merecia o favor dela, e não o contrário.

Infelizmente, aquele leve tremor em seu lábio me fez suspirar. Porque isso claramente atingiu seu coração.

— Elas precisavam de mim — ela respondeu. Essa declaração era importante. Não apenas para ela, mas para a nossa situação. Ela se sentia protetora das ômegas. Era uma característica que compartilhávamos.

— Elas já estão salvos, Quinnlynn. O Território Bariloche foi completamente queimado. E todos os alfas ficaram sem casa. Apenas alguns se qualificavam para ganhar asilo em outros territórios. Mas não muitos.

Ela se sentou um pouco mais reta.

— As ômegas estão aqui?

Fiz uma careta.

— Não. A maioria delas foi levada para o Território de Andorra.

Ela tensionou a mandíbula.

— Para um setor cheio de lobos alfa e poucas ômegas.

— Para um território dirigido por um alfa respeitável — corrigi. — Com uma instalação de saúde de última geração, que por acaso é administrada por uma Ômega X-Clan.

— Riley — ela grunhiu e a veemência em seu tom me surpreendeu. — Sua ex-parceira.

Arqueei a sobrancelha.

— Minha ex-parceira de pesquisa, sim.

Ela bufou.

— Certo.

Eu sorri, o cheiro de ciúme pareceu se espalhar ao redor dela. *Que fofo*, pensei.

— Você está preocupada que eu tenha transado com ela. — Levantei a cabeça. — Não sabia que você se importava.

— A única coisa que me importa é a injustiça do vínculo de noivado que obriga a ômega a permanecer fiel ao seu alfa e não o contrário — ela rebateu.

— Você poderia ter transado com um beta — ofereci.

Ela bufou.

— Como se isso fosse ser agradável.

Meu sorriso cresceu, a diversão acariciando meu peito.

— Não teria sido mesmo.

— Ainda assim, você provavelmente transou com toda a população ômega daqui — ela murmurou, desviando seu foco do meu rosto.

E lá se foi meu sorriso.

Aumentei meu aperto em seu cabelo para forçar seu olhar de volta para o meu.

— Teria sido meu direito, considerando que minha

prometida me deixou antes de nosso acasalamento — eu a informei de forma categórica. — Se você queria que eu permanecesse fiel, deveria ter ficado.

Ela semicerrou o olhar.

— Então é assim que você está me punindo? Transando com todas as outras ômegas disponíveis? Vai fazer isso na minha frente também?

— Isso provaria um ponto? — perguntei a ela.

Ela se afastou de mim, ou tentou, de qualquer maneira, mas minha mão na parte inferior de suas costas a segurou no lugar. Quando ela tentou sair do meu colo, segurei sua nuca e a forcei a olhar para mim.

A raiva em suas íris me deixou excitado.

Porque isso significava que ela não queria me compartilhar de jeito nenhum.

O que provavelmente era resultado de nosso vínculo de noivado e a ligação de sua loba com minha alma, mas eu poderia trabalhar com isso.

— Por que você acha que eu iria te punir transando com outra ômega na sua frente, Quinnlynn?

Ela apertou a mandíbula, com a expressão aborrecida.

— Isso te puniria? — pressionei. — Faria você se sentir mal por fugir? Ou te faria se sentir *justificada* em me deixar sem dizer uma palavra?

Aquele queixo dela se projetava de um jeito teimoso, enquanto a fêmea se recusava a responder.

— Acho que faria você se sentir justificada — continuei. — O que anularia o propósito da punição, não é?

Dei um pequeno aperto em sua nuca enquanto estudava seu rosto atentamente.

Suas narinas dilataram um pouco, mas foi o suficiente para confirmar minhas suspeitas.

— Recebi muitas ofertas — continuei. — Até tive ômegas me implorando para transar com elas.

Ela grunhiu, mas o cheiro de seu ciúme e raiva inundou a sala. Porque sua loba sabia que eu pertencia a ela. Fazer uma proposta para mim – o companheiro pretendente da Princesa do Território de Sangue – era um insulto direto a Quinnlynn. Uma demonstração de desrespeito ao seu trono. Porque ninguém deveria considerar tentar me tirar dela.

Exceto que ela fugiu.

E ela teve um rude despertar quando cumprimentou seu povo mais tarde.

— Quer saber quantas delas eu comi? — perguntei a ela, desviando o olhar para sua boca antes de voltar lentamente para seus olhos.

— Não — ela retrucou. Mas sua loba discordou com um rosnado baixo que fez Quinnlynn estremecer.

Isso fazia parte de sua dissociação.

Seu animal queria sair. No entanto, ela se recusava a aparecer quando Quinnlynn tentou se transformar, porque não queria honrar sua metade humana.

No entanto, *agora* sua loba queria *me* ensinar uma lição.

A reação me fez sorrir.

— Tem certeza? — perguntei a ela. — Talvez eu devesse dizer quantas ofertas recebi? Quer que eu comece a listar nomes, humm?

O rosnado aumentou e Quinnlynn grunhiu.

— *Pare.*

— Por quê? — Mantive a voz irreverente, incitando propositalmente sua loba. — Você me deixou, querida. Sou um alfa com necessidades. Você pode não querer meu nó, mas outras mulheres querem.

— *Kieran.* — O estrondo ao pronunciar meu nome me disse que ela estava perto de se transformar e atacar.

Eu provavelmente levaria uma garra no peito.

Mas valeria a pena a dor se isso funcionasse.

— O que, Quinnlynn? Quer os detalhes? Qual era o cheiro delas? Como elas me encharcaram em sua necessidade de ômega? Como elas *gemiam* meu nome? — Dei a ela o meu melhor olhar indiferente. — Não estou preso aos mesmos requisitos que você, certo? Foi o que você disse. Então, quantas mulheres você acha que comi nos últimos cem anos?

Outro som feroz a deixou, fazendo com que eu ficasse ainda mais excitado. *Puta merda, eu preciso dessa mulher. Eu a quero. Eu a desejo. Pretendo* reivindicá-la.

Mas eu não tinha terminado.

Ela tinha que se transformar.

Tão perto, querida. Estamos tão perto.

— Para quantas bocetas você acha que eu já dei meu nó? — pressionei, usando palavras vulgares propositalmente para levá-la ao limite. — Pense nelas apertando o que deveria ser seu. Enfiando suas garras em minhas costas. Mordendo meu pescoço. Talvez eu esteja prometido a uma delas agora. Você pode sentir o cheiro de alguma delas em mim?

Ela se inclinou para cheirar, sua loba claramente assumindo a ação enquanto seu peito lançava outro som animalesco.

— Talvez eu planeje reivindicar uma delas em vez de você — falei em seu ouvido. — Você gostaria disso, Quinnlynn? Preferiria que eu tomasse uma delas como minha companheira? Que eu aceitasse uma das *dezenas* de ofertas que recebi?

Seus dentes roçaram meu pulso, confirmando a presença de sua loba na superfície.

— Talvez eu devesse dizer quantas dessas ofertas foram

feitas neste mesmo quarto, na *minha cama*. — Mordisquei o lóbulo de sua orelha. — Com meu nó enterrado...

Sua mão cortou meu peito, os dedos se transformando em garras.

E então ela gritou quando a transformação assumiu, com os ossos estalando por anos – *décadas* – de desuso. Enviei uma onda de poder de cura, precisando ajudar a aliviar sua transformação, apesar de minhas reservas em contrário. Ela poderia me acusar de entorpecer suas sensações mais tarde. Preferiria isso à agonia que senti atravessando nosso vínculo.

Mas não foi apenas por causa de sua transformação.

Foi o pensamento de tudo o que acabei de dizer.

Saber que a incomodava me fez sentir vitorioso de certa forma, principalmente porque eu sentiria o mesmo por ela com outro homem.

Ela era minha.

E eu não compartilhava.

Sua loba rosnou, seu lindo pelo preto brilhando sob a iluminação do meu quarto.

Sorri, satisfeito com sua aparência.

Até que ela se lançou para o meu pescoço, com a intenção de rasgar minha garganta.

O que eu merecia até certo ponto, afinal estava incitando a doce criatura com minhas palavras. Ela poderia não ter entendido, mas o ciúme de Quinnlynn era compreensivo. O que era o suficiente para persuadir a besta a sair do esconderijo.

Segurei seu focinho antes que ela pudesse morder minha garganta e passei o braço em sua cintura para virá-la de costas comigo pairando sobre ela. Suas patas subiram para me agarrar, as pontas afiadas pegando minha pele.

— Acalme-se, Quinnlynn — exigi, enquanto meu lobo

enviava uma explosão de energia dominante através dela, forçando-a a obedecer.

Ela choramingou em resposta, seu animal ferido pelo meu tom severo.

Soltei seu focinho e passei os dedos por seu pelo macio. Apesar de estar um pouco magra, ela parecia saudável o suficiente. Provavelmente de minhas ministrações esta semana.

Seus olhos escuros me olharam antes de se mover para o lado em clara submissão.

Mesmo na forma humana, eu poderia vencê-la.

Mas não queria uma companheira dócil.

Ou destruída.

Foi por isso que pressionei os lábios em seu ouvido e disse:

— Vou te contar quantas ofertas aceitei desde que você partiu, Quinnlynn. Quantas mulheres eu *comi*.

Ela se acalmou embaixo de mim, sua respiração parecendo parar.

Este seria o momento em que eu poderia ser cruel, um momento em que eu poderia realmente puni-la.

No entanto, eu não era assim.

Eu era um lobo forte. Um macho com autocontrole. Um *bom companheiro*.

Todos os fatos que ela agora entenderia.

Com uma única palavra.

— *Nenhuma.*

QUINN

A REVELAÇÃO de Kieran me deixou paralisada debaixo dele.

— *Nenhuma.*

Ele não esteve com ninguém desde que fugi.

Verdade ou mentira? me perguntei. Mas ele não cheirava a mentira ou falsidade. Ele... ele cheirava como um alfa sexy em necessidade.

Uma necessidade que senti crescer contra meu corpo, quando estava sentada em seu colo.

Um desejo que parecia ecoar dentro de mim enquanto minha loba inalava seu perfume de menta.

Seus lábios sussurraram contra minha testa enquanto ele se afastava de mim.

— Vamos dar uma corrida — ele me informou, movendo a mão para sua calça jeans. — Depois, vamos discutir o seu cio.

Essas palavras fizeram meu estômago se revirar.

Mas não em repulsa.

Em expectativa.

Merda. Já começou. Eu podia sentir meu interesse por ele aumentar a cada segundo. Porque meu cio era iminente.

E sua revelação...

Ele não esteve com mais ninguém.

Isso mostrou uma incrível capacidade de contenção. De devoção. E...

E outras qualidades que eu queria ignorar.

Mas não consegui.

Ele permaneceu fiel.

Não deu seu nó a mais ninguém.

Ele só disse tudo isso para me persuadir a me transformar.

Não como um castigo ou para ser cruel. Mas por mim. Para me ajudar.

Kieran nunca foi particularmente rude ou desagradável. Na verdade, ele provou ser *muito* gentil. Mas isso não significava que eu podia confiar nele.

Também não significava que poderia confiar nele agora.

Ele podia ter se mostrado capaz de lidar com o Território de Sangue e, pelo que pude perceber, não havia chegado perto do Santuário, mas isso não o tornava inocente.

Ninguém é inocente.

Um assassino espreitava entre os setores do V-Clan.

Um alfa de nome e origem desconhecidos.

Um que matou meus pais.

Essa era a parte que ninguém sabia: a queda do avião não foi um acidente. Foi um ataque.

Um ataque que me deixou como única herdeira.

A única V-Clan real.

A única *protetora.*

O Santuário precisava da minha magia para prosperar. O que me tornava a chave literal para a sobrevivência deles.

Bem como uma chave para entrada.

Kieran foi o único alfa que não tentou competir pela minha mão após a morte de meus pais. O que o marcou como o pretendente mais seguro. Porque, com certeza, quem quer que tivesse ido atrás dos meus pais também iria me querer.

No entanto, para todos os efeitos, ele não me queria.

Até que apareci em seu território e lhe fiz uma oferta, que sabia que ele não recusaria.

Ele podia não gostar da arena política ou da ideia de liderar a capital do nosso mundo, mas era um alfa que sempre prosperou no conceito de desafio. E ofereci a ele o maior de todos: um trono para defender.

Em troca, herdei sua habilidade de curar, que me foi bastante útil no último século.

Se concluíssemos nosso acasalamento, eu herdaria muito mais poder.

Mas ele também teria acesso ao verdadeiro coração de nossa espécie.

E *isso* não era um presente que eu poderia dar de forma leviana. Ou já. Não até que eu resolvesse este quebra-cabeça.

Um quebra-cabeça que eu vinha tentando montar há mais de cem anos.

Esse quebra-cabeça também me levou ao Território Bariloche. Entre outras coisas. *Como Kieran me encontrando em Atlanta.*

Ele tirou as botas e jeans, dando a minha loba uma bela visão de sua bunda firme. Eu disse para não olhar, mas ela me ignorou e soltou um ruído apreciativo que soou como um bufo faminto.

Pare com isso, disse a ela.

No entanto, ela se sentou e apreciou abertamente seu futuro companheiro assim que ele olhou por cima do ombro. Kieran me deu um sorrisinho malicioso que eu realmente queria tirar de seu rosto com minha pata com garras. Mas meu animal parecia estar no comando agora, porque ela deu apenas um pequeno suspiro em resposta.

— Pelo menos, sei que você é facilmente domada — ele murmurou em um tom irritante de diversão. — Quer ver o que está perdendo?

Minha loba praticamente se derreteu ao som de sua voz profunda e masculina. Ela provavelmente faria qualquer coisa que ele pedisse. Incluindo suplicar.

Traidora, murmurei para ela.

Então ele me encarou, me dando uma visão de sua masculinidade impressionante.

Puta merda. Senti-lo contra a minha bunda tinha sido uma coisa. Vê-lo? Vê-lo era completamente diferente.

Porque eu nunca o tinha visto nu antes. Nunca nos transformamos ou corremos juntos. Principalmente porque era uma atividade bastante íntima e eu não estava interessada em conhecê-lo de verdade antes. Ele tinha sido um meio para um fim.

Ele ainda é um meio para um fim, pensei.

Um bom fim, minha loba parecia estar pensando. Porque ela praticamente engoliu a língua quando ele nos encarou.

E agora ela estava focada apenas em seu nó. Algo que ele parecia estar garantindo que déssemos uma boa e longa olhada.

— Todo seu — ele murmurou, seu comentário me lembrando de seu celibato. — Depois da nossa corrida.

Meu estômago se revirou com a promessa contida nessas três palavras.

Vou entrar no cio.

E ele vai me dar o nó.

Então me reivindicar.

O que lhe daria acesso a...

Paralisei quando sua besta saiu para brincar, sua magia era uma ondulação de poder que me deixou sem fôlego quando ele ficou de quatro no que pareceu um piscar de olhos.

Tão rápido.

Tão forte.

Tão meu.

Balancei a cabeça. *Não. Não é meu. Não de verdade.*

Ainda não, outra voz parecia dizer.

Nunca, retruquei.

Mas minha loba tinha outras ideias.

Ela imediatamente nos rolou de costas para mostrar a barriga enquanto lhe dava um sorriso torto e brincalhão.

Ele bufou em resposta ao seu pedido não tão sutil para brincar.

Ela choramingou com a rejeição óbvia, o som tão irritante e cheio de carência, que me senti enjoada. *Que tal você me deixar conduzir esta dança?* sugeri.

Não que ela realmente pudesse me entender.

E mesmo que pudesse, suspeitei que sua resposta seria algo como: *Você me sufocou por mais de quatro décadas. Vá se foder.*

O que, sim, eu provavelmente merecia.

Kieran bufou novamente, atraindo meu olhar para onde ele estava me observando com uma expressão de expectativa. Minha loba deu a ele outro sorriso cheio de dentes.

Ele se inclinou para dar uma lambida afetuosa em meu nariz, o que fez meu animal praticamente ronronar em resposta.

Então ele inclinou a cabeça em um movimento que dizia: *Vamos.*

Ela imediatamente rolou de volta para as patas e pulou de excitação.

Ele recompensou sua aquiescência batendo de leve seu focinho muito maior contra o meu. Minha loba o mordeu em resposta, aparentemente com vontade de brincar.

Kieran grunhiu e segurou minha nuca com os dentes. Congelei por dentro, o gesto dominante me fez sentir um pouco segura demais em sua presença.

Então o ar começou a mudar enquanto ele nos seguia para fora de sua toca e para uma rua lá fora.

Minha loba esperou de forma paciente que ele nos soltasse, enquanto eu tentava desesperadamente inspecionar nossos arredores.

Ele nos segurou por mais tempo que o necessário, algo que eu suspeitava que ele fazia para deixar claro que, se eu tentasse correr, ele me pegaria e me arrastaria de volta pela nuca. Quando Kieran finalmente nos soltou, minha loba fez um pequeno círculo, com as pernas desajeitadas pela falta de uso todos esses anos.

Aproveitei aquele momento para rever nosso entorno.

Reykjavík. Não o centro da cidade, mas a periferia. Longe do porto e mais perto da terra que nos levaria às montanhas.

Tudo parecia muito mais moderno que eu me lembrava, os prédios mais novos e reconstruídos desde o início da Era Infectada.

O Território de Sangue sempre existiu aqui, os lobos tendo uma relação simbiótica com os humanos ao redor. Nossa espécie precisava de sangue, mortal ou não, para que nossa magia prosperasse. Semelhante aos nossos primos vampiros de certa forma, mas não tão intrusivos.

No entanto, tínhamos limites de quanto tempo poderíamos ficar sem, algo que experimentei muito ao longo do último século.

Eu poderia passar cerca de um mês sem beber e me sentir bem.

Mas dois meses era muito esforço.

Três meses esgotaram quase toda a minha energia.

E quatro me deixaram sentindo não mais forte que um ser humano.

Um Príncipe Alfa, como Kieran, provavelmente poderia passar quatro meses sem e ainda prosperar. Sua necessidade começaria depois de seis ou sete meses.

Então nossa espécie desenvolveu um sistema com os habitantes da Islândia: nós os protegíamos por um imposto de sangue.

E Kieran tinha mais que cumprido sua parte naquele acordo.

A Infecção nunca havia chegado à Islândia, algo que eu sabia por causa das conversas com Kyra. Ela vigiava de perto o Território de Sangue para mim, entre outras coisas. Ela era minha rocha.

E podia ser a minha passagem para fora daqui.

Kieran colocou uma coleira na minha capacidade de desaparecer nas sombras.

Mas não na dela.

Eu só precisava encontrar uma maneira de enviar uma mensagem. Ou talvez esta corrida de hoje fosse mensagem suficiente. Ela ouviria o boato sobre meu retorno e entraria em contato.

Talvez até já soubesse que estava aqui, especialmente se o que Kieran disse sobre o Território Bariloche fosse verdade.

Espero que seja.

Espero que as ômegas estejam seguras.

Mas Território Andorra? Eu não tinha tanta certeza se era *seguro.* Embora ele tenha mencionado que Riley dirigia os laboratórios de pesquisa lá. O que significava que elas estavam em boas mãos.

Mesmo que eu não me importasse muito com a bela médica ômega.

— *Ex-parceira de pesquisa* — Kieran havia dito. Seguido por seu pronunciamento de que não havia dado seu nó a mais ninguém enquanto eu estava fora.

— *Nenhuma.*

Essa podia ser a minha nova palavra favorita.

O que não era exatamente algo com que eu deveria me importar, mas me importava. Significava algo para mim. Algo... poderoso.

Algo que eu não deveria sentir.

Kieran esbarrou no meu lado, me puxando de volta para si e para a calçada embaixo de nossas patas.

Eu não estava prestando atenção, deixando minha loba me guiar. Mas parecia que ela havia parado de circular. Olhei ao redor, curiosa para saber o que havia captado seu foco agora.

Companheiros de alcateia.

Meu coração se apertou. Vários deles apareceram como fantasmas do meu passado, parados do outro lado da rua, nas sombras projetadas pela lua e pelos prédios ao redor.

Eu não tinha certeza do que esperava ao voltar. Na verdade, não havia pensado nisso, pois ainda não estava pronta para pensar em voltar para casa, mas certamente não era isso.

Eles olharam para mim como se eu fosse uma estranha. E, para eles, talvez fosse. Fazia mais de cem anos. Vivi muito desde então, assim como eles.

Kieran esbarrou em mim novamente, então usou seu focinho para gesticular na direção que ele queria correr.

Alguns dos outros bufaram com a exibição, me fazendo franzir o cenho internamente.

Ele os ignorou.

Assim como minha loba.

Ela estava mais impressionada com o grande alfa ao seu lado, aquele que ela queria reivindicar como seu, e se inclinou para mordiscar o focinho dele novamente.

Ele grunhiu para ela e começou a avançar.

Ela imediatamente o seguiu, em obediência resoluta.

Você é uma vergonha, pensei para ela. *Não precisamos dele para nos escoltar. Poderíamos correr para as montanhas sozinhas.*

Mas ela não tinha vontade de deixá-lo, como evidenciado pela maneira como se esfregava nele enquanto caminhávamos.

Ele não retribuiu o gesto, algo que pareceu irritá-la. Ela continuou a tocá-lo, acariciá-lo e *marcá-lo* com seu cheiro.

Quando chegamos à periferia da cidade, depois de termos sido observados por vários outros companheiros de alcateia que haviam se esgueirado para a rua sem qualquer tipo de reconhecimento formal, Kieran saltou.

Minha loba fez um som excitado quando ele nos jogou no chão com seu grande corpo sobre o nosso.

Ele soltou um rosnado que fez minha loba sorrir, enquanto eu gemia por dentro. Ele sabia o que aquele som faria. Minhas veias imediatamente se iluminaram com um fogo incontrolável que só ele poderia extinguir.

Com seu nó.

Eu não passava pelo cio há tanto tempo, que quase me esqueci dessa *necessidade* desagradável. Mas agora me atingiu bem no abdômen, causando um tremor que se espalhou do meu centro para meus membros.

Ele lambeu meu focinho em resposta, claramente satisfeito com a reação da minha loba.

Ela se derreteu ainda mais.

Eu odeio isso. Eu te odeio, pensei para ele.

Suas íris escuras brilharam como se ele pudesse me ouvir. Talvez pudesse ver a raiva em meu olhar.

Mas então ele soltou um latido brincalhão e pulou de cima de mim. Fiz uma careta, ou pelo menos, fiz mentalmente. *O que ele está faz...*

Minha loba saltou e partiu atrás dele em uma corrida mortal, suas pernas parecendo funcionar muito bem agora que ela se aqueceu um pouco pela cidade.

O vento atingiu meu pelo, enquanto aromas familiares assaltavam meu nariz. *Casa*, pensei, com os olhos quase se fechando. *Estou em casa*.

Visões do passado me atingiam enquanto corríamos, o cenário bem menos mudado aqui, sob as árvores e campos.

Neve.

Areia Preta.

Cumes de gelo.

Esplêndido.

Meu pai costumava correr comigo por esse mesmo caminho, me levando à serra para explorar um pouco, a caminho da propriedade da família escondida no meio das árvores.

Kieran a manteve? me perguntei. *Os terrenos do palácio ainda estão intactos?*

Seu escritório ficava na cidade, provavelmente na cobertura de um prédio alto, dada a vista que eu tinha visto das janelas.

Eu preferia o deserto, as cachoeiras e as árvores.

Preferia a *neve*.

Minha loba também, algo que a fez se sentir em casa quando encontrou um trecho particularmente macio nas planícies para rolar, antes de perseguir Kieran mais uma vez.

Ele diminuiu o ritmo para deixá-la brincar e lhe deu tempo para alcançá-lo agora, antes de continuar.

Ele está me levando para a casa dos meus pais? Porque estávamos no caminho certo para que isso acontecesse.

Acelerei o ritmo, ou melhor, minha loba o fez, nossas mentes entrando em sincronia enquanto a excitação tomava conta de nós.

Casa. Casa. Casa.

Cada passo parecia mais seguro, mais poderoso, mais eu.

Senti falta disso, pensei. *Senti saudades desse lugar. Deste mundo. Do meu território.*

Passei tantos anos me forçando a esquecer, a ignorar o chamado em minha alma, mas agora que estava aqui, não podia ignorá-lo. Isso me fez sentir inteira. Viva. *Completa.*

O vento estava certo. Os cheiros também. Assim como a neve. E o cenário.

Casa. Casa. Casa.

Minha alma se alegrou e minha loba finalmente recuou um pouco para me deixar liderar. Nossos espíritos pareceram se unir em harmonia mais uma vez, me *conectando.*

Esta era a dissociação que Kieran temia: minha incapacidade de me transformar ou controlar minha loba. Eu nem tinha percebido o quanto estiver perto de perder minha alma animalesca.

Agora eu sabia.

Agora eu entendia.

E a constatação me aterrorizou.

Como eu me permiti ficar tão perdida? Eu estava consumida pela necessidade de curar e proteger. Quase desisti da busca pelo assassino de meus pais, principalmente porque meu esconderijo tinha mais ou menos protegido o Santuário de qualquer maneira.

No entanto, em algum momento, perdi de vista o

objetivo final: voltar para cá. Voltar para um companheiro. Voltar para *Kieran*.

Seu pelo escuro brilhava sob a luz da lua, seu corpo longo, esguio e poderoso. *Como uma pantera elegante*, avaliei. *Só que ele é um lobo. Um lobo preto muito comprido.*

Meu lobo.

Ele correu com facilidade, com as patas seguras e passo confiante. Este era um homem que não temia nada. Ao se curvava para ninguém. Pegava o que queria sempre que desejava.

E ainda assim, ele permaneceu fiel a mim.

Ao meu trono.

A coroa.

Talvez ele se mostre confiável, afinal.

Ou talvez ele prove ser o vilão final.

Mas eu o escolhi porque ele era o suspeito menos provável.

No entanto, ele concordou rapidamente também.

O que me deixou em conflito novamente em relação à inocência dele.

Segui uma trilha para o Território Bariloche, especificamente, atrás da assinatura de um desconhecido Alfa do V-Clan, mas nunca o vi. E ele só apareceu duas vezes.

Ao invés de tentar persegui-lo mais, fiquei para curar as ômegas que precisavam de mim.

E eu tinha me esquecido do meu verdadeiro propósito: *vingança.*

Estar de volta foi um pouco do alerta de que eu precisava, um lembrete da importância da minha antiga busca. *Preciso enviar uma mensagem para Kyra, então eu...*

O pensamento sumiu da minha mente enquanto eu seguia Kieran por uma curva familiar, que revelava o perímetro da propriedade de meus pais.

Só que...

Só que não estava certo.

Não estava certo mesmo.

Havia árvores crescidas demais. Arbustos descuidados. Muita neve. Não havia... nenhum caminho...

Franzi o cenho quando minhas patas desaceleraram, a incerteza da minha loba rivalizando com a minha. Ela não queria mais seguir esse caminho. Parecia errado. Frio. Sem uso.

Mas eu tinha que continuar. Tinha que ver a casa. Verificar como estava. Provar o ar, inalar os aromas, rolar no chão familiar e me deleitar com minhas memórias.

No entanto, minha loba se recusou. Ela cravou suas garras no chão abaixo de nós, sua resposta resoluta.

Bem, isso é muito ruim, pensei para ela. *Eu estou no comando, não você. Agora corra.*

Nos forcei a dar alguns passos para frente, apenas para ela pegar meu controle e nos empurrar para trás.

Pare com isso, exigi, empurrando-a novamente.

Mas ela recuou de novo.

Rosnei, furiosa. *Você não está no comando aqui!*

Estou sim, ela parecia dizer enquanto eu lutava pelo controle.

Como foi que isso aconteceu? Pensei, enquanto nós duas girávamos lutando uma contra a outra.

Ela me empurrou para trás.

Eu a empurrei para frente novamente.

E continuamos girando, minha mente se fragmentando sob o ataque e a sensação de ser dividida em dois.

Um rosnado agudo entrou no caos, mas eu estava muito envolvida neste debate com minha loba para prestar atenção ao aviso naquele som.

Estou ocupada, pensei enquanto tentava puxar as rédeas da minha loba novamente.

Ela rosnou em fúria.

Eu retruquei.

E minha alma perdeu o senso de equilíbrio de antes, meu coração parecendo bater forte por uma razão inteiramente nova agora.

Cada parte de mim doía.

Minhas entranhas queimaram.

Meu mundo... *girou*.

Porque estávamos literalmente correndo em um círculo frenético, parecendo um ciclone de pelo preto enquanto minha loba se recusava a me dar o controle que eu desejava.

Outro rosnado soou, este ainda mais poderoso que antes.

Minha loba começou a se submeter.

Mas recusei. *Não terminei. Você não vai se submeter a esse som enquanto me desafiar,* eu disse ao meu animal. *Eu estou no comando.*

Puxei novamente os controles e girei na direção que pensei que poderia ser a de casa, mas caí de costas.

Uma pontada aguda se espalhou pelo meu corpo, fazendo meu estômago doer com uma súbita explosão de necessidade.

Ah, luas. Agora não. Por favor, não agora.

Mas outro espasmo passou por mim no minuto seguinte, arrancando um gemido da minha garganta.

Cio.

Eu estava entrando no cio. E rapidamente.

Minha loba se enrolou em uma bola, tremendo violentamente. *Precisamos nos transformar,* eu disse a ela. *Preciso que você me deixe... me deixe... me deixe sair.*

Era como se ela não pudesse me ouvir. Como se eu estivesse falando para uma parede e não para o meu eu interior.

Merda!

Minha alma parecia rasgada. Perdida. Incompleta. O oposto de como eu me sentia há alguns minutos.

— *Quinnlynn* — Kieran me chamou com impaciência em seu tom, demonstrando que ele estava repetindo meu nome há algum tempo.

O que está acontecendo?

Não conseguia ver. Minha loba fechou os olhos.

Abra-os, eu disse.

Ela me ignorou e se enrolou ainda mais.

Kieran rosnou, o som que eu reconheci. *Um comando para me transformar.*

E eu gritei em resposta.

Porque eu não podia. Minha loba não queria me ouvir. *Ela está lutando comigo!* Eu queria dizer a ele. *Eu... eu...*

Ele rosnou de novo, desta vez mais alto e forte que antes, e a agonia se espalhou por todos os cantos do meu ser.

Minha loba começou a ter convulsões, a combinação de seu comando e meu cio iminente criando um inferno de tormento dentro de nós duas.

Mas ela não me devolveu o controle.

Era como se ela não pudesse nem me sentir.

Um terceiro grunhido impaciente do alfa a fez uivar, nossa agonia compartilhada quase me deixando inconsciente.

Eu não posso me transformar.

Estou presa.

E... e estou entrando no cio.

KIERAN

— Puta merda! — gritei quando Cillian e Lorcan chegaram com o olhar assassino. Eles vasculharam a cena ao nosso redor, procurando a causa dos gritos angustiados de Quinnlynn.

Seus uivos provavelmente poderiam ser ouvidos por todo o território.

Me ajoelhei ao lado dela, passando os dedos em seu pelo.

— Você tem que se transformar, Quinnlynn. — Seu cio havia começado, e eu não poderia ajudá-la assim. Não em forma de loba.

Mas meu rosnado não estava funcionando, porque ela havia se desassociado completamente de seu animal. Eu a levei por esse caminho, porque pensei que ela poderia querer ver sua antiga casa.

Ela parecia bastante ansiosa com a ideia, acompanhando com um sorriso ofegante o tempo todo.

Até que algo aconteceu.

Algo que a fez lutar com sua loba até que as duas estivessem completamente separadas.

Eu podia sentir a divisão dentro dela, junto com seu

sofrimento. Meu rosnado só piorou a dor, porque sua loba parecia não saber *como* se transformar. Como se ela estivesse muito desconectada de sua humana para sequer senti-la.

Outro daqueles gritos arrepiantes saiu de seu focinho, fazendo meu coração se apertar mais.

— *Puta merda* — repeti, furioso com Quinnlynn por causar esse problema, mas também comigo mesmo por torná-lo pior.

Passei as mãos sobre seu corpo trêmulo, tentando encontrar uma maneira de ajudar e fazendo a única coisa que podia: *ronronar*.

Sua loba se acalmou um pouco, o afastamento do meu rosnado parecendo ajudar.

Mas assim que outro espasmo a envolveu, ela gritou de novo.

— Não posso dar o nó em você assim, pequena — eu disse. — Não é assim que funciona.

Poderíamos transar como lobos, mas isso não ajudaria em seu cio. Ela precisava do meu nó, que eu não poderia usar com tanta eficácia enquanto estava em minha forma animal.

Bem, seria eficaz.

Mas não seria certo.

— Não vou te tomar assim, não com você em um estado dissociado. — Isso poderia piorar a situação dela. Ela poderia ter me acusado de querer destruí-la, mas eu não queria isso. Não de verdade.

Castigá-la, sim.

No entanto, não assim.

Nunca assim.

Ela uivou novamente, o som que lembrava um grito.

— Há outros vindo — Cillian alertou. — Como você quer que lidemos com a situação?

— Diga a todos para se foderem. Isso só tem a ver comigo e minha companheira. — Eles provavelmente assumiriam que esse era meu castigo, o que todos concordariam que me era devido, mas eu não queria lidar com todos agora.

E eu, especialmente, não queria ver ninguém encontrando prazer na dor da minha pretendida.

Porque ela deixou mais que alguns lobos furiosos em seu rastro, algo que foi demonstrado durante nossa passagem pela cidade.

No entanto, ela não pareceu notar.

E eu estava grato por isso. Ela não precisava de mais dor. Ela já tinha o suficiente.

Passei as mãos sobre ela, meu ronronar se intensificando enquanto avaliava minhas opções.

Ela não havia aprovado minha adulteração antes. Mas eu não tinha certeza se ela teria escolha agora.

Eu não podia simplesmente deixá-la sofrer, não quando tinha a capacidade de acalmá-la.

Sua loba soltou outro grito quando seu corpo estremeceu, seu útero provavelmente doía com a necessidade de um nó. Eu podia sentir seu desejo ao meu redor, me implorando para reivindicá-la, para ajudá-la.

Mas isso iria prejudicá-la ainda mais.

— Você se dissociou completamente — sussurrei, segurando os pelos perto de sua nuca. — Não posso transar com você assim. — Eu não tinha certeza se seu lado humano poderia me ouvir. Mas continuei repetindo, para o caso de ela conseguir.

Então eu a peguei em meus braços quando o primeiro membro do bando começou a chegar.

Estarei na minha toca, avisei a Cillian. *Fique por perto caso eu precise de você.*

Sim, Sire.

Não me preocupei em transmitir minhas intenções a Lorcan. Estávamos juntos há tempo suficiente para que ele já soubesse do meu plano. Ele também era meu primo, o que significava que, muitas vezes, abordávamos as situações de maneira semelhante.

Quinnlynn soltou um som de descontentamento quando acionei minha habilidade de me esconder nas sombras.

Então ela pulou dos meus braços e foi direto para a minha cama, com as patas enlameadas e tudo mais, e começou a cavar em meus lençóis.

— Eu já te disse, não vou te comer assim — avisei enquanto ela embaralhava freneticamente o tecido ao redor do colchão. — E agora você me deve um novo jogo de lençóis de seda.

Ela me ignorou, muito ocupada criando uma nova cama para transarmos.

Ou melhor, um *ninho* para acasalarmos.

Me inclinei contra a cabeceira da cama, permitindo-lhe este momento, especialmente porque parecia acalmá-la. Depois de vários minutos embolando e amassando os lençóis, ela se sentou com um som triunfante.

Apenas para soltar um gemido que fez meu coração doer.

Ela não estava produzindo umidade, porque não estava na forma humana.

Mas estava precisando.

E quando seus olhos encontraram os meus, vi o apelo para que eu a ajudasse.

— A única maneira de ajudá-la é forçá-la a outro coma de cura — informei-a baixinho. — E isso vai parecer horrível se eu não entorpecer seus sentidos novamente.

Ela piscou para mim, e eu não sabia dizer se a humana dentro dela estava ouvindo ou mesmo se estava ali.

Ela era toda loba agora.

— Merda — murmurei para mim mesmo. — Você pode me odiar depois. — Por que era a única maneira de ajudá-la nisso e eu havia prometido cuidar dela durante o cio.

Eu só não esperava que fosse *assim*.

Sua loba imediatamente apresentou seu traseiro quando me aproximei, me dizendo para montá-la.

Em vez disso, acariciei sua espinha e dei um tapinha perto de seu rabo.

— Ainda não.

Ela rosnou.

Quase rosnei de volta, mas não queria arriscar mandá-la para outra espiral dolorosa.

Então apenas passei os dedos por seu pelo mais uma vez e liberei a energia de cura do meu toque. Ela ronronou em resposta, baixando o traseiro quando se deitou.

— Sim, você gosta disso. Mas provavelmente vai gritar comigo no momento em que voltar à forma humana.

Suas pernas estavam esticadas e sua loba fazia um som de resmungo que assumi ser de prazer, não desacordo.

Aumentei o fluxo de energia e me estendi ao lado dela, recomeçando um ronronar em meu peito.

— É isso, pequena — murmurei. — Me deixe ajudá-la a relaxar.

Ela rolou para mim em resposta, seu pelo macio e bem-vindo contra meu tronco.

Teci mais vitalidade em meu toque, embalando-a em um estado de calma que eventualmente a levou a adormecer ao meu lado.

Assim que tive certeza de seu estado de cura, entorpeci suas reações novamente.

— Espero que seja o suficiente para mantê-la um

pouco confortável — disse a ela. — Jamais escolheria te forçar a suportar seu cio dessa maneira, Quinnlynn.

Eu poderia acusá-la de provocar isso em si mesma, por que ela o fez com suas ações tolas.

Mas não ajudaria a situação, nem a faria melhorar.

Preferi focar em resolver o problema, não em agravá-lo.

— Tente descansar, princesa — disse, dando um beijo no topo de sua cabeça. — Vou descobrir como uni-las de novo. Então discutiremos nosso futuro.

Supondo que eu pudesse determinar uma maneira de ajudá-la a se transformar.

Meu rosnado deveria ter resolvido esse problema imediatamente. Mas parecia que o relacionamento dela com a loba estava ainda mais danificado que eu temia.

Mulher tola, pensei, pensando nos últimos cem anos.

Adorava sua tenacidade, mas ela causou danos irreparáveis a si mesma e ao nosso território.

E eu queria que ela respondesse por isso. Queria que ela explicasse também.

Em breve, pensei, acariciando-a e empurrando mais da minha essência de cura para dentro dela com a ponta dos dedos. *Assim que eu terminar de te curar.*

Supondo que eu pudesse.

A desassociação não era algo que eu curava.

Mas por Quinnlynn, eu tentaria.

— Por você, eu faria qualquer coisa — confidenciei baixinho enquanto me enroscava em torno dela. — Você só não percebeu isso ainda.

Talvez um dia ela percebesse.

Talvez então ela parasse de fugir.

QUINN

Q<small>UENTE</small>.

Frio.

Uma terra de fogo e gelo.

Adequado, considerando meu direito de primogenitura. Mas *doía*.

Um vulcão entrou em erupção na minha pele, apenas para um cobertor de gelo me dominar no instante seguinte.

Kieran, pensei. *Ele está... ele está fazendo alguma coisa.*

Cura, talvez.

Ou isso é tortura?

A consciência se agitou ao meu redor e o cheiro de sua loção pós-barba mentolada invadiu meus sentidos.

Seguido por um estrondo que me fez suspirar de contentamento. *Alfa ronronando. Mais.* Tentei me aconchegar em seu peito, mas meus membros se recusaram. Meu corpo não era mais meu.

Me senti aprisionada neste tormento de temperaturas extremas. Lava. Gelo. Inferno. Nevasca.

Estremeci, mas só por dentro. Porque por fora, eu era toda pelo e loba.

— Quer tentar se transformar para mim, pequena? — Kieran perguntou com a voz profunda. Era como um beijo para os meus sentidos, que fez meu estômago se revirar de *necessidade*.

Alfa.

Meu Alfa.

Me tome.

Ah, luas, preciso que você me dê o nó.

Visões dele transando comigo invadiram minha mente, minhas fantasias girando com a realidade. *O que é real? Isto é real? Não. Eu o sentiria se fosse.*

Mas tudo que eu podia sentir era aquele estrondo calmante nas minhas costas.

Tudo o que eu podia provar era sua magia.

Tudo que eu podia ouvir era sua voz me implorando para me transformar.

Meus olhos estavam cegos, minha loba se recusava a me deixar ver. Ela estava no comando, me menosprezando dentro da minha cabeça.

É assim que você se sentiu todos esses anos? me perguntei de braços cruzados. *Presa dentro de mim?*

Passei muito tempo sem me transformar de forma adequada, negando meu lado lobo e me escondendo de meus instintos ômega. Ela estava me punindo agora, me forçando a suportar o cio nesta caverna superaquecida.

Choramingiei, o som parecendo ecoar em minha mente.

— *Shh* — Kieran silenciou. — Estou aqui, Quinnlynn.

Você pode me ouvir?

Ou foi minha loba que soltou meu gemido?

— Durma — ele pediu. — Vou voltar para ver como você se sente sobre a transformação em algumas horas.

Dormir? Mas eu... eu...

A escuridão girava ao meu redor, me sugando para um vórtice de nada.

E me cuspindo em um poço de fogo mais uma vez.

Gritei, sendo encharcada em seguida pelo poder de cura de Kieran. Entreabri os lábios em um gemido que só eu podia ouvir, meu coração batia muito forte no meu peito.

Senti seus lábios contra minha orelha novamente, sussurrando palavras que eu não conseguia entender.

Mas seu ronronar me firmou.

Aquele som era um farol de esperança, um conforto que eu desejava mais que o próprio oxigênio. Respirei fundo, permitindo que me envolvesse em um cobertor de proteção e deixei o zumbido repetitivo dominar cada centímetro do meu ser.

A escuridão ascendeu novamente.

Seguido por mais fogo e gelo.

Uma espiral de insanidade.

Um que ameaçou destruir o âmago do meu ser. Eu me senti isolada. Sozinha. *Destruída.*

Exceto por aquele ronronar.

— Volte para mim, pequena — Kieran murmurou. — Preciso de você em forma humana novamente.

Meu corpo permaneceu imóvel, minha loba teimosa em seu controle. Era como se fôssemos dois seres separados presos na forma animal.

Eu era a consciência dela.

Ela era a minha existência.

Por favor, sussurrei para ela. *Por favor, me deixe transformar. Prometo não te sufocar de novo.*

Ela me ignorou.

E outra nuvem de obsidiana me cobriu.

O ciclo continuou por horas.

Dias.

Talvez até semanas.

Mas Kieran permaneceu de forma constante ao meu lado, seu ronronar parecendo me perseguir.

Ele me acordou com um rosnado.

Minha loba ganiu em resposta.

— Você precisa se transformar — ele disse em um tom dominante. — Dar o controle à sua humana.

Meu animal resmungou, então chorou enquanto soltava outro rosnado.

Tentei obedecer, me agarrar ao seu comando e me forçar a voltar à forma humana. Mas não consegui alcançá-la. Eu não conseguia alcançar minha loba. Não era capaz de assumir o controle. Ela tinha as rédeas e se recusava a me deixar entrar.

Eu me perdi no turbilhão de temperaturas misturadas, meu corpo chorando por Kieran, por meu pretendido, meu companheiro.

Tudo parecia tão fútil neste estado. Tão inconsolável. Tão *idiota*.

Eu tinha um propósito. Eu sabia que tinha. Fui embora por um motivo. No entanto, eu não poderia definir esse motivo agora. Tudo o que senti foi raiva, medo e uma sensação de perda que me deixou arrasada.

Sinto muito, sussurrei. *Eu sinto muito*.

As palavras eram para a minha loba.

Talvez até para Kieran.

Para *todos*.

Eu falhei, pensei entorpecido.

Não sabia dizer em qual tarefa havia falhado, apenas que me sentia um fracasso. Como se eu tivesse decepcionado todo mundo. Me deixado cair. Deixado meu espírito arrasado.

Outra onda de calor atingiu minhas veias, fazendo meu

estômago doer violentamente. A essência de Kieran rapidamente a expulsou, mas a dor residual me fez chorar por dentro.

Isso é pior que qualquer punição que eu poderia ter imaginado.

No entanto, eu merecia.

Cada gota de agonia.

Não por causa do que fiz com Kieran − o que me rendeu um tipo diferente de punição − mas pelo que fiz com minha loba. Minha outra metade. Minha verdadeira parceira nesta vida. *Minha alma.*

— Quinnlynn. — A voz de Kieran perfurou a névoa da minha mente, atraindo meu foco para ele. — Pare de sentir pena de si mesma e lute.

Eu queria franzir a testa. *Lutar? Lutar contra o quê?*

— Exija que sua loba fique de pé — ele continuou. Ou talvez isso fosse uma resposta.

Ele já me reivindicou? Ele pode ouvir meus pensamentos?

Não.

Não, eu sentiria sua reivindicação e também seria capaz de falar com ele.

— *Agora* — ele rosnou.

Meu animal choramingou em resposta à sua ira, seu espírito aparentemente ferido. O desânimo atingiu meu coração, a fonte desse sentimento causada por minha loba.

Ela se sentiu rejeitada.

Ela continuou se oferecendo a ele, que não parou de recusar.

Eu não sabia disso, ou do fato de que meus olhos agora estavam abertos, mas ela estava implorando por seu nó e ele continuava dizendo não.

Por quê? pensei, delirando. *Por que você está nos rejeitando?*

A mão dele bateu na base, perto da minha cauda.

— Dê o controle a sua humana e eu darei o que você precisa.

Minha loba rosnou em resposta.

O que fez Kieran rosnar de volta. O som era tão dominador que a própria essência do meu ser estremeceu sob o peso de seu poder.

— Tentei da maneira gentil, pequena — ele disse. — Você está se machucando fazendo isso. E eu não vou permitir. Agora se *transforme*.

Um grito saiu da minha garganta quando minha loba tentou inutilmente aceitar seu comando, mas ela não sabia como.

Nem eu sabia.

Estávamos perdidas.

Separadas.

Completamente dissociadas.

Kieran segurou minha nuca e me forçou a olhar em seus olhos enquanto rosnava novamente.

Pare! Eu queria implorar. *Por favor, pare!*

Mas eu podia ver a dor refletida em seu olhar, as narinas queimando quando minha loba gritou em resposta ao seu comando.

No entanto, o que quer que ele tenha visto em meus olhos o fez suspirar e encostar a testa na minha.

— Você está me matando, Quinnlynn — ele sussurrou. — Eu preciso que você lute, baby. *Lute*.

Senti meu interior se apertar mais uma vez com sua proximidade, seu cheiro entorpecendo minha mente e me fazendo gemer por dentro. *Desejo. Necessidade. Nó. Por favor.*

— Não — ele disse, com um tom de repreensão. — Não vou transar com você assim. Dome a porra da sua loba, Quinnlynn.

O mundo mergulhou na escuridão novamente, enquanto minha mente se afogava em uma avalanche de intensa necessidade e uma onda escaldante de angústia.

Sem gelo.

Sem energia de cura.

Sem Kieran.

Choraminguei. *Por quê? Por que você está fazendo isto comigo?*

Claro, era o que eu merecia. Mas isso fez minha loba entrar em uma espiral de confusão e tristeza também, enquanto uma sensação de desespero se estabelecia sobre nós duas. Ela não entendia por que nosso alfa não nos satisfazia. Estávamos precisando. Este era o trabalho dele. Nosso *propósito*.

Um novo filete de chamas floresceu dentro de mim, o que fez o mundo parecer se iluminar por dentro. Neguei meu ciclo por tanto tempo, que me esqueci de como era essa agonia e, ficar presa dentro da minha mente, nesse espaço escuro de obsidiana, tornou tudo muito pior.

Meu animal vibrou com o choque, incapaz de suportar a forte necessidade que crescia entre nós. Precisávamos do nosso alfa. Precisávamos de Kieran. Mas ele nos rejeitou. Nos deixou queimar.

Sozinhas.

No escuro.

Exceto... que eu não estava sozinha. Estava com minha loba. Minha outra metade. Estávamos juntas neste inferno, presas sob uma chama de energia ardente, derretendo com a febre de nossa *necessidade* coletiva.

Gemi, desejando o toque curador de meu futuro companheiro enquanto buscava consolo em meu eu interior. *Precisamos trabalhar juntas*, eu disse a minha loba. *Não podemos fazer isso conosco.*

A realidade veio à tona mais uma vez, ou alguma medida dela, porque de repente me senti sufocada pelo cheiro de Kieran. *Menta. Masculinidade. Dominância alfa.*

Sua pele estava quente contra o meu pelo.

Seu nó era uma presença que eu quase podia provar.

Mas tudo o que ele fez foi me acariciar.

E rosnar.

Exigindo meu calor. Minha umidade. Minha *necessidade*.

Um gemido ficou preso na minha garganta. Sua presença não era mais reconfortante, mas insuportável. Minha loba queria se aninhar contra ele, implorar para ele se transformar e transar conosco. Mas ele nos segurou com um braço e uma perna robustos, nos prendendo na cama e nos mantendo contidas debaixo de seu corpo viril.

Isso é tortura! eu queria gritar com ele. *Por que não está nos ajudando?*

O que aconteceu com suas alegações de nunca me punir assim?

Talvez este fosse o verdadeiro Kieran. O demônio debaixo da bela máscara. O vilão sobre o qual ele me alertou.

Eu sabia que ele podia ser cruel.

Mas isso ia da crueldade ao sadismo.

Minha loba rosnou de acordo, furiosa porque nosso pretendente estava nos tratando dessa maneira, nos atormentando com seu cheiro delicioso, enquanto se recusava a nos dar seu nó.

Precisávamos fazê-lo pagar. Machucá-lo como ele estava nos machucando. Declará-lo indigno de nosso acasalamento porque nenhum alfa bom faria isso com sua ômega.

A fúria dentro de mim crescia a cada segundo que passava, meu animal parecendo estar de acordo com nossa ira. *Ele nos traiu. Ele nos machucou. Ele não nos merece. Ele precisa pagar.*

O rosnado dele aumentou com os sons da minha loba.

Nos comandando.

Nos punindo.

Nos prejudicando.

Mas nossa força não era páreo para a dele. Kieran nos segurou com facilidade, controlando meu focinho e corpo sem nem suar.

Eu o odeio.

Quero mutilá-lo.

Preciso fazê-lo sangrar.

Porque cada parte de mim gritava em agonia. Eu precisava do nó dele, mas não o queria. Não mais. Não depois do que ele fez comigo e com minha loba.

Talvez ele sentisse que eu merecia.

Mas nenhum crime merecia esse tipo de angústia. Esta necessidade ardente. Essa insatisfação. Este comportamento provocador seguido por uma falta de ação.

Malvado. Perverso. Selvagem.

Comportamento que precisa ser repreendido.

Comportamento que não o torna melhor que eu.

Um uivo saiu da minha boca quando minha boca me deu o controle, me deixando assumir o comando para expressar a fúria dentro de nós. Ela queria que eu gritasse. Berrasse. Que eu repreendesse nosso alfa. Machucasse esse homem com palavras. Que o fizesse *ver a razão.*

Porque precisávamos dele.

No entanto, ele estava nos negando.

E não importava mais por que isso acontecia ou que ele achasse que estava tudo bem.

Tudo o que importava era nossa necessidade de cura, de nos sentirmos inteiras, de sermos *completas.*

Estremeci quando a transformação se arrastou pelo meu corpo, transformando meu pelo em pele e deixando para trás uma camada de suor. Isso criou uma bela espécie de tormento dentro de mim, a felicidade da minha transformação sublinhada pela dolorosa contorção de ossos e formas.

Muito tempo, pensei, ofegante. *Faz muito tempo desde a última vez que fiz isso.*

No outro dia – ou seja lá quando foi – não foi o suficiente. Meu espírito animalesco precisava de muito mais. Transformações diárias. De hora em hora. Eu não tinha certeza. Mas daria o que ela precisasse para se curar adequadamente.

Nunca mais, prometi a ela. *Eu nunca mais vou te negar.*

Alguma parte dela entendeu meu voto, sua irritação imediatamente se acalmando enquanto ela ronronava de contentamento dentro de mim.

Por aquele único segundo, me senti completa. Feliz. Em paz.

Apenas para inspirar e me lembrar de por que voltei à forma humana.

Kieran O'Callaghan.

— *Você* — rosnei com a voz rouca enquanto rolava embaixo dele, enfiando as unhas em seus ombros nus e machucando sua pele.

Suas íris escuras capturaram as minhas, a expressão intensa roubou o fôlego dos meus pulmões e as palavras da minha cabeça.

O que...? O que eu estava prestes a dizer mesmo?

Pisquei, tentando quebrar qualquer feitiço que sua presença parecia tecer sobre o meu ser. Mas ele se agarrou firmemente ao meu coração e minha mente, me mantendo como refém debaixo de seu corpo.

Meu peito começou a queimar, o lembrete sutil me dizendo para respirar.

Queima, pensei. *Fogo. Agonia. Inferno!*

Rosnei, a memória da minha ira me atingindo com força total, apenas para desaparecer quando inalei mais de seu cheiro delicioso.

Ah...

A presença de Kieran me esfriou quase que imediatamente, sua energia vagando por cada centímetro do meu corpo nu e me reivindicando de forma íntima.

Seu ronronar vibrou em meu peito enquanto ele levava as mãos até meu rosto.

— Bem-vinda de volta, Quinnlynn.

KIERAN

Oito. Dias. Terríveis.

Mas ter minha ômega olhando para mim – em forma humana – significava tudo.

Levei cinco dias para perceber o que ela precisava para se curar. Minha ajuda, na verdade, a estava machucando. Porque deu a ela um lugar seguro para se esconder. Um campo de energia calmante para sobreviver ao calor que ultrapassava seu corpo frágil.

As coisas começaram a mudar depois que tirei meu poder.

Os sons que sua loba fez iriam me assombrar até meu túmulo, mas deu certo. Isso era o que importava agora. Minha ômega estava inteira novamente. Conectada ao seu lado animal.

E olhando para mim com uma ferocidade que incendiou meu sangue.

Mais, pensei. *Me dê mais.*

— Bem-vinda de volta? — ela repetiu em tom de pergunta, sua voz era um som rouco. — Do inferno, você quer dizer?

Ignorei a acusação nessas palavras e peguei uma

garrafa de água. Ela cravou as unhas em meus ombros novamente, uma ação que ignorei em favor de levar a bebida à sua boca. Enrolei a mão livre em sua nuca para ajudar a levantá-la da cama, não querendo que ela engasgasse, e disse:

— Engula.

Ela me encarou.

Soltei um grunhido que fez seus lábios se entreabrirem em um gemido, seu ciclo ainda muito forte dentro dela. Ela cuspiu quando a água tocou sua língua, mas começou a engolir como se eu tivesse redefinido o sentido da vida.

O conteúdo quase desapareceu, me fazendo pegar uma segunda garrafa.

Ela bebeu enquanto revirava os olhos.

Quando levantei uma terceira garrafa, ela estremeceu, fechando os olhos. Deixei-a de lado e passei o polegar por seu lábio inferior.

— Com fome? — perguntei, minha cadência natural mais forte depois de ter passado mais de uma semana na cama com um ômega no cio.

Uma ômega destinada a ser minha.

Alguém com quem eu não poderia *transar*.

Uma ômega que agora eu precisava cuidar para garantir que ela não voltasse ao seu estado dissociado.

Ela resmungou, inalando profundamente.

— Isso não é resposta, pequena — disse a ela. — Você está pronta para tentar comer alguma coisa? — Porque ela não comia nada há oito dias. Sua herança metamorfo, junto com minha habilidade de cura, a manteve saudável. Pelo menos, durante os primeiros dias até que eu percebesse o que tinha que fazer para recuperá-la.

No momento em que ela se transformou de volta, eu a atingi com uma onda de poder de cura, que ela parecia estar sentindo agora. Ela murmurou algo sobre gelo e seus lábios se curvaram em um sorriso preguiçoso.

Fiz uma careta para ela.

— Gelo?

Ela se inclinou para mim, acariciando meu pescoço.

— Humm, Alfa.

— Sim — disse a ela. — *Seu* Alfa.

Ela começou a assentir, então fez uma pausa e balançou a cabeça.

— Não. Meu alfa, não.

Isso aprofundou minha carranca.

— O que você disse?

— Você me machucou — ela sussurrou, não me ouvindo ou me ignorando. Quinnlynn franziu a testa quando se afastou para me encarar. — Você nos machucou. — ela cravou as unhas em meus ombros novamente enquanto soltava um som que era de uma loba irritada.

Bem, pelo menos vocês duas estão em sintonia de novo, pensei quando a palma da mão dela tocou minha bochecha.

Outro som animalesco saiu de sua boca quando ela começou a ter um acesso de raiva embaixo de mim.

Unhas.

Mãos.

Dentes.

— *Chega*. — Segurei seus pulsos e os pressionei contra o travesseiro em cada lado de sua cabeça e usei a parte inferior do meu corpo para prender seus quadris e pernas na cama.

— *Você nos rejeitou*. — As palavras saíram em um silvo, sua loba olhando para mim através de seus olhos.

— Acho que você não quer falar comigo sobre rejeição, pequena trapaceira. Porque não fui eu quem *partiu*.

— Achei que você não iria me punir assim — ela retrucou, me fazendo pensar se estava me ouvindo. — Você *mentiu*. Nos machucou.

— Eu *te trouxe de volta* — rebati com um tom dominador, porque eu precisava que ela me ouvisse. — Você se dissociou da sua loba, Quinnlynn.

Ela bufou.

Mas não respondeu.

O que eu esperava que significasse que ela finalmente estava me entendendo.

— Fazer você suportar seu cio te trouxe de volta. Forçou vocês a se *sentirem* como uma unidade, não se manterem separadamente. Porque a agonia de passar pelo cio sozinha é algo que vocês duas entendem.

Seus olhos cor de obsidiana brilharam, sua lobo parecendo sentir a verdade em minhas palavras. Ela podia não ter me entendido, mas sua metade humana sim.

Eu me acomodei com mais firmeza entre suas coxas abertas, diminuindo meu aperto em seus pulsos.

— Agora você está inteira de novo. Você é *você*. — Passei o nariz de sua bochecha até sua orelha. — Está segura. Você é minha. E ainda está no cio.

Ela estremeceu, mas permaneceu em silêncio. *Porque ela finalmente está me ouvindo.*

— Eu te entorpeci com o impacto novamente, mas no momento em que eu liberar você da minha energia de cura, você estará em agonia como antes. Então você tem uma escolha a fazer, Quinnlynn.

Dei um beijo em seu pulso acelerado, antes de me afastar para encará-la.

— Vou te dar o nó — disse a ela.

Não havia como debater a inevitabilidade da nossa situação. Ela me escolheu há mais de cem anos, mesmo depois que eu a avisei das consequências.

Fugir não mudou nosso destino. Ela era minha desde o momento em que engoliu meu sangue.

Passei um século perseguindo-a e finalmente ganhei nosso jogo de esconde-esconde.

Agora estava na hora de finalmente prová-la. De dar um nó nela. Transar com ela intensamente. Fazê-la *implorar* por minha reivindicação.

Mas eu permitiria que ela decidisse *como* eu a tomaria.

— Você... — Sua voz era quase inaudível, mas minha audição aprimorada me permitiu ouvi-la com facilidade. — Você vai me dar o nó?

Semicerrei o olhar.

— Sim. Você é minha companheira pretendida. E acho que já esperei o suficiente, Quinnlynn. — Não apenas isso, mas eu me provei digno. — Este jogo acabou. Eu venci. Você é minha.

— Sua — ela sussurrou.

Me inclinei até ficarmos nariz com nariz.

— *Minha.*

— Você não nos rejeitou. — As palavras eram uma afirmação, não uma pergunta. — Você nos recuperou. — Suas palavras me demonstrou o quanto sua loba estava por perto. Ela ainda estava em um estado muito frágil, sua alma metamorfa ferida por décadas ignorando seus instintos.

Foi por isso que confirmei suas afirmações dizendo:

— Eu nunca te rejeitaria, Quinnlynn. Cacei você por mais de um século porque você é minha. — Essa palavra parecia uma marca na minha língua, uma que eu queria estampar em cada centímetro do seu ser até que ela se submetesse.

Até que ela me reivindique de volta com a mesma ferocidade, pensei, me corrigindo.

— Fizemos uma promessa um ao outro, princesa —

acrescentei baixinho. — E embora eu possa ser muitas coisas, desonroso não é uma delas.

Sua lobs pareceu se afastar de seu olhar, deixando apenas a fêmea para trás. *Minha* fêmea.

Ela olhou para mim com uma mistura de curiosidade e admiração, com as pupilas dilatadas, enquanto procurava algum tipo de resposta em meu rosto. Alguma pista. Alguma dica para uma pergunta que não consegui ler.

Esta ômega tinha muitos segredos e verdades ocultas, que eu estava morrendo de vontade de conhecer.

Por que você fugiu?

Para onde você foi?

O que você tem feito?

Você pretende fugir novamente?

Eu não permitiria que o último acontecesse. Eu a prendi com firmeza, meu poder era como uma corda invisível em seu pescoço.

Ela não escaparia de mim novamente.

Mas isso não me impediu de pensar se ela tentaria. Parte de mim esperava que ela o fizesse para que eu pudesse lhe ensinar uma lição adequada. A outra parte queria que ela ficasse de bom grado. Escolher ser minha pelos motivos certos, não por algum estratagema desconhecido.

— Você está suprimindo meu calor — ela disse, sua lobo parecendo aparecer e desaparecer de seu olhar. Não era a resposta que eu esperava ao que eu disse a ela, mas Quinnlynn parecia estar lutando para realmente se concentrar.

— Não estou suprimindo seu calor — murmurei. — Estou te entorpecendo do impacto avassalador do seu cio.

— É por isso que estou com frio.

Fiz uma careta.

— Você está com frio? — Puxei um pouco da minha

energia de cura, preocupado com a sua declaração. — Você não deveria sentir frio.

Suas narinas imediatamente se dilataram, assim como suas pupilas, quando permiti que ela sentisse um pouco da força de seu cio.

— *Kieran.*

Regulei meu poder novamente, tentando deixar o suficiente para mantê-la firme, mas ela se arqueou em mim em resposta, apertando as coxas ao redor de meus quadris.

Meu nome saiu de sua boca novamente, o apelo indo direto para minha virilha.

— Me ajude — ela implorou. — A s-suprimir...

— Entorpecer — eu a corrigi novamente, enquanto a encharcava com ainda mais de minha energia.

Ela estremeceu embaixo de mim, relaxando um pouco as coxas ao redor dos meus quadris.

— *Obrigada* — ela murmurou quando outro arrepio a dominou.

— Não posso continuar fazendo isso por muito tempo, Quinnlynn. Você está lutando contra seus instintos naturais, que é precisamente o que te colocou nesta situação com sua loba.

Ela engoliu em seco, assentindo.

— Eu sei.

— Então escolha — disse a ela. — Eu posso te dar o nó como você está agora e levá-la de volta lentamente ao seu calor. Ou te libertar completamente e transar com você de forma intensa.

Porque um homem só poderia ter certa paciência.

E eu estava além desse requisito.

Algo que permiti que ela visse agora em meu olhar. Não negociaríamos isso. Ela engoliu meu sangue de bom grado. Isso a tornava minha.

Minha loba. Minha companheira. Minha rainha.

— Eu prometo estar ao seu lado enquanto você passa por isso — falei, soltando seus pulsos e agarrando seu pescoço, com um aperto gentil, mas seguro. — Mas você precisa me dizer qual caminho prefere, Quinnlynn. Lento ou rápido.

Sua garganta se moveu sob a palma da minha mão enquanto ela tentava engolir novamente. Os cílios da cor da meia-noite tocaram as maçãs do rosto de porcelana.

Não apressei sua decisão, apenas continuei a acariciar sua garganta enquanto meu poder a impedia de se afogar no mar de luxúria. Não era natural. Mas eu não podia fazê-la sofrer. Não depois de testemunhar seu tormento nos últimos dias, enquanto ela lutava contra sua loba.

No entanto, eu a empurraria de cabeça para o cio se ela começasse a se desassociar de seu animal novamente.

Felizmente, Quinnlynn não parecia estar tentando lutar contra seus instintos tanto quanto considerando como ela queria abraçá-los.

Passei o nariz por sua bochecha e inalei seu perfume doce. Dei banho várias vezes nela na última semana, inclusive quando tirei minha energia de cura. Ela não pareceu notar, mas um dia poderia perceber o que fiz e apreciar.

Ou poderia perder a cabeça com o calor e nunca mais se lembrar desses momentos.

Independentemente disso, eu sabia.

Eu tinha cuidado da minha pretendida. E isso era o que mais importava.

Seus olhos se abriram para revelar sua loba mais uma vez, o animal olhando para mim através de suas lindas íris escuras. Aquele olhar me disse que elas estavam se comunicando e conectadas de forma adequada.

Mas ela não falou.

Em vez disso, pressionou as mãos em meus ombros.

Permiti o movimento, concedendo o espaço que ela parecia estar pedindo, e rolei de costas. Ela respirou fundo, seu peito subindo e descendo com o movimento.

Meu ronronar se intensificou de forma instintiva, minha necessidade de protegê-la dominou meu ser. Não havia mais ninguém neste mundo por quem eu sentisse esses desejos, nem mesmo meus amigos e familiares mais próximos.

Apenas Quinnlynn.

Ela se tornou meu coração no momento em que absorveu minha essência. E embora eu mal a conhecesse na época – *caramba, mal a conheço agora* –, ela ainda era o centro da minha alma. Uma joia querida que merecia meu cuidado e devoção.

Uma fraqueza, uma parte cínica de mim reconheceu.

No entanto, Quinnlynn provou ser uma das ômegas mais fortes que eu conhecia.

Desonesta, também.

Inteligente.

Cheia de segredos.

Vários desses segredos transbordaram em seu olhar da cor da noite, quando ela se apoiou no cotovelo para olhar para mim. Sua boca sensual se abriu para revelar a língua, enquanto ela umedecia o lábio inferior.

Foi preciso contenção física para não alcançá-la e assumir o controle mais uma vez.

Mas eu queria que ela *escolhesse*.

— Quinnlynn? — perguntei, minha voz soando mais profunda que antes.

Ela murmurou algo ininteligível de volta para mim enquanto seus olhos percorriam minha forma nua, observando cada centímetro do meu torso antes de descer para meu nó que pulsava.

Coloquei um dos braços atrás da cabeça e me deleitei

com sua admiração aberta.

Ela colocou a palma da mão em meu abdômen, seu foco concentrado naquele único toque. Suas pupilas pulsavam, sua loba estava no controle deste momento.

Não comentei, em vez disso observei enquanto ela me explorava com a mão.

Primeiro ela foi até meu peitoral, sua unha arranhando meu mamilo. Ele ficou eriçado em resposta, algo que a fez umedecer os lábios. Em seguida, ela se inclinou para cheirar meu pescoço, a ação mais animalesca que humana.

Uma fêmea cheirando seu companheiro.

Inclinei a cabeça para trás, para dar a ela mais acesso. Meu ronronar retumbou em peito em resposta a sua clara apreciação.

Ela acariciou meu pescoço, apoiando a mão em meu peito antes de descer para meu abdômen novamente.

Onde ela traçou cada músculo rígido.

Lentamente.

Com cuidado.

Como se memorizasse a sensação do meu corpo.

— Se esta é a sua versão de preliminares, querida, eu aprovo — disse a ela, meu ronronar acrescentando uma vibração profunda ao meu tom.

Ela me ignorou, sua mão ainda vagando.

As pontas de seus dedos tocaram o osso do meu quadril e seu polegar traçando o vão acima dele, fazendo minhas coxas ficarem tensas em antecipação. Fazia muito tempo que uma mulher não me tocava direito. No entanto, eu não conseguia me lembrar de nenhuma delas fazendo isso.

Principalmente porque eu geralmente assumia o comando.

Eu não havia brincado com mulheres no passado. Eu trepava com elas. Mas com Quinnlynn, eu brincaria. Passaria a noite. A semana toda. O mês inteirinho.

Especialmente se ela continuasse estremecendo contra mim assim.

Ela respirou fundo mais uma vez, apertando os seios contra o meu lado. Seus lábios provaram minha pele, fazendo com que meu lobo se agitasse. Ele reconheceu o toque como vindo de seu animal, seus instintos muito selvagens para serem humanos.

Ele queria se entregar a ela da mesma forma, empurrá-la de costas e segurá-la, enquanto eu a devorava com a boca.

Porque sua excitação era potente, a doce fragrância permeava o ar e me afogava em um mar de necessidade.

Sua necessidade.

Mas seus movimentos eram medidos e lentos, sua exploração incompleta.

Eu não queria deixá-la insatisfeita.

Agora, não. Nem nunca.

Então esperei enquanto ela aventurava a mão para baixo, em minha virilha. *Tão gentil e hesitante*, pensei enquanto as pontas dos seus dedos percorriam meu osso pélvico.

E direto para a base do meu pau.

Em meu *nó*.

Não me incomodei em esconder meu grunhido de aprovação, o som ecoando em meu peito.

— *Puta merda*, Quinnlynn.

Aquele toque ameaçou meu controle, algo que ela não pareceu perceber porque começou a acariciar meu pescoço enquanto envolvia a palma da mão em volta do meu pau.

Meu interior se inflamou com uma necessidade sombria de tomá-la, meu celibato de um século me dominando com força.

Fui paciente.

Esperei.

Dizendo a mim mesmo que valeria a pena no final.

E quando ela começou a lamber um caminho do meu pescoço até meu peitoral, percebi que estava certo. Essa intensidade. Este desejo ardente. Este desejo indecente. Tudo isso fez a luta – *a caçada* – valer o meu sacrifício.

Seus lábios roçaram meu peitoral, traçando os toques das pontas dos dedos com a língua. Isso tudo era sua loba, conduzindo cada carícia, exigindo que a humana dentro dela explorasse e conhecesse seu companheiro.

Mas Quinnlynn ainda estava consciente, sua presença evidente em seus olhos quando ela olhou para mim do meu abdômen.

Suas íris refletiam o mesmo desejo sombrio que eu sentia em meu espírito, nossos animais em sincronia com nossas paixões compartilhadas. No entanto, houve uma hesitação lá também. Uma curiosidade que precisava ser saciada.

— Uma vez, perguntei se você queria experimentar meu nó antes de nossa proverbial noite de núpcias — eu a lembrei. — Você escolheu esperar. Mas parece que você quer experimentar agora, não é?

Ela respondeu circulando meu umbigo com a língua.

— Não sei dizer se você está protelando ou realmente se divertindo — admiti.

Sua mão apertou meu nó, me fazendo gemer.

— Mas fique à vontade para continuar — eu a encorajei. — Terei minha resposta no final.

Então daria o nó nela.

Repetidamente.

Até que ela me implorasse para parar. Mas, mesmo assim, talvez ela não pedisse.

Porque uma ômega no cio era insaciável.

E, felizmente para Quinnlynn, eu também.

QUINN

ISSO NUNCA VAI CABER, pensei, apertando o nó de Kieran novamente.

Minha loba iniciou este jogo, querendo explorar e saborear nosso companheiro.

E agora eu não tinha certeza do que dizer ou fazer.

Ele me libertou de sua energia, fazendo meu corpo pegar fogo e me deixou ofegante e carente em resposta.

Então ele me ofereceu uma escolha.

Uma que eu ainda não tinha realmente feito.

Mas minha loba precisava disso. Ela queria conhecer nosso futuro companheiro, explorar os contornos de sua forma masculina e provar o sabor salgado de seu sêmen.

O sangue dele correu por mim por tanto tempo, que minha alma parecia intimamente ligada a ele. E, no entanto, Kieran era um estranho. Um ser em quem talvez eu nem fosse capaz de confiar.

Mas se isso é verdade, então por que me dar uma escolha? Por que simplesmente não me entregar ao meu destino e me reivindicar?

Estremeci, as perguntas me deixando tonta.

Porque, no momento em que este jogo terminasse, ele

acasalaria comigo de uma vez por todas. Ele reivindicaria minha mente e descobriria todos os meus segredos. Me possuiria. Seria o dono do Santuário Ômega. Ele se tornaria o verdadeiro Rei do Território de Sangue.

Isso sempre foi uma inevitabilidade entre nós. Eu o escolhi para este caminho. Mas cometi um erro fatal nessa escolha.

Eu o escolhi porque ele não parecia interessado no Território de Sangue. Isso o tornava uma ameaça menor aos meus olhos, porque ele claramente não desejava ser rei.

No entanto, ele provou ser a maior ameaça de todos.

Porque minha loba o desejava.

E agora que eu a soltei da coleira, ela estava me levando para um passeio.

Um passeio no enorme pênis de Kieran.

Todos os alfas eram bem-dotados, mas seu tamanho superava todos ao seu redor.

E apesar de nossas corpos muito menores, as ômegas eram construídos para receber o nó de um alfa e qualquer brutalidade que ele desejasse dispensar.

Mas ver a excitação de Kieran pulsando em minha mão me fez questionar tudo o que eu sabia instintivamente.

Kieran devia ter percebido minha preocupação porque ele se abaixou para passar os nós dos dedos em minha bochecha.

— Você está olhando para o meu pau como se nunca tivesse visto um nó antes.

— Não vi — admiti dom a voz rouca de, bem, tudo. Meu calor. Minha curiosidade. Meu medo. Minha *necessidade.* — Não tão de perto... — Engoli em seco, incapaz de elaborar.

Felizmente, ele pareceu entender: nunca estive com um alfa antes. Algo que eu tinha quase certeza de já ter dito a ele, mas talvez só tivesse declarado o óbvio: que não tinha estado com um desde nosso noivado.

Independentemente disso, esta era a minha primeira vez.

Com um alfa, de qualquer maneira.

Estive com um macho ômega algumas vezes quando era mais jovem. Então ele foi alegremente reivindicado por uma mulher alfa do Território Lunar. E, bem, como a maioria dos alfas, ela não gostava de compartilhar.

— Quinnlynn. — Ele segurou meu queixo, me forçando a olhar para ele. — Você é virgem?

Balancei a cabeça, o que afastou sua mão.

— Mas você nunca esteve com um alfa. — Ele expressou isso como uma afirmação, não como uma pergunta.

Ainda assim, senti a necessidade de dizer:

— Só com outro ômega.

Ele arqueou a sobrancelha com isso. Provavelmente porque seria capaz de adivinhar a quem eu me referia. Ômegas eram raros. Ômegas masculinos, ainda mais. E eu cresci com um dos únicos ômegas masculinos existentes.

— Entendo. — Ele roçou os nós dos dedos contra meu queixo novamente. — Então me diga, pequena, você quer uma introdução lenta? Ou prefere estar tão fora de si com luxúria que não sinta nada além de prazer?

Ele estava me lembrando de minha escolha, apenas formulando-a de forma diferente. Eu poderia permanecer neste estado entorpecido e deixá-lo me aliviar em meu calor, ou poderia cair de cabeça no inferno que me esperava.

Meu foco se voltou para a dureza na base de sua masculinidade impressionante.

Isso vai estar dentro de mim em breve.

Mas eu não conseguia entender como.

Será que cabe na minha boca?

Minha mão mal o envolvia; ele era muito grosso, longo e pulsante. Uma gota de líquido pré-ejaculatório brilhava na ponta, me distraindo dos meus pensamentos.

Prove-o, minha loba exigiu. Não necessariamente com palavras, apenas impulsos.

Impulsos que eu era incapaz de ignorar.

Porque eu queria prová-lo também. Queria ver se ele se encaixaria. Eu queria...

— Devagar.

Ou talvez fosse minha loba assumindo o controle.

Mas isso não importava. Estávamos operando como uma única unidade agora, trabalhando juntas em vez de uma contra a outra.

— Devagar então — Kieran murmurou, a voz profunda e ronronar sedutor me persuadindo a agir.

Provar.

Lamber.

Chupar.

Todos os instintos naturais.

Todas as ações que eu desejava.

Todos os desejos eu não podia mais ignorar.

Abri os lábios e inclinei sua cabeça em direção a minha boca. *Vai caber*, decidi, de repente com mais fome do que nunca. *Tem que caber.*

Porque eu precisava experimentar isso. *Ele. Nós.*

O gosto explodiu em minha língua, me fazendo gemer contra seu pênis enquanto o forçava profundamente em minha boca.

— Puta merda — Kieran xingou, levando os dedos de repente no meu cabelo. Mas ao invés de me puxar para longe, ele me incentivou a tomar mais dele.

Eu tentei e engasguei ao redor dele, sentindo lágrimas se formando em meus olhos.

Ele me puxou até que apenas a ponta encontrou meus lábios.

— Você tem que relaxar a garganta — ele disse, com a voz baixa, profunda, gutural, sexy e hipnótica a um ponto onde eu quase me esqueci do que estávamos fazendo.

Mas então seu nó pulsou sob minha mão e mais daquele líquido da sua excitação apareceu.

Lambi-o por impulso, fazendo-o estremecer.

— Você vai me matar, princesa — ele disse, gemendo.
— Me tome de novo. Mas relaxe. Não force. Apenas faça o que vier naturalmente.

Ele não me deu chance de responder, a palma de sua mão já me empurrava para frente.

— Relaxe — ele repetiu. — É isso, pequena. Bem desse jeito. — Inclinou a cabeça para trás, e seus músculos pareceram se esticar embaixo de mim enquanto eu o levava o mais longe que podia em minha boca. — Agora massageie meu nó com a mão.

Obedeci e mais daquela essência deliciosa vazou da ponta. Suguei, engolindo enquanto ainda o tinha na boca.

Ele soltou um xingamento em irlandês, seu sotaque ficando mais forte.

— *De novo*.

Era uma ordem que eu não tinha problemas para obedecer. Ele me recompensou com mais de sua essência salgada e um som feroz que chamou minha loba interior.

Ela me encorajou a fazer mais.

A deslizar meus lábios para cima e para baixo. Chupar. Engolir. Repetir. Enquanto acariciava seu nó e me deleitava com a forma como pulsava em resposta às minhas ações.

— Essa é sua forma de me agradecer, querida? — ele perguntou, a cadência irlandesa mais pronunciada que eu já tinha ouvido. — Ou está se desculpando?

Sua base praticamente vibrou com meu toque, seu pênis liberando o líquido pré-ejaculatório como se ele já estivesse tendo um orgasmo. Mas eu sabia que isso não era seu clímax. Seus olhos escuros estavam muito perspicazes quando ele levantou a cabeça para olhar para mim.

— Ou talvez você pense que isso vai te salvar do meu nó. — Suas íris cor de obsidiana cintilaram com conhecimento. — Uma distração, Quinnlynn. Uma forma de adiar o inevitável. É esse o seu objetivo? Porque, se for o caso, estou prestes a lhe ensinar uma lição que você nunca esquecerá.

Estremeci. *É isso que estou fazendo? Tentando distraí-lo de me dar o nó?*

Possivelmente.

Mas eu também só queria experimentá-lo.

Prová-lo.

Conhecê-lo.

Realizar este desejo de minha loba.

Ela queria torná-lo nosso, para provar nosso valor como sua companheira. Então talvez tenha sido uma demonstração de gratidão ou uma forma de pedir desculpas por tudo o que fizemos.

Eu não tinha certeza.

Tudo que eu sabia era que precisava fazê-lo gozar. Para realmente experimentar o seu prazer. Para engolir seu sêmen. Fazê-lo meu intimamente.

Para acasalar.

Meu estômago doeu com a ideia e minha necessidade de beber dele de repente se tornou voraz.

Ele está me trazendo de volta, percebi quando o calor alcançou meu núcleo. *Me deixando sentir as noções delirantes associadas ao cio. Me deixando louca.*

Mas eu não me importava.

Eu precisava disso. Precisava *dele*.

Minha loba se sentiu muito rejeitada. *Nós* nos sentimos assim. E embora, em algum nível, eu entendesse que era o que eu merecia, não suportava a ideia de ser rejeitada por este alfa. *Meu* alfa.

Puta merda, que confusão.

Há uma razão pela qual fui embora.

Mas agora... agora, tudo que quero... tudo que eu quero é isso.

Olhei para o meu futuro companheiro e deixei que ele visse o desejo pulsar dentro de mim. *Estou com fome, alfa. Me alimente. Me dê o que eu preciso. Por favor.*

— Puta merda. — Seu aperto aumentou em meu cabelo. — Continue me olhando assim, Quinnlynn. Não se atreva a parar.

Eu não tinha intenção de parar nada.

Queria mais. Não, eu *precisava* de mais. E comecei a demonstrar isso engolindo-o até não conseguir mais respirar.

Mais palavrões irlandeses saíram de seus lábios, suas íris cintilando enquanto ele segurava meu olhar.

— Olhe para mim, princesa — ele disse, com um aviso em seu tom. — Quero ver você enquanto gozo nessa linda garganta. Um século de tormento, Quinnlynn. Um século de *espera*.

Essas palavras soaram mais como uma ameaça que uma admissão. Ele estava prestes a me destruir, me afogar em sua agonia, e eu poderia dizer pelo jeito que segurou meu cabelo, que ele esperava que eu engolisse.

Ótimo, pensei, olhando para ele. *Me dê isto.*

Porque eu queria.

Eu o queria.

E se fôssemos fazer isso, faríamos da maneira certa.

Minha loba rosnou de acordo, o som tocando meu peito e saindo da minha língua.

As narinas de Kieran dilataram, seus lábios se curvando em um sorriso malicioso.

— Você não pode me superar, lobinha. — Um grunhido acompanhou sua declaração, o som indo direto para o meu abdômen e acendendo um fogo lá no fundo. — Eu sou o alfa aqui.

Meu animal interior praticamente ronronou de excitação. *Então me dê*, ela parecia dizer. *Pare de provocar e me deixe te provar de verdade.*

Talvez essas tenham sido minhas palavras. Meus desejos. Minhas *necessidades*.

Não sabia. Tudo era complicado e distorcido.

Quente. No entanto, não de forma desconfortável.

Por causa de Kieran.

Ele ainda estava me entorpecendo e me permitindo estar aqui no momento.

Mas o que aconteceria quando ele finalmente entrasse em erupção? Seu controle se desfaria? Eu me afogaria em um redemoinho de luxúria?

Ele me puxou de volta, os olhos escuros mantendo os meus cativos.

— Respire fundo, querida. Você vai precisar.

Inalei pelo nariz, minha loba praticamente ofegando dentro de mim em antecipação.

Antecipação que vi refletida no olhar de Kieran.

— Olhos em mim — ele disse novamente. — Agora, aperte meu nó.

Minha mão obedeceu antes mesmo de minha mente compreender o comando.

Então ele empurrou profundamente, atingindo a parte de trás da minha garganta em um rosnado que me sacudiu até o âmago.

Ah, luas...

Minhas coxas ficaram úmidas com uma onda de suor e meu abdômen pulsou com uma demanda por satisfação.

Exceto que o que eu desejava estava descendo pela minha garganta, não para o meu ventre.

Engoli por instinto, o sabor diferente de qualquer outro que já experimentei. *Ambrosia. Essência alfa. Meu.*

Minha garganta se moveu, e meus olhos lacrimejaram com a intensidade e a necessidade de continuar observando-o. Observar como este macho poderoso se desfez para mim.

Isso me energizou. Me deu um novo sentido para a vida. Revitalizou meu espírito.

Ele soltou meu cabelo, levando a mão a minha nuca, enquanto rosnava meu nome. Mais umidade se derramou de mim, meu corpo pegando fogo.

Mas ele não tinha acabado de gozar.

Ele estava me afogando em seu prazer, gozando infinitamente em minha garganta.

Kieran não estava brincando sobre eu precisar de ar.

Eu podia sentir meus pulmões começarem a queimar enquanto eu lutava para continuar engolindo, com os olhos cheios de lágrimas.

Suas íris estavam focadas nas minhas, me forçando a manter nosso olhar.

Mas eu estava começando a ver manchas.

Tentei me mover para trás, dizer a ele que precisava respirar, mas ele empurrou mais fundo, sua mão me controlando através do meu pescoço.

Agarrei suas coxas, cravando as unhas em sua pele.

Ele segurou meu pulso e levou meus dedos de volta ao seu nó.

— Mais um aperto — ele me disse.

Eu queria mordê-lo em vez disso. No entanto, meu corpo se comportou como se eu fosse uma marionete.

E mais de seu sêmen atingiu minha garganta.

Engoli em seco porque não tinha outra opção.

Engoli em seco porque eu *queria*.

Engoli em seco porque fez suas narinas dilatarem e seu rosnado ressoar mais alto.

Engoli em seco porque era Kieran. Meu companheiro. Meu futuro.

Engoli em seco porque precisava de mais.

— Tão bom — ele sussurrou, me puxando para longe de si.

O mundo mudou, minhas costas de repente bateram nos lençóis quando ele se posicionou sobre mim.

Respirei fundo, meus pulmões gritando com a necessidade. Quase doía respirar. Ou talvez tivesse doído por ter sido jogada contra o colchão.

Não, por quase sufocar até a morte com seu gozo, pensei, tonta.

— Vamos trabalhar em sua resistência no que se refere a respiração — Kieran disse contra a minha boca. — Mas para a primeira vez, foi muito bom, Quinnlynn. Obrigado.

Ele não me beijou, algo pelo qual quase agradeci, pois já estava lutando o suficiente para inspirar e expirar. No entanto, uma parte da minha mente registrou a perda quando seus lábios se moveram para o meu pescoço e depois para os meus seios.

— Esperei uma eternidade para te adorar. — Seu tom reverente atraiu meu olhar para onde ele pairava logo acima do meu peito, seus lábios a apenas alguns centímetros de um dos meus mamilos. — Agora você vai aprender o que significa ser minha.

KIERAN

As BOCHECHAS úmidas de lágrimas de Quinnlynn ficaram coradas em um tom de rosa delicioso, e sua respiração ainda estava ofegante.

Testei seu limite, querendo ver até onde poderia pressioná-la antes que ela revidasse. E minha linda trapaceira não me decepcionou nem um pouco.

Caramba, eu ainda estava excitado e mais que pronto para dar um nó nela.

Mas primeiro, queria prová-la.

Queria traçar cada centímetro dela com a língua, torturá-la com orgasmos que não fossem satisfatórios o suficiente e fazê-la implorar pelo meu nó.

Seria muito fácil liberá-la de minha energia entorpecente. Eu queria um desafio. Desejava dominar. Precisava *reivindicar.*

Porque estava muito claro para mim que eu não poderia mordê-la corretamente. Ainda não. Não até que eu tivesse certeza de que ela e sua loba estavam totalmente curadas.

Então eu a marcaria de outra maneira.

Possuiria seu corpo e alma.

Tornaria Quinnlynn minha de todas as maneiras que importavam, e talvez então sua loba estivesse pronta.

Fechei os lábios ao redor do mamilo rosado, lambendo sua pele enquanto mantinha os olhos nos seus.

Rocei as mãos na lateral do seu corpo, determinado a acariciá-la, conhecê-la, *possuí-la*. Assim como ela fez comigo.

Porque aquela performance dela com a boca tinha sido um ato de possessão.

Um que ela mais que dominou.

Seus cuidados não eram praticados, confirmando tudo o que ela disse sobre nunca ter estado com um alfa antes. Eu adorava o fato de ser o primeiro dela.

Desejei que ela pudesse ser minha.

Infelizmente, ajudei várias ômegas em seus cios ao longo do tempo. Não desde que conheci Quinnlynn, é claro, mas antes dela. *Muito* antes. Durante um tempo em que eu não planejava tomar uma companheira. Bastou tomar uma pílula para me manter estéril durante o ciclo de calor, me permitindo transar sem arriscar uma gravidez.

Mas essa pequena trapaceira desonesta havia mudado tudo.

Um acordo inesperado e todas as minhas aspirações mudaram.

A ideia de engravidar Quinnlynn me atraía muito. Não que eu fosse fazer isso durante o primeiro cio. Eu já havia tomado minha pílula para garantir que isso não acontecesse. Mas, eventualmente, sim. Eu queria ver sua barriga crescer com nosso filho. Nosso herdeiro.

E tudo se resumia a uma simples causa e efeito: essa mulher ousada me escolheu.

Então me deixou.

Mudei para o outro seio, roçando os dentes em sua

carne macia e mordiscando apenas o suficiente para ela sentir a dor antes de afastá-la com a língua.

Ela gemeu, abrindo mais as coxas debaixo de mim.

— *Kieran.*

— Ah, querida, estou apenas começando. — Peguei o pico eriçado entre os dentes e o mordisquei antes de chupá-lo.

Quinnlynn gritou em resposta, pousando as mãos em meus ombros.

— Eu... eu...

— Você o quê? — perguntei com um sorriso contra seu mamilo. — Precisa de mais?

— Sim — ela sibilou, arqueando-se para mim e encharcando minha metade inferior com sua excitação.

— Humm — murmurei. — Um convite. — Apertei o mamilo rosado mais uma vez, em seguida comecei um caminho para baixo, para a maciez entre suas coxas. — Um convite que aceito. — Pronunciei as palavras diretamente contra seu clitóris.

Não havia motivo para demora.

Minha companheira queria prazer.

E meu lobo queria lambê-la.

Levei as mãos para suas coxas, para abri-las ainda mais, então cedi ao impulso de *provar*.

Ela gemeu quando passei a língua ao longo de umidade, descendo até sua entrada, e a penetrei. Meu nome saiu de seus lábios inchados, seu calor lentamente superando o entorpecimento enquanto eu continuava a retirar gradualmente minha essência de cura.

Ela queria que eu fosse devagar.

Eu iria.

E quando eu terminasse, ela imploraria para que eu parasse enquanto exigia que eu a desse o nó ao mesmo tempo.

Seria um enigma delicioso, um que eu mal podia esperar para vivenciarmos juntos.

Mas primeiro, eu precisava ir com calma, dar a ela uma pequena recompensa pelo prazer que ela me deu.

Não demoraria muito, seu corpo estava tão preparado e pronto para explodir que tudo o que ela precisava era de um pequeno empurrão.

Exceto que eu não acreditava em fazer nada parcialmente.

Com Quinnlynn, eu iria sempre com tudo.

Algo que mostrei a ela tomando o clitóris sensível em minha boca e rosnando ao mesmo tempo.

Ela gritou em resposta, chegando ao orgasmo de imediato. Muito pesado. *Intenso*. Eu podia ver em seus olhos, na maneira como suas bochechas ficaram vermelhas, na forma como seu corpo começou a suar. E podia *ouvir* isso em seus gritos de prazer.

Não parei.

Continuei sugando. Lambendo. *Torturando* seu clitóris.

Levando-a direto para um segundo clímax que a fez gritar meu nome.

— Linda — elogiei em irlandês. — Linda demais.

Ela estremeceu com violência, levando uma das mãos para a minha cabeça. Entrelaçou os dedos em meu cabelo, enquanto tentava me afastar de sua carne sensível.

Mas eu a agarrei com meus dentes, forçando-a a aceitar *mais*. Assim como ela havia pedido.

Passei uma mão em sua perna e passei dois dedos por sua umidade aquecida. Suas coxas se apertaram ao meu redor, e uma palavra de protesto saiu de seus lábios... uma que terminou em um gemido quando penetrei dois dedos em sua vagina apertada.

— Shhh — eu a silenciei. — Você precisa disso.

Porque eu precisava dela solta, molhada e pronta para tomar meu pau.

Se eu a pegasse agora, iria machucá-la. E isso era inaceitável. Ela queria que isso fosse facilitado para ela e era exatamente o que estávamos fazendo.

Eu a lambi por completo, enquanto liberava outro fio do meu poder, embalando-a de volta em seu cio com carícias experientes de minha língua.

Ela vibrou embaixo de mim. Senti seu corpo tremendo com o ataque de prazer e a intensidade de seu calor.

— Você está queimando, baby? — perguntei baixinho. As palavras eram um zumbido contra sua carne úmida.

— *Sim* — ela sussurrou quando suas pernas ficaram tensas novamente, outro clímax atingindo-a em uma onda violenta.

Sorri, meu ronronar há muito substituído por um rosnado constante destinado a persuadir minha pretendida a um frenesi de acasalamento. Quando terminássemos, ela se arrependeria de ter me deixado no começo. Poderíamos estar fazendo isso por um século.

Em vez disso, eu tinha que descontar mais de cem anos de luxúria nela agora.

Ainda bem que ela está no cio, pensei. *Porque as coisas que eu queria fazer com ela não podiam ser feitas fora de um ciclo normal.*

Bem, poderiam ser feitas.

As atividades apenas a esgotariam mais.

Pelo menos ela poderia acompanhar durante o cio. Caramba, caberia a *mim* acompanhá-la.

Um desafio que aceitei com alegria.

Por mais que dure, pensei ao adicionar um terceiro dedo. Quinnlynn uma vez me disse que seu cio típico durava trinta dias. Mas não havia nada de típico nesse ciclo. Foi um forçado depois de décadas negando os instintos de seu corpo.

Poderia acabar amanhã.

Ou daqui a seis meses.

Essa era outra razão pela qual reivindicá-la era arriscado. *E se isso a fizesse se desassociar novamente?* A pergunta surgiu em meus pensamentos, a falta de uma resposta clara me fazendo recuar do meu desejo de mordê-la.

Vou convencê-la a ficar comigo, dando-lhe uma experiência que ela não esquecerá tão cedo.

Farei com que ela me escolha.

E vou mantê-la presa até ter certeza de que ela não tentará fugir novamente.

— *Kieran.* — Meu nome parecia uma oração, quando seus dedos puxaram meu cabelo. — Não posso. Eu não posso... Pare. Chega.

Sorri contra sua protuberância pulsante.

— Mais um — disse a ela.

— *Não posso.*

— Confie em mim, querida. Você *pode.* — O que provei a ela com meus dedos e língua, ignorando o tempo todo a ardência em meu couro cabeludo enquanto ela puxava meu cabelo.

Exigiu um pouco de persuasão.

E muito rosnado.

Mas eu a levei a outro clímax que a deixou ofegante, chorando e me implorando para parar.

— *Nó* — ela murmurou. — Eu... eu não posso... eu preciso... *puta merda,* Kieran. Eu te odeio. — Ela balançou a cabeça, com os olhos fechados, enquanto lutava contra seu estado induzido pelo desejo. — Não, eu... eu te quero. Mas... mas te odeio... *Kieran.*

Meu rosnado superou suas queixas, minha energia se desenrolando de seu ser, deixando alguns tentáculos para trás para mantê-la com os pés no chão.

— Por favor — ela implorou. — Por favor, alfa. *Me dê o nó.*

Dei um beijo em sua boceta que pulsava, ganhando um grito de protesto e um gemido de desejo não adulterado. A combinação perfeita.

— Você é deslumbrante — murmurei. — Minha pequena trapaceira perfeita.

Tirei os dedos de sua boceta apertada, fazendo-a gemer de decepção.

Eu a silenciei levando os dedos à sua boca.

— Chupe, Quinnlynn — murmurei enquanto rastejava até seu corpo corado. — Deixe-me sentir sua língua.

Ela obedeceu com avidez, sua mente e corpo quase inteiramente perdidos pela necessidade que zumbia em suas veias. Essa sensação de perda cognitiva era o motivo pelo qual as ômegas precisavam ser protegidas nesse estado. Elas eram consumidos pela necessidade de transar, seu único propósito se tornando o desejo de *acasalar.*

Alguns alfas entravam em uma rotina em resposta, incapazes de controlar o desejo de satisfazer a fêmea, sua necessidade de procriar muito forte. Eu podia sentir a pressão em minha consciência, exigindo que eu seguisse esse caminho e transasse com minha ômega até que nós dois estivéssemos muito saciados para nos movermos.

Mas afastei essa inclinação.

O foco aqui era ela.

Cuidar da minha Quinnlynn.

Minha *pretendida.*

Acomodei meus quadris contra ela, pressionando meu nó bem ao longo de seu centro quente. Ela arqueou para mim, envolvendo suas pernas ao meu redor em boas-vindas imediatas.

Até que a cabeça do meu pau tocou seu clitóris.

Um som rouco deixou sua garganta, a reação vocal vibrando ao redor de meus dedos em sua boca.

— Sensível? — perguntei, me esfregando contra ela.

Ela abriu os cílios grossos, revelando os olhos escuros. Quinnlynn parecia estar de acordo com sua loba *por enquanto*. As duas furiosas e inegavelmente excitadas ao mesmo tempo.

Eu me esfreguei contra ela mais uma vez, amando o jeito que ela rosnou e gemeu em conjunto.

— Sensível e pronta — esclareci, não mais perguntando, mas afirmando como ela estava se sentindo. Porque eu podia ver em sua expressão, podia *sentir* isso contra minha virilha.

Tão molhada. Tão inchada. Tão perfeita. Tão minha.

— Você vai chorar — avisei, ciente do quanto a experiência do nó seria intensa para ela. — E depois vai me dizer para não parar.

Sua expressão clareou apenas o suficiente para transmitir que ela entendeu minhas palavras.

Foi por isso que continuei a alimentá-la com alguns fios finais de energia de cura, com o desejo de tê-la consciente na primeira vez, uma necessidade motriz de mantê-la estável.

Tirei os dedos de sua boca e toquei sua bochecha.

— Não feche os olhos — disse a ela. — Quero ver todas as suas reações ao receber meu nó. Entendeu? — Era outra maneira de mantê-la com os pés no chão, de garantir que ela se lembrasse desse momento.

Ela estremeceu, as narinas se alargando quando ela se pressionou contra mim em uma demanda arbitrária.

— Me peça para te comer, pequena — falei baixinho. — Quero te ouvir pedir por isso. — Ela já tinha me dito isso, mas depois de tudo que passei perseguindo esse pequena trapaceira, queria ouvi-la dizer isso de novo. Ouvir a ânsia em seu tom. A demanda. A necessidade.

Porque ela era minha.

Eu a tinha agora.

Embaixo de mim.

Molhada contra o meu pau.

Se contorcendo com a necessidade de *meu* nó.

— Kieran. — Ela engoliu em seco, com os dedos ainda presos em meu cabelo. — Eu... eu... *por favor*.

— Isso não é me dizer para te comer, Quinnlynn. Quero ouvir as palavras. — Acariciei seu nariz antes de roçar em sua bochecha com minha boca a caminho de sua orelha. — Eu quero ouvir você *implorar*.

Um tremor violento a atingiu, parecendo irromper de seu centro escorregadio. Ele envolveu cada parte minha, me fazendo querer entrar nela e levá-la ao ápice do prazer.

Mas não até que ela admitisse sua necessidade novamente.

Não até que ouvisse as palavras de seus belos lábios.

— Diga — eu a encorajei. — Diga e vou recompensá-la com o meu nó.

Seu aperto aumentou novamente em meu cabelo, a palma da mão oposta indo para o meu ombro e depois para as minhas costas, onde ela cravou as unhas em minha pele. Essa era a loba dela, exigindo que ela me fizesse sangrar por prolongar seu tormento.

— *Humm*, bom lobinha — murmurei. — Agora me diga o que você quer.

— Seu nó — ela disse, arqueando-se para mim. — *Eu quero... seu... nó*.

Dei um beijo em seu pulso trovejante.

— O que você quer que eu faça com meu nó, pequena? Você quer ordenhá-lo com a boca e os dedos de novo?

— *Kieran.*

— Diga — exigi. — Admita o que quer, e eu te darei.

Ela rosnou, a fêmea teimosa me mostrando suas garras e dentes. *Literalmente.* Porque ela afundou as unhas nas minhas costas novamente enquanto mordia meu ombro.

Um ronronar escapou de mim com a bela reivindicação, sua loba estava claramente no comando deste abraço.

Mas foi Quinnlynn quem rosnou.

Ela que se afastou com meu sangue em seus lábios.

A mulher que me olhou nos olhos e disse:

— Me coma, Kieran.

Respondi com meus quadris em vez de minha boca, meu pau encontrando sua entrada e deslizando para dentro em um impulso forte.

Ela se inclinou para fora da cama com um grito que foi direto para minha virilha, excitando meu instinto de cio. Mas fiz uma pausa dentro dela, querendo dar-lhe um momento para se aclimatar.

Outro daqueles tremores violentos vibrou sua pele, e sua boceta apertada apertou meu pau. O instinto de enterrar a cabeça em seu pescoço me dominou, mas me recusei a interromper o contato visual. Especialmente quando eu disse a ela para mantê-lo – algo que ela parecia estar fazendo instintivamente depois que o interrompi para sussurrar em seu ouvido.

Suas bochechas ficaram vermelhas.

Seus lábios se entreabriram.

Suas pupilas dilataram completamente.

E sua respiração voltou a ficar ofegante.

Mas captei o momento em que ela começou a relaxar e que seu choque se transformou em êxtase. Ela fez um pequeno movimento hesitante, então gemeu com a sensação abaixo.

— Segure-se em mim — disse a ela. — E não pare de me olhar. Quero ver você desmoronar. Quero me lembrar desse momento antes que o esquecimento te capture. Antes que seu calor se torne uma insanidade que tudo consome.

Ela afundou as unhas em minha pele novamente, com uma nota de desafio em seu olhar.

— Me dê o nó.

Curvei os lábios.

— Com prazer.

QUINN

O OLHAR escuro de Kieran me manteve cativa quando ele começou a se mover, seu corpo dominando o meu com um movimento habilidoso de seus quadris que me deixou tonta e inconsolável.

Eu estava pegando fogo.

Queimando.

Morrendo.

Precisando de seu nó.

Mas ele parecia determinado a fazer esse sentimento devastador durar. E eu não podia odiá-lo por isso, não quando cada movimento de seu pau grosso aumentava a intensidade.

Ele segurou meu quadril, me colocando em uma posição que lhe permitia ir ainda mais fundo. Gemi, o prazer-dor aumentando minha necessidade por ele que me fez queimar ainda mais.

Seu nome escapou de meus lábios e minha visão escureceu com o ataque de sensações.

— Olhos abertos — ele me lembrou, o comando

ressaltado em seu tom me fez apertar firmemente em torno dele.

Este macho era todo alfa.

Todo lobo.

Toda beleza feral metamorfa em um pacote primorosamente bonito.

Puta merda, eu estava perdendo a cabeça.

No entanto, uma parte de mim resistiu, permanecendo presente a cada estocada, sentindo cada centímetro do poder de Kieran, experimentando a superabundância de luxúria florescendo entre nós.

Seu olhar se fixou no meu. Sua fome era uma força da natureza que tocou minha alma. Eu quase podia sentir o gosto de seu desejo por mim, sua necessidade sombria de *reivindicar*.

Este era o homem que permaneceu fiel ao nosso vínculo por mais de cem anos.

O homem que tinha me perseguido por todo o globo.

O macho que finalmente me pegou e me prendeu a sua essência.

No entanto, ele não fez nenhum movimento para me morder. Nenhum movimento para sequer me beijar. Ele simplesmente transou comigo com movimentos profundos e poderosos de seus quadris.

Quando você vai me morder? queria perguntar a ele. *Quando vai me reivindicar?*

Só que as palavras não tiveram chance de sair de meus lábios porque, no momento seguinte, ele fez algo com sua metade inferior que me fez ver estrelas.

Um toque sutil.

Um movimento proposital.

Uma sensação aguda.

Bem contra o meu clitóris.

— Kieran. — Seu nome me deixou em um grunhido, ou talvez um rosnado.

E ele respondeu da mesma forma, e seu estrondo me destruiu totalmente. Isso provocou um turbilhão pulsante em meu ventre, que se recusou a diminuir, o desejo atordoando minha consciência e exigindo que ele terminasse. Acabasse comigo.

— *Por favor.*

Eu nem tinha certeza do que queria. Seu nó? Seus dentes? Seu beijo? Sua língua? Suas mãos? Ele inteiro?

Kieran me silenciou.

O que resultou na minha loba avançando para protestar.

Mas outro rosnado do alfa me fez gemer embaixo dele e derreter em uma versão incoerente de mim mesma.

Eu queria chorar.

Gritar.

E gemer.

Tudo ao mesmo tempo.

Em vez disso, uma enxurrada de palavras me deixou. Coisas sem sentido. Algo sobre Kieran. Seu nó. Necessidade. *Mais.*

— Estou com você, Quinnlynn — ele afirmou, levando uma mão ao meu pescoço e deu um pequeno aperto enquanto a oposta permanecia contra meu quadril. — Agora continue olhando para mim. Boa garota. Isso mesmo, pequena.

Minhas veias eram como fogo líquido, a fonte parecendo vir do meu núcleo. Cada movimento punitivo de seus quadris só piorava a chama, agitando um inferno profundo que tornava difícil respirar.

Estou morrendo, percebi. *Ele está me matando com o nó.*

— Shhh — ele me silenciou. — Fique comigo, princesa. Olhos para cima.

Eu queria olhar feio para ele, mas não podia. Estava muito ocupada gemendo, pulsando e pressionando o corpo contra ele, *implorando para que ele me firmasse.*

Todo o meu ser parecia uma confusão de nervosismo e intensidade, que iria explodir se ele não me completasse. *Me mordesse. Me desse o nó. Me fizesse inteira.*

Ele apertou a mão, me puxando de volta para si. Eu não conseguia respirar. Ele cortou meu fluxo de ar. Entreabri os lábios para dizer a ele, mas a crueldade em seu olhar me disse que ele sabia exatamente o que tinha feito.

Não. Não era crueldade.

Paixão.

Mas com ele, era a mesma coisa. Uma mistura sombria de sadismo intrínseco juntamente com inteligência incrível e um pouco de agressão alfa.

Meu companheiro.

Não. Meu pretendido.

Eu me senti tonta de novo, perdida em suas estocadas punitivas, sua necessidade selvagem, seus instintos de cio.

Ah, mas aqueles olhos. Eram como diamantes de obsidiana, brilhando com intenção e me mantendo cativa. *Fique comigo. Fique no presente. Aproveite.* Sua voz era alta em minha cabeça. Ou talvez ele tivesse falado em voz alta. Eu realmente não conseguia ouvir nada sob os rosnados primitivos da minha loba. Seu lobo. *Nossos* lobos.

Uma dança tribal.

Um acasalamento fundado em um abraço antigo.

Nossas almas se misturando, nossos animais dançando, nossos corpos se unindo.

Exceto que ele ainda estava olhando para mim. Não me mordendo. Balancei a cabeça para clareá-la, confusa, mas fui arrastada de volta para sua presença inebriante com um rosnado baixo que fez minha visão escurecer mais uma vez.

Ele não exigiu meus olhos novamente.

Talvez porque eu não os tivesse fechado.

Ou porque eu estivesse longe demais para ouvi-lo.

Mas um espasmo no meu baixo ventre me trouxe de volta para o nosso abraço, seu baixo estrondo de aprovação me rasgando e demolindo a espessa névoa que ameaçava tomar conta do meu ser.

Seu olhar escuro me prendeu, me forçando a ver seu prazer, enquanto seu nó irrompia da base e prendia nossos corpos juntos em uma agonia feliz.

Entreabri os lábios, o grito se recusando a me deixar. Não porque ele ainda estava me estrangulando, mas porque eu não sabia mais emitir som. Foi muito intenso. Apaixonado. *Incrível* demais para processar.

Tudo o que eu sentia era a ausência de peso.

Sensibilidade.

Tremores.

Insanidade.

Meu clitóris pulsava, a parte sensível de mim ainda dolorida por suas carícias anteriores, mas prosperando com uma pulsação eufórica que não pude ignorar.

Isso forçou um som animalesco do meu peito, me lembrando de um gemido misturado com um grito de clemência. Porque era demais. Ainda assim, não era o suficiente.

Eu precisava de mais.

Queria ordenhar seu pau com tudo que eu possuía.

Levá-lo para dentro de mim. Reivindicá-lo. Fazer dele *meu alfa.*

Arranhei as unhas em suas costas, sentindo meu instinto de mordê-lo me atingir com força no peito.

Então me inclinei para frente e afundei os caninos em

sua garganta. Ele rosnou e minha loba comemorou. *Engula. Se satisfaça. Acasale.*

Os últimos vestígios da realidade pareciam desaparecer nas margens da minha mente, o mundo espiralando nas profundezas da depravação.

Eu precisava ser comida.

Receber o nó.

Várias vezes.

Provar seu esperma. Lambê-lo até limpá-lo. Possuí-lo com minha boca. *Beber o sangue dele.*

Eu o arranhei novamente, exigindo mais.

Porque algo estava faltando. Não conseguia definir. Eu nem tinha certeza se era uma necessidade real. Meu corpo era uma confusão de nervosismo, desejo e luxúria reprimida.

Minha loba saltou para frente, conduzindo minhas ações, com anseios mais ferozes que os meus.

Sim, sim, pensei enquanto mordíamos Kieran novamente. Desta vez, foi em seu peitoral. Estávamos por cima, montando nele, pegando o que queríamos. Ele olhou para mim com diversão no olhar, os olhos escuros ainda brilhando.

Eu não tinha certeza de como acabei nesta posição ou quando comecei este jogo, mas gostei. Eu gostava de ter os dentes em seu peito, saborear seu sangue em minha língua.

Exceto que, no instante seguinte, estava debaixo dele novamente, com uma garrafa de água pressionada contra meus lábios.

Estou perdendo a noção de tempo, percebi enquanto engolia com avidez. Ele tinha feito algo com a água. Colocado algum tipo de sabor. E eu queria mais. Muito. Mais.

Fechei os olhos e engoli.

E os abri para encontrar seu pênis em minha boca e minhas mãos em torno de seu nó.

Mais tempo perdido, pensei, delirante.

Eu estava exausta, mas revigorada.

E não podia ignorar aquele pressentimento de que algo estava faltando. Eu queria perguntar, mas estava ocupada demais absorvendo sua essência para falar. *Luas, ele tem um gosto tão bom. Como de alfa. Meu alfa. Meu lobo. Meu macho escolhido.*

Palavras perigosas.

Mas eu não podia ignorá-las, não enquanto estava debaixo dele. *Espere...* eu me movi de novo. Estava de quatro, arranhando sua cama com as unhas enquanto ele me comia por trás. Ruídos que mal reconheci deixaram meus lábios, minha loba ainda comandando o show e exigindo mais com rosnados roucos e baixos.

Rosnados que Kieran intensificou, lembrando minha loba quem estava no comando aqui.

Ele.

Alfa.

Kieran.

Companheiro.

Mas, não... Balancei a cabeça novamente e mexi em uma pilha de travesseiros, piscando. *O que...?*

O sol estava alto, os raios dourados banhando o quarto de Kieran em tons quentes. Seus lábios estavam contra meu pescoço, seu pênis dentro de mim por trás, se movendo lentamente, me mantendo saciada, enquanto descansávamos nesta posição de intimidade e segurança.

Suspirei, pressionando meu traseiro contra ele em um pedido por mais.

Ele se moveu dentro de mim em movimentos longos e lânguidos, com os dentes roçando meu pescoço em seu caminho até minha orelha.

— Você está começando a sair do cio — ele sussurrou. — Posso sentir.

Estremeci, a sensação de que havia algo de errado ainda pulsando dentro de mim. *Cedo demais, pensei. Está acabando cedo demais.*

— Sim — ele disse. — Faz apenas alguns dias.

Eu disse isso em voz alta? me perguntei.

— Disse. — Ele beijou meu pescoço novamente, com o pau ainda deslizando para dentro e para fora de mim de forma lenta e medida. Meus braços se arrepiaram e seus movimentos agitaram o calor na parte inferior do meu abdômen... um calor que se espalhou pelo meu ser até que senti como se estivesse queimando de dentro para fora.

Mas ele não aumentou o ritmo.

Em vez disso, ele manteve os movimentos lentos, deslizando até o fim antes de puxar para a ponta. Uma das minhas pernas estava ao redor de seu quadril, me mantendo totalmente exposta.

— Toque seu clitóris — ele me disse. — Quero ver você se fazer gozar no meu pau.

Minha mão se movia como se puxada por uma corda, meus dedos encontrando meu clitóris e me acariciando até o fim em questão de minutos.

— De novo — ele exigiu enquanto meu corpo ainda tremia com as consequências da minha explosão.

Choraminguei em resposta, mas fiz o que ele exigiu, inclinando o corpo contra ele enquanto minha protuberância muito sensível protestava contra meus movimentos.

Mas levou apenas algumas carícias para o calor reacender, meu cio ainda persistente dentro de mim.

Faz apenas alguns dias. Suas palavras ecoaram em minha mente. *Como isso é possível?* Meu ciclo geralmente durava trinta dias.

E... e eu estive fora... por oito, certo?

Oh... Minhas pernas tensionaram quando meu prazer

veio à tona mais uma vez, meu corpo acendendo em uma onda de êxtase que forçou Kieran a me seguir, seu nó se alojando profundamente dentro de mim e pulsando enquanto ele banhava meu interior com seu sêmen.

Sim, sim, ofeguei. *Meu alfa. Dentro de mim. Me queimando. Me comendo.*

Fechei os olhos para me deleitar com a euforia, apenas para abri-los novamente e encontrar o céu noturno olhando para mim. E um espaço vazio atrás de mim.

Um espaço *frio* e vazio.

Franzindo a testa, rolei de costas e peguei o outro travesseiro. O tecido sedoso estava gelado, confirmando que Kieran havia partido há algum tempo.

Mas seu cheiro ainda permanecia ao meu redor.

Porque este é o quarto dele.

A evidência da nossa transa saturava os lençóis também, o que me fez franzir o cenho. *Isso ainda não parece certo.*

Também não cheirava bem.

O que está faltando?

Pressionei a palma da mão na barriga, imediatamente ciente do meu estado não grávida. Ômegas sabiam instintivamente quando estavam grávidas e, graças às habilidades de cura de Kieran, eu estava ainda mais sintonizada com meu corpo.

É isso que está faltando?

Passei o polegar pelo abdômen plano, com os olhos no teto.

Não, não é isso.

Eu ainda não queria ter filhos. Era outra coisa. Alguma coisa importante.

Minha loba andava dentro de mim, sua agitação fazendo todos os pelos dos meus braços se arrepiarem...

— Ah, você está acordada — Kieran murmurou

enquanto se materializava ao lado da cama com uma bandeja nas mãos. — Bem a tempo de comer alguma coisa.

Contorci o nariz com o cheiro saboroso de carne fresca.

Mas a sensação de algo errado só aumentou.

Eu não conseguia me livrar disso.

Nem mesmo diante de um prato de salmão salgado e queijo. Kieran colocou-o ao meu lado e me deu uma garrafa de água.

— Beba isso.

Me sentei e recostei contra a cabeceira da cama, sentindo o corpo doer com os movimentos.

Kieran me olhou com cuidado.

— Dolorida?

Assenti, então estremeci quando percebi o quanto estava dolorida. Eu parecia estar perdido nesse estado de luminescência em que minha mente processava as coisas devagar.

Talvez seja por isso que me sinto mal, pensei enquanto bebia a água. *Estou apenas lutando para processar.*

Os últimos dias – *semanas?* – foram um borrão.

Me lembrei de me unir a minha loba depois de viver em uma agonia indescritível.

Lembrei por que Kieran tinha feito isso: para forçar a mim e meu animal a nos juntarmos novamente.

Me lembrei dele me torturar com a boca... depois que engoli, tipo, um galão de seu esperma. *Puta merda.*

E me lembrei dele transando comigo.

Repetidamente.

Mas não necessariamente de todos os detalhes.

Esfreguei a testa com a mão livre e tentei beber mais água. Tinha um gosto diferente da última garrafa que me lembrava de ter bebido.

Puxei a garrafa de volta para ler o rótulo, confusa.

— O que há de errado? — Kieran perguntou.

— Tem um gosto diferente — admiti, com a voz rouca. *Luas, parece que comi um balde de pedras.*

— Porque é só água. A outra garrafa tinha meu sêmen misturado — Kieran disse, me surpreendendo.

— Oh. — Minhas bochechas esquentaram com a memória da rapidez com que terminei aquela garrafa.

Seus lábios apenas se curvaram em resposta, obviamente se divertindo com minhas travessuras.

Eu estava com calor.

Caramba, ainda sentia como se estivesse nos vestígios daquele cio, porque só de olhar para Kieran me deu vontade de montar nele novamente, para terminar o que tínhamos começado, para fazê-lo...

Espere... arregalei os olhos. *É isso estava errado.*

— Você não me mordeu. — *Que merda é essa?* — Não acasalou comigo. — As palavras foram seguidas por um rosnado da minha loba, sua irritação esmagadora e alta.

Era por isso que ela se sentia tão inquieta. Porque nada cheirava bem. Porque eu não tinha feito o ninho, algo que só agora percebi. Por que nada parecia certo.

— Por quê? — exigi, perdendo a fome. — Por que você não acasalou comigo?

Mas eu já sabia o porquê.

Era uma resposta muito óbvia.

— Para me punir — murmurei. — Você... você prometeu não me punir com meu cio, mas decidiu me punir ao não completar o acasalamento?

Minha voz soava estridente, minha mente girava com mil perguntas e acusações ao mesmo tempo.

Nada fazia sentido.

Uma parte de mim tentou falar, me lembrar de algo importante, mas o caos da minha loba superou minha capacidade de processar qualquer coisa que não fosse *raiva*. E traição. E *mágoa*.

— Como você pôde? — exigi, com meus olhos se enchendo de lágrimas. — Não te *implorei* o suficiente?

— Quinnlynn...

— Não. Entendo. Você me ajudou no calor. Fez seu nó se encaixar. E agora é hora de me punir, me rejeitando de verdade. Porque eu fugi. Porque eu te traí.

Agora ele queria que eu soubesse como era ser rejeitado.

Ele me usou pelo meu calor, assim como eu o usei pelo poder em seu sangue.

Só que usei seu poder para o bem.

Enquanto ele só tinha me usado para transar.

Ele brincou com meu corpo, minhas emoções e minha loba apenas para satisfazer suas próprias necessidades. Isso não era o mesmo que eu tinha feito. Sacrifiquei tudo por uma causa maior. Desisti de minha própria chance de felicidade para salvar os outros. Cumpri minhas obrigações com a coroa.

Enquanto tudo o que ele fez foi me comer.

Me usar.

Me dar seu *nó*.

Para me punir.

O que significava que ele mentiu para mim. Ele disse que nunca iria me punir durante o cio. Mas não me reivindicar foi um castigo, um que danificou minha alma.

Minha loba choramingou por dentro, sentindo-se perdida sem sua reivindicação.

E isso só me deixou com mais raiva. Fez meu sangue ferver com tanta força que eu nem conseguia ouvir o que ele estava dizendo agora. Porque o zumbido em meus ouvidos era muito alto. Meu coração batia forte como um tambor quebrado em meu peito, as batidas irregulares e dolorosas.

Essa punição está errada.

Tudo sobre esta conexão está errada.

Meu calor está contaminado. Arruinado. Não é mais seguro.

Eu o odeio.

Como ele pode fazer isso comigo? Com a minha loba? Ele realmente acha que eu mereço essa agonia?

Meu estômago doía, a pontada residual era resultado do meu calor minguante. Eu ainda não tinha terminado tecnicamente, estava apenas coerente o suficiente para entender o que estava errado.

Ele nos rejeitou. Novamente.

Antes, ele alegou que era para ajudar a me curar.

Mas parecia que tudo tinha sido para o benefício de me tornar completa apenas para ele me destruir. O que eu suspeitava ter sido seu objetivo o tempo todo.

Eu não vou deixá-lo ganhar.

Ele não pode...

— *Quinnlynn* — ele retrucou, seu tom de raiva atravessando a névoa em minha mente. Mas eu não queria ouvi-lo. Não queria nada com ele!

Joguei a garrafa vazia nele.

— Saia!

Ele arqueou as sobrancelhas e arregalou os olhos escuros.

— O quê?

— Saia! — repeti, enfurecida. — Me deixe em paz! Eu te *odeio*!

Alguma parte de mim tentou controlar a raiva, me forçar a ver a razão.

Mas meu animal estava chorando, triste, sozinha e arrasada com a rejeição de nosso companheiro. E eu tinha que protegê-la. *Vingá-la*. Me escondi dela por muito tempo. Não faria isso de novo.

Kieran bufou uma risada, o som sem humor, mas me encheu de raiva, independentemente da intenção.

Gritei. O som era de agonia e fúria, e me lancei contra ele, com as garras prontas.

Apenas para ser empurrada de volta para a cama com um rosnado do alfa agora enfurecido.

— Acalme-se.

— Vá se foder! — Eu me senti maníaca, minha compreensão da realidade parecendo escorregar enquanto minha loba exigia retribuição na forma de sangue.

Ele nos enganou.

Ele nos repreendeu.

Ele nos rejeitou.

As palavras repetidas várias vezes abafaram a voz dele, até que tudo que ouvi foi seu rosnado.

Feroz. Dominante. *Cruel.*

Choraminguei, a raiva naquele som me forçando a me submeter apesar da minha própria fúria vivaz.

Eu o odeio. Quero acabar com ele. Eu quero...

— Eu não te reivindiquei porque não queria arriscar que você se desassociasse da sua loba novamente — ele disse, seu tom exasperado, mas *alto*.

Suas palavras acalmaram meus pensamentos.

Me fez piscar.

Silenciou tudo, exceto sua voz.

Foi como se ele tivesse me atingido com um balde de gelo, o impacto esfriando minha ira e me paralisando no lugar. *O-o quê?*

— Mas disponha por te ajudar neste inferno, ômega — ele acrescentou antes de me liberar abruptamente. — *Puta merda.*

Ele deu vários passos para trás, com a mão no cabelo enquanto olhava para mim.

Então ele balançou a cabeça quando uma série de palavras em sua língua antiga ecoou no ar, um idioma que eu não entendia. No entanto, ficou claro quantos anos esse alfa tinha, assim como a energia ondulante ao seu redor confirmava sua abundância de poder.

— Kieran...

Ele ergueu a mão para me silenciar.

Então desapareceu nas sombras.

Me deixando sozinha em seu quarto com apenas o prato de comida ao meu lado.

KIERAN

EU TE ODEIO.

Essas três palavras tumultuaram em minha mente, agitando meu lobo.

Pirralhinha desrespeitosa, rosnei para mim mesmo.

Embora eu entendesse que ela ainda estava um pouco sensível devido aos estágios finais de seu cio, não pude deixar de me irritar.

Ela não fez nada além de me desrespeitar durante todo o nosso compromisso. Primeiro, fugindo. Depois, questionando todos os meus motivos. E agora por estar com raiva de mim por não reivindicá-la depois de deixar perfeitamente claro por meio de suas ações que nem queria acasalar comigo para começar.

Bem, talvez eu também não quisesse acasalar com ela agora.

Mentira.

Uma que senti em minha alma.

Mas isso não me deixou menos furioso com o seu comportamento.

Eu estava tentando *ajudá-la*. No entanto, ela me acusou de *rejeitá-la*.

Como se eu não quisesse mordê-la.

Caramba, foi preciso uma força de vontade enorme para não reivindicá-la nos últimos doze dias. Queria acessar sua mente, conhecer seus segredos, averiguar seus verdadeiros sentimentos.

No entanto, se tudo o que iria ouvir dela fossem palavras de ódio, talvez eu não quisesse esse acesso, afinal.

Passei os dedos pelo meu cabelo e segurei as mechas. Saí do quarto antes de dizer algo que me arrependeria mais tarde.

Meu lobo precisava de liberdade.

Um momento para rosnar longe de sua pretendida.

Um pouco de ar fresco.

Talvez até uma corrida.

Tirei a camisa e a deixei cair no chão, sem me importar nem um pouco com o lugar ela caiu. Meu lobo ofegou em acordo, pronto para ser libertado, para correr através da vegetação rasteira e esquecer todo o peso em meus ombros.

Apenas por cinco minutos.

Sire. A chamada telepática de Cillian interrompeu meus movimentos, fazendo minha mão parar no meu cinto.

— Aparentemente, não posso nem ter nem cinco segundos — murmurei. *Sim?* Ele não me incomodaria a menos que precisasse de algo importante.

Ômega Riley solicitou que ligasse para ela quando você puder. Acredito que ela deseja fornecer uma atualização.

Ligo para ela depois da minha corrida, respondi, retomando a missão de me despir.

Tem mais, Cillian murmurou, me fazendo parar de novo.

Sim?

A notícia sobre o retorno de Quinnlynn se espalhou. Vários dos Príncipes Alfa estão exigindo a prova de reivindicação.

Rosnei. Esse termo – *reivindicar* – era a fonte da minha agitação.

O príncipe Cael acalmou as massas, afirmando que tem certeza de que você planeja reagendar a coroação oficial em breve.

Que gentil da parte dele, murmurei, fechando as mãos.

Isso tudo era inevitável.

Quinnlynn havia desaparecido pouco antes de nosso baile de coroação formalmente anunciado. Era o momento perfeito, pois o território foi lançado no caos para se preparar para o grande evento.

E ela usou essa distração para passar pela barreira sem ser notada.

Ou presumi que foi assim que ela fez, de qualquer maneira.

Não desta vez, pensei para ela, minha mente puxando automaticamente sua coleira. Você pode ser uma pirralha, mas é minha.

Sire? Cillian perguntou, provavelmente ouvindo meu comentário mental.

Em vez de reconhecê-lo, apenas falei: *Detesto política, Cillian.*

Inclinei a cabeça para trás para observar o céu noturno, as luzes do norte brilhantes e coloridas acima.

Apesar da bela vista, suspirei.

Nunca desejei esta vida.

Fiz tudo por *ela*, a mulher que me odiava agora. A que fugiu sem olhar para trás, e deixando sozinho para cuidar de seu território por cem anos. A mulher que se envolveu em um jogo de perseguição pelos territórios por razões desconhecidas.

Puta merda.

Sem sua pequena oferta tentadora, eu ainda seria o

príncipe do meu próprio território. Contente no meu trono ocioso. Em paz com o meu caminho escolhido.

Ou isso era o que eu gostaria de pensar, de qualquer maneira.

Mas a verdade é que ela entrou em minha vida com uma oferta que eu não pude recusar: poder ilimitado e uma boceta ômega apertada para comer pelo resto da vida.

Uma oportunidade de criar um herdeiro. Meu herdeiro.

Como eu poderia recusar uma oportunidade tão intrigante?

Mas com essa oportunidade veio a responsabilidade.

A liderança era uma das minhas características naturais. Na verdade, não me importava em proteger o Território de Sangue ou os lobos e humanos dentro de meus limites.

No entanto, o Território de Sangue era muito mais que apenas um território. Era o coração da espécie V-Clan. O rei de todos os territórios.

E isso exigia que eu jogasse jogos políticos para manter todos os outros príncipes satisfeitos.

Um passo em falso e eles tentariam tomar meu trono. *E minha fêmea junto com ele.*

A batalha por este reino e o direito de dar o nó na herdeira da dinastia de sangue podia ter parado quando Quinnlynn me escolheu, mas ainda estava muito vivo.

Frustrei vários atentados contra minha vida ao longo dos anos, mais que provando meu valor para o título de rei.

Mas se minha noiva não anunciasse isso para todos os príncipes em um local formal – durante nossa cerimônia de coroação – eu nunca seria verdadeiramente respeitado como monarca.

A fuga dela tantos anos atrás minou meu poder e posição.

Que Príncipe Alfa perde uma joia tão valiosa?

Como eu, Príncipe Kieran O'Callaghan, pude deixar isso acontecer?

Recebi inúmeras acusações e comentários, entrei em centenas de conversas e permiti que vários insultos fossem feitos em minhas costas.

Porque considerei o comportamento de Quinnlynn um desafio. Um destinado a testar minha força como Alfa.

Também foi uma traição, mas não deixei que os outros vissem isso. Disse a todos que era um jogo, um que finalmente ganhei.

E agora eles queriam ver meu prêmio. Minha *Rainha*.

O que significava que Cael estava certo: eu tinha que seguir em frente com a cerimônia de coroação. O Território de Sangue ficou sem Rainha e Rei adequados por muito tempo. Era hora de Quinnlynn e eu tomarmos nosso lugar no trono. *Juntos*.

Se me permite, tenho uma sugestão, Cillian falou com cautela, seu tom educado como sempre.

Me inclinei para pegar a camisa do chão e vesti-a de volta, pois meus planos para uma corrida estavam obviamente cancelados. *Onde você está?* perguntei a ele, temporariamente ignorando seu comentário.

Na toca de Lorcan revisando algumas mensagens, Sire.

Em vez de responder, fui até o local em questão e olhei para as telas sobre a cabeça morena de meu primo. Lorcan tinha uma queda por tecnologia, o que eu achava divertido.

Como meu parente de sangue mais próximo vivo, ele era excepcionalmente poderoso: um Elite que deveria realmente considerar ser um Príncipe do Território. Mas ele sempre preferiu seu papel de executor a de liderança.

Estudei as imagens que ele parecia estar revisando, notando as comunicações entre Alfa Lykos e Alfa Cael.

— Não parecem ser endereçadas a mim — comentei, um pouco divertido. — Você não estaria espionando nossos vizinhos, estaria, primo?

Lorcan grunhiu, o homem notoriamente calado. Embora ele se parecesse muito comigo com suas feições sombrias, pele bronzeada, altura e constituição semelhantes, nossas personalidades eram bem opostas.

O que era o que me tornava um líder melhor e ele um excelente Elite.

Cillian, no entanto, era o mais diplomático do nosso trio. Não éramos parentes, mas crescemos juntos. O que o tornava parte da família por direito. Ele também tinha feições mais sombrias, então poderia facilmente passar por um parente.

Mas o sangue não importava tanto quanto a honra e o respeito, algo que Cillian havia demonstrado inúmeras vezes.

— Parece que Cael e Lykos decidiram abrir o comércio entre seus territórios — Cillian comentou. — Estamos fazendo nosso trabalho, supervisionando o acordo, garantindo que seja justo para os outros territórios e tudo mais.

— Humm — murmurei, totalmente ciente do verdadeiro motivo pelo qual eles estavam analisando suas mensagens: eles queriam ver que tipo de aliança os dois príncipes estavam formando.

Alianças poderiam ser perigosas quando criadas para perseguir um inimigo comum.

E neste caso, *eu* poderia ser esse inimigo.

Vários príncipes achavam que eu não era digno dessa posição. A maioria não tinha feito nada além de enviar assassinos até mim. Mas o retorno de Quinnlynn mudou as coisas.

Eu não tinha dúvidas de que meus concorrentes tinham procurado por ela ao longo do século, esperando ser o príncipe a levá-la para casa e fazê-la mudar de ideia sobre acasalar comigo, seja persuadindo-a com gentileza ou forçando-a a aceitar seu destino.

Enquanto a maioria de minha espécie valorizava o consentimento, havia aqueles que não.

E era isso que tornava nosso vínculo tão tênue: o potencial de outro alfa romper o nosso noivado com seu nó.

Isso me preocupou desde o momento em que eu soube de seu desaparecimento. Inicialmente, porque pensei que alguém a havia sequestrado.

E quando percebi que ela havia partido por conta própria, fiquei preocupado que outro alfa pudesse encontrá-la primeiro.

Pelo menos, até que ela provou ser muito difícil de se capturar.

Foi quando ficou claro que os outros não teriam chance de persegui-la. Minha pequena trapaceira era muito esperta para todos nós. Um ômega desonesta com a habilidade de se esconder melhor que qualquer outra pessoa que já conheci.

Tudo tinha sido um risco sério, daí a necessidade de sua punição, mas sempre acreditei firmemente que alto risco rendia grandes recompensas.

Quinnlynn já tinha validado essa opinião, e eu tinha apenas começado a saborear minha recompensa nos últimos dias.

Mas o jogo acabava agora. Ela não fugiria novamente, ou as consequências seriam severas para ela.

Porque eu não deixaria que ela me fizesse de idiota duas vezes.

Uma vez, fui capaz de explicar como uma ômega testando seu companheiro. Não que todos tivessem acreditado em mim. Mas eu não tinha pensado em alternativas para esse raciocínio.

No entanto, uma segunda vez indicaria um problema mais profundo. E isso não seria tão facilmente explicado. Tampouco seria tolerado.

Caramba, a maioria dos alfas não teria permitido ou aceitado da primeira vez.

Mas eu não era como a maioria dos alfas, algo que minha companheira indisciplinada deveria apreciar muito mais do que demonstrava.

— Quer ler as mensagens dos outros Príncipes do Território? — Cillian perguntou.

— Não há necessidade. Sei o que todos dizem, eles querem ver a Princesa Quinnlynn. — Eu encontrei seu olhar escuro. — Cael está certo. Precisamos planejar um novo baile de coroação. Mas você mencionou ter uma sugestão?

Ele assentiu.

— Sim. Recomendo oferecer outro jantar de noivado.

Arqueei uma sobrancelha.

— Hum? — Eu já havia planejado oferecer um, mas meus motivos provavelmente diferiam dos do meu segundo em comando. O que me deixou curioso sobre seu processo de pensamento e o que o levou a expressar essa sugestão.

— Vai ajudar a unir o território antes da chegada dos visitantes.

— Você está sugerindo que eles não estão unidos no momento? — perguntei, querendo saber sua opinião sobre o humor geral dos meus lobos. Eu havia deixado a maioria deles de lado nas últimas semanas, enquanto lidava com Quinnlynn. Talvez isso tenha sido um erro.

— Pelo contrário, a lealdade deles a você nunca foi tão forte. — Ele gesticulou para as telas. — Não há nenhuma conversa sobre o cio de Quinnlynn. No que diz respeito a todos os Príncipes Alfa, você e sua futura noiva estiveram ocupados se reencontrando.

Reencontrando, pensei com um bufo. *Só você, Cillian, daria um nome tão formal.*

Ele não respondeu ou reconheceu meu comentário mental, mas eu sabia que ele tinha ouvido.

— Apenas um punhado de lobos estava por perto quando o cio de Quinnlynn começou, mas o cheiro viajou. No entanto, não houve uma única menção ao estado dela.

— O que significa que nenhum dos lobos traiu nossa privacidade — traduzi, assentindo. — No entanto, você ainda sente que um evento formal é necessário?

— Sim. Porque é devido, Sire. Eles precisam ver sua futura rainha. — Ele fez uma pausa, sua expressão me dizendo que ele queria acrescentar algo a essa declaração.

— Não se segure, Cillian. Me diga o que você acha.

— O território está em *dívida*, Sire. Ela precisa enfrentar seu povo para reconquistar sua confiança.

Sorri, mas a diversão não chegou ao meu coração. Se alguma coisa, foi apenas um reflexo.

Mas as palavras de Cillian me disseram que estávamos na mesma página, como sempre.

Assenti, reconhecendo sua sabedoria, e acrescentei:

— O respeito é conquistado. — Eu sabia disso melhor que ninguém. — Minha pretendida tem muito trabalho pela frente.

O que eu não achava que ela tinha entendido ainda.

Mas ela iria.

A pobre Quinnlynn pensou que eu pretendia puni-la negando prazer e minha mordida.

Infelizmente, sua punição seria muito mais severa.

E embora eu pudesse ajudar a orquestrá-lo, não seria eu quem o entregaria.

— Por favor, anuncie ao território que faremos uma festa de noivado em sete dias. Isso deve dar à nossa querida princesa tempo suficiente para se recuperar.

— Você vai oferecer a festa no novo local de entretenimento?

— Acho que seria apropriado — respondi. — Isso dará a ela uma ideia das atualizações que fizemos. Talvez ela as aprecie.

Embora eu duvidasse, considerando que ela não demonstrou muito apreço por nada que fiz. Talvez ela aprovasse o nome: The MacNamara.

A história de sua família estava gravada nas paredes de vidro, as palavras que haviam sido redigidas por lobos do Território de Sangue. A maioria era lembranças queridas de seus pais, tornando o prédio uma espécie de memorial.

Mas o nome dela não aparecia com muita frequência.

Talvez descobrir esse detalhe a fizesse perceber o impacto que seu desaparecimento teve em seu povo.

Outra forma de punição, que poderia parecer cruel. No entanto, ela precisava entender os resultados de suas ações. E cabia ao seu povo demonstrar a dor que o abandono lhe inspirava.

Cillian sustentou meu olhar por um longo momento, sua mente provavelmente analisando pensamentos semelhantes aos meus.

— Vou anunciar a festa de noivado, *Sire*. Também providenciarei uma costureira, pois imagino que Quinnlynn precisará de um vestido.

Considerei isso por um instante.

— Não. Não providencie isso. Vou pedir a Ivana para ajudá-la. — Porque serviria como outra lição, uma que Cillian reconheceu de imediato, porque levantou a sobrancelha.

Ou talvez tenha sido a menção da pequena ômega de cabelos brancos que despertou seu interesse.

— Você acha que é sábio? — ele perguntou com cautela.

— Não sugeriria se não achasse — respondi.

Sua expressão me disse que ele não tinha certeza, mas não insistiu.

— Vou dar uma palavrinha com a Ivana antes de contar a Quinnlynn — acrescentei. — A menos que você queira fazer isso.

Suas feições se tornaram sombrias e vi sua mandíbula pulsar com minha sugestão. Seu silêncio falava muito.

Arqueei uma sobrancelha.

— Não? — Ele permaneceu em silêncio, sua recusa alta e clara. *Covarde.* — Tudo bem, então vou falar com ela.

Ele me encarou por um longo momento antes de mudar de assunto com:

— E a cerimônia de coroação?

Um dia desses vamos falar sobre Ivana, pensei para ele.

Hoje não, Kieran, ele respondeu de forma categórica.

Kieran, não, Sire, pensei. *Melindroso.*

Ele apenas semicerrou o olhar.

Incitar meu amigo mais antigo era sempre divertido, mas eu precisava dele do meu lado agora. Então, em vez de provocá-lo ainda mais, me concentrei na questão da coroação.

— Vamos marcar uma data provisória daqui a três semanas. Adicione uma observação de que está pendente a disponibilidade de Quinnlynn. Faça-o sugestivo.

— Sugestivo, *Sire*?

E assim, eu era *Sire* novamente.

Cillian nunca permanecia zangado por muito tempo.

A menos que eu realmente o pressionasse.

Mas ele estava certo, hoje não era o dia para isso.

— Sim, sugestivo — eu disse, respondendo ao seu pedido de esclarecimento. — A Quinnlynn não experimentou um cio adequado. — Algo que era bastante óbvio, já que eu estava na toca de Lorcan, em vez de dando nó ativamente em minha ômega.

Ele baixou o queixo em compreensão.

— Foi curto.

— É por isso que ela deve entrar no cio de novo — acrescentei, as palavras mais um aviso, que uma promessa. — Então dê a entender que o ciclo dela está chegando.

Cillian me estudou, com os olhos escuros pensativos.

— Devo ser sugestivo de que seu reencontro está criando algumas irregularidades?

Ômegas V-Clan só entrava no cio uma vez por ano, então entendi seu esclarecimento: ele queria tornar o raciocínio crível.

Porque este não era um período de ciclo típico para nossa espécie.

O cio normalmente ocorria durante os meses de verão, nos dando motivos para hibernar durante os dias mais longos de luz.

— Não explique — respondi. — Deixe que pensem o que quiserem.

— Claro, *Sire*.

— No mínimo, isso nos dará uma desculpa para adiar a cerimônia, caso precisemos — acrescentei, explicando minha lógica, caso não fosse óbvio.

O brilho de suas pupilas me disse como ele se sentia sobre o potencial de adiar novamente. Porque havia apenas uma outra razão para isso acontecer além de

Quinnlynn entrar no cio, e essa razão era seu potencial desaparecimento. *Mais uma vez.*

Felizmente para todos nós, eu não tinha intenção de permitir que isso acontecesse. Aprendi minha lição. Estava na hora de minha companheira aprender a dela.

— Também nos permitirá monitorar a conversa — Cillian declarou após um instante. — Fizemos uma lista daqueles que testemunharam a cena, mas como eu disse, o cheiro foi levado.

Assenti.

— Quem está na lista de monitoramento? — perguntei em voz alta. — Quem viu Quinnlynn entrar no cio? — Eu estava tão focado nela, que não me preocupei em identificar os cheiros que se aproximavam.

Cillian listou sete lobos.

Apenas um se destacou.

— Myon estava na cidade? — Ou perto dela, de qualquer maneira. Perto o suficiente para correr nos arredores de *Reykjavik.* — Há quanto tempo ele voltou—

Ele era um alfa que costumava proteger a família de Quinnlynn. Eu não o recebi – ou qualquer um dos outros – em minha guarda de Elite porque não os conhecia. Nem confiava neles.

Se Quinnlynn tivesse permanecido, ela poderia ter escolhido alguns para si mesma.

O que significava que poderia haver certa raiva ou desapontamento por causa de suas ações.

E considerando que Myon era o chefe da guarda, ele deveria ser o mais amargo. Ele escolheu um posto de guarda longe da cidade principal, preferindo viver na solitária em vez de ficar perto da mudança de regime.

Outros escolheram ficar e provar seu valor. Vários já haviam sido promovidos.

Mas não Myon.

— O retorno dele é recente. Ele sempre expressou o desejo de ver Quinnlynn para ter certeza de que ela está bem — Cillian explicou. — Neguei o pedido até agora.

— Bom. — Eu perguntaria à minha noiva se ela queria vê-lo e partiria dali. — Continue monitorando-o e aos outros.

— Nós vamos. E se alguém compartilhar segredos íntimos, saberemos com base nas reações que recebermos e interceptarmos.

— Sim — concordei. — Isso dará a Lorcan algo para fazer.

Meu primo bufou, seu cabelo preto caindo em ondas rebeldes sobre as orelhas, enquanto ele inclinava a cabeça para trás para olhar para mim. Ele não falou, apenas me disse com os olhos cor de obsidiana o que achava da minha "piada".

Nunca fico entediado, parecia dizer com aquele seu jeito estoico.

Ah, ele podia falar. Eu já tinha ouvido sua voz antes. Ele apenas preferia o silêncio.

— Me avise se vir ou ouvir algo incomum nas comunicações — disse a ele com seriedade.

Ele grunhiu novamente. Era o que Lorcan sempre dizia: *eu sempre deixo*. Ele não me chamava de *Sire* do jeito que Cillian fazia.

E Cillian só se dirigia a mim dessa maneira porque insistia em seguir as regras de etiqueta do V-Clan.

Foi quando ele me chamou de Kieran que eu soube que tinha feito algo para irritá-lo. Caso contrário, eu sempre era *Sire* para ele.

— Algo mais? — perguntei enquanto Lorcan voltava para suas telas.

— Ômega Riley — Cillian murmurou.

— Certo. — Olhei para o relógio. — Vou ligar para

ela depois da minha corrida. — Porque eu ainda tinha muita agitação para desgastar antes de retornar a minha companheira pretendida.

Ela tinha comida e abrigo. E eu a tinha na coleira. Ela ficaria bem sozinha por algumas horas.

Talvez isso a ajudasse a se acalmar e ver a razão.

Ou talvez tornasse tudo pior.

Seja qual fosse o resultado, eu lidaria com isso.

Você pode me desafiar o quanto quiser, Quinnlynn. Apenas saiba que eu sempre ganho. O que significa que você, minha querida, vai se submeter. Eu juro.

QUINN

Andei pelo quarto de Kieran, o roupão de seda – um que encontrei pendurado no banheiro – sussurrando contra minhas coxas.

Os elementos residuais do meu calor ainda persistiam, a necessidade de uma presença latente dentro de mim estava deixando minha loba selvagem.

Ele nos deixou, pensei. *Ele nos deixou quando ainda precisávamos dele.*

Mas não podia culpá-lo.

Eu me comportei de forma irracional.

Apoiei as mãos nos quadris enquanto rosnava para minha própria idiotice. *O que há de errado comigo? Eu nem quero ser reivindicada!*

No entanto, me senti inadequada, injustiçada e *rejeitada* por não ter recebido sua marca.

O que era ridículo. Eu deveria estar feliz e comemorando o fato de ter conseguido passar pelo cio sem cair em suas garras. E provavelmente me sentiria assim, se não fosse pelo estado abatido da minha loba.

Ela não foi capaz de processar sua explicação, seu

desaparecimento apenas parecendo aumentar seu sentimento de rejeição ao invés de curá-lo.

No entanto, minha loba sentiu minha calma em relação à falta de reivindicação de Kieran, o que a manteve um tanto contida. Se suas palavras não tivessem me acalmado, meu animal teria caído em estado de desespero e provavelmente arruinado todos os móveis de seu quarto.

Eu podia senti-la querer fazer exatamente isso, seu instinto de agir a tornava um pouco mimada.

Não que eu pudesse culpá-la. Eu provavelmente teria feito a mesma coisa se ele tivesse ido embora sem explicação.

No entanto, ele não tinha.

Ele saiu depois de jogar uma bomba em mim na forma de declaração.

Não te reivindiquei porque não queria arriscar que você se desassociasse de sua loba novamente.

Uma razão altruísta. Uma que eu reconhecidamente respeitava. Muito.

E isso só me deixou ainda mais confusa, porque ele mais uma vez provou ser um alfa digno. Enquanto isso, eu me apresentei da pior maneira possível como uma companheira ômega.

Eu o desrespeitei a cada passo. Ele me ajudou durante meu cio da maneira mais magnânima possível, cuidando do meu prazer, garantindo que eu estivesse segura, ajudando-me a me reconectar com meu animal interior, e eu o agradeci sentindo raiva dele.

Cerrei os dentes e inclinei a cabeça para trás para encarar o teto alto.

Nada disso estava certo. Esta conexão quebrada. Minha presença aqui. Essa necessidade insaciável.

A distância crescendo entre nós.

Fechei os olhos com uma careta, sentindo meu coração parecer parar no peito.

Passei tantos anos dedicando minha vida a uma causa que superou tudo, inclusive minha própria felicidade. Mas Kieran me apresentou a algo nas últimas semanas, algo que eu não tinha percebido que estava perdendo.

E agora eu não tinha certeza de como iria me afastar disso.

Caramba, eu nem tinha certeza se *poderia* me afastar.

Puxei a coleira invisível que mantinha minhas habilidades de desaparecer nas sombras cativas e suspirei. *Sim, não poderia mesmo ir embora, muito menos me teletransportar.*

Minha loba rosnou, irritada com sua contenção. Em vez de segurá-la, permiti que o som passasse por meus lábios, apenas para receber um rosnado muito mais profundo em resposta.

— Já está correndo, querida? — Kieran perguntou, seu tom suave era uma presença quente nas minhas costas.

Pisquei para o teto, então girei para encará-lo, com uma explicação na ponta da língua.

Até que um cheiro doce e enjoativo me deu um tapa no rosto. *Não acasalada. Ômega. Fêmea.* Arregalei os olhos.

— Onde é que você esteve?

Ele franziu o cenho.

— O quê?

Essa foi a segunda vez hoje que ele disse essas duas palavras para mim naquele mesmo tom incrédulo. Mas ignorei o aviso sutil e fui em direção a ele.

— Você me ouviu. Onde foi que você esteve, Kieran?

Minha loba rosnou dentro de mim, pronta para despedaçar ele e a potencial competidora por nosso companheiro.

Exceto que ele não era *nosso*.

Porque ele não tinha me reivindicado.

Algo que eu entendia, mas meu animal não, e seu desespero renovado me deixou tonta de confusão.

Eu... eu queria mutilá-lo.

Não... eu quero... abraçá-lo.

Implorar a ele.

Me ajoelhar.

Dizer a verdade.

Nos tornar um.

Tantos desejos concorrentes. E aquele *cheiro horrível* não estava ajudando em nada. Agarrei sua camisa e a rasguei no meio, minhas garras saindo para brincar e deixando um rastro de sangue para trás.

— *Quinnlynn* — ele retrucou, a fúria em sua voz rivalizando com a minha.

— *Onde você estava?* — exigi, minha loba me dominando com a necessidade de verificar cada centímetro dele para provar que estava intocado. Mas aquela fragrância drogava minha capacidade de ver a razão.

Verifique-o.

Cheire-o.

Reivindique-o.

Levei as mãos ao seu jeans, retraindo as garras enquanto meu nariz encontrava seu peito. Inalei profundamente, fechando os olhos em euforia. *Menta. Masculino. Meu.*

A ômega não o tocou, sua pele estava fresca.

Mas esse não era o lugar que mais importava.

Minha loba tinha que saber para garantir que ele ainda era dela. *Nosso.*

Exceto que não era nosso.

Mas eu não podia... eu não... *Pare de pensar.*

Seu zíper desceu, meu nome deixando sua boca novamente.

No entanto, eu não o estava ouvindo. Estava ouvindo meus instintos. *Meu animal.*

Fiquei de joelhos, fungando em seu abdômen ao longo do caminho, inalando, cheirando, garantindo que ele cheirasse bem. Até chegar à sua virilha, que ainda carregava *meu* aroma. Minha umidade. Minha marca ômega.

Porque ele é meu.

Meu macho.

Meu alfa.

Meu nó.

Ele pulsava perto dos meus lábios, meu nariz pressionado a poucos centímetros de distância enquanto eu sentia o cheiro familiar de Kieran. Minha loba ronronou, seus instintos guiando os meus. *Desejo. Necessidade. Lamber.*

Toquei a ponta de seu pênis endurecido e o levei em minha boca enquanto empurrava suas calças o resto do caminho para baixo.

Minha loba queria agradecê-lo, dizer-lhe o quanto ela apreciava que ele tivesse voltado para nós, em vez de ceder a outra ômega.

Concorrente, ela parecia estar dizendo. *Devemos provar o nosso valor. Devemos agradar nosso alfa. Devemos demonstrar gratidão.*

Ou talvez fosse a minha voz. Meus pensamentos. Meus *desejos.* Eu não tinha certeza, mas o engoli, erguendo os olhos para os dele.

Ele não parecia satisfeito. Parecia zangado. Furioso, até.

Devo fazer melhor, pensei, envolvendo a mão em torno de seu nó e massageando-o como ele havia me ensinado.

— Esta é a sua versão de um pedido de desculpas? — ele perguntou, as palavras lembrando a primeira vez que fiz isso.

Só que ele não parecia divertido agora.

Parecia chateado.

Talvez por causa das marcas de arranhão em seu peito e do sangue cobrindo sua pele.

Kieran colocou a palma da mão em volta do meu pescoço.

— Porque você vai ter que se esforçar muito mais que isso, *princesa*.

Meu animal rosnou, o som chegando à minha garganta e vibrando ao redor de seu pênis.

Ele semicerrou os olhos em resposta, mas não respondeu ao estrondo. Ele simplesmente observou enquanto eu passava os dentes pelo seu pau, até a ponta.

Isso é um pedido de desculpas? pensei. *Não. É uma reivindicação.*

E continuei a demonstrar isso levando-o ainda mais fundo em minha boca, minha vontade de respirar desaparecendo por trás da necessidade de agradá-lo. De possuí-lo. *Dominá-lo.*

Bem como para agradecê-lo por voltar para mim. Para nós. Para minha loba. *Não marcado. Sem perfume. Todo nosso.*

Menos aquele sutil perfume feminino que ainda permanecia, a fragrância persuadindo minhas ações e me impulsionando com um vigor que fez suas narinas dilatarem em resposta.

Seu aperto aumentou, seu abdômen tensionando.

No entanto, seu rosto permaneceu uma máscara de aborrecimento.

Quero mudar isso, decidi. *Quero fazê-lo perder o controle. Forçá-lo a desmoronar. Fazê-lo perceber que sou melhor que aquela outra ômega. Quem quer que ela seja.*

Só de pensar nela me fez rosnar de novo.

Ele apertou minha nuca.

— Quer tentar me distrair de puni-la? Então pare de rosnar e faça a porra do seu trabalho.

Dilatei as narinas com a grosseria de suas palavras e o tom sombrio. Isso não tinha nada a ver com distraí-lo e tudo a ver com reivindicá-lo.

— O quê? Muito cruel? — ele exigiu, seu aperto mudando para me tirar de seu pau.

Mas eu lutei, com a boca agarrada a ele e chupando forte em protesto.

Quando não funcionou, cravei as unhas em seus quadris, tirando sangue.

— *Quinnlynn.*

O quê? tentei dizer com um olhar. *O que você vai fazer, alfa? Tirar seu nó? Arranjar outra companheira ômega? Foi tudo mentira? Uma maneira de me aplacar antes de entregar o castigo final? Porque eu não aceito.*

Ele não podia me ouvir.

Mas eu sabia que ele entenderia o desafio em minhas ações.

Rocei sua pele sensível com os dentes, avisando-o para não me fazer parar, dizendo-lhe para me deixar terminar, *exigindo* que ele aceitasse minha oferta.

Era loucura? Sim.

Um pouco desesperado? Provavelmente.

Foi contraintuitivo para todos os meus objetivos? Absolutamente.

No entanto, parecia certo. Eu precisava disso. Ele também. E provei isso levando-o tão fundo quanto minha garganta permitia, o tempo todo rosnando para ele me aceitar. *Aceite isso. Aceite-nos.*

Seu lobo assumiu seu olhar, as íris lembrando pedras de obsidiana.

Meu animal interior olhou de volta para ele, com

emoções desinibidas e puras. O que quer que ele tenha visto o fez parar de tentar me puxar para longe dele.

Engoli em torno dele, sentindo o peito queimar com a necessidade de respirar. Mas me recusei a recuar. Ele tinha que entender, saber que eu merecia isso. *Dele.*

Ele me considerou por um longo momento, acariciando meu pulso com o polegar enquanto eu lutava contra a necessidade de liberar o suficiente dele para inalar.

Não vou recuar.

Sou sua pretendida.

Você não vai pegar outra ômega.

— Tudo bem, pequena — ele disse, a voz menos severa que antes. — Mas eu vou te afogar no meu esperma. — Aquelas olhos escuros desceram até meus ombros. — Tire o robe.

Me mexi o suficiente para deixar a seda cair do meu corpo, então agarrei suas coxas.

Meus olhos começaram a lacrimejar, a falta de oxigênio me deixando tonta.

Mas eu estava determinada a aguentar firme, a vencer qualquer batalha que tivesse começado com a boca.

— Respire, Quinnlynn — ele exigiu, passando os dedos em meu cabelo.

Ele semicerrou o olhar e me deixou ver sua paciência diminuir, mas não tentou me arrancar dele. No entanto, se eu não obedecesse, ele exigiria minha submissão.

E sua expressão me dizia que ele garantiria que eu não fosse gostar de me submeter.

Passei os dentes pelo seu pau novamente, avisando-o de que se ele tentasse me forçar a parar, eu iria morder.

A ação o fez arquear uma sobrancelha.

Passei a língua na ponta de seu pênis, a cabeça ainda

em minha boca, enquanto eu inalava, então voltei a engoli-lo novamente massageando seu nó.

Ele observou com um olhar frio, mas a ligeira mudança de cor em suas bochechas me disse que eu estava começando a desmantelar sua ira.

Bom, pensei.

Embora eu realmente não pudesse decidir por que isso era bom, ou por que eu sentia vontade de fazer isso, mas ignorei tudo e me concentrei em sua satisfação.

Ao observar seus músculos tensos.

Provando a sugestão de líquido pré-ejaculatório.

Sentindo sua excitação pulsar em minha boca, se alongando impossivelmente mais, aquecendo contra minha língua.

Sim, sim.

Seu nó latejava contra o meu toque, fazendo-me massageá-lo com um aperto mais firme, as experiências do meu cio conduzindo meu conhecimento e melhorando minha técnica a cada segundo que passava.

Ele passou os dedos pelo meu cabelo, seu lobo ainda pesado em seu olhar.

— Não vou me segurar — ele me avisou. — Estou com raiva, Quinnlynn. Mas você escolheu isso. E agora quero te cobrir com meu sêmen e garantir que você entenda a quem pertence.

Sua voz baixou para um tenor profundo, seu sotaque irlandês ficou pronunciado mais uma vez.

Eu amei.

Amei que eu tivesse feito isso com ele.

Adorei que ele estivesse falando sobre me reivindicar.

Porque esse era o objetivo: garantir que ele entendesse meu valor.

Esse não é o objetivo, uma parte de mim sussurrou.

Ignorei, mantendo o foco em Kieran e na maneira

como cada centímetro dele parecia estar tenso enquanto ele lutava contra o desejo de ceder a mim. Essa leve tensão em seus membros me fez sentir poderosa, assim como a sutil dilatação de suas pupilas.

Ele estava tentando lutar comigo.

E perdendo.

Porque estou no controle aqui, percebi. *Minha boca está ditando tudo. Esse sentimento que você está experimentando, alfa, é por minha causa.*

Meu nome escapou de seus lábios, desta vez com um toque sutil de reverência.

Ou talvez eu estivesse inventando aquela tom em sua voz.

Mas a maneira como seus dedos roçaram meu pescoço parecia acentuar seu tom.

Só que ele agarrou minha nuca no momento seguinte, com um aperto inflexível.

— Inspire — ele exigiu, a mudança em sua voz enviando uma onda de eletricidade na minha espinha.

Alfa irritado. Macho poderoso. companheiro com fome.

Respirei fundo, ciente de sua explosão iminente, então o tomei novamente.

Ele me segurou no lugar, com um estrondo baixo vibrando em seu peito.

— Você vai engolir até que eu decida o contrário, pequena. Então vou te amarrar na cama e mantê-la lá até que pare de tentar se afastar de mim.

Espere, o quê?

Mas não houve tempo para perguntar o que ele queria dizer, ou mesmo para considerar suas palavras, porque no próximo segundo, ele explodiu na minha garganta.

Engoli em seco, sentindo a garganta doer com a abundância de sua essência e o poder de seu clímax.

— Não pare de apertar meu nó, pequena traidora —

ele resmungou, com a voz gutural com o prazer de seu clímax. Mas seu aperto em meu pescoço era resoluto, o polegar estava pressionando contra meu pulso enquanto ele continuava gozando em ondas quentes e espessas de êxtase.

Ele fechou os olhos, me cortando de seu prazer quando ele inclinou a cabeça para trás.

Eu rosnei, irritada com a rejeição.

Mas ele me ignorou, optando por se concentrar em seu orgasmo e agir como se não fosse eu que *engoliria cada gota*.

Soltei seu nó e agarrei seus quadris, cravando as unhas novamente para tirar sangue.

Seu lobo soltou um som animalesco que teria derrubado seres inferiores no chão em súplica imediata.

Mas eu não era um ser inferior. *Eu era sua pretendida, e não seria desconsiderada, ignorada ou jogada de lado em favor de outra ômega!*

Passei as unhas por suas coxas, atraindo seu olhar furioso para o meu.

Sua mão deixou minha nuca, agarrou meu cabelo em vez disso e me puxou para longe dele, mesmo enquanto continuava gozando. Sua mão oposta foi para o nó, as veias ao longo de seu antebraço inchando enquanto ele se apertava com firmeza, fazendo com que mais de sua essência jorrasse por todo o meu rosto.

Engoli em seco, o influxo de ar queimando meus pulmões.

Mas ele não terminou.

Continuou a ação, seu sêmen se espalhando por todo o meu pescoço, seios e novamente no meu rosto.

Ele me cobriu com seu sêmen, mesmo enquanto eu cravava as unhas em sua pele.

E então ele se enfiou na minha boca novamente para gozar mais na minha garganta.

Quando terminou, eu estava ofegante, enfurecida, confusa e tão excitada, que mal conseguia pensar direito. Mas um pensamento foi registrado acima de todos os outros: *necessidade*.

Enfiei as garras em suas coxas novamente e me lancei para ele. Só que um grunhido gutural me forçou a cair no chão com uma forte inspiração, o som rasgando através de mim e enviando uma nova onda do clímax dele sobre minhas coxas.

Eu gemi, a necessidade dentro de mim aumentando ao ponto da dor quando ele fez isso de novo.

E de novo.

Seu estrondo de poder me fez rolar de costas em submissão imediata.

— *Alfa*. — A palavra saiu da minha boca em um apelo enquanto as lágrimas escorriam dos meus olhos.

Mas ele não me libertou de seu feitiço. Ele rosnou de novo, a ação me punindo da pior maneira.

— *Kieran*. — Seu nome escapou em um som agonizante quando me enrolei como uma bola no chão, minhas entranhas queimando duramente por causa de seu chamado de acasalamento.

Porque esse era o propósito do rosnado: preparar uma ômega para o nó. Mas ele não tinha feito isso durante o meu calor. Ele escolheu me preparar com seu toque, língua e suas palavras.

Não desta forma.

Não como se eu fosse um brinquedo para seu prazer.

Mas ele simplesmente gozou em minha garganta assim, eu percebi. *Ele fechou os olhos. Se afastou de mim. Eu poderia ter sido qualquer ômega para ele. Não sua companheira. Não sua futura rainha.*

— Fique de quatro e eu te darei o que você precisa —

ele exigiu em tom rude. As palavras eram como um chicote contra meus sentidos.

Balancei a cabeça.

Assim, não.

Ele havia prometido não me punir assim. Ou isso só se aplicava ao meu calor?

Não entendia. Não conseguia pensar. E quando ele rosnou de novo, tudo que eu pude fazer foi me encolher em uma bola e chorar.

— Por quê? — sussurrei. — Por que você está...? — Parei em um gemido doloroso quando um espasmo atingiu minha barriga com a nitidez de uma lâmina.

— Por que eu estou o quê? — Kieran retrucou. — Por que estou te lembrando do seu lugar? Talvez porque você tentou se esconder e escapar depois que passei a maior parte das últimas três semanas tentando torná-la completa novamente.

O quê?

— Eu não...

Seu toque inesperado, mas altamente antecipado, me assustou, seus braços me envolveram enquanto ele me levantava do chão.

Só que ele não me embalou ou me ofereceu consolo.

Ele rosnou *de novo* e me jogou na cama.

— De quatro, ômega. *Agora.*

Eu tremi, perdida com seu tratamento insensível.

— N-não assim — implorei. — Por favor. — Talvez isso tenha me deixado fraca. Eu merecia sua ira. Tive sorte de não tê-la experimentado ainda.

Mas depois dos últimos dias juntos, eu... não tinha certeza se conseguiria lidar com a ira dele. Não agora. Não essa noite.

— Por favor — sussurrei novamente. — Eu não

estava... eu não queria desaparecer nas sombras. Eu só... eu só queria saber...

— Sabe o quê? — ele exigiu, com a voz mais furiosa que eu já tinha ouvido. — Saber se você foi convincente o suficiente para eu libertá-la? Saber se você já pode escapar? O que, Quinnlynn? O que você queria *saber*?

— Se eu ainda poderia desaparecer nas sombras! — gritei, minha mente parecendo estilhaçar com seu rosnado de Alfa. Ele pronunciou cada palavra com tanta potência que senti como se estivesse prestes a ser destruída.

Ou talvez eu estivesse.

Porque me senti inconsolável.

Sozinha.

Com tanto calor

No entanto, usada. E sem valor. E o completo oposto que eu queria quando ele voltou.

Eu queria que ele me visse como uma companheira poderosa, digna.

E ele me impulsionou para este estado inútil onde eu mal podia ver além das lágrimas que cobriam meus olhos.

— Eu não queria fugir. — A admissão soou rouca, meu corpo e mente exaustos. — Estava pensando em não ser capaz de me afastar disso... de... de você. E só pensei em desaparecer nas sombras. Então eu tentei... para ver se eu conseguia.

Eu me enrolei como uma bola na cama, apavorada com o que viria a seguir.

Depois de um século cuidando de mim mesma, sobrevivendo a condições impensáveis, fui derrubada pelo único homem que nunca deveria me machucar. Meu *companheiro pretendido*.

No entanto, eu o machuquei.

Fugi sem uma explicação.

E agora ele estava garantindo que eu soubesse como era.

Eu mereço isso, pensei, estremecendo. *Eu mereço sua ira. Seu castigo. Sua rejeição.*

Eu não tinha sido uma boa companheira para ele. Caramba, eu ainda não estava correspondendo às expectativas. Eu o *ataquei* e o fiz sangrar apenas por estar com o cheiro de uma ômega.

Uma que não o havia tocado.

Depois que ele já havia me contado sobre seu celibato.

Claro, tudo isso podia ser mentira. Uma maneira de me acalmar em um estado de conforto apenas para arrancar tudo depois.

Eu realmente merecia algo melhor?

Não.

Porque Kieran não tinha ideia de por que eu fui embora. Talvez se soubesse, ele não me odiasse.

Mas eu não tinha certeza se podia confiar nele.

Ou talvez estivesse com muito medo de tentar.

O que me torna indigna.

Companheiros deviam confiar um no outro.

No entanto, todo o nosso noivado foi baseado em uma mentira.

Estamos condenados desde o início.

Não é à toa que ele me odeia.

Mesmo agora, eu não estava me comportando como uma companheira deveria. Ele me deu uma ordem e eu o ignorei. Não, eu o *recusei*.

Não era assim que funcionava. Ele pediu minha umidade com seu rosnado e então me disse que posição assumir.

De quatro, ômega. Agora.

Sua demanda anterior atingiu meu coração e minha

mente, forçando meu corpo a se desenrolar. Eu devia a ele pelo menos isso: minha submissão.

Eu o usei. Me comprometi com ele e o deixei cuidar de tudo em minha ausência. Todo o tempo pegando emprestado seu poder para ajudar em minha missão de proteger os outros enquanto buscava a verdade.

Agora era a vez dele de me usar.

Fiquei de quatro como ele havia exigido.

Curvei a cabeça.

E sussurrei:

— Eu me submeto.

KIERAN

A voz e o corpo de Quinnlynn me diziam que eu tinha ido longe demais.

Quando ela veio para mim com suas garras, exigindo respostas depois que a senti tentando escapar, eu rebati.

Depois de tudo que fiz, ela escolheu me agradecer me despedaçando com suas garras e tentando chupar meu pau?

Eu estava furioso.

Tudo isso além de como ela me tratou antes, e fui levado à conclusão de que minha ômega precisava de uma lição severa de hierarquia.

Mas isso...

Vê-la tremer de joelhos, com a cabeça baixa, as lágrimas caindo na cama e os tremores suaves dela soluçando silenciosamente diante de mim, não era o que eu queria.

E seus comentários sobre as sombras, sobre como ela apenas se perguntou se poderia se esconder nas sombras, por isso ela tentou, me atingiu no coração.

Presumi que ela queria fugir.

Uma suposição que eu deveria ter reavaliado quando percebi que ela estava vestindo apenas um roupão.

Talvez ela pretendesse correr na forma de loba — o que poderia explicar o robe —, mas suas reações a mim provaram que ela não estava totalmente recuperada de seu cio.

Tentar escapar nesse estado seria uma decisão terrível, e depois de perseguir Quinnlynn por mais de um século, eu sabia que ela não era do tipo que foge sem pensar em cada detalhe.

Ela era muito estratégica para correr nesta condição.

Eu sabia.

No entanto, reagi com agressividade, sem pensar, e cheguei a uma conclusão precipitada por um século de frustração.

Puta merda.

Passei a mão por sua espinha, sentindo meu interior se apertar com a maneira como ela se encolheu em resposta.

Ela não tinha feito isso nos últimos dias. Ela ansiava por mim. Confiava em mim. Gostava de mim.

Mas agora, não.

Agora, ela me temia.

E isso simplesmente não serviria.

Afastei a mão de sua pele para que eu pudesse remover o que restava de minhas roupas.

Ela destruiu minha camisa, deixou o sangue secar em minha pele e puxou minha calça para baixo ao acaso.

Pensei que ela estava desesperada para me distrair, para me fazer esquecer como ela tentou fugir.

Mas agora que me acalmei o suficiente para pensar corretamente, percebi a verdadeira causa de suas ações: necessidade possessiva.

— *Onde você estava?* — *ela exigiu.*

Presumi que ela estava desempenhando um papel para

ajudar em sua distração, o que me enfureceu ainda mais, porque como ela ousava usar nosso noivado de maneira tão vergonhosa. Mas agora, estava claro que não foi encenação. Ela disse cada palavra de coração.

Todo o seu desempenho foi a maneira de estabelecer valor.

E eu respondi degradando-a no nível mais baixo imaginável.

Me ajoelhei na cama ao lado dela, provocando uma série de arrepios em seu corpo.. Não do tipo bom, mas do tipo assustado.

Em vez de falar, dei um beijo em seu ombro e comecei a ronronar.

Ela estremeceu, dobrando os cotovelos como se não pudesse mais sustentar o próprio peso.

— Você está me torturando — ela respirou. — Eu... eu sei que mereço... mas...

Eu a silenciei, meus lábios pairando sobre seu ombro novamente antes de segurá-la pela nuca.

— Eu nunca iria torturar você, Quinnlynn.

Transar com ela até a submissão, sim.

Machucá-la intencionalmente, não.

Meu ronronar se intensificou quando me deitei ao seu lado, com a mão ainda em seu pescoço.

— Venha aqui — disse a ela, apertando-a de leve para dar o domínio que eu sabia que ela precisava. — Prometo não rosnar de novo.

Ela não se mexeu.

— Eu não... eu não entendo.

— Estou me desculpando — admiti em voz baixa. — Entendi mal suas intenções e reagi da maneira errada. Sua loba se sentiu ameaçada, mas pensei que você estava tentando me distrair de sua tentativa de fuga.

— Eu não estava tentando fugir — ela sussurrou.

— Eu sei. — Apliquei pressão em seu pescoço novamente, não de forma cruel, apenas o suficiente para dar-lhe apoio. — Sinto muito, Quinnlynn. Você não merecia nada disso.

— M-mas eu mereci. Mereço. Eu... eu te usei pelo seu poder. Deixei você aqui. Eu sou uma companheira ruim.

Fiz uma careta.

— Você me usou pelo meu poder? — Foi esse o verdadeiro motivo pelo qual ela me escolheu tantos anos atrás? Para ter acesso às minhas habilidades de cura? — Como você sabia sobre a minha capacidade de curar?

— Eu... eu não sabia. Não exatamente. Sabia um pouco. Aprendi muito. — Seus braços e pernas tremiam, o cheiro doce de sua umidade era um lembrete do que meus rosnados tinham feito com ela.

Ela não seria capaz de ficar assim por muito mais tempo.

— Quinnlynn...

— Sinto muito — ela interveio com um soluço. — Sinto muito por ter fugido. Mas não havia outro jeito. Eu tinha que seguir minha pista, Kieran. E sua capacidade de curar... *ajudou*. Mas também me distraiu. Eu me perdi. Perdi tempo.

Suas palavras quase soaram bêbadas, seu estado excitado provocando comentários que pareciam importantes, mas não faziam sentido.

— *Por favor* — ela implorou, apoiando a testa na cama. — Por favor, pare de me torturar. Sinto muito, alfa. Eu estou...

— Não estou te torturando, Quinnlynn. — E, no entanto, isso claramente não era verdade. Porque ela parecia estar com muita dor, graças ao meu comportamento cruel.

Não consegui dar o nó nela como pretendia. Seria muito insensível e prejudicaria ainda mais nossa conexão.

Mas também não podia deixá-la sofrer.

— Vire de costas — disse a ela. — Quero ver seus olhos. — Porque era disso que precisávamos: nossa conexão.

Exceto que ela não se mexeu.

Em vez disso, ela enrijeceu, quase como se não tivesse me ouvido ou talvez pensasse que havia me entendido mal.

— Quinnlynn — murmurei, passando a mão de sua nuca para traçar sua coluna. — Deite-se ao meu lado. Quero ver você, pequena. — Voltei minha mão para seu pescoço. — Por favor?

Pontuei o pedido com meu ronronar, fazendo-a tremer quase violentamente.

— Kieran? — A desconfiança em seu tom me matou. Quebrei nossa frágil conexão ao entender mal suas intenções.

— Achei que você estava fugindo de novo — murmurei, passando os dedos em seu cabelo para pentear as mechas emaranhadas. — E que você estava usando sua loba para me distrair de corrigir seu comportamento.

Nada disso era desculpa, apenas uma explicação.

— Eu estava errado. Sinto muito. — As duas palavras queimaram minha língua, minha capacidade de me desculpar enferrujada depois de nunca ter realmente necessidade de dizer isso. Mas aqui estava eu, pronunciando a frase pela segunda vez em questão de minutos. — Sinto muito — repeti, preparada para falar aquela frase quantas vezes Quinnlynn precisasse.

Eu pediria desculpas a ela por uma eternidade, desde que ela olhasse para mim novamente.

Só que três vezes parecia realmente ser o encanto enquanto ela lentamente levantava a cabeça.

E destruía meu coração no processo.

Suas lágrimas misturadas com o meu esperma, seu rosto o reflexo da paixão raivosa e medo.

— Ah, Quinnlynn. — Segurei sua nuca novamente e a puxei para mim, meu ronronar se intensificando.

Ela estremeceu em resposta, senti seu rosto molhado contra o meu pescoço.

Passei os braços ao redor dela e emprestei-lhe minha força. Eu esperava que ela lutasse comigo, não desmoronasse.

Mas deveria ter pensado melhor. Ela ainda estava à beira de seu cio. Isso a tornava vulnerável, deixando sua loba no controle. E, considerando tudo o que ela passou, é claro que meus rosnados de punição quebraram suas paredes protetoras.

Beijei o topo de sua cabeça e a abracei enquanto ela chorava, meu ronronar oferecendo a ela mais conforto que meu nó jamais poderia.

Bem, talvez não. Eu a acelerei com tanta intensidade que ela provavelmente precisava que eu transasse com ela. Mas eu não conseguiria. Assim, não.

Conforto e proteção vinham em primeiro lugar. Danifiquei nossa conexão e agora tinha que recuperá-la.

Cillian, chamei, abrindo o vínculo telepático que ele estabeleceu comigo há mais de mil anos.

Sim, Sire?

Preciso que alguém prepare um banho em meus aposentos. Você pode pedir ao Vin ou ao Shiv para vir? Não quero ser incomodado, mas também não posso deixar a Quinnlynn no momento.

Ele ficou quieto por um instante. *Ela está bem?*

Vai ficar, eu jurei. Ela reagiu ao cheiro de Ivana e as coisas começaram a girar a partir daí.

Entendo. Essa palavra continha todo o peso de sua

acusação. Eu podia ouvi-lo pensar *eu avisei*, mesmo sem ele expressar as palavras.

Cillian.

Sire.

Preciso de sua ajuda, por favor. E tem que ser Vin ou Shiv. Os dois eram machos beta. A última coisa que eu queria era arriscar Quinnlynn sentir o cheiro de outra fêmea em minha suíte, muito menos uma ômega não acasalado ou uma alfa viril.

Por favor? Esse é um termo novo para você.

Cillian, repeti, um silvo sublinhando seu nome.

Vou resolver isso, Sire. Por ela. Não por você.

Quase rosnei em resposta a isso, mas em algum nível, eu sabia que merecia esse comentário. Ele expressou sua hesitação mais cedo sobre minha ideia de pedir a Ivana para ajudar com o vestido.

Obrigado, Cillian, murmurei, escolhendo seguir o caminho da gratidão.

Gratidão? Seu choque era palpável. *Você realmente fez merda, não foi?*

Tensionei a mandíbula. *Cillian*. Desta vez, adicionei o aviso necessário ao meu tom.

E o cretino riu em resposta. No entanto, ele não disse mais nada, o que me demonstrou que ele estava trabalhando nos arranjos que eu havia solicitado.

Em poucos minutos, senti a presença de um beta em minha suíte.

Quinnlynn se mexeu, mas pressionei sua cabeça contra meu ombro e sussurrei palavras em meu antigo dialeto. Era algo que ela não entenderia, pois a língua havia desaparecido há muito tempo. Cillian e Lorcan podiam conversar nele, mas muitos outros não.

Fazíamos parte de uma velha tribo.

O lugar foi meu território antes de concordar com o noivado de Quinnlynn.

Levei meu pessoal comigo para o Território de Sangue, era para ser temporariamente. No entanto, minha antiga casa irlandesa foi destruída durante o início da Era Infectada.

Os humanos pensaram que bombas resolveriam o problema da infestação de zumbis.

Não resolveu.

E logo ficaram sem seus preciosos explosivos, deixando-os com apenas uma opção: encontrar uma cura.

Era algo que deveriam ter feito desde o início, mas a liderança do mundo havia perdido muito tempo precioso culpando uns aos outros.

No momento em que os sobreviventes se reuniram para prestar atenção à pesquisa, já haviam perdido a maior parte de suas equipes.

Os poucos que permaneceram eram predominantemente sobrenaturais como eu, e nos preocupamos mais em interromper a mutação do vírus naquele ponto.

O Território de Sangue se tornou minha residência permanente, o que supus ser um golpe do destino.

Porque agora que provei Quinnlynn, nunca seria capaz de partir. Não que eu realmente quisesse. Eu apenas planejei comandar os dois territórios do V-Clan.

E eu supunha que estava fazendo isso, apenas dentro dos mesmos limites agora, em vez de em duas ilhas separadas.

Sire, Cillian disse, me tirando de meus pensamentos ociosos. *O banho está pronto.*

Obrigado.

Não tenho certeza se devo temer essa mudança ou me divertir com ela.

Temer, disse a ele. *Porque vem com um efeito colateral de possessão violenta.*

Não tenho interesse em sua pretendida, Sire.

Humm, murmurei, dispensando-o com um rosnado suave.

Eu sabia que Cillian nunca iria me trair ou a Quinnlynn. Ele era leal ao extremo. Assim como Lorcan.

No entanto, aparentemente, não demonstrei minha gratidão com frequência suficiente. Talvez eu mudasse isso agradecendo-os diariamente por algumas semanas, para ver quanto tempo levariam para eles exigirem que eu parasse.

E nesse ínterim, eu trabalharia para ganhar o perdão da minha ômega.

Começando com um banho.

KIERAN

QUINNLYNN TINHA ADORMECIDO contra mim no banho, seu corpo pequeno aparentemente exausto pelo trauma emocional das últimas horas.

Seu cio intenso já havia esgotado sua energia, além das complicações com sua loba. Ela deveria tirar uma longa soneca.

Só que ela começou a se mexer quando enrolei uma toalha ao seu redor, seus cílios escuros se separando para revelar íris desconfiadas. Parecia que nem mesmo seus sonhos poderiam ajudá-la a escapar de nossa realidade.

Toquei sua bochecha e beijei sua testa, então a levantei para se sentar na bancada. Isso ajudou a liberar meus braços para nos secar adequadamente.

Lutei um pouco para dar banho nela, mas a água ajudou a movê-la com fluidez enquanto eu ensaboava e lavava sua pele. Também passei shampoo no cabelo, depois usei um pente para passar o condicionador nas mechas.

A água estava imunda agora e drenando.

E foi por isso que encerrei nossa experiência com um enxágue rápido no chuveiro.

Nada disso a acordou.

Mas no momento em que a toalha quente tocou sua pele, ela se mexeu.

Ela observou enquanto eu a passava sobre meus membros e torso, seu olhar indo para minha virilha. Eu estava duro, algo que sua proximidade causava automaticamente. Mas não estava necessariamente excitado. Cuidar dela tinha precedência sobre todo o resto.

Terminei de secá-la e coloquei as toalhas de lado. A cautela não deixou seu olhar, a óbvia inquietação pesou em meu coração.

No entanto, quando estendi a mão, ela enterrou a cabeça em meu peito, sua loba claramente buscando mais do meu ronronar.

E foi exatamente o que dei a ela. Meu estrondo era um ritmo constante entre nós enquanto eu a pegava nos braços para carregá-la de volta para minha cama.

Alguém veio trocar a roupa de cama, mas deixou os lençóis sujos em uma cesta, apenas no caso de Quinnlynn os querer para o ninho.

Exceto que ela nem pareceu notar.

Estava ocupada demais agarrada a mim enquanto eu nos acomodava debaixo dos lençóis limpos.

Rolei-a para baixo de mim, banhando-a com minha força alfa enquanto tocava seu espírito com meu poder de cura. Ela estremeceu em resposta, então suspirou com tal contentamento que fiz isso de novo.

— Obrigada — ela sussurrou, aconchegando o nariz em meu peito enquanto inalava.

Dei mais energia a ela, mas não consegui sentir onde ela realmente precisava. O que era estranho, porque ela parecia estar absorvendo em abundância.

Suas mãos foram para meus ombros, seus lábios deslizaram sobre minha pele enquanto ela tentava me puxar para mais perto. Acomodei os quadris entre os dela e liberei minha vitalidade sobre ela, o tempo todo considerando o que ela havia me dito antes de nosso banho.

Eu te usei pelo seu poder.

Tive que seguir minha pista, Kieran. E sua capacidade de curar... ajudou.

Ajudou o quê? me perguntei. *Que pista?*

Ela absorveu minha energia agora como se fosse uma esponja, seu corpo reabastecendo reservas ocultas e armazenando o poder para uso futuro. Quase a cortei, ciente de que isso não era um bom sinal, mas não conseguia parar de *dar.* Eu a queria cheia de mim, de nosso vínculo pretendido, de minha essência.

— Quinnlynn — sussurrei com os lábios em seu cabelo. — Por que você precisa do meu poder?

— Para as ômegas. — Sua voz soava sonhadora, quase como se ela não estivesse totalmente ciente de seus arredores.

Um homem melhor não tiraria vantagem desse estado.

Mas eu queria respostas.

E já era hora de ela me dar alguns.

— Quais ômegas?

— Minhas ômegas — ela murmurou, fazendo minha sobrancelha franzir. — Tentei salvar todas elas. Mas não consegui. Eu não era você. Não tenho este poder. É seu.

— Você quer dizer em Bariloche? — perguntei, me afastando para olhar para ela.

Ela piscou para mim, com os olhos um pouco nebulosos, mas clareando rapidamente.

Então dei mais de minha energia, trazendo-a de volta ao seu estado de sonho, onde ela suspirou feliz e olhou para mim com estrelas nos olhos.

Muito melhor que medo ou cautela, concluí.

— Você usou minha habilidade para ajudar as ômegas no Território Bariloche. É por isso que você foi lá?

Seus cílios tremularam enquanto ela suspirava novamente, perdida no meu toque curador.

— Foi por isso que fiquei. Para ajudá-las. Mas você pode ajudar muito mais. Esse poder... esse poder pode garantir a segurança... de todos elas.

— Todas as ômegas do Território Bariloche?

Ela começou a balançar a cabeça, curvando os lábios.

— Mais. O Santuá... — Ela parou de falar, franzindo a testa. — Humm, não. Você pode ser ele. Seu aperto em meus ombros aumentou e seus olhos se abriram novamente enquanto um pouco daquela cautela anterior voltava em seu olhar. — O que você está fazendo comigo?

— Te confortando — respondi. — Fazendo você se sentir bem.

— Para ter informação? — Ela empurrou contra mim um pouco, seu rosto parecendo clarear. — Você está... você está me deixando bêbada... de *poder*.

— Só um pouco — admiti, segurando seu rosto. — Mas sua alma parece precisar disso, mesmo que você não se sinta ferida ou machucada em nenhum lugar. Então, por que você está com tanta fome da minha energia?

Ou talvez a melhor pergunta fosse: *Como você está tão faminta pela minha energia?* Porque eu tinha dado a ela mais que o suficiente nas últimas semanas, mas eu podia sentir isso preenchendo-a e sendo instantaneamente sugado por algum puxão invisível.

Suas narinas se dilataram e suas mãos empurraram com mais força contra mim.

— Pare.

Não lutei com ela, optando por deixá-la vencer esta rodada porque eu tinha ferrado a última.

— Tudo bem, pequena. — Rolei na cama para me

deitar ao lado dela e levei meu poder junto. Então me acomodei no travesseiro e inclinei a cabeça para observá-la, esperando que ela fizesse outro movimento.

Eu poderia ter desejado respostas.

Mas queria minha companheira mal-humorada de volta mais que qualquer outra coisa.

Então, se isso significasse ficar aqui e esperar que ela se recuperasse, eu o faria.

Seu peito subia e descia em rápida sucessão enquanto ela tentava se recuperar, com as mãos ainda no ar como se meus ombros ainda estivessem sob suas mãos.

Então ela olhou para mim e piscou.

— Você parou.

Arqueei uma sobrancelha.

— Sim.

— Por quê?

Fiz uma careta.

— Porque você me disse para fazer isso.

— Eu não esperava que você ouvisse.

Bufei.

— Não vou forçá-la a aceitar meu consolo, Quinnlynn. — Claro, eu ainda estava ronronando para ela, mas era mais meu lobo que eu. E não era isso que ela queria que eu parasse de fazer.

— Mas você não conseguiu suas respostas.

— Não, não consegui — concordei, estudando-a, e os segredos transbordando em seu olhar. — Mas sua mente vai me dizer o que quero saber quando estivermos acasalados. Esperei cem anos. Posso esperar mais algumas semanas.

Ela paralisou, claramente tendo sido atingida por minhas palavras.

O que você está escondendo que não quer que eu saiba? me

perguntei. *Trata-se do motivo pelo qual você me escolheu? Está preocupada sobre como vou reagir a essa informação?*

Me virei de lado e apoiei a cabeça no cotovelo para olhar para ela sem tocá-la. Ela mal respirava

Sim, eu definitivamente me irritei.

— Do que você tem tanto medo que eu saiba? — perguntei, estudando-a atentamente.

— Cem anos? — ela repetiu para mim, ignorando a minha pergunta. — Você... você esperou cem anos por... pelos meus segredos?

— Esperei mais de cem anos por muitas coisas, Quinnlynn. Seus segredos estão entre essas coisas, sim.

Os pelos de seus braços se eriçaram, seu medo parecendo aumentar a cada segundo que passava.

— Você... você é...

Levantei uma sobrancelha.

— Eu sou o quê? — perguntei. — Seu companheiro pretendido?

Ela engoliu em seco, sua pele empalidecendo. Mas ela não respondeu.

— Quinnlynn. — Não pude evitar o suspiro em minha voz. — Estamos noivos há mais de cem anos. Avisei desde o início o que isso significava, para que um dia você não se arrependesse dessa decisão. Também te dei uma saída. Você escolheu ignorá-la. Então você fugiu. Eu te peguei.

Ela me encarou, ainda sem dizer nada.

— E agora, finalmente iremos acasalar — concluí. — A notícia do nosso jantar de noivado já se espalhou pelo território. Vamos comemorar em uma semana.

Suas narinas dilataram.

— Uma semana.

— Sim. Pedi a Ivana para te ajudar a encontrar um vestido. Ela chegará em dois dias para fazer isso.

— Ivana? — ela repetiu, sua voz quase um sussurro.

— A ômega que você sentiu o cheiro em mim antes.

Isso trouxe um pouco de cor de volta em suas bochechas.

— Você quer que eu vá fazer compras com uma de suas prostitutas?

Ergui as sobrancelhas.

— A Ivana não é prostituta, Quinnlynn. Ela é uma ômega não acasalada por escolha. E eu não tenho *prostitutas*. — Me inclinei para ela, semicerrando os olhos. — Eu te disse a quantas mulheres dei meu nó em sua ausência: *nenhuma*. Se lembra?

A tensão de sua mandíbula me disse que ela se lembrava dos detalhes muito bem, mas estava se sentindo muito teimosa para admitir.

— Deixe-me adivinhar, ela é uma das suas *muitas* ofertas?

— Na verdade, não. É por isso que a escolhi para esta tarefa. — Estendi a mão para o queixo dela para sustentar seu olhar. — *Você* é minha pretendida. E acho um insulto que você não leve a sério minha fidelidade. Sabe como foi difícil passar um século sem o conforto de uma mulher na minha cama?

— Que terrível para você — ela brincou, me desrespeitando novamente. — Deve ser como entrar no cio sem um nó.

— Uma escolha que você fez por si mesma — apontei, me recusando a me sentir mal por ela. — Independentemente disso, meu ponto é que permaneci fiel quando não precisava. E você está me tratando como se eu tivesse mentido.

— Você mentiu — ela retrucou.

— Sobre o quê? — exigi, sentindo minha fúria crescer.

— Eu não tenho sido nada além de sincero com você,

Quinnlynn. Algo que você não pode reivindicar para si mesma, pode?

— Por quê? — ela exigiu, ignorando minha observação retórica. — Porque você me disse desde o começo que eu me arrependeria disso? Que praticamente ignorei os sinais de quem você era e continuei com isso de qualquer maneira?

Agora foi a minha vez de piscar.

— Do que é que você está falando?

— Você sabe. Você esperou um século pelos meus segredos! E você quase os tirou de mim usando a própria essência da qual sabe que *preciso* para ter sucesso. — Ela se sentou e se afastou de mim, a raiva e medo flutuando em seu pequeno corpo. — Eu nunca vou dá-los a você de bom grado. Não depois do que você fez com meus pais.

Olhei boquiaberto para ela.

— Seus *pais*? — Eu não tinha ideia do que ela estava falando.

— Luas, como pude ser tão cega? — ela perguntou, levando as mãos à cabeça enquanto dobrava os joelhos contra o peito. — Eu... eu pensei... Você não era um contendor. Porque você sabia que eu viria até você?

— Quinnlynn — eu disse, sentando e me juntando a ela contra a cabeceira da cama.

Mas ela não estava me ouvindo. Estava muito ocupada tentando resolver alguma coisa em voz alta.

— Como você podia saber? Ou estava planejando lutar e surpreender a todos eles? Ela começou a massagear as têmporas. — Eu não... eu não...

Eu reacendi meu ronronar, o som tendo desaparecido depois que ela insultou minha integridade. Mas senti sua necessidade disso, seu frágil estado de espírito evidente em suas ações e palavras.

— Conte-me sobre seus pais. — expressei isso em voz

baixa, ao invés de como uma ordem, mas a exigência estava implícita. — Diga-me o que você acha que eu fiz com eles.

Ela afastou a mão do rosto e seu olhar era assassino ao me encarar.

— Como se você não soubesse.

Eu realmente não sei, quase disse. Em vez disso, decidi pressioná-la um pouco.

— Se eu já sei, não custa nada dizer, certo?

— Você vai me fazer dizer?

— Sim, Quinnlynn. Vou. — *Porque, caso contrário, nunca saberei do que você está falando.*

— Você realmente é um monstro — ela sussurrou, a acusação e a mágoa em sua voz quase me desfazendo.

Mas eu tinha que saber o que ela achava que eu tinha feito, porque isso estava claramente ligado ao motivo de ela ter fugido.

— Sou? — perguntei em voz baixa. — Eu sou um monstro, Quinnlynn?

— Você quer que eu diga que matou meus pais em voz alta como uma espécie de prazer doentio e distorcido. Então sim, Kieran, você é um monstro.

Arqueei as sobrancelhas.

— Eu matei seus pais? — Em que mundo fodido de pesadelo eu tinha feito isso? — Eles morreram em um acidente de avião.

Ela revirou os olhos.

— Certo. Só que a minha mãe me mandou uma mensagem naquela noite. — Sua mão foi para o pescoço nu. — Quando ela me mandou...

Suas pupilas se dilataram e seus dedos vagaram pelo pescoço, descendo para os seios nus.

Ela olhou ao redor, seu coração acelerando.

— Quinnlynn? — perguntei, meu ronronar aumentando automaticamente.

— Cadê? Cadê meu pingente? — Ela começou a procurar freneticamente nos lençóis. — O que você fez com ele? Onde o escondeu?

Ela começou a remexer nas cobertas, me forçando a agarrá-la.

O que me tornou seu próximo alvo, suas ações violentas e quase psicóticas.

Porque ela acha que matei seus pais.

— Quinnlynn — chamei enquanto ela lutava debaixo de mim. Eu não queria correr o risco de machucá-la ou de ela se machucar, então segurei seus pulsos e os prendi na cama. Em seguida, empurrei os quadris contra os dela para impedi-la de tentar me chutar. — Acalme-se.

— Não vou me acalmar! Você matou meus pais!

— Por que eu iria matá-los? — exigi.

— Onde está meu pingente? — ela gritou as palavras, ignorando completamente a minha pergunta.

— Na caixa de joias na cômoda — resmunguei. — Tirei depois que você se transformou de volta no outro dia. — Eu não queria arriscar danificá-lo durante nosso frenesi.

— Eu... eu ando tão cega — ela sussurrou, sem me ouvir. — Você me avisou desde o começo, disse que eu me arrependeria...

— Não porque matei seus pais, Quinnlynn. Eles morreram em um acidente de avião. Um *acidente*.

— Mentiroso — ela sussurrou. — Minha mãe me enviou um comunicado sobre como você sabotou o avião.

— Como eu sabotei o avião? — repeti, incrédulo.

— Um Príncipe Alfa. — Ela piscou. — *Você*.

— Eu, não.

— O quê? — Ela franziu o cenho. — Mas... mas você esperou cem anos pelos meus segredos. Os dos meus pais.

Parte de sua confusão pareceu desaparecer quando ela pronunciou as acusações. — Eu nunca vou te contar. Vou morrer antes.

Olhei boquiaberto para ela, meu ronronar ainda latejando em meu peito, já que parecia ser a única coisa que a mantinha um pouco sã.

— Que segredos eu poderia querer de seus pais?

— Sobre o... — Ela parou, seus cílios subindo e descendo enquanto ela parecia estar pensando muito sobre algo. — Você sabe.

— Não, Quinnlynn. Não sei. Porque não matei seus pais. — Juntei seus pulsos sob a palma da mão e usei a que estava livre para segurar seu rosto, forçando-a a encontrar meu olhar. — Eles morreram em um acidente, pequena. Eles não foram assassinados.

Ela começou a balançar a cabeça, seu olhar parecendo escurecer com as memórias.

— Não foi um acidente.

— Algo que você sabe por uma comunicação? — indaguei, me referindo a sua declaração sobre sua mãe lhe enviar uma mensagem sobre sabotagem.

— Sim. Eles me disseram que não foi um acidente.

— Que um Príncipe Alfa os matou — reiterei.

Ela assentiu.

— Não disseram especificamente meu nome.

— Não — ela respondeu, piscando novamente como se estivesse tentando limpar um pouco da névoa de sua cabeça. — Mas você está esperando há cem anos pelos meus segredos.

— Sim. Para saber por que você me escolheu para acasalar — eu disse a ela. O que agora não fazia o menor sentido. Se seus pais contaram que alguém tinha sabotado o avião, matando-os, e ela sabia que era um Príncipe Alfa, então por que ela me escolheu?

Porque não lutei pela mão dela, percebi depois de um instante. *Não entrei na batalha para ser Rei do Território de Sangue.*

Fazendo de mim uma escolha *segura*.

Ela também queria minha energia, meu poder – e eu ainda não sabia como ela sabia disso – para alguma coisa também.

E ela fugiu...

— Para seguir uma pista — murmurei.

— O quê?

— Foi por isso que você foi embora. Você estava atrás de uma pista sobre o assassinato de seus pais.

Sua expressão clareou quase imediatamente, mas ela não respondeu. Porque ela não precisava. Eu entendia.

Tive que seguir minha pista, Kieran. E sua capacidade de curar... ajudou. Mas também me distraiu. Eu me perdi. Perdi tempo.

— Como meu poder te ajudou? Para que você o usou?

— No entanto, a resposta veio quase que instantaneamente. — As ômegas. — No Território Bariloche, ela usou meu dom para curá-las.

Mas fez parecer que ela acasalou comigo pelo meu poder também.

Talvez ela quisesse dizer que era um benefício que ela escolheu usar depois de me deixar, me usando pelo meu poder.

Não. Há algo mais aqui. Alguma parte subjacente da história – um segredo – que ela ainda não compartilhou. Eu podia vê-lo à espreita em seu olhar agora, assim como sentir o cheiro do medo da descoberta junto com ele.

Ela não estava pronta para me contar.

E, pela primeira vez, não queria pressioná-la pelo conhecimento.

Porque ela já havia revelado um grande segredo sobre seus pais, um que eu precisaria corroborar. Embora eu não tivesse certeza de por que ela mentiria sobre a causa da morte deles. Mas entendi ela não anunciar isso.

— Você não contou a ninguém porque não sabe quem fez isso — falei, pensando em voz alta. Foi por isso que ela acabou de me disso. — Por que não me contou, Quinnlynn? Sou o seu companheiro pretendido. Eu poderia ter te ajudado a descobrir a verdade.

— Ou garantir que ninguém descubra — ela sussurrou, seu terror um cheiro potente entre nós.

Entreabri os lábios com suas palavras, a verdade subjacente delas me atingiu bem no coração.

Ela não confia em mim. Claro que não. Ela nunca me deu uma chance de provar minha inocência ou meu verdadeiro valor para ela.

Esse era o cerne do nosso problema: a falta de fé um no outro. Minha desconfiança nela foi conquistada por meio de suas ações, enquanto a dela em mim era apenas uma resposta natural à sua situação.

Ambos eram ofensas perdoáveis.

Era como avançaríamos a partir deste momento que mais importava.

Porque minha trapaceira desonesta acabou de me dar uma maneira de conquistá-la.

Se eu pudesse descobrir quem assassinou seus pais, garantiria sua fé em mim no processo.

Infelizmente, eu não tinha ideia de por onde começar. Seus pais morreram há mais de cem anos, e o avião ficou muito tempo enterrado sob as ondas do Oceano Ártico.

Eu começaria a analisar isso amanhã.

Depois que ajudasse a tirar minha pretendida desse estado mental bizarro.

— Não matei seus pais, pequena — eu disse, soltando seus pulsos. — E os únicos segredos que eu queria de você são as verdadeiras razões pelas quais você se comprometeu comigo.

Ela engoliu em seco, sua expressão permanecendo inquieta, aquele cheiro de terror ainda pairando entre nós. Ela permaneceu totalmente imóvel embaixo de mim, aparentemente apavorada demais para se mover.

— Eu sabia que você tinha segundas intenções desde o começo, Quinnlynn. E não gosto de traição. Mas estou começando a suspeitar que suas razões eram nobres, então posso mostrar alguma indulgência. No entanto, o território, não. É por isso que vamos avançar com o jantar de noivado. — Me afastei dela e voltei para o meu lado.

Ela continuou imóvel.

— Vou adiar sua saída com a Ivana por dois dias, a menos que você decida que está pronta para ir antes. — O que não parecia provável, dado seu estado de choque agora.

Como ela continuou em silêncio, eu simplesmente ronronei.

E a toquei com minha energia de cura.

Ela havia revelado algo que claramente significava muito e não sabia como proceder. Em vez de pressioná-la, decidi emprestar-lhe minha força e apoio.

E esperar que ela fizesse o próximo movimento.

Estarei bem aqui, pequena. Não importa quanto tempo demore.

QUINN

Eu existia em uma nuvem.

Flutuando.

À deriva.

Emergindo novamente.

Apenas para rolar em um cobertor de calor que vibrava com poder e afeto.

Eu me aconcheguei no conforto daquele som, a âncora proverbial que me manteve presa nesta versão bizarra da realidade.

Uma realidade onde Kieran O'Callaghan ronronava. E ronronava. E ronronava.

Então, mais como um sonho. Mas era um do qual eu não queria acordar.

O que me fez flutuar novamente. A corrente me levou a uma terra de sono onde minhas fantasias se misturavam com pesadelos.

Uma brisa fresca girou ao meu redor, o ar sussurrando notas do meu passado. Palavras. Um alarme. *Uma pontada aguda em meu peito.*

Tentei massagear a dor, mas me senti presa. Incapaz de me mover. *Perdida.*

Este é um sinal de poder, mo stoirín. *E agora é seu. Use-o para nós. Vista-o para você. Use-o quando matar nosso traidor.*

A voz de minha mãe entrava e saía da minha mente, a imagem dela que imaginei centenas de vezes.

Uma comunicação urgente.

Algo que me tirou de uma noite fria e triste.

Sem sol hoje. Sem luz. É janeiro. Mamãe e papai devem estar em casa logo.

— *Quinn.*

Rolei para longe da voz baixa, determinada a continuar dormindo.

— *Quinnlynn.*

O tom de meu pai me persuadiu a abrir um olho.

— *Hum?* — murmurei, *não totalmente pronta para me comprometer a acordar ainda.*

— *Precisamos de você* — *meu pai falou com um sussurro em sua voz que me fez franzir a testa.*

— *O quê?*

— *Olhe para nós,* mo stoirín — *minha mãe implorou.* — *Por favor.*

Murmurei algo em resposta, a memória deslizando para a realidade enquanto eu girava contra uma parede de macho quente. Ronronando. Pressionei o nariz em seu peito nu, inalando profundamente. *Menta. Homem. Meu.*

Mas aquele sonho... memória... ainda persistia.

— O que há de errado? — perguntei, tentando focar na imagem que não estava mais lá. Apenas pele. *Isso não está certo.* Rolei de novo, a parede à minha frente feita de vidro. — Mamãe? — Saiu em um sussurro, seu visual forte dentro da minha mente. E ainda... inexistente.

O colar.

Segurei o pescoço, meus dedos imediatamente se curvando ao redor do pingente em minha garganta.

— Mãe — sussurrei, fechando os olhos enquanto eu pensava em como o colar tinha aparecido.

Um encantamento.

Uma transmissão atrasada.

Um aviso de meus pais que apareceu *dias* após a morte deles.

Eu estava no meio do luto por eles, com a mente confusa, mas suas palavras permaneceram.

— *Não confie nos Príncipes Alfa. Não até você descobrir a verdade, mo stoirín.*

Repeti as palavras em voz alta agora, com a voz rouca devido ao meu sono agitado.

— Alguém enfeitiçou o avião — eu disse, piscando para as janelas. — Meus pais não tiveram escolha. Eram eles ou... — *Ou arriscar o Santuário.*

Porque o avião teria levado o traidor direto ao coração do mundo Ômega.

A única maneira de garantir que o culpado não pudesse seguir a pista era destruir o vínculo. O que exigia o poder dos meus pais para fazer.

— Eles derrubaram o avião — sussurrei, uma lágrima caindo dos meus olhos. — Por causa *dele*. — Então talvez isso os tornasse mártires, não exatamente *assassinados*. Mas não vi a diferença.

Eles morreram por causa de alguém em quem confiaram.

Um Príncipe Alfa.

Não citaram Kieran, pensei, me lembrando de seu comportamento na noite anterior. Ou isso foi hoje mais cedo? Ontem? Eu não poderia dizer. O tempo não fazia sentido aqui, meu cio distorceu minha mente e pensamentos.

Mas um aspecto permaneceu constante: o macho atrás de mim.

E seu ronronar.

Rolei para ele novamente, meu nariz voltando para seu peito, respirando-o como se ele fosse minha fonte de vida. Ele cruzou os braços ao meu redor. Seu calor era como um cobertor que eu desejava mais que os lençóis ao nosso redor. Me apertei contra ele, determinada a nos unir indefinidamente.

Uma diferença gritante de semanas atrás, quando ele me encontrou.

Anos atrás, quando eu fugi.

No entanto, parecia certo. *Ele* parecia certo.

Passei a vida inteira lutando sozinha. Talvez fosse hora de deixá-lo entrar, de deixá-lo ajudar.

Ele quer nossos segredos, uma pequena parte de mim lembrou.

Sim, mas ele explicou.

Ele pode estar mentindo.

Eu não acho que esteja.

Foi uma conversa entre dois lados da minha psique, um que ansiava por recebê-lo como parceiro e o outro que tinha medo de confiar em alguém além de mim.

Estremeci quando ele inundou minhas veias com sua essência de cura novamente. *Sim. sim.* Um suspiro me escapou e minha alma se regozijou com a poderosa energia de Kieran.

Ele poderia estar usando isso para me acalmar em um estado apaziguador novamente, mas eu não tinha certeza se me importava.

Exceto que ele não falou.

Ele não *me pressionou*.

Ele apenas me deixou me deleitar com sua presença.

Eu não o mereço, pensei sonolenta. *Não fui justa com ele.*

Esse pensamento me perseguiu na escuridão.

E quando acordei, era luz que entrava pelas janelas.

Estremeci e me afastei dele, apenas para me deparar com uma perna musculosa em vez de um torso.

— Kieran?

— Você precisa comer alguma coisa, pequena — ele disse, seu ronronar atraindo meu olhar para cima para encontrá-lo ainda nu, mas com uma bandeja no colo. — Vai me deixar te alimentar?

Ele ergueu um morango para mim, fazendo minha loba interior praticamente salivar.

Me lancei para ele, exceto que meu corpo estava muito lento para executar o movimento, então meio que me mexi em vez disso, e minha cabeça caiu duramente no travesseiro.

Ele arqueou uma sobrancelha.

— Isso era para ser um sim?

Abri a boca em resposta.

Seus lábios se contraíram, e ele trouxe a fruta aos meus lábios.

Então me deu um pouco de água.

Seguido por mais frutas.

Até que eu estava estável o suficiente para me sentar e me juntar a ele.

Tudo das últimas... *uh, horas? Dias?* estavam meio confusos, mas eu me lembrava da maioria das partes importantes. Incluindo minha admissão sobre meus pais e a punição inicial de Kieran que ele nunca terminou.

Bem como a maneira como ele acabou de me oferecer conforto pelo que pareceram semanas.

Cuidou de mim.

Foi um verdadeiro companheiro.

E tinha mostrado quantidades extremas de paciência.

Pode ser porque ele quer acesso ao Santuário, lembrei a mim mesma. Não guardei esse segredo por tanto tempo apenas para entregá-lo a um Príncipe Alfa depois de apenas algumas semanas juntos.

Mas poderia admitir que *queria* contar a ele. Compartilhar toda a verdade. Para ter um parceiro.

A maior parte da energia que ele me alimentou foi direto para os encantamentos que cercavam o Santuário. Eu era sua fonte primária, minha magia protegendo-o de possíveis descobertas e mantendo sua localização fora do mapa.

No entanto, gastei tanto da minha essência ajudando ômegas que me permiti deteriorar a ponto de quase perder completamente minha loba.

Eu não era ingênua. Sabia que Kieran era a única razão pela qual eu não tinha me desassociado completamente da minha alma animal. Se eu tivesse tentado me transformar enquanto estava no Território Bariloche, provavelmente teria me tornado selvagem. Eu não teria a energia necessária para controlar a besta e teria me perdido em seu controle.

O que significava que eu teria perdido o Santuário também.

Eu tinha assumido muito, tentando salvar muitos outros às custas de mim e da dinastia de minha família.

Kieran não tinha apenas me salvado; ele salvou a todas nós. E ele não fazia ideia.

Talvez eu devesse contar a ele, pensei, olhando-o enquanto ele segurava um pouco de carne em meus lábios. *Talvez seja hora de confiar nele.*

Ele pressionou a garrafa de água nos meus lábios novamente, desviando seu olhar para a minha boca.

— A Ivana vai estar aqui em algumas horas para te levar às compras. Prolonguei o máximo que pude, mas nosso jantar de noivado é amanhã. E você precisa de um vestido, Quinnlynn.

— A-amanhã? — repeti. — Eu pensei... — Ele não tinha dito que seria em uma semana?

— Sim. Estamos nesta cama há... muito tempo. — Ele colocou a água e a bandeja de lado, revelando que não estava realmente nu, mas usando cueca preta justa. — Embora os comentários de Cillian sobre nosso *reencontro* sejam ótimos para o meu ego, é hora de o território te ver.

Reencontro? repeti para mim mesma.

— Seus lobos precisam de você, princesa — Kieran continuou. — Eles precisam saber que sua futura rainha está realmente em casa.

E estou? Verdadeiramente em casa? me perguntei. Minha loba certamente se sentia em casa, especialmente com Kieran ao nosso lado.

No entanto, suas palavras também me deixaram desconfortável.

Porque a menção ao jantar de noivado me lembrou das celebrações da coroação que perdi há mais de cem anos.

Se Kieran remarcou o jantar, provavelmente remarcou nossa coroação também.

O que significava que os Príncipes Alfas chegariam em breve.

E entre eles estava o culpado, aquele que matou meus pais.

— Quando é a coroação? — sussurrei, me perguntando quanto tempo eu tinha para me preparar mentalmente para a cerimônia e os Alfas visitantes.

— Duas semanas a partir de amanhã — ele respondeu, seu olhar me estudando atentamente. — E você permanecerá presa ao meu lado o tempo todo, então nem pense em tentar desaparecer nas sombras.

Engoli em seco, desviando o olhar para minhas mãos

enquanto as apertava em meu colo. Eu estava sentada nua ao lado dele, algo que deveria me fazer sentir inferior. Mas foram suas palavras que me machucaram mais.

E, no entanto, eu as merecia.

Porque fugi uma vez e havia uma boa chance de tentar fugir de novo.

Só que agora ele sabe, pensei. *Ele sabe a verdade sobre o assassinato de meus pais.*

— Um daqueles Alfas matou meus pais — eu disse a ele em voz baixa. — E você os está convidando para o Território de Sangue.

— Sim — ele concordou, passando a mão pelo meu braço para envolver minha nuca enquanto levava minha atenção de volta para si. — E vamos usar isso como uma oportunidade para descobrir mais sobre eles, ver se alguém revela alguma coisa.

Pisquei.

— Nós?

— Nós — ele murmurou. — Você mencionou algo sobre o avião ter sido enfeitiçado durante o sono. Foi isso que causou a queda?

Havia uma leve irritação em seu tom, me fazendo parar.

Eu não conseguia me lembrar o quanto havia revelado em meu estado de sonho. Tudo foi uma mistura de realidade e pesadelos.

Mentir agora anularia o propósito de confiar nele. Também seria uma desonra quando tudo o que ele realmente fez nas últimas semanas foi me respeitar.

O que vai doer dizer a verdade a ele? pensei. Nem tudo, mas o suficiente para ele provar seu valor?

Porque mesmo que ele fosse o culpado, ele já saberia de tudo isso de qualquer maneira. E se ele não fosse, então talvez tenha sido sincero quando disse que trabalharíamos juntos para resolver este quebra-cabeça.

— Alguém enfeitiçou o jato — expliquei, decidindo colocar um pouco de fé nele. *Uma oferta de paz*, pensei. — A única maneira de quebrar o encantamento era derrubar o avião.

— Por que não apenas pousar?

Essa pergunta por si só me disse que ele não era culpado. Somente alguém que não entendesse o objetivo final perguntaria tal coisa.

— Porque pousar o jato era o objetivo do encantamento — disse a ele. — O Príncipe Alfa queria a localização dos meus pais. O que ele teria obtido se tivessem pousado, e eles não podiam permitir que ele soubesse onde estavam.

E não havia combustível suficiente para pousar em outro lugar. Eles estavam cercados por oceanos e geleiras. Teria sido muito óbvio se tivessem desembarcado na Groenlândia.

Então voaram mais fundo no Círculo Polar Ártico, longe de seu destino inicial.

E caíram o mais longe possível do objetivo final.

O tempo todo encantando uma mensagem para chegar com o pingente que agora pendia do meu pescoço.

— Porque onde quer que eles estivessem indo, está relacionado aos segredos de seus pais — Kieran respondeu em voz baixa.

Engoli em seco, assentindo.

Ele me estudou por um longo momento, seu olhar escuro intenso.

— Em algum momento, vou descobrir esses segredos, Quinnlynn.

Eu sei, pensei, incapaz de pronunciar as palavras. *Você descobrirá assim que estivermos totalmente acasalados, e não apenas por causa da minha mente, mas por causa da magia de minha família.*

— Mas não vou pressioná-la hoje — ele continuou, roçando o polegar em meu pulso enquanto se inclinava para dar um doce beijo em meus lábios.

A ternura daquela ação me surpreendeu, além do fato de eu ter quase certeza de que era nosso primeiro beijo.

Mas ele se afastou antes que pudesse se tornar algo mais.

— A Ivana estará aqui em breve. Você precisa tomar banho e se vestir. Está frio lá fora.

— Ela está vindo para cá? — perguntei, me sentindo nervosa. — Para seus aposentos?

Ele sorriu.

— Por mais que eu goste de provocar seu lado possessivo, não. Ela estará na sala de estar lá embaixo, com Cillian.

— Cillian? — repeti, franzindo a testa. — Ela não é acasalada.

Ele arqueou a sobrancelha.

— Sim. Acredito que já discutimos isso, Quinnlynn.

— Certo... você disse que ela não é acasalada por escolha?

— Sim.

— E isso é... isso é permitido?

Ele deu de ombros.

— Não vou forçar uma ômega a tomar um companheiro. Mas assumi a responsabilidade de protegê-la de pretendentes indesejados. E é provavelmente por isso que ela ainda não tem um par, ninguém tentou cortejá-la.

— Porque ela não quer acasalar, ou porque quer acasalar com você? — perguntei, minha loba andando dentro de mim novamente, ansiosa para rosnar e reivindicar companheiro. *Nosso macho. Não dela. Ela não é bem-vinda aqui. Vou matá-la.*

Kieran suspirou, afastando a mão de meu pescoço antes de passar os dedos pelo cabelo.

— Você precisará perguntar a Ivana seus motivos, mas ela opta por não acasalar. Ponto final.

— Não porque ela está esperando por você? — perguntei, minhas unhas se transformando em garras.

— Mesmo se ela estivesse, isso não importaria — ele respondeu, seu lobo brilhando em seu olhar. — Estou muito comprometido, Quinnlynn.

— Isso não me diz se ela desrespeitou minha reivindicação ou não — apontei.

— Ela nunca demonstrou interesse, Quinnlynn. Não em mim, de qualquer maneira.

Franzi o cenho.

— Mas ela tem em outra pessoa?

Seus lábios se curvaram em um meio sorriso.

— Essa história não me pertence, pequena. Agora, guarde suas garras e vá tomar um banho antes que eu decida fazer isso por você. — Ele se inclinou para frente, segurando meu queixo. — E eu não vou te banhar em água.

Um tremor ondulou em minha barriga com a promessa em suas palavras, fazendo com que um pouco de suor umedecesse minhas coxas. Suas narinas dilataram em resposta.

— Chuveiro — ele rosnou. — *Agora.*

Eu me arrastei para fora da cama, determinada a obedecer, principalmente porque não confiava em mim mesma para ficar.

Porque me banhar em seu esperma poderia ser divertido.

Então eu estaria saturada com seu cheiro e sua

reivindicação, algo que gostaria muito de usar na frente de Ivana.

E depois? Vai desfilar pelo território com o esperma dele? Vai experimentar vestidos coberta por sua essência?

Não era um plano ruim.

Parei na porta do banheiro e me virei para olhar para Kieran.

Ele semicerrou os olhos.

Então saiu lentamente da cama e veio em minha direção, seu rosnado cheio de advertência e promessa.

Meus pés se fixaram no chão, minha loba se recusando a correr de seu companheiro.

Ele me pegou pelos quadris e me levantou sem diminuir o passo, mas ao invés de me levar de volta para a cama, me levou para o chuveiro.

Me colocou dentro do box.

E ligou a água.

Antes de ir embora de forma rígida.

Fiz uma careta em suas costas.

— Não foi isso o que você prometeu fazer.

— Não, não foi — ele concordou, com a voz baixa e cheia de promessas sombrias. — Mas não recompenso a desobediência, pequena. — Ele olhou por cima do ombro musculoso, seu olhar ardente. — E parece que você gosta muito da ideia de ser encharcada em minha essência para ser um castigo.

Com aquelas palavras, ele desapareceu, me deixando arrepiada sob os jatos de água.

Que aqueceram rapidamente.

Mas fizeram pouco para dissipar o frio da decepção que esfriava minhas veias.

Minha loba queria brincar.

Assim como eu.

— *Não recompenso a desobediência, pequena.*

Então o que você faz quando uma loba se comporta? me perguntei, ainda olhando para a porta vazia. *Talvez a gente descubra mais tarde.*

Ou talvez eu aprendesse mais sobre suas preferências de punição.

Porque eu tinha um século de comportamento "ruim" para compensar.

E duvidava de que Kieran tivesse começado a me perdoar por isso.

QUINN

Ômega Ivana era deslumbrante.

Então, naturalmente, eu a odiei antes mesmo de ela falar.

— Meu Príncipe — ela cumprimentou, seus longos cabelos brancos tocando o chão enquanto fazia uma reverência.

Foi um movimento elegante que parecia ainda mais régio como resultado de seus traços de porcelana.

Ela era o meu completo oposto, toda iluminada onde eu era sombria.

Olhos azul-gelo. Sobrancelhas e cílios brancos para combinar com o cabelo. Lábios rosados.

Ela parecia estar em casa neste cômodo mobiliado com opulência. Era uma espécie de área de estar, com um par de elevadores imaculados emoldurados em mármore na parede dos fundos.

Eu tinha acabado de entrar em uma daquelas caixas folheadas a ouro, Kieran tendo escolhido descer da cobertura até o andar térreo pelo transporte padrão em vez de ir pelas sombras.

— Olá, Ivana — ele cumprimentou de forma educada, levando a mão para a parte inferior das minhas costas enquanto falava. — Acredito que você não teve o prazer de conhecer nossa futura Rainha, mas esta é a Quinnlynn.

Ivana não falou a princípio, erguendo um pouco os olhos para olhar para mim.

— Princesa MacNamara. — Seu tom monótono e o título frio e formal me fizeram levantar uma sobrancelha.

Olhei para Kieran, mas ele estava muito ocupado semicerrando o olhar para Cillian, os dois machos aparentemente envolvidos em uma conversa privada.

Telepatia, pensei, me lembrando do talento único de Cillian. Nunca conheci um lobo V-Clan com essa habilidade, mas ele vinha de uma linhagem antiga. Assim como Kieran. Ambos eram quase iguais em poder, tornando sua amizade bastante intrigante.

A maioria dos Alfas se recusava a se curvar.

Mas Cillian claramente cedeu à vontade de Kieran, como evidenciado agora quando ele inclinou ligeiramente a cabeça em concordância com o que quer que estivessem discutindo.

Kieran desviou o olhar para o meu, curvando um pouco os lábios.

— Cillian será seu guarda hoje. Tente não correr. Ele está de mau humor.

Fiz uma careta.

— Para onde eu iria correr? Estamos em uma ilha. — E eu não podia desaparecer nas sombras, graças à coleira que Kieran tinha enrolado em meu espírito.

Ele deu de ombros.

— Tenho certeza de que você pode ser criativa no que importa.

Isso quase soou como um elogio, mas suspeitei que ele quis dizer mais como um insulto.

— Não estou muito interessada em correr agora. Talvez eu revisite a ideia mais tarde.

— Humm — ele murmurou, passando a mão pelas minhas costas para envolver minha nuca. Ele deu um passo na minha frente, dando as costas para Ivana e Cillian, aproximando os lábios do meu ouvido.

— Talvez eu me junte a você nessa corrida *mais tarde* na forma de lobo. — As palavras eram suaves. No entanto, seu aperto em meu pescoço não foi gentil. — Mas só se você se comportar.

As palavras anteriores ecoaram em minha mente.

Não recompenso a desobediência, pequena.

E agora, parecia que ele me recompensaria se eu me comportasse. *Me levando para uma corrida*, pensei, estreitando os olhos.

— Não sou um cachorro, Kieran.

— Não. Você é minha pretendida tortuosa — ele sussurrou, passando o nariz em meu pescoço. — Não estarei longe. Cillian vai me ligar se precisar de mim.

Uma ameaça permanecia naquela declaração, uma que escolhi ignorar. Porque eu não tinha intenção de *correr*. No entanto, entendi por que ele continuava a sugerir o contrário.

Eu merecia.

Assim como merecia o olhar frio de Ivana.

Ou talvez aquilo fosse resultado de ela estar com ciúmes.

Kieran era o principal candidato a Alfa, um que muitas ômegas almejariam. Mas ele era meu. E até mesmo considerá-lo como companheira servia como insulto para mim, sua futura rainha.

Segurei seu quadril quando ele começou a se afastar, levantando os olhos para os dele, curiosos.

— Não vou a lugar nenhum — disse a ele, as palavras

repletas de posse. Porque eu precisava que essa ômega entendesse que esse alfa me pertencia. E embora essa reivindicação pudesse ser temporária – *deveria* ser temporária –, parecia necessária.

— Errado, querida. — Ele deu um aperto na minha nuca. — Você vai comprar vestidos.

Não era isso que eu queria dizer e ele sabia, mas joguei junto de qualquer maneira.

— Certo. E então voltarei para nossa corrida.

Ele arqueou uma sobrancelha.

Arqueei uma de volta.

— Então você planeja se comportar.

— Eu pretendo reinar — eu o corrigi, me sentindo ousada. *Sou um membro da realeza, não me ajoelho. Não me comporto. Eu mando.*

Ele curvou os lábios.

— Entendo. — Kieran pressionou a testa na minha. — Então encontre um vestido digno de uma rainha. — Ele desapareceu nas sombras antes que eu pudesse responder, me deixando segurando nada além do ar e encarando uma Ivana de olhar inquisitivo.

Não havia ciúme em suas íris geladas, nem vi qualquer aborrecimento ou despeito anterior. Apenas... interesse.

Hum, certo. Isso não é o que eu esperava.

Ela parecia estar me reconsiderando, analisando minhas botas, jeans e suéter antes de voltar para o meu rosto.

Levantei minha sobrancelha novamente, desta vez para desafiá-la.

— Bem? — perguntei. — Estou atendendo às suas expectativas, Ivana?

Ela me considerou por um longo momento.

— Não exatamente — ela respondeu.

Então ela se virou com um floreio, o cabelo longo e

sedoso fluindo em seu rastro como uma capa, e começou a atravessar a sala, os saltos de suas botas ecoando contra a pedra de obsidiana abaixo dela.

— O quê? — exigi, não acostumada a ser tratada com tanta grosseria, e especialmente não por uma colega ômega.

Tudo o que fiz neste mundo foi para protegê-las. Para *ajudá-las*.

Claro, Ivana não sabia disso. Ela parecia ser muito bem cuidada sob a guarda de Kieran, mas nem todos as ômegas tiveram tanta sorte.

Ivana parou para olhar para mim, a expressão exalando confiança suprema.

— Você perguntou. Eu respondi. — Ela deu de ombros. — Se não quer honestidade, não faça perguntas. — Com isso, ela voltou a andar.

Olhei boquiaberta atrás dela, atordoada com sua franqueza e grosseria. E, no entanto, impressionada com isso ao mesmo tempo.

— Vai ser uma longa tarde — Cillian murmurou.

— Eu ouvi isso — Ivana respondeu a ele.

— Eu não estava tentando esconder — ele retrucou, olhando para mim. — Depois de você, Princesa.

Em vez de comentar, avancei, perseguindo Ivana.

— E quais são suas expectativas? — perguntei, honestamente curiosa para saber o que ela *esperava* de mim.

— Uma Princesa que não foge ao primeiro sinal de problema, por exemplo — ela respondeu sem hesitar. — Mas suponho que você ainda não tentou fugir, então é isso.

— Não *fugi* ao primeiro sinal de problema.

— Oh? — Ela parou em frente a um par de pesadas portas de madeira e me lançou um olhar incrédulo. — Então você não desapareceu durante o apocalipse zumbi?

— Não foi um apocalipse zumbi — Cillian interveio.

Ela acenou para ele.

— Sim, sim, a *Era Infectada*. Mas eles são zumbis. E ela... — Ivana apontou para mim — fugiu, nos deixando para nos defendermos sozinhos.

Arqueei as sobrancelhas.

— Não fugi. Fui embora vários anos antes que isso acontecesse.

— E não voltou — Ivana respondeu. — Sim, *Princesa*, estou ciente do relato histórico de sua vida. — Ela entrou em um grande corredor que não reconheci. O lugar era repleto de janelas, lembrando um pouco a parede de vidro do quarto de Kieran.

Em vez de focar nisso, dei minha atenção a Ivana.

— Conte-me mais sobre meu *relato histórico* — pedi, genuinamente curiosa sobre os rumores. Ivana era jovem, talvez vinte e cinco anos e, portanto, nem estava viva quando *fugi*. — Que histórias contaram sobre mim?

— Isso importa? — ela perguntou, liderando o caminho com conhecimento e confiança que me diziam que ela visitava o lugar com frequência.

Voltaremos ao motivo de você estar tão familiarizada com a casa de meu pretendido mais tarde, pensei, estudando a mulher de cabelos claros novamente.

— É importante porque eu perguntei — disse a ela. — E você me prometeu a verdade. Então vá em frente.

— Não te prometi merda nenhuma — ela respondeu.

— Ivana — Cillian alertou.

— O quê? — Ela encontrou e sustentou seu olhar sem vacilar. — Estou fazendo isso como um favor à Kieran, porque ele me pediu para ajudar sua *pretendida* a encontrar um vestido. Ele não me disse que eu tinha que ser gentil.

— Tudo bem, então eu estou dizendo para você ser gentil. — E seu tom sugeria que ela deveria ouvir sua ordem.

Mas tudo o que a ômega fez foi sorrir.

— Estou respeitosamente *declinando*.

Ele semicerrou os olhos e sua energia alfa aqueceu o ar.

— *Ivana*.

— O que vai fazer? *Rosnar* para mim? — ela exigiu, arqueando uma sobrancelha delicada.

Ele apertou a mandíbula.

— Sim, foi o que pensei. — Ela me lançou um olhar que não consegui decifrar e seguiu em frente em direção à saída. — Vamos, Princesa. As lojas fecham em duas horas e duvido que alguma delas fique aberta até tarde para você.

Arqueei as sobrancelhas novamente.

E Cillian parecia pronto para matar a ômega tagarela.

Esses dois claramente tinham uma história, algo que me fez pensar se aquela conversa particular entre Kieran e Cillian tinha algo a ver com Ivana e não comigo.

Segui a ômega ardente até um saguão e em direção às portas da frente – que eram todas de vidro, assim como as paredes do corredor – e saí para a rua. Estávamos ao longo do porto, bem no centro de *Reykjavik*. Eu já tinha adivinhado isso pela vista do quarto, mas foi bom me orientar.

Respirei fundo, apreciando os aromas familiares de casa.

Infelizmente, o barulho das botas de salto alto de Ivana na calçada me disse que ela já estava andando.

E não era em direção à água.

Suspirando, me virei para segui-la, minhas botas batiam silenciosas contra o concreto. Cillian também estava quieto, sua grande forma rondando ao nosso lado com uma graça letal que desafiava a razão.

Assim como Kieran, pensei, imaginando os passos de

pantera de meu pretendido. *É uma maravilha que eles ainda não tenham se matado.*

Nem todos os alfas desejam guerra, Princesa, Cillian respondeu, me fazendo pular.

Porque essas palavras não foram em voz alta, mas dentro da minha mente.

Ele sorriu para o meu óbvio desconforto. *Se não deseja conversar dessa maneira, posso sugerir que diminua seu tom mental?*

Como alguém "diminui o tom mental"? perguntei, incrédula.

Modulando a voz, ele sugeriu.

Dei a ele um olhar cético. *Ou você pode tentar se desconectar de mim.*

Eu costumo fazer isso, ele admitiu. *Mas há palavras e nomes específicos que eu ouço, Kieran e o meu estão entre eles.*

Então você deve ouvir um monte de pensamentos, brinquei.

Ouço mesmo. Seus olhos escuros foram para Ivana alguns passos à nossa frente. *Mas aprendi a escolher.*

Talvez você possa escolher não ouvir os meus.

Só quando você está com Kieran, ele respondeu. *Caso contrário, é minha responsabilidade protegê-la.*

Me proteger, repeti, bufando. *Ou você quer dizer me proteger para garantir que eu não fuja de novo?*

Meu trabalho é proteger você. Kieran é responsável por todo o resto. Suas íris quase pretas encontraram as minhas. *É trabalho dele garantir que você não fuja, não o meu.*

Considerei suas palavras enquanto caminhávamos, seus comentários proporcionando uma sensação de facilidade.

Porque Kieran não o designou para garantir que eu não tentasse escapar. Ele o designou como um destacamento de proteção.

Mas por quê? me perguntei. *Por que preciso de um guarda-costas aqui?*

Cillian não respondeu, apenas olhou para a calçada à nossa frente.

Segui seu olhar, curvando os lábios para baixo. Vários humanos e lobos pararam na calçada, ou talvez tivessem acabado de sair de suas respectivas casas e prédios, mas nenhum deles estava fazendo qualquer movimento para se aproximar de nós.

Engoli em seco, sentindo os pelos dos meus braços se arrepiarem de desconforto.

Porque eles estavam todos murmurando entre si.

E me observando.

Mais dois metamorfos saíram, um dos quais reconheci imediatamente. *Myon.* Meu coração pareceu sair pela boca e meus pés quase seguiram em direção a ele.

Exceto que ele me parou com uma carranca.

Entreabri os lábios com a expressão de desgosto colorindo suas feições pálidas, a surpresa quase me fazendo tropeçar em meus pés.

Myon foi o Elite de meu pai, o equivalente ao que Cillian e Lorcan eram para Kieran. Ele sempre me tratou como uma filha, me mimando e me protegendo de longe.

No entanto, seu olhar azedo agora me dizia que as coisas haviam definitivamente mudado entre nós. Ele não me via mais como sua *princesinha,* como ele me chamava carinhosamente no passado, mas como outra coisa. Uma pessoa qualquer.

Enquanto eu olhava ao redor, ficou claro que ele não era o único a olhar para mim daquele jeito. Quase todos compartilhavam de sua óbvia aversão.

Baixei o olhar, meus ombros parecendo cair enquanto eu desejava ser capaz de desaparecer nas sombras. Mas Kieran tirou essa habilidade de mim. Ele me forçou a andar por essas ruas como uma mortal sem a habilidade de desaparecer.

Este é o meu castigo, percebi, a dor me atingindo no coração. *Ele está me fazendo sentir a ira do território para que eu saiba o quanto estão decepcionados comigo por ter partido.*

Cillian não respondeu, mas não precisava. E meus comentários não eram para ele de qualquer maneira. Foram feitos para mim.

Eu esperava o pior de Kieran, algum tipo de tormento sexual ou declaração pública de nosso noivado rompido. Talvez um nó forçado, ou mesmo me fazer carregar seu herdeiro para que ele pudesse se livrar de mim para sempre.

Continuando a linhagem real sem ter que acasalar comigo no processo, pensei de forma sombria.

Mas, não.

Ele escolheu uma punição muito mais apropriada, uma destinada a me ensinar uma lição.

Exceto que nenhum deles, nem mesmo Kieran, sabia a verdade sobre o motivo de minha partida. *Mudaria suas opiniões se soubessem?* me perguntei. *Ou eles ficariam furiosos comigo por esconder verdades tão importantes?*

O Santuário era um segredo de longa data, apenas minha linhagem familiar sabia.

No entanto, o mundo mudou drasticamente no último século. Talvez fosse hora de compartilhar o segredo. Talvez fosse hora... de falar com Kieran e contar tudo a ele.

Posso confiar nele? me perguntei enquanto seguia Ivana em uma esquina em direção a uma rua aberta. Posso...? parei, a cena diante de mim momentaneamente me distraindo dos meus pensamentos.

Havia vários outros membros da matilha reunidos aqui, todos parados em silêncio enquanto passávamos por eles.

Ninguém me cumprimentou.

Tudo o que fizeram foi olhar.

Não, nem isso. Eles me *encararam*.

— Cumprindo as ordens do nosso Príncipe, Ivana? — uma fêmea perguntou com um tom de voz doentiamente doce.

— Você só está com ciúmes por ele não ter te convidado, Miranda — Ivana respondeu em um tom correspondente. — Claro, ele nunca faz isso, não é?

A mulher de cabelos escuros, *Miranda*, semicerrou os olhos igualmente escuros.

— Você não sabe de nada.

— Sei o suficiente. — Ivana sorriu. — Assim como sei que ele nunca aceitará sua oferta, ou qualquer outra. — Ela olhou de forma incisiva para o grupo ao redor de Miranda.

Ômegas, minha loba me disse com uma fungada. *Férteis. Não acasaladas. Ômegas.*

Estas são as mulheres que fizeram propostas ao meu pretendente, percebi no instante seguinte, semicerrando o olhar. *As lobas desrespeitosas que ousaram tocar no que é meu por direito.*

Serviu como um tapa na cara da minha posição, um insulto proverbial ao meu próprio trono.

Mas por mais que eu quisesse colocá-las em seu lugar e lembrá-las de minha superioridade, não consegui. Porque eu trouxe esse destino para mim. Reconhecia isso agora, entendia o desdém que minhas companheiras lobas estavam jogando em meu caminho e aceitei seu ódio.

Porque às vezes, liderar significava fazer sacrifícios para melhorar nosso mundo.

Eu sabia disso melhor que ninguém. Fiz inúmeros sacrifícios por aqueles mais fracos que eu, aqueles que *precisavam* de mim mais que meu próprio povo.

O Território de Sangue tinha Kieran.

As ômegas que salvei só tinham a mim. Meus pais só

tiveram a mim também. Eu era a única que poderia descobrir o que realmente havia acontecido com eles.

Um dia, meu povo entenderia. Assim que eu pudesse dizer-lhes a verdade.

Até então, eu aceitaria o julgamento. Aceitaria a raiva deles. O desrespeito.

Cillian olhou para mim com curiosidade, erguendo a sobrancelha.

Fique fora da minha cabeça, eu o avisei.

Tarde demais para isso, Princesa, ele murmurou quando paramos diante de uma loja. *Mas não tenho o hábito de compartilhar o que ouço, a menos que sinta que é uma ameaça.*

Oh. Eu não tinha certeza do que dizer, porque não tinha certeza de quanto ele realmente tinha ouvido.

E embora eu ache que você é uma ameaça para Kieran, é o tipo de ameaça que acho que ele merece, ele continuou enquanto se aproximava de mim para abrir a porta. *Então seus segredos estão seguros comigo, Princesa.*

— Ivana — ele acrescentou em voz alta, afastando-a da conversa que se seguiu com as ômegas. Eu não estava ouvindo, muito envolvida na minha discussão com Cillian.

— Sim, Ivana — Miranda disse. — Faça o que o alfa diz, e talvez ele finalmente dê o nó a você. Ah, espere... isso não funcionou muito bem, não é?

— Tão bem quanto você implorando ao príncipe Kieran pelo nó dele — Ivana retrucou, totalmente despreocupada com o jogo de palavras. — Pelo menos, eu não tento seduzir machos acasalados.

— Ele não está acasalado ainda — Miranda fungou, seu olhar castanho encontrando o meu. — Ele está, *Princesa?*

Olhei para ela por um longo momento sem saber o que dizer. As ômegas nunca falaram comigo assim.

Infelizmente, nossa situação aqui não era típica.

Abandonei meus lobos, algo que todos considerariam imperdoável.

No entanto, voltei a uma posição de poder apenas por causa do meu sangue.

E só porque Kieran me encontrou e me forçou a voltar para casa.

Isso não iria me tornar querida por esses metamorfos muito rapidamente. Vários deles – incluindo todas as ômegas paradas na rua diante de mim – eram novos para mim. Embora o nome e o destino de minha família pudessem ser conhecidos em todo o mundo do V-Clan, esses lobos não me *conheciam* de verdade. Muito poucas pessoas conheciam.

Então, enquanto Miranda e as outras claramente desrespeitaram minha regra tentando seduzir meu companheiro, eu não conseguia ser rude com elas. Não quanto a isso. Não depois que os abandonei.

Não importava que eu tivesse feito tudo pelos motivos certos. Até que eu pudesse explicar, eles não entenderiam.

O que significava que eu precisava ganhar seu perdão e respeito por outros meios.

— Não — finalmente falei, pensando na minha resposta enquanto a expressava. — Não, ele não está acasalado ainda.

Ela arregalou as sobrancelhas em óbvia surpresa com minha resposta calma, uma resposta expressiva que me fez sorrir.

— Mas estará em breve — acrescentei. — E então eu me tornarei sua Rainha, e ele será meu Rei.

Com essas palavras adoçando o ar entre nós, me virei para Cillian e a porta que ele ainda mantinha aberta para nós.

Apenas para ser interrompida por Ivana, que segurou meu ombro.

Mudei o foco para ela, arqueando a sobrancelha em questão.

— Devo me corrigir — ela disse, olhando para mim com interesse. — Agora você está começando a corresponder às minhas expectativas.

Ela sorriu.

Em seguida, caminhou para dentro da loja.

KIERAN

SIRE.

Parei de digitar o e-mail para Riley e me recostei na cadeira para responder mentalmente ao meu Elite. *Sim, Cillian?*

Myon tem nos seguido. Acabei de vê-lo à espreita à porta da loja.

Passei a palma da mão pelo rosto e suspirei. *Só deve estar preocupado com a Quinnlynn. Ele e o pai dela eram próximos.*

O pai de Quinnlynn havia deixado várias notas para trás, todas sugerindo uma proximidade com Myon que rivalizava com a minha com Cillian e Lorcan. Foi uma proximidade que identifiquei quase imediatamente ao conhecer o metamorfo mais velho também.

Myon havia deixado evidente sua desaprovação em relação a mim desde o início, sua antipatia pelo meu noivado com Quinnlynn palpável e óbvia na maneira como ele se dirigia a mim. Não foi um tipo de desdém ciumento, mas paternal, sugerindo que ele não aprovava nosso acasalamento.

Essa foi uma das muitas razões pelas quais não permiti que ele permanecesse como parte do meu Elite pessoal.

Eu não podia me dar ao luxo de ter alguém ao meu lado em quem não pudesse confiar.

Ele não foi exatamente caloroso quando a viu na rua, Cillian respondeu. *Ele irradiava desaprovação.*

Humm, murmurei. *Soa familiar.*

Tem mais, ele continuou.

Não tem sempre? Perguntei.

Ele ignorou meu comentário. *Miranda se fez conhecida.*

Considerei isso por um longo momento. *Como a Quinnlynn reagiu?*

Como uma Rainha, ele murmurou, a aprovação evidente em seu tom. *Ela deixou bem claro que pretende fazer de você o Rei dela.*

É mesmo? Isso me intrigou. *E você acreditou nela?*

Sim.

Você ouviu alguma coisa? perguntei, ainda mais curioso.

Muitas coisas, Sire. Muitas coisas.

E não vai compartilhá-las comigo, vai?

Não, não vou.

Porque você ainda está chateado com esta tarefa? Imaginei. *Me punindo por fazer você passar uma noite com sua pretendida?*

A Ivana não é minha pretendida, ele retrucou sem hesitar. *E, não. Não vou compartilhar a informação porque prometi a Quinnlynn que não o faria. Você precisa de um desafio, Sire. É assim que você prospera, certo?*

Contraí os lábios com a memória da *proposta* de Quinnlynn. Essa era claramente a memória que ele pretendia usar, e funcionou. *Ou você está me sacaneando, Cillian, ou realmente testando minha paciência.*

Talvez um pouco dos dois, ele admitiu. *Mas sua ômega precisa de você, Sire. Portanto, tente reservar um pouco dessa paciência para ela.*

Fiz uma careta. *Vocês estão a caminho de casa?*

Sim, estamos quase lá. E todos os lobos na rua estão presenteando Quinnlynn com sua indiferença.

Puta merda. Fechei o tablet e me levantei.

Você sabia que isso aconteceria, Sire.

Sabia, mas não significa que eu gostaria de estar certo. Sem sua habilidade de desaparecer nas sombras, Quinnlynn seria forçada a enfrentar todos eles. *Estou a caminho.*

Deixe-a terminar sua caminhada, Cillian disse antes que eu pudesse me teletransportar até eles. *Ela está mantendo a cabeça erguida e levando tudo com calma. Não estrague o momento fazendo-a parecer fraca.*

Engoli em seco, fechando as mãos com força. *Você me disse isso para me punir, não foi?* Porque ele sabia o quanto eu gostaria de ir até ela, puxá-la em meus braços e ronronar para afastar a dor.

Não, Sire. Estou garantindo que você receba meu relatório completo, conforme solicitado.

Bufei. *Basthaird mór.*

Um termo que acredito ter usado há apenas algumas horas para descrevê-lo.

Você me chamou de gobdaw. Essencialmente um tolo pretensioso.

Perto o suficiente, ele respondeu. *Mas você está insultando minha mãe me chamando de bastardo.*

Apenas balancei a cabeça. *Eu odeio esses jogos.*

Assim como eu, Sire. Assim como eu.

E ainda assim, ele estava jogando comigo agora.

Estamos quase lá, ele me disse. *Ela não disse uma palavra.*

O que ela está pensando?

Pergunte a ela quando a vir, ele sugeriu.

Claro que ele não iria me ajudar. Ele saberia que eu realmente não queria saber. Porque eu preferia que ela se abrisse comigo de bom grado.

Desci as escadas para esperar por ela perto das portas, dentro do prédio.

Havia vários lobos parados do lado de fora, todos de costas para a calçada. A notícia de sua saída deve ter se espalhado, fazendo com que metade do território saísse para mostrar sua decepção com sua Rainha.

Cillian estava certo, eu sabia que isso iria acontecer.

Só não esperava que me incomodasse tanto.

Talvez eu me sentisse assim porque agora sabia que parte do motivo de sua fuga era descobrir mais sobre a morte de seus pais. Era uma causa nobre, uma que eu gostaria que ela tivesse compartilhado comigo antes de partir. Mas a confiança tinha que ser conquistada, algo que ela agora estava experimentando em primeira mão com aqueles sob nosso comando no Território de Sangue.

Observei das sombras enquanto ela se movia pela calçada, não vendo Ivana em nenhum lugar à vista. *O que aconteceu com Ivana?* perguntei.

Quinnlynn agradeceu por sua ajuda, então disse que cuidaria da caminhada de volta sozinha.

Como Ivana aceitou isso?

Assentiu e disse: "Como uma rainha deveria". Então ela foi embora.

Então elas se deram bem? pressionei.

Assim parece.

Bom. Eu esperava que isso acontecesse. Ivana era uma ômega forte, que expressava suas demandas e não aceitava nada menos em resposta. Muito parecida com minha pretendida.

Porque, assim como Quinnlynn, Ivana também escolheu seu companheiro.

Só que, ao contrário de Quinnlynn, a escolha de Ivana a recusou.

Porque ele é um idiota teimoso que se recusa a se permitir ser feliz.

Vá se foder você também, Cillian disse, claramente ouvindo meus pensamentos.

A espionagem tem suas consequências.

Ele não respondeu, preferindo encontrar meu olhar através das janelas. Eu ainda estava escondido nas sombras, mas ele podia me sentir. Quinnlynn também seria capaz se tentasse, mas eu suspeitava que ela estava muito ocupada controlando suas emoções para me procurar.

Três metamorfos bloquearam sua entrada no prédio, seus rostos eram máscaras de pedra quando ela parou atrás deles.

Foi necessário um sério controle para não rosnar e exigir que eles se movessem para minha pretendida. Mas essa tarefa era dela, não minha.

Porque Cillian estava certo, eu precisava deixá-la terminar esta caminhada sozinha.

Ela os considerou por um momento, me dando a chance de examinar suas feições. Além de um leve apertar de lábios, ela parecia completamente imperturbável com a exibição do lado de fora. Mas aquele aperto sutil em sua boca me disse que tudo isso a incomodava muito mais que ela deixava transparecer.

Puxei as sombras com mais força ao meu redor para garantir que eu permanecesse escondido, o instinto de assumir o comando me fazendo duvidar de meu controle.

Mas então Quinnlynn sorriu, a expressão diferente de tudo que eu tinha visto nela desde seu retorno, e isso me deixou sem fôlego.

— É bom ver todos vocês apoiando uns aos outros. — Sua voz era baixa, mas atravessou o vidro, minha audição aprimorada me permitindo captar cada palavra. — Gostaria que esta demonstração de união não fosse às minhas custas — ela continuou — mas entendo a raiva e frustração. Eu as aceito. E nada disso vai me fazer amar menos todos vocês.

Ela se virou para observar os lobos do outro lado da rua, me dando as costas no processo.

— O Território de Sangue é minha casa e sei que minhas ações foram consideradas desonrosas. Mas eu voltei. E pretendo recuperar o trono de minha família com Kieran O'Callaghan ao meu lado.

— Você acha que ainda é digna dele depois de tudo o que fez?

Semicerrei o olhar enquanto procurava a dona daquela pergunta. Veio do outro lado da rua. Feminina, mas não suave.

— Talvez não queiramos você no trono — uma segunda mulher declarou. — Talvez preferíssemos que Kieran tomasse uma parceira mais apropriada.

— Ela é a herdeira do trono — um homem respondeu. — Sua linhagem deve prosperar.

Uma série de bufadas seguiu essa declaração.

— Ela pode fornecer um herdeiro para criarmos. Então fugir novamente para se esconder. — Isso veio da segunda voz feminina. *Florence*. Eu a identifiquei apenas porque ela se virou para se revelar quando terminou de falar.

Vários outros seguiram o exemplo, suas expressões duras e cheias de fúria enquanto uma série de declarações maliciosas saíam de seus lábios.

— Não queremos você aqui.

— Não aceitamos você.

— Você nos abandonou.

— Não vou te chamar de minha Rainha.

— Seus pais teriam vergonha de você.

— Você manchou o nome MacNamara.

— Volte para o lugar de onde veio. Você não é mais bem-vinda aqui.

Quinnlynn não se mexeu, manteve os ombros rígidos enquanto cada palavra ofensiva ecoava no ar da noite.

Os três machos bloqueando a entrada do meu prédio finalmente se moveram, mas foi apenas para encará-la, não para permitir sua entrada.

— Você é uma desgraça — um deles disse. — Uma ômega indigna de sua própria genética.

— Kieran deveria procriar com você e matá-la.

Não posso deixar isso continuar, avisei a Cillian.

Mas ele já estava se movendo, ignorando meu comentário e focando no beta que tinha acabado de insultar a mim e minha companheira. Ele agarrou o cretino pela garganta e o empurrou contra as portas.

— Você se atreve a desonrar seu futuro Rei e Rainha com tal blasfêmia? Pedir a *morte* de sua Rainha pelas mãos do seu Rei? — ele questionou.

Quinnlynn alcançou o ombro de Cillian.

— Está tudo bem — ela sussurrou, sua voz não tão forte quanto antes. — Tudo o que eles disseram é verdade.

— Não. Tudo o que eles disseram me faz questionar a liderança que dei a este território — corrigi ao me materializar ao lado dela, não conseguindo mais manter distância ou observar essa crueldade.

Vários dos lobos ofegaram de surpresa.

Outros imediatamente inclinaram as cabeças.

E alguns estavam com expressões de vergonha, incluindo o beta que Cillian ainda mantinha preso às portas.

— O Território de Sangue prospera na unidade — acrescentei. — Mas também com o respeito mútuo e perdão.

Olhei para cada lobo na rua, permitindo que sentissem minha vergonha e decepção com o comportamento deles.

Dar as costas a Quinnlynn era uma coisa.

Mas isso? Sufocá-la com declarações cruéis? Isso eu não permitiria.

— Valorizamos apoio e respeito — lembrei a todos. — Sim, a Princesa Quinnlynn quebrou nossa fé, mas voltou. E pretendo recuperar nossa conexão. Porque fizemos uma promessa um ao outro uma vez, e confio nela para cumpri-la.

Estendi a mão para minha futura companheira, meu olhar finalmente encontrando o dela.

— Estou certo em confiar em você? — perguntei em voz baixa, minhas palavras eram para Quinnlynn, não para os outros.

Caramba, toda essa demonstração de devoção era para ela.

Eu queria que os lobos soubessem que eu acreditava em dar a ela uma segunda chance. Portanto, eles também deveriam.

Porque eu suspeitava que seus motivos para fugir iam além do que eu já sabia sobre seus pais.

O que tornava suas ações nobres.

Uma vez que ela compartilhasse sua história, aqueles aqui hoje estariam se desculpando com ela, e não o contrário.

Seus olhos escuros brilharam com emoção não dita enquanto ela avaliava minhas palavras e postura.

Minha oferta não era para menosprezá-la. Nem foi um jogo de poder. Tratava-se de permanecermos juntos como uma equipe, compartilhando nossos pontos fortes e demonstrando nossa promessa um ao outro.

Se ela me entendesse, saberia disso.

A submissão exigia ajoelhar-se. Não foi isso que pedi para ela fazer. Em vez disso, pedi a confiança dela.

E ela me deu, aceitando minha mão.

— Sim — ela disse em voz baixa. — Podemos confiar um no outro. — A emoção em seus olhos cresceu com essa declaração, me dizendo que esse abraço serviu como um momento crucial entre nós.

Tão pequena, mas tão incrivelmente grande ao mesmo tempo.

Eu a puxei para mim, meu ronronar saindo automático enquanto pressionava meus lábios em seu cabelo. Ela estremeceu, sua exaustão era uma presença palpável que tentei acalmar com minha força.

Ela tinha sido muito forte ao andar por essas ruas, aceitando a rejeição de sua casa, absorvendo todos os comentários e segurando minha mão para que todos vissem. Orgulho floresceu em meu peito, meu lobo totalmente satisfeito com sua companheira escolhida.

— Você encontrou um vestido? — perguntei baixo, ciente de que ainda tínhamos uma audiência.

Deixe-os nos ver. Deixe-os nos conhecer. Deixe-os nos entender.

— Sim. — Ela se aninhou em meu peito, sua mão soltando a minha enquanto seus braços rodeavam minha cintura. — Ele está passando por algumas alterações. No entanto, pode acabar sendo coberto de sangue ou rasgado em pedaços.

— Cameron não fará isso — prometi, com os lábios no ouvido de Quinnlynn. — Ele sabe o quanto a festa é importante.

Quinnlynn não respondeu, apenas inalou profundamente e permitiu que minha energia encorajasse a dela.

Passei o braço em volta de sua cintura, segurando-a.

Então agarrei sua nuca com a mão livre e dei um aperto suave para tranquilizá-la.

Era um toque que dizia: *Minha*, e era um que eu queria que todos vissem.

Porque eu pretendia acasalar com esta fêmea.

O bando podia não tê-la achado digna, mas eu achava.

E a minha opinião era o que mais importava.

Levantei o olhar para os lobos ao nosso redor, garantindo que todos vissem e entendessem nosso abraço. Não se tratava de dominar Quinnlynn ou demonstrar meu poder sobre ela. Tratava-se de mostrar nosso poder juntos. E pude ver esse reconhecimento florescendo na multidão.

Somos sua realeza, seus líderes, seu futuro. Nós estamos unidos. Eu perdoo minha futura companheira, e vocês também.

— Pensem no que eu disse — avisei aos nossos observadores, em tom de comando. — Bem, até amanhã.

Olhei para Cillian. Ele ainda segurava o beta pelo pescoço, seu aperto inflexível. *Pode fazer dele um exemplo, se quiser*, murmurei para meu Elite por meio de nossa conexão mental. *Mas não o mate. Ele merece o direito de rastejar.*

Ele insultou sua honra sugerindo que você procriaria e mataria sua própria pretendida. Ele merece a morte, Cillian argumentou.

Então faça doer. Mas ensine a ele uma lição que ele possa lembrar e aprender, sim? Não esperei para ouvir a concordância de Cillian, em vez disso, escolhi envolver minha pretendida nas sombras e levá-la de volta para o meu quarto.

Ela não se mexeu, mantendo o rosto ainda enterrado em meu peito quando nos materializamos ao lado da cama.

Ronronei mais alto para ela, dando-lhe um momento para se aclimatar e aceitar minha força em particular. Ela estremeceu em resposta, seus braços me apertando enquanto absorvia minha energia. Não era o mesmo que cura, apenas uma troca de poder que nos mantinha com os pés no chão.

Era uma troca que se intensificaria quando acasalássemos oficialmente.

Mas isso era conversa para outro dia.

Agora, minha companheira precisava do meu apoio e ela mais do que merecia com seu desempenho lá fora.

— Ainda quer sair para uma corrida? — perguntei em voz baixa.

KIERAN

Quinnlynn não respondeu de imediato. Ela continuou me segurando como se eu fosse sua tábua de salvação. Mas minha companheira finalmente inclinou a cabeça para trás, permitindo-me ver seus lindos olhos. Ela olhou para mim com uma mistura de confusão, admiração e necessidade.

Essa última emoção veio de sua loba, o animal dentro dela olhando com avidez para mim através de suas pupilas escuras.

Minha besta interior rosnou em aprovação, pronta para brincar assim que nossa companheira pedisse.

Mas a parte humana de Quinnlynn ainda estava no comando.

— Por quê?

Fiz uma careta.

— Por que eu quero correr? — Ela tinha se esquecido da nossa conversa anterior?

— Não, quero dizer, por que você os interrompeu? — Ela me estudou atentamente. — Eu merecia a ira deles, Kieran. Eu os abandonei. Eles ganharam o direito de me castigar.

Eu a considerei por um longo momento antes de dizer:

— Algumas semanas atrás, eu teria concordado. No entanto, embora eu não saiba todos os motivos pelos quais você foi embora, agora suspeito que esses motivos sejam nobres.

Ela engoliu em seco, com os olhos ainda procurando os meus.

— Mas eles têm o direito de expressar raiva.

— Sim — concordei. — Só que o bando nunca irá se perdoar se descobrirem que ridicularizaram você desnecessariamente. Isso vai separá-los, Quinnlynn.

— Supondo que eu possa contar a eles.

— Por que não pode? — perguntei, traçando a base de seu pescoço com o polegar. — Eles não merecem saber a verdade sobre seus pais?

— A verdade exige que eu descubra quem os matou. Também pode ser necessário admitir o motivo pelo qual tudo aconteceu... o motivo pelo qual o jato deles foi encantado... e não sei se posso fazer isso.

Arqueei uma sobrancelha para isso.

— Porque você não confia no território?

— Porque é um segredo de família que tem sido guardado por gerações — ela sussurrou, sua expressão se fechando. Aquele olhar por si só me disse que ela ainda não estava pronta para confiar em mim com esse segredo, o que significava que Quinnlynn ainda não me considerava parte de sua família.

— Essa é a principal razão pela qual você fugiu — pensei em voz alta. — Você não queria que eu soubesse desse segredo.

— Eu já admiti isso — ela respondeu.

Assenti.

— Sim, quando eu estava fornecendo conforto e você

me acusou de tentar te colocar em um estado de submissão para obter informações.

Ela engoliu em seco enquanto parecia considerar como responder.

— Não acho que você assassinou meus pais.

— Bom. Porque eu não fiz isso.

— Mas ainda não estou pronta para te contar — acrescentou, com expressão cautelosa.

— Humm — murmurei. Bem, acho que a resposta dela era melhor que simplesmente se recusar a me contar. Em vez disso, ela disse que não estava pronta para confiar em mim... *ainda*. Uma frase-chave, uma que sugeria que ela estava pensando em se abrir comigo.

Eu poderia mordê-la e descobrir todos os seus segredos agora.

Mas prefiro ganhar sua confiança.

Porque é um desafio, pensei, sorrindo um pouco. *Algo que ela sabe que eu gosto.*

— Um dia, você vai me dizer quem te deu informações sobre mim? — perguntei, genuinamente curioso. — Porque eu me pergunto quem confidenciou segredos a você desde o início de nosso relacionamento.

Ela ficou em silêncio por um longo momento, então assentiu devagar.

— Sim. Se você me der tempo para processar tudo, darei as respostas que procura.

— Um acordo? — reformulei. — Um que exige que eu confie em você para não fugir novamente?

— Não exatamente. Você já me prendeu, Kieran. Não estou pedindo para ser libertada. Só estou pedindo mais tempo.

— De fato — concordei, porque ela estava certa. Ela não tinha me pedido para liberá-la. Quinnlynn estava apenas pedindo que eu não a pressionasse para obter detalhes.

Ou a mordesse, acrescentei mentalmente. Porque nós dois sabíamos que eu poderia acasalar com ela quando quisesse. Ela estava totalmente curada agora. Tudo que eu tinha que fazer era afundar as presas em sua linda garganta, e ela se tornaria minha em todos os sentidos.

Mas isso não seria tão agradável quanto ouvi-la implorar para reivindicá-la.

Ouvindo sua voz dizer a verdade em vez de através de pensamentos em sua mente.

Fazendo Quinnlynn – a parte humana dela – confessar seus desejos de me acasalar com palavras, não apenas com seu corpo.

Sim, prefiro muito mais tudo isso, decidi.

— Tudo bem, pequena — disse a ela. — Eu concordo com este desafio.

Algo brilhou em seus olhos, uma pontada de excitação misturada com excitação.

— Mesmo?

— Sim — respondi, meu aperto em sua nuca resoluto enquanto eu passava o braço em volta de sua cintura fina. — Você vale o esforço, Quinnlynn.

— Por causa da minha linhagem? — ela adivinhou.

Balancei a cabeça.

— Não, querida. Por *sua* causa. — Passei os lábios nos dela, meu desejo de beijá-la era um conceito estranho em minha mente.

Eu nunca beijei mulheres.

Simplesmente não fazia parte da necessidade de acasalamento.

Mas Quinnlynn... ela me fazia querer muito mais. Me fazia querer provar, explorar e conhecer cada detalhe delicioso a seu respeito. Me fazia querer me curvar e adorá-la, ao mesmo tempo em que me entregava à sua submissão, enquanto eu lhe ensinava minhas próprias preferências. Um enigma que me deixou ansioso e um pouco desequilibrado.

Apenas para ser firmado por sua presença mais uma vez.

— Você é muito corajosa. — Minhas palavras foram calmas e demonstravam o orgulho que senti aquecendo meu peito. — Honrada também.

Soltei sua nuca para segurar sua bochecha, querendo olhar em seus olhos enquanto falava.

Ela respondeu se inclinando para o meu toque, suas bochechas claras florescendo com lindos tons de rosa.

— Você lidou com a ira do nosso território hoje como uma rainha, nunca se encolhendo diante da decepção e dor deles. Em vez disso, você os acolheu e até os desculpou. Não há muitos que poderiam ser tão fortes, Quinnlynn.

— Fiz o que precisava ser feito — ela sussurrou.

— Você aceitou sua punição com graça e dignidade. — Passei o polegar por sua bochecha, permitindo que essas palavras girassem entre nós. — Estou orgulhoso de você, minha Rainha.

O rubor em suas bochechas se aprofundou e seus olhos procuraram os meus em busca de respostas para perguntas que ela não expressou em voz alta.

No entanto, havia uma que eu ainda não havia abordado...

Por que você os interrompeu?

— Para responder a sua pergunta anterior, Quinnlynn, interrompi nossos lobos porque era hora de eles pararem. Não acredito em retrocesso, apenas em seguir frente. Eles expressaram sua inquietação, você aceitou os comentários e agora todos precisamos nos concentrar no amanhã. Em nosso futuro.

Ela olhou para mim com ainda mais perguntas, balançando a cabeça ligeiramente de um lado para o outro.

— Você não é nada do que eu esperava, Kieran O'Callaghan.

— Talvez você me dê uma chance de mostrar quem sou, Quinnlynn MacNamara.

— Talvez eu dê — ela respondeu com a voz baixa enquanto continuava a me examinar. — Parte de mim ainda se preocupa que sua gentileza seja um estratagema, uma maneira de me embalar para o verdadeiro castigo que está por vir.

— E o que essa punição implicaria? — perguntei, curioso para ouvir seus pensamentos sombrios. — Já te disse que permaneci fiel e não tenho intenção de tomar outra ômega.

— Você pode estar mentindo — ela sussurrou.

— Poderia — concedi. — Mas acho que minhas ações devem provar a veracidade de minhas declarações, Quinnlynn.

Ela começou a assentir, apenas para fazer uma pausa.

— Não é fácil confiar.

— Não, acho que não. — Porque eu certamente não estava pronto para confiar nela também. — Mas você está disposta a tentar?

Demorou um pouco antes de responder com um baixo:

— Sim.

— Isso não parece muito certo.

— Quero tentar — ela admitiu, a verdade nessas palavras refletida em sua expressão e seu tom. — Mas já faz muito tempo desde que pude confiar em alguém além de Kyra.

Franzi o cenho.

— Kyra?

Ela imediatamente arregalou os olhos. O nome era obviamente um deslize.

— Minha... minha...

— Informante? — imaginei.

Ela não respondeu, mas não precisava. Eu podia ver em seus olhos preocupados. Ela não tinha a intenção de me dar esse nome.

Porque eu o reconheci de imediato.

— Uma Vampira Ômega — comentei, contraindo os lábios. — Suponho que vocês sejam amigas, não? Ela desapareceu há alguns séculos, deixando seu alfa bem louco.

Quinnlynn continuou muda.

— Ele também morreu de forma bastante horrível — continuei. — Mas algo me diz que você já sabe tudo sobre isso.

O rubor em suas bochechas há muito havia desaparecido e se transformado em um tom pálido que me disse muito mais que suas palavras jamais poderiam.

— Entendo. — Esta era uma informação muito interessante. E parecia que eu não precisava mais que ela me dissessem *quem* estava falando com ela sobre mim. Ela acabou de me fornecer a resposta por meio de um deslize.

Alfa Fare não era meu amigo, era mais um conhecido. A maioria dos vampiros se enquadrava nessa categoria. Mas ele saberia o suficiente sobre mim para compartilhar informações importantes com uma companheira.

— Kieran... — Meu nome saiu de sua boca em um sussurro.

— O que você acha que vou fazer? — perguntei a ela, achando graça. — Exigir que você entregue a localização de Kyra para mim para que eu possa entregá-la aos vampiros?

Sua pele parecia ainda mais pálida, o que não deveria ser possível, visto que ela já parecia um fantasma.

Soltei sua cintura para que eu pudesse segurar suas bochechas entre minhas mãos.

— Não jogo pelas regras de ninguém, amor. Só pelas minhas. — Pressionei os lábios nos dela, meu ronronar reacendendo para acalmar suas preocupações. — Suponho que eu não ser herói funciona bem para você neste caso, humm? — Eu a puxei para outro abraço, um que ela aceitou com os braços fracos.

Ao invés de dizer mais, simplesmente a segurei.

Ela revelou mais um segredo, e eu iria provar por meio de minhas ações que ela podia confiar em mim. Assim como eu confiaria nela para me mostrar que eu poderia colocar minha fé nela por meio de suas próprias escolhas.

Eu nunca a senti puxar minha coleira invisível, nem mesmo quando o território a hostilizou.

E o puxão que senti no outro dia foi um mal-entendido entre nós.

O que significava que ela realmente não estava pensando em fugir. Pelo menos, não por enquanto.

Enquanto eu desejava acreditar que ela permaneceria, eu não podia. Ainda não.

O tempo reforçaria nossa confiança um no outro.

Ou a mataria por completo.

Só o destino sabia o que viria a seguir.

Mas por enquanto...

— Foi uma longa noite — sussurrei em seu ouvido. — Que tal darmos aquela corrida?

— Corrida? — ela repetiu com a voz rouca.

Assenti.

— Sim. Uma corrida. Podemos assistir ao nascer do sol

juntos. — Dei um beijo no ponto pulsante em seu pescoço. — Afinal, amanhã é um novo dia. E eu gostaria de recebê-lo com você ao meu lado. — Me endireitei para ler sua expressão.

Um pouco da cor voltou a suas bochechas, meu ronronar parecendo ser o antídoto para todos os nossos problemas.

Ou talvez tenha sido minha falta de pressão que a acalmou.

— Uma corrida — ela repetiu.

Arqueei uma sobrancelha.

— Sim, Quinnlynn. Em forma de lobo.

Seu queixo caiu um pouco, seu aceno trêmulo.

— Eu... eu gostaria disso.

Contraí os lábios.

— Seu animal está exigindo que você concorde, não é?

— Sim. — Ela limpou a garganta. — Ela está... ela está exigindo um monte de coisas.

Isso fez com que eu contorcesse a boca em um grande sorriso.

— Talvez você possa detalhar essas coisas para mim depois de nossa corrida — sugeri. — Enquanto estiver nua, de preferência.

O doce perfume de sua umidade enfeitou o ar, confirmando que ela e sua loba gostaram muito dessa programação para a noite.

— É melhor você se transformar rapidamente, querida pretendida — eu avisei. — Ou vou pular para a parte nua agora.

Ela estremeceu visivelmente.

— Não tenho certeza se me oporia a esse plano.

Mordi seu queixo, meus lábios encontrando sua orelha novamente.

— Então considere nossas preliminares de corrida. —

Peguei a bainha de seu suéter e puxei, revelando seus seios. Ela não se preocupou com roupas íntimas, algo que era típico de nossa espécie. Achei o traço muito útil agora.

Meu suéter se juntou ao dela no chão.

Então fui para a calça dela ao mesmo tempo que ela foi para a minha. Seus dedos pareceram ousados quando ela encontrou e sustentou meu olhar. *Ali está minha companheira*, pensei. *Minha fêmea forte, bonita e ousada.*

Ela cruzou minha fronteira para propor um noivado, sabendo muito bem que eu poderia tê-la tomado à força. No entanto, ela estava confiante. Arrojada. Talvez um pouco ingênuo.

Exceto que ela planejou tudo desde o começo.

E então fugiu.

— Você me perguntou se é sua linhagem que eu desejo. — Puxei seu zíper para baixo. — Mas é muito mais, Quinnlynn. É a sua coragem que eu gosto. Sua luta. Sua habilidade de me manobrar e me enganar.

Ela tirou as botas, os olhos parecendo diamantes negros enquanto segurava meu olhar.

Me ajoelhei diante dela, as mãos vagando por suas pernas enquanto a despojava do tecido.

— Seu talento para se esconder todos esses anos sem que eu pudesse capturá-la — acrescentei, com a boca a poucos centímetros de sua boceta brilhante. — Só te peguei porque você escolheu não fugir mais.

Suas íris brilharam, os lábios se abriram para revelar sua doce língua.

— Uma vez, você me disse o quanto eu gosto de um desafio, Quinnlynn. — Inclinei-me para frente apenas o suficiente para sussurrar as palavras contra seu clitóris. — Você não estava errada. — Acariciei seu monte depilado e inalei sua fragrância sedutora. — E você se tornou meu desafio favorito.

Dei um beijo contra sua carne úmida.

Seus joelhos cederam em resposta, mas eu a segurei e a mantive firme enquanto a devorava com a língua. Ela segurou minha cabeça, abrindo os lábios em um gemido que se transformou em um grunhido quando eu a trouxe para o chão e disse:

— Se transforme.

Eu a soltei para terminar de tirar minhas próprias roupas, meu olhar mantendo o dela preso no meu o tempo todo.

— Viu? — murmurei, rondando em direção a ela novamente. — Um desafio. — Me inclinei para apertar sua protuberância sensível. — Mas nós dois sabemos que posso fazer você se transformar, Quinnlynn. Então, permita-me uma corrida e, se você for boazinha, comerei esta doce boceta enquanto o sol nasce.

QUINN

Minhas coxas formigaram com as lembranças da corrida com Kieran e a maneira como ele me fez gritar por quase uma hora direto.

Ele quase me torturou com a língua.

E então ele não tinha me dado o nó.

— Acredito que devo isso a você depois do outro dia — ele disse, referindo-se à quando ele rosnou depois que caí em cima dele.

Embora não estivesse errado, me vi desejando muito mais. Principalmente seu nó.

Apertei minhas pernas juntas, fazendo Cameron estalar a língua para mim.

— Você está fazendo um péssimo trabalho ficando parada, princesa.

— Desculpe — murmurei enquanto ele desabotoava parte do meu vestido nas costas para amarrá-lo novamente.

Era um top tipo espartilho, a tira ia da minha bunda até as omoplatas, e toda vez que eu me movia, isso compensava seu padrão cruzado.

Fechei os olhos e tentei me concentrar na minha respiração enquanto Cameron trabalhava.

Ele já havia feito meu cabelo, optando por mantê-lo simples, tecendo uma fita azul clara em alguns cachos. Deu muito volume ao meu cabelo, o toque de cor ajudando a destacar a profundidade e a espessura da minha cabeleira, algo que apreciei muito depois de décadas prendendo tudo na nuca.

Eu poderia ter usado uma coroa.

Mas assim parecia melhor, como se eu estivesse entrando no jantar de noivado como eu mesma, não como uma futura rainha.

Meus pais nunca foram muito vistosos com sua riqueza ou poder, uma característica que eu admirava e escolhi seguir. Parecia que Kieran também, pelo menos até certo ponto.

Ele possuía todo este edifício, mas não era para exalar sua posição ou superioridade sobre o bando. Era para sua segurança.

Kieran entrou neste território como um Príncipe Alfa, não o herdeiro designado. A única razão pela qual ele foi bem-vindo foi seu noivado comigo. No entanto, eu suspeitava que fosse muito mais profundo que agora. Eu tinha visto a maneira como o território se curvou a ele na noite passada, seu respeito palpável, assim como sua vergonha por ele castigar seu comportamento.

Eles o consideravam seu alfa agora. O *rei* deles. Assim como eu queria, como planejei.

Eu deveria estar feliz. Orgulhosa. Satisfeita que tudo funcionou do jeito que eu desejava.

No entanto, não me senti nem um pouco feliz. Eu estava... desapontada.

Desapontada por não ter estado aqui para ver tudo

acontecer. Desapontada por não ter podido ajudar. Desapontada por não ter feito parte da jornada.

Desapontada por ter demorado muito para voltar para casa.

Engoli em seco, minha cabeça girando com pensamentos conflitantes.

É assim que precisava ser.

Eu fiz tudo certo.

Então por que tudo parece tão errado?

Kyra me forneceu amplas atualizações ao longo dos anos, mas ouvir os resultados era muito diferente de vê-los de perto. Sentir o amor e a adoração que a alcateia desenvolveu por Kieran. Sentir sua ira e desagrado por mim.

Nada disso era o que eu tinha imaginado.

Principalmente porque esperava resolver o mistério por trás do assassinato de meus pais décadas atrás. Eu estava tão envolvida em ajudar as ômegas que escolhi continuar nesse caminho.

Porque Kyra me garantiu que Kieran tinha tudo sob controle aqui.

O que era verdade. Ele estabeleceu seu controle e cuidou muito bem do Território de Sangue na minha ausência.

Mas saber disso era parte do motivo pelo qual não voltei para casa. *Todos estão bem. Eles não precisam de mim.*

No entanto, agora eu via aquelas frases como as desculpas que haviam sido. Eu estava fugindo por tanto tempo, que tinha me esquecido de como era importante voltar para casa.

E agora enfrentaria as repercussões desse atraso.

Respire fundo, Quinn. Respire profundamente.

— Pronto — Cameron anunciou atrás de mim. Suas mãos encontraram meus ombros, o toque estranhamente quente. — Olhos abertos, princesa. Cabeça erguida. Deixe seus pais orgulhosos.

Exalei lentamente e fiz o que ele disse, meu olhar encontrando seus olhos azuis no espelho diante de mim.

— Obrigada.

— Não me agradeça, querida. Trabalhar com sua beleza era toda a gratidão que eu precisava.

— Cuidado, beta, ou posso escolher interpretar mal sua afeição por minha futura companheira. — O tom letal de Kieran cortou o ar quando ele apareceu bem ao nosso lado, seu poder uma avalanche de energia que aqueceu minha pele o suficiente para queimar de leve.

Cameron imediatamente baixou as mãos.

— E-eu nunca faria isso — ele gaguejou. — E-eu sei que ela é... sua. Meu Príncipe. — Ele se curvou, me fazendo encontrar o olhar de Kieran no espelho.

Deixe-o em paz, eu disse com os olhos.

Ele simplesmente arqueou uma sobrancelha para mim, quase como se me desafiasse a fazê-lo.

Tudo bem, alfa, pensei, encarando-o e observando seu smoking preto sobre preto. Servia como uma luva, revelando todo aquele poder elegante e bonito sob as roupas. Eu passei o olhar sobre ele e permiti que ele visse meu interesse.

— Você está muito bonito, meu príncipe — disse a ele com recato.

— Eu? — ele respondeu, sua expressão me dizendo que eu precisava me esforçar mais para distraí-lo.

— Está, sim. — Passei os dedos do colete até a gravata e continuei meu caminho até alcançar seu colarinho. — Preto fica bem em você.

— Humm — ele murmurou, com as mãos ainda nos bolsos, enquanto olhava para mim. Mas captei o lampejo de diversão naquelas íris cor da meia-noite. Ele gostou deste jogo.

— Isso me lembra de seu lobo — sussurrei. — Talvez você me deixe vê-lo mais tarde.

A besta em questão ultrapassou seu olhar por uma fração de segundo, sua aprovação irradiando das profundezas escuras de suas pupilas.

— Eu gostaria muito de acariciá-lo — acrescentei enquanto me pressionava contra ele.

Ele finalmente se moveu, tirando as mãos dos bolsos para segurar meus quadris enquanto me puxava para longe do espelho e me encostava na parede, os olhos escuros irradiando agressão animalesca.

Aí está o meu alfa, pensei, permitindo que ele me movesse exatamente para onde ele queria.

Mas, em vez de reivindicar seu direito, ele apenas me empurrou contra a superfície plana e deu um passo para trás, para me admirar de uma maneira semelhante à que eu o avaliei segundos atrás.

— Você escolheu este vestido? — ele perguntou. — Ou o Beta Cameron encontrou para você?

Levei a mão de volta ao seu peito, longe de sua gola, enquanto respondi:

— Foi um dos vestidos que ele sugeriu para mim. Escolhi esse porque a cor preferida da minha mãe era azul. — Baixei o braço, fechando a mão com força com a admissão.

Mas era a verdade.

Minha mãe adorava azul meia-noite, pois dizia que lembrava o céu da Islândia em noites de tempestade. No entanto, meu pai sempre preferiu os tons esverdeados das luzes do norte, que só podiam ser vistas em noites claras.

Opostos polares.

Mas era isso que os tornavam tão perfeitos um para o outro.

Kieran levantou uma mão para acariciar a fita em meu cabelo.

— E de quem foi essa escolha?

— Minha — eu disse a ele.

— Em vez de uma coroa? — ele perguntou.

— Sim. Eu quero ser apenas Quinn esta noite.

— Mas você não é apenas Quinn — ele respondeu. — Você é a princesa Quinnlynn MacNamara, a futura Rainha do Território de Sangue.

— O título de rainha não significa nada sem o respeito de seu reino — respondi.

Ele me estudou por um longo momento, seu olhar procurando enquanto avaliava minhas palavras.

Então ele fez algo que me surpreendeu: ele concordou com um aceno de cabeça.

Este macho não é nada que eu esperava, pensei. Passamos um mês juntos antes da minha partida, e eu estava cega ou muito focada em minha tarefa para perceber sua verdadeira natureza.

Ou talvez eu tenha visto todas essas características nele, que foi o que me permitiu sair sem muita consciência.

Mas agora... agora eu o *via*.

E gostei muito da visão que ele apresentou.

— Você é deslumbrante, Quinnlynn — ele finalmente murmurou. — E tem razão, uma coroa é apenas uma declaração. Uma que você não precisa, porque sua beleza e presença falam por você.

Minhas bochechas aqueceram com seu elogio.

— Obrigada.

Ele sorriu e roçou os lábios em minha têmpora antes de encarar o beta ainda curvado.

— Você fez um bom trabalho, Cameron. Claro, a tela

já era perfeita, mas você agradou minha pretendida e, portanto, me agradou.

— Tela? — repeti, franzindo a testa.

— Você — Kieran disse, olhando para mim. — Não posso elogiar o trabalho dele, porque você já é perfeita do jeito que é. Um vestido e um penteado não vão mudar isso.

— Oh. — E agora minhas bochechas estavam pegando fogo. Porque aquele elogio foi ainda melhor que o comentário dele sobre a minha coroa.

— Pode se levantar agora, Cameron. — Kieran pronunciou as palavras com um suspiro. — Não vou puni-lo por elogiar minha pretendida. Não quando ela acariciou com tanta doçura o ego de meu lobo para salvar sua pele.

Meus lábios se curvaram com o comentário, fazendo com que ele olhasse para mim novamente. Sua própria boca imitou meu sorriso.

— Obrigado, Cameron. Você está dispensado.

— *S-Sire* — o beta gaguejou, abaixando a cabeça e desaparecendo sem outra palavra.

— Eu gosto muito desse sorriso — Kieran me disse, em um tom mais suave agora que estávamos sozinhos. — Quero ver mais.

— Talvez você não o veja muito esta noite — admiti, meus pensamentos mudando para o evento.

— Nosso noivado é realmente tão preocupante? — ele perguntou, mas a leveza em seu tom me disse que ele sabia exatamente o que eu queria dizer. E não tinha nada a ver com o nosso noivado.

— Eles me odeiam, Kieran. E não posso culpá-los por isso.

Ele deu um passo em minha direção novamente, levando a mão para minha bochecha.

— Nem eu — admitiu. — No entanto, juntos os

conduziremos a um caminho que nos guiará a todos no futuro.

Como ele sempre sabe exatamente o que dizer? me perguntei.

— Vai levar tempo, e esta noite é apenas um passo, mas é importante — acrescentou, suas palavras exatamente o que eu precisava ouvir. — Estarei ao seu lado em cada curva e obstáculo, Quinnlynn. Eventualmente encontraremos nosso caminho. Eu prometo.

— Como você pode ter tanta certeza? — sussurrei.

— Não sobrevivi tanto tempo por engano, querida pretendida — ele respondeu, curvando os lábios novamente. — E como estou vivo há mais de um milênio, mais que ganhei minha confiança.

Estudei seu rosto, suas maçãs do rosto esculpidas, cílios grossos e mandíbula afiada, e descobri que suas palavras eram verdadeiras. Ele ganhou sua confiança e muito mais que isso.

Ele ganhou o direito de saber a verdade, percebi com um sobressalto.

Todas as suas ações, decisões, cuidado e paciência se somaram ao caminho mais óbvio para trilharmos.

Ele continuou falando sobre o futuro, sobre liderar o bando e mostrar a eles como seguir em frente.

Mas era muito mais do que o Território de Sangue.

Tínhamos que seguir em frente.

E só havia uma maneira verdadeira de isso acontecer.

Eu precisava contar tudo a ele.

Não. Precisava *mostrar* a ele.

Porque palavras não seriam suficientes. Ele tinha que ver para entender.

Vou levá-lo hoje à noite, depois do nosso jantar, decidi. *É hora de apresentá-lo ao Santuário.*

KIERAN

Q<small>UINNLYNN</small> <small>EXALAVA</small> elegância e graça enquanto caminhava ao meu lado, com a mão na minha. Ela queria ir andando para o jantar de noivado de hoje à noite, seu desejo de ver mais de nossa casa palpável.

Atendi seu pedido, principalmente porque foi a decisão certa.

Muitos dos humanos saíram para nos ver, a curiosidade uma presença tangível no ar. Eles não foram convidados a participar dos eventos de hoje à noite, principalmente por sua própria segurança, mas nosso caminhar pelas ruas ajudou a incluí-los de uma maneira que eles pareciam apreciar.

Quinnlynn sorriu para todos por quem passou, seus movimentos despreocupados e amigáveis.

Esses eram os mortais sob nossa proteção, aqueles que nos ajudaram a prosperar doando seu sangue como pagamento por nossa segurança. Um acordo mútuo, que nos ajudou a viver em harmonia. Os lobos mantinham os humanos em segurança, e sua essência natural nos ajudou a prosperar.

Poderíamos facilmente dominá-los e forçá-los à

servidão, um método que muitos de nossos primos vampiros optaram por implantar, mas eu preferia o relacionamento pacífico entre seres sobrenaturais e mortais.

Talvez parecesse mais natural para nós existirmos dessa maneira porque os metamorfos eram parcialmente humanos. Os vampiros eram... *diferentes*. Nem mortos. Nem vivos. Simplesmente intermediários. E exigiam muito mais sangue que os lobos do V-Clan para sobreviver.

— Você realmente manteve esse lugar prosperando — ela falou baixinho enquanto observava a infraestrutura mais recente. — Obrigada, Kieran.

Apertei a mão dela.

— Apreciei o desafio.

Ela olhou para mim, os olhos escuros me lembrando do céu da meia -noite. Sem estrelas, mas brilhante como diamantes pretos. *Linda*.

— A última atualização que li disse que você tinha cerca de dez mil humanos morando em Reykjavik e um pouco menos de cinco mil no resto da Islândia. Esses números ainda estão certos?

— Esses números têm algumas décadas — murmurei. — Estamos mais perto de trinta mil agora. Principalmente devido à propensão de Cillian de salvar os mortais necessitados.

O lobo de Elite se materializou ao nosso lado com um bufo, minhas palavras foram propositadas, pois senti a abordagem dele.

— Você me disse para reuni-los de outras áreas do mundo, para garantir que o potencial de procriação permanecesse alto. Algo sobre precisar de mais sangue para enviar para outros territórios do V-Clan?

Nós dois sabíamos por que lhe dei essa tarefa, e sim, era por uma questão de prosperidade. Mas também porque ele realmente abrigava um gosto por salvar os necessitados. Foi como Ivana passou a viver no Território de Sangue e por que ela estava tão atraída por ele.

Mas sua paixão por salvar os outros o impedia de se comprometer.

— Você está enviando sangue para outros territórios? — Quinnlynn perguntou, voltando seu olhar para mim.

Assenti.

— Há alguns que vivem em climas inadequados para os seres humanos. Eles não podem manter seu próprio rebanho, como temos aqui.

Alguns mortais próximos franziram o canho à minha escolha de termos. No entanto, parecia mais gentil que *gado*.

Infelizmente, a divisão entre nós era indiferente. Os seres humanos eram espécies inferiores, e seu sangue se assemelhava ao sustento da nossa espécie. Fim de discussão.

— Território Lunar? — Quinnlynn adivinhou.

— Entre outros — murmurei. — Eles se expandiram de Svalbard para Severnaya Zemlya, o que é inabitável para os mortais — Todo o antigo arquipélago russo era muito frio e inóspito para os seres humanos sobreviverem.

— Então, enviamos nutrição, conforme necessário.

— O príncipe Cael ainda está no comando lá? — ela perguntou em voz baixa.

— O príncipe Cael, o príncipe Tadhg e o príncipe Lykos dividiram o território entre si — respondi. — Território Lunar, Território Alfa e Território das Geleiras, respectivamente.

— O príncipe Cael administra o Território Lunar, príncipe Tadhg executa o Território Alfa e o príncipe Lykos administra o Território das Geleiras? — ela traduziu.

Assenti.

— Sim.

— E o que aconteceu com o Território Eclipse? — Era uma pergunta baixa, que sugeriu que ela já sabia que minha resposta não seria favorável.

— Destruído — respondi de forma categórica. — Durante a guerra inicial provocada pela Era Infectada.

Ela engoliu em seco, apertando mais forte minha mão.

— Por causa dos humanos.

— Por causa dos humanos — ecoei, meu tom fazendo com que alguns mortais voltem para as casas.

O Território Eclipse era um tópico um pouco dolorido para mim, considerando que era minha antiga casa na Irlanda.

A infecção me forçou a escolher um território para defender e selecionei o Território de Sangue porque já estava equipado para sobreviver. Não por lealdade aos lobos no V-clã, ou mesmo ao trono. Simplesmente escolhi o caminho mais prático a seguir.

— Consegui realocar todos a tempo — disse a Quinnlynn. — Não houve baixas.

— Além da destruição de sua casa — ela sussurrou, baixando o olhar.

Parei de andar e fiquei na frente dela, levando minha mão livre para seu queixo enquanto a oposta permanecia segurando sua mão.

— Esta é a minha casa agora, Quinnlynn. Nosso Lar. Fiz uma escolha da qual não me arrependo. Portanto, nunca se sinta culpada por minha conta, porque eu com certeza não me sinto.

Ela olhou para mim.

— Se eu estivesse aqui, poderíamos ter tentado salvar os dois.

— Acho que não — eu disse a ela. — Eu provavelmente teria morrido se tivesse ficado.

Ela tensionou a mandíbula, uma refutação parecendo se formar em seus lábios.

— Os mortais podem ser mais fracos, mas sua tecnologia se mostrou mortal — eu disse antes que ela pudesse falar. — E enquanto agora temos parâmetros de segurança para impedir esse ataque, não tínhamos na época.

Isso pareceu fazê-la pausar.

Mas eu não tinha terminado.

— É uma causa perdida considerar o *e se*. Você perguntou sobre o Território Eclipse. Eu respondi. Não para culpá-la ou puni-la, apenas para te atualizar. Entende?

Ela não respondeu por um longo momento, mas acabou cedendo com um aceno de cabeça.

— Sim.

— Bom. — Soltei seu queixo para segurar sua bochecha, minha testa encontrando a sua. — Muita coisa mudou na sua ausência, Quinnlynn. Mas meu desejo de liderar ao seu lado permaneceu. Você me escolheu. E agora é hora de mostrar ao território que eu também escolho você.

Minha indescritível ômega.

Minha companheiro desonesta.

Meu desafio sedutor.

Minha rainha.

Cedi ao desejo de beijá-la, só por um segundo. Um leve encontro de lábios. Então me afastei para continuar nossa caminhada enquanto ela se movia ao meu lado em um silêncio contemplativo. Permiti, meu olhar passando rapidamente para Cillian do meu outro lado.

Ele me diria se houvesse alguma coisa que eu deveria

saber ou me preocupar. Não apenas em relação a Quinnlynn, mas aos lobos esperando por nós à frente.

— Você reconstruiu o local de entretenimento — minha pretendida sussurrou, seu olhar observando a magnífica estrutura diante de nós.

— Sim, e o renomeei como The MacNamara — eu a informei em voz baixa. — Existem centenas de homenagens aos seus pais lá dentro. — Eu pretendia que essa parte fosse surpresa, e também uma espécie de punição, mas pareceu certo avisá-la. Porque seria um pouco chocante quando ela passasse por aquelas portas.

Ela fez uma pausa para olhar para mim.

— Homenagens?

— Da alcateia — esclareci.

— Oh. — Ela curvou os lábios. — Eles teriam gostado de ver isso. — Ela voltou a andar, levando a mão livre para o pingente pendurado em seu pescoço. — Eles não gostavam de ser o centro das atenções, mas sempre respeitaram nossas raízes. É por isso que construíram o parque perto de sua casa. — Ela desacelerou novamente. — Isso ainda está lá?

— Sim — confirmei. — Há toda uma equipe dedicada à manutenção daquela área de lazer.

— Mas não para casa — ela falou, provavelmente relembrando de nossa primeira corrida.

— Não, não para a casa. O território sentiu que a família MacNamara preferiria que fosse recuperado pela natureza. — Era para enviar uma mensagem a Quinnlynn de que eles a consideravam tão morta quanto seus pais.

Seu aceno agora me disse que ela recebeu a mensagem alta e clara.

— Eu sempre preferi a natureza como lar — ela confidenciou. — Mas acho que poderia me acostumar com um prédio como o seu. Minha loba pode exigir visitas frequentes ao campo.

— Nosso — corrigi quando levei sua mão até minha boca. — Aquele prédio é *nosso*. E também podemos construir uma segunda casa perto da propriedade de seus pais. — Beijei seu pulso, meus olhos no grupo à nossa frente.

Eu queria que eles soubessem exatamente onde eu estava no que dizia respeito a Quinnlynn. *Minha.*

Alguns dos machos baixaram os olhares em respeito e compreensão.

Enquanto um punhado de mulheres semicerrava os delas, irradiando decepção.

Uma delas era ômega Miranda, uma mulher particularmente ousada que parecia não entender o significado das palavras *não estou interessado*.

Eu sabia que ela causaria um problema para Quinnlynn, e era um que eu permitiria que minha futura companheira lidasse. Porque a perseguição de Miranda a mim era um insulto direto ao trono. Se Quinnlynn desejasse punir a fêmea por seu comportamento, eu não ficaria em seu caminho.

Assim como eu puniria e provavelmente mataria, qualquer macho que fosse estúpido o suficiente para se aproximar de minha fêmea.

Lorcan apareceu ao lado de Quinnlynn, fazendo-a pular. Ela claramente não estava sintonizada com as auras que meu Elite tendia a exalar. Isso viria com o tempo. Assim como ela aprenderia a minha também.

— Que bom que se juntou a nós, Lorcan — falei, olhando para meu primo.

Ele me ignorou, seu olhar na multidão à frente.

Vivíamos aqui por mais de cem anos, e ele ainda não confiava em muitos de nosso povo. Cillian estava muito mais à vontade do meu lado oposto, mas eu sabia que ele estava examinando as mentes de todos ao nosso redor, procurando por pensamentos nefastos.

Isso me deixou confortável o suficiente para soltar a mão de Quinnlynn e apoiar a palma da mão na parte inferior de suas costas. Eu pretendia permanecer ao lado dela em cada passo, algo que eu estava dizendo a ela sem palavras.

— Boa noite — falei aos que nos esperavam. — Suponho que sua presença aqui fora significa que o jantar ainda não foi servido?

Alguns dos metamorfos sorriram.

No entanto, Miranda respondeu:

— Estávamos esperando por você, Meu Príncipe.

— E minha pretendida, certo? — respondi, não jogando este jogo com ela. — Afinal, é nosso jantar de noivado.

Quinnlynn se inclinou para o meu lado.

— Acho que todos nós sabemos que eles estão aqui mais por você que por mim, Kieran. Mas aprecio o sentimento do mesmo jeito. E estou ansiosa para ver as homenagens feitas aos meus pais, o Rei e a Rainha do Território de Sangue.

Essa última frase foi dita com um toque de aço quando ela corajosamente encontrou o olhar ofensivo da ômega.

— Sim, seus pais — Miranda respondeu com frieza. — Você, não.

Quinnlynn sorriu.

— Eu não esperaria um memorial para mim. Primeiro porque ainda estou viva, mas também não tive a chance de provar que sou digna. Meus pais, no entanto, provaram. E eu aprecio todos vocês por honrá-los. Eles ficariam muito satisfeitos com o gesto.

— Então vamos ver, certo? — sugeri, ignorando

Miranda e qualquer resposta que ela considerou dar a minha companheira.

Não esperei que ninguém concordasse, simplesmente usei a mão na parte inferior das costas de Quinnlynn para nos guiar pela multidão e entrar no prédio. Todas as paredes eram de vidro, mas cada uma estava gravada com mensagens e memórias dedicadas ao reinado dos MacNamara. Elas contavam uma história de grandeza e respeito, os pais de Quinnlynn deixaram um legado de amor e carinho.

Eles governaram o Território de Sangue por quase mil anos antes de conceber Quinnlynn.

E a morte deles deixou um impacto duradouro, que era evidente nas histórias escritas nessas mesmas paredes.

Permaneci em silêncio ao lado de Quinnlynn enquanto ela fazia uma pausa para ler cada uma em nosso caminho.

Não foi até mais de uma hora depois que ela disse com descrição:

— Deveríamos comer. Mas eu gostaria muito de voltar aqui para terminar de ler.

— Você é bem-vinda aqui a qualquer momento, Quinnlynn. Este edifício foi criado em homenagem à sua família. E é seu como resultado.

Ela balançou a cabeça.

— Não. Este edifício pertence ao território. É um monumento, todos devemos valorizar e visitar.

Isso também era verdade.

— Mas o fato é que você pode visitar sempre que quiser.

— Obrigada, Kieran. — Seus olhos sorriram, as lágrimas brilhando em suas profundezas escuras me lembrando o oceano à noite. — Obrigada por criar isso.

Retribuí o sorriso dela.

— Era meu dever como o futuro rei, minha querida

pretendida. Considere um dos meus muitos presentes de acasalamento para você.

Eu a beijei antes que ela pudesse responder, meu desejo de adorá-la sobrecarregando meus instintos. Esse desejo de pressionar os lábios nos dela continuou intenso em minha mente, me fazendo querer empurrá-la contra a parede e devorá-la com a língua.

Não aqui, eu disse a mim mesmo. *Mas talvez... talvez mais tarde.*

O beijo não serviu a propósitos práticos. Também nunca me atraiu como uma forma agradável de preliminares. Não quando havia tantas outras áreas do corpo que reagiam à boca e à língua de alguém.

Mas quanto mais tempo eu passava com Quinnlynn, mais eu queria apenas beijá-la. Por horas. Dias. Talvez semanas a fio.

Não fazer nada além que deixar nossas línguas se comunicarem em uma dança secreta, para amantes íntimos. E companheiros.

Eu a soltei antes de ceder à inclinação, seus olhos exalando uma pontada de decepção em resposta.

Mas tínhamos um jantar para participar.

Eu também tinha um discurso para fazer.

Parecia justo, considerando que ela foi quem falou no nosso primeiro jantar de noivado. Ela se prometeu a mim antes de todo o território, afirmando abertamente que desejava me levar como companheiro.

Esta noite, eu retornaria o favor.

Porque eles me viam como líder agora, e eu precisava que eles entendessem que eu trouxe a futura rainha para casa.

E eu pretendia mantê-la aqui.

Para todo sempre.

QUINN

O JANTAR apenas reafirmou minha decisão de dividir o Santuário com Kieran.

Não fiquei só impressionada com a refeição ou como ele arrumou as mesas, o que admiti ter achado fascinante. Todo o território estava acomodado em três longas mesas retangulares, com Kieran e eu bem no meio da fileira central, comendo em estilo familiar e dividindo os pratos com todos ao nosso redor.

Nossas costas estavam voltadas para outro grupo atrás de nós, mostrando um nível de confiança entre nossos lobos enquanto comíamos com facilidade e desfrutávamos de uma conversa civilizada.

Foi simples. Natural. A maneira como um bando deve abraçar a liderança.

Porque não estávamos mostrando superioridade ou exibindo nosso poder sobre o território. Nós éramos um deles, exatamente como deveria ser.

Mas minha admiração por Kieran ia além da disposição dos assentos e da demonstração geral de confiança. Foi reforçado pela recepção do bando dele.

Todos o procuravam em busca de orientação, seu respeito e adoração eram palpáveis.

Mesmo agora, quando terminamos a sobremesa, eles o encaravam como se Kieran fosse um deus destinado a ser adorado.

No entanto, conversavam abertamente com ele, faziam perguntas e falavam com ele como se fosse um irmão. Um companheiro. Um amigo verdadeiro.

Eles o amam.

Como deveria ser. Ele cuidou de todos por mais de cem anos. Reconstruiu e fortaleceu o território durante um evento apocalíptico. Manteve a todos seguros, desenvolveu um sistema de sangue que manteve todos os lobos V-Clan prosperando e conquistou meu povo no processo.

Nosso jantar de noivado original foi recebido com um nível de incerteza que não existia mais.

Pelo menos, no que dizia respeito a Kieran.

Por outro lado, eu tinha muito trabalho a fazer. O que eu esperava e aceitava.

Alguns dos lobos conversaram educadamente comigo, sendo Ivana um deles. Ela escolheu o assento à minha frente, sua franqueza fácil tornando a refeição um pouco mais leve.

Mas eu podia sentir alguns dos outros me olhando com desdém. Principalmente Miranda.

Eu a ignorei. Ela não valia a dor de cabeça. Nenhuma das ômegas invejosas valia.

Este alfa era meu.

Elas poderiam encontrar seus próprios príncipes.

Peguei minha taça de vinho, segurando a haste de cristal fria na ponta dos dedos, e levei a bebida aos lábios. O líquido vermelho era uma mistura de uvas fermentadas e sangue doado, criando uma combinação inebriante que eu não experimentava há muito tempo.

Kieran olhou para mim enquanto eu engolia, com um brilho de conhecimento em seu olhar. Ele tinha que saber que esta era minha primeira taça de sangue em muito tempo. Eu mal estava me sustentando, como evidenciado pela maneira como me dissociei do meu lobo.

Ele pegou a garrafa para encher minha taça sem pedir, então ficou com a própria taça na mão.

Fiz uma careta, imaginando se ele queria que eu me juntasse a ele, mas ele segurou meu ombro com a mão livre e me manteve firme na cadeira enquanto o eco de metal batendo no vidro soava pela sala.

Ele esperou que todos se acalmassem, seu sorriso firme no lugar.

Ele é bonito demais, pensei, vendo suas covinhas aparecerem. *Incrivelmente bonito.*

— Boa noite — ele falou para a sala agora silenciosa. — Obrigado a todos por se juntarem a nós esta noite. Especialmente aqueles de vocês que viajaram de postos avançados e outras áreas distantes do território.

Ele olhou de forma incisiva para Myon e os outros alfas sentados ao seu redor.

Myon assentiu com o reconhecimento antes de fixar seu brilhante olhar azul em mim.

O desdém que vi em suas feições ontem se transformou em algo um pouco menos odioso. Mas senti que ele ainda não estava satisfeito comigo.

Exceto que ele se encolheu quando seus olhos foram para minha garganta, o pingente pendurado no meu pescoço um lembrete que provavelmente o machucou.

Desculpe, eu queria dizer a ele. *Sei que você os amou tanto quanto eu.* Ele e meu pai eram melhores amigos. O que provavelmente explicava sua decepção com minhas escolhas.

Eu nunca disse a ele o que realmente aconteceu.

Então ele pensou que eu fugi.

Uma ação que ele desprezaria muito.

Seu pai lhe ensinou melhor que isso, ele provavelmente diria.

Mas isso foi apenas porque ele não sabia a verdade. Ninguém faz.

— Como todos sabem, o objetivo do evento desta noite é celebrar meu noivado com Quinnlynn MacNamara. — Ele sorriu para mim. — *Novamente*.

Algumas risadas seguiram essa declaração, bem como uma série de bufadas irritadas.

Eu as ignorei, preferindo dar a Kieran toda a minha atenção. Ele era o futuro Rei. E ganhou meu respeito acima de todos.

— Mas esta noite, é muito mais que um futuro acasalamento. Trata-se de receber nossa princesa em casa. — Ele deu um aperto no meu ombro antes de voltar seu foco para o nosso público.

Havia pelo menos mil lobos no espaço, sua voz sendo ouvida por causa de nossa capacidade aprimorada de ouvir. Caso contrário, ele precisaria de um microfone.

Mas quando ele olhou para a longa mesa atrás de nós e para a outra à nossa frente, ficou claro que todos o ouviam muito bem.

— Sei que muitos estão se perguntando onde ela esteve e como a encontrei. E como todos sabem, não costumo guardar informações do território. Então vou lhes dizer a verdade.

Meu coração parou. *O quê?*

— Encontrei a Quinnlynn no Território Bariloche, onde ela estava ajudando ômegas cativas a se curarem depois de serem brutalmente usadas como parte do comércio de escravos de Alfa Carlos — ele continuou antes que eu pudesse reagir. — Quinnlynn estava quase morta depois de colocar cada gota de energia em uma ômega do X-Clan moribunda.

Engoli em seco, o peso dos olhares de todos me fazendo sentir ainda mais examinada que antes.

Mas foram os suspiros que me fizeram me encolher.

— Quinnlynn poderia ter se libertado, mas escolheu ficar. Ajudar. Curar. Proteger. Porque é isso que a realeza faz: ajuda aos que precisam de assistência, geralmente às custas de si mesmos.

Sua mão deixou meu ombro para ir para minha nuca.

— Tenho certeza de que muitos de vocês já ouviram falar sobre o desmantelamento do Território Bariloche. O que vocês não ouviram foi que setenta e duas ômegas foram salvas naquele dia. A maioria dos quais estava viva apenas por causa de nossa futura Rainha.

Setenta e duas, repeti para mim mesmo. *Deveria haver pelo menos oitenta e três. O que aconteceu com as outras onze?*

— Ela pôde não estar aqui para nós quando pensávamos que precisávamos dela, mas ela confiou em mim como seu companheiro pretendido para nos liderar enquanto ajudava aqueles que precisavam mais. — Ele traçou a base do meu pescoço com o polegar, seu toque reverente enquanto também possessivo.

Estremeci, suas palavras e presença me fazendo sentir muito querida e pertencente. *Porque ele é meu alfa.*

— Então, para aqueles que questionam como posso perdoá-la tão facilmente por nos abandonar, talvez agora vocês tenham uma melhor compreensão da minha escolha. Porque não posso querer uma companheira mais forte e mais apropriada que Quinnlynn MacNamara.

Ele levantou a taça, voltando seu olhar ao meu, seu orgulho – não de si mesmo, mas de mim – uma presença palpável que me deixou sem fôlego.

— Bem-vinda ao lar, Quinnlynn. Mal posso esperar para você se tornar nossa rainha. — Ele fez o brinde e depois levou o cristal aos lábios para tomar um gole antes de se inclinar para dar o vinho em minha boca.

Eu engoli, o gesto tão incrivelmente íntimo que momentaneamente esqueci nosso público.

Até que eles começaram a aplaudir.

— À nossa futura rainha — Cillian disse, fazendo com que vários outros ecoassem seu sentimento, enquanto a língua de Kieran deslizava na minha boca para acariciar a minha com sensualidade.

Foi rápido.

Uma introdução.

Uma promessa pecaminosa.

No entanto, terminou antes mesmo de eu ter a chance de memorizar a sensação.

A compulsão de alcançá-lo e puxá-lo para me beijar novamente sobrecarregou meus membros.

Mas ele me pegou antes que eu pudesse atacá-lo com a boca.

E me levou pelas sombras até o outro lado da sala assim que a música começou a tocar.

Exalei pesadamente, perplexa com a mudança e atordoada com seu *timing* impecável. Ele ensaiou isso ou deu instruções explícitas para começar a música no momento em que se aproximasse.

Independentemente de como o fez, funcionou.

Senti como se estivesse sonhando enquanto ele me girava pela sala com passos experientes, suas mãos se movendo em mim enquanto ele me guiava em um movimento após o outro.

Em um ponto, ele me inclinou em direção ao chão.

No segundo seguinte, eu estava girando ao redor dele, minha mente girando tão rápido quanto meus pés.

Suspirei seu nome, apenas para sentir seus lábios roçarem os meus, me impedindo de falar.

Isso é sobre sentimentos. Para mostrar ao nosso território que estamos unidos. Provar nossa compatibilidade e demonstrar nossa futura união.

Também dançamos assim cem anos atrás.

Exceto que tudo era muito mais intenso agora. *Real.* Porque ao contrário de então, eu não planejava mais fugir.

Kieran me girou mais uma vez, seu peito retumbando com um ronronar baixo que fez meus joelhos fraquejarem.

— Humm — ele murmurou contra o meu ouvido. — Agora que sei que dançar é uma forma de seduzi-la, terei que usar essa tática com mais frequência.

Ele se afastou antes que eu pudesse responder, seus olhos brilhando com uma promessa sombria enquanto se curvava em um gesto de imenso respeito.

Os lobos uivaram em aprovação, fazendo minhas bochechas esquentarem com a avaliação deles e com o jeito que eu tinha acabado de me derreter na pista de dança diante de todos.

Mas pelo menos eles não estavam mais me encarando.

Bem, a maioria deles de qualquer maneira.

Certamente parecia haver alguns que me desprezavam, e esses poucos pareciam ser liderados por Ômega Miranda.

Eu a ignorei, escolhendo observar o resto da multidão.

Quando meu olhar encontrou Myon, ele me deu um sorrisinho.

Retribuí.

Então Kieran me levou para vê-lo primeiro, o que estava de acordo com nossa última festa de noivado, onde buscamos a aprovação de Myon antes de nos encontrarmos com todos os outros metamorfos presentes.

Pelo menos metade do território não estava aqui esta noite, mas as palavras faladas entre nós agora viajariam para todos os que não estivessem presentes.

Suspeitei que muitos boicotaram o jantar por motivos óbvios. E outros poderiam não ter conseguido deixar seus postos.

Enquanto Kieran agradeceu aos poucos que se aventuraram na capital para o evento desta noite, eu sabia que ele também não permitiu que todos abandonassem as linhas do território.

Proteger o território era importante demais para tamanho erro. Arranjaríamos tempo para visitar pessoalmente aqueles que não compareceram e resolver qualquer uma de suas preocupações.

A esperança geral era de que as palavras trocadas agora acalmassem a mente dos outros antes de nos encontrarmos com eles.

— Myon — Kieran cumprimentou. — Obrigado por comparecer.

Meu ex-guardião assentiu.

— Eu não perderia isso. — Seus olhos claros encontraram os meus e pude ver uma pontada de tristeza em suas profundezas. — Gostaria que você tivesse me contado, Quinnlynn.

Engoli em seco, sem saber exatamente o que ele queria dizer.

— Fiz o que precisava fazer.

Ele me examinou por um momento e tirou uma caixa do bolso.

— Isso pertenceu a sua mãe. Acho que ela iria querer que ficasse com você. — Seu olhar desviou para o meu pescoço. — Eles combinam.

Franzi o cenho quando peguei a caixa.

— Eles combinam? — repeti lentamente, levantando a tampa.

Ofeguei com os brincos, os diamantes negros em forma de meia-lua combinando perfeitamente. Assim como ele disse.

— Eu não... eu não entendo. Como você...? Quando...?

— Acredito que o que minha noiva gostaria de saber, e eu também, é por que você não entregou isso antes. Afinal, imagino que você os tenha há algum tempo. — O tom de Kieran provocou um arrepio na minha espinha.

Ou talvez fosse do poder que irradiava dos diamantes.

Eu podia senti-lo zumbir por minha pele enquanto eu traçava os pingentes familiares.

— Imagino que recebi de uma forma semelhante a você, Quinnlynn — Myon respondeu, seu foco em mim antes de mudar para Kieran. — E eu pretendia dar a ela em sua coroação, que era o que pensei que sua mãe iria querer. Mas a coroação nunca aconteceu.

Kieran semicerrou o olhar, claramente não apreciando essa resposta.

— Você sabia que eu estava com o colar dela. Por que não mencionar os brincos?

— Fui removido do destacamento real antes que pudesse dizer qualquer coisa sobre eles. — Ele deu de ombros. — Então esperei que ela voltasse, pois pertencem à família MacNamara, da qual você ainda não é membro.

Kieran soltou um rosnado baixo.

— Ainda duvidando do meu valor até agora.

— Sempre vou duvidar de você. Esse é o meu trabalho.

— Não mais — Kieran respondeu.

Myon deu um passo à frente, seus longos cabelos se movendo como uma onda ao longo de seus ombros.

— Minha história com a família dela supera em muito a sua, O'Callaghan.

Kieran o encarou, indiferente à demonstração flagrante de agressão.

— Eu não vivo no passado, Myon. Vivo no presente. E meu futuro é com a Quinnlynn. Como *seu companheiro*.

Ele pressionou a palma da mão na parte inferior das minhas costas enquanto falava, então nos afastou de Myon antes que o alfa pudesse responder.

Cillian apareceu com discrição, impedindo Myon de nos seguir.

Olhei por cima do ombro, meus olhos escuros encontrando os claros de Myon. A tentação de agradecê-lo pelos brincos dominava meu espírito.

Mas não consegui.

Não quando ele desrespeitou Kieran de forma tão descarada.

Lentamente mudei o foco para longe do amigo mais antigo do meu pai e encontrei Kieran me observando sem um pingo de emoção em seu rosto.

— Você está certo — eu disse a ele baixinho. — Nossos futuros estão ligados, e eu prefiro viver no presente com você a existir no passado.

Porque o último – *viver no passado* – significava continuar escondendo a verdade de Kieran. Continuar sendo ridicularizado por minhas escolhas e por fugir. Viver uma vida sozinha, com dor e insatisfeita.

E para quê?

Para não encontrar o assassino dos meus pais?

Continuar me matando para abastecer o Santuário por conta própria?

Passei cem anos tentando fazer isso sozinha, e o que eu tinha para mostrar?

Sim, salvei incontáveis ômegas.

Mas quantas mais eu poderia ter salvado com Kieran ao meu lado?

Olhei para Miranda e o grupo de ômegas não acasaladas ao lado dela. Todas estavam sob a proteção de Kieran. E ele as guardava sem exalar muito poder.

Enquanto isso, minha alma continuava a se exaurir, tentando manter os escudos vivos ao redor do Santuário.

Por quanto tempo mais? Eu ficaria tão cansada de novo que me dissociaria da minha loba permanentemente?

Eu nem tinha percebido o quanto estiver perigosamente perto de me perder, até que Kieran me encontrou.

E eu o agradeci odiando-o. Temendo-o. Querendo escapar dele novamente.

Voltei o foco para o meu companheiro pretendido e parei na frente dele. Ele me olhou sem emoção, o olhar no meu quando comecei a me ajoelhar diante dele.

— Você é meu futuro escolhido — eu disse a ele, ciente de todos me observando me submeter abertamente ao futuro Rei do Território de Sangue. — Você é meu companheiro escolhido.

Ele me encarou por um longo momento, sua expressão ainda ilegível. Então ele mudou sua atenção para a multidão expectante.

— Gravem este momento — disse a todos. — É a única vez que vocês verão sua futura rainha de joelhos. Porque ela foi feita para liderar, não para se curvar.

Ele estendeu a mão para a minha e imediatamente aceitei sua oferta.

Só que ele não me ajudou a ficar de pé.

Em vez disso, levou minha mão aos lábios e beijou meu pulso para que todos pudessem ver.

— Preciso cuidar da minha pretendida — ele

murmurou. — As festividades continuarão com a coroação. E a essa altura, já estaremos acasalados.

Uma cacofonia de uivos soou, apenas para silenciar quando Kieran nos levou de volta para seu quarto pelas sombras, claramente tendo decidido terminar a noite mais cedo.

Mas eu não estava pronta para o nosso acasalamento. Ainda não.

— Preciso que você me deixe desaparecer nas sombras — sussurrei enquanto ele me puxava para ficar de pé.

Ele franziu a testa.

— O quê?

— Preciso que você me deixe desaparecer nas sombras. É a única maneira de te mostrar.

— Me mostrar o quê? — ele perguntou com a testa enrugada em confusão.

— O Santuário — sussurrei.

Suas íris brilharam, a única indicação de que ele reconheceu o termo. Talvez porque eu havia falado. Talvez porque tivesse ouvido falar ou lido nos documentos da família. Eu não tinha certeza. E não conseguia me concentrar o suficiente para decifrá-lo.

Eu precisava que ele *visse*.

Mas isso exigia que ele me soltasse e me deixasse desaparecer nas sombras, o que provavelmente era mais que eu merecia, dadas as nossas circunstâncias. No entanto, se ele fosse realmente o alfa de que eu precisava, ele concordaria com esse pedido.

Não porque ganhei sua confiança.

Mas porque ele era o alfa destinado a proteger o legado por trás da minha linhagem.

O coração do meu mundo.

O verdadeiro diamante de nossa espécie.

— Por favor, Kieran. É a única maneira. Quero que

você entenda, que saiba a verdade. Mas dizer... não é o mesmo que *ver*.

Sua expressão endureceu.

— Quinnlynn...

— Por favor. — Apertei sua mão, então gradualmente afrouxei meu aperto. — Preciso que você solte minhas amarras.

KIERAN

Eu a observei por um instante, meus instintos me dizendo para confiar nela enquanto minha mente gritava todas as razões para não confiar.

Por que agora? Por que aqui? Por que esta noite?

— Que tal você me dizer onde fica para que eu possa te levar pelas sombras? — sugeri.

Quinnlynn balançou a cabeça.

— Não é tão simples assim.

— Claro que não. — Não pude evitar o tom sarcástico em minha voz. De todas as vezes para me pedir para confiar, para liberá-la, ela escolheu esta noite. Logo após nosso jantar de noivado.

E foi essencialmente a mesma noite em que ela desapareceu cem anos atrás.

Ela achava que eu era ingênuo? Que alguns comentários bem colocados me levariam a um estado de confiança?

Olhei para ela, enojado com o próprio conceito de ela escolher agora para me trair novamente.

— Estou falando sério, Kieran — ela disse, segurando

aquela caixa de Myon como se fosse uma tábua de salvação.

Enquanto isso, a outra mão mal segurava a minha.

— Não é tão simples — ela repetiu. — Você tem que ser levado até lá para saber onde fica.

Arqueei uma sobrancelha.

— Parece um pouco conveniente, Princesa.

Ela se encolheu com o meu tom.

Mas não pude evitar.

Ela realmente achava que eu era tolo o suficiente para soltá-la agora?

Ou ela realmente quer me mostrar algo? me perguntei, em conflito.

Eu a soltei para dar vários passos para trás, precisando pensar.

Mas ela me seguiu.

— Kieran, estou tentando te dizer por que fui embora. Mas seria muito mais fácil mostrar a você.

— Então talvez eu deva fazer você me contar ao invés de mostrar — respondi, me sentindo na defensiva. Ela estava cutucando velhas feridas, dores que eu não queria sentir.

Chega de viver no presente, uma parte obscura de mim murmurou. Mas ela ainda não havia conquistado minha fé. Não inteiramente.

E a memória de seu desaparecimento manchou minha capacidade de confiar nela.

No entanto, essa memória também me intrigou. Chamava meu lado selvagem, a besta que a considerava nossa.

Isso me deixou louco com a necessidade de tomá-la. Marcá-la. Fazê-la minha.

E outra parte de mim queria confiar nela. Dar a liberdade e ver o que ela faria.

Porque essa parte de mim *gostava* da caçada e não se importaria com outro desafio.

Exceto que isso destruiria nosso setor. Começamos a nos curar esta noite. Seria lento, mas eu tinha fé no processo.

No entanto, se ela me traísse, *a nós*, de novo, talvez eu não conseguisse recompor o território.

— Seria mais fácil mostrar a você — ela sussurrou, com os olhos suplicantes.

— Por que eu deveria tornar as coisas mais fáceis para você, Quinnlynn? Não fiz o suficiente para provar que sou digno de ser seu companheiro?

Puta merda. Não posso ter essa conversa agora. Eu preciso pensar.

E preciso tirar essas roupas sufocantes.

Comecei a ir em direção ao armário, decidido. Pelo menos nesse detalhe.

Eu tinha nos trazido para cá com a intenção de beijá-la. Fazer amor com ela. Mordê-la.

E ela virou minhas intenções de cabeça para baixo com seu pedido.

O único que eu não queria ouvir: me liberte.

Tudo porque ela queria que eu confiasse nela.

Bem, que se dane.

E estou ferrado por perceber que ainda não estou pronto para confiar nela.

O que levantava a questão: *Como posso acasalar sem confiar?*

Quinnlynn fez um som frustrado atrás de mim.

— A razão pela qual quero mostrar é porque te acho digno. Mais que digno. — Ela rosnou. — Você... Você não é nada como eu esperava, mas tudo que eu preciso.

Fiz uma pausa na frente do armário, as últimas palavras despertando meu interesse. *Tudo que eu preciso.*

Tudo o que você precisa para quê, eu me pergunto.

— Não fui justa com você — ela continuou. — Eu... eu não sabia em quem confiar. Meus pais... — Ela limpou a garganta. — Kieran, eu escolhi você porque você não estava lutando por mim. Isso me fez pensar que talvez você pudesse ser diferente. E você é. Eu só não percebi o quanto.

Eu me virei, arqueando as sobrancelhas.

— Diferente de quê?

— Diferente dos alfas que anseiam por poder. — Ela engoliu em seco. — Quero dizer, você anseia por isso. Mas não pelos mesmos motivos que eles. Ou, pelo menos, alguns deles. Bem, um em particular. Acho. E não... não apenas por poder. Mas *acesso.*

Semicerrei os olhos.

— O que você está tentando me dizer, Quinnlynn? Acesso a quê?

Mas eu já suspeitava da resposta: *seus segredos de família.*

— Ao Santuário — ela sussurrou, usando aquele termo novamente e mantendo-o em tom baixo como se fosse um termo sagrado. — Quero te levar ao Santuário. Por favor.

— O que é isso?

— Um lugar que você tem que ver para entender — ela respondeu, as palavras longe de serem convincentes o suficiente. — Um lugar... um lugar que você precisa confiar em mim para levá-lo.

Tensionei a mandíbula. Ela poderia muito facilmente estar brincando comigo agora, o desespero em seu cheiro causado por sua necessidade de fugir mais que sua necessidade de me dizer a verdade.

Mas aquele brilho em seu olhar, aquele que me implorava para deixar o passado para trás e confiar nela para nos apresentar o futuro, foi apenas o suficiente para me impedir de recusar abertamente.

Eu poderia simplesmente transar com ela. Acasalar com ela. Vasculhar sua cabeça em busca da verdade.

No entanto, isso quebraria o vínculo tênue que criamos nas últimas semanas. E não queria que nossa história manchasse nosso destino.

Eu queria acreditar nela. Confiar nela. Deixá-la me mostrar essa verdade.

Não roubá-la de sua mente e estilhaçar nossa frágil conexão no processo.

Ela nunca me perdoaria por forçá-la, não quando estava prestes a se abrir.

Presumindo que tudo isso não é uma manobra, meu lado pessimista murmurou, meu olhar indo para aquela caixa novamente. Parecia simbólico de uma forma que não entendi muito bem. Um símbolo do passado destinado a distorcer o futuro.

Uma noção ridícula.

Apertei a ponte do meu nariz e soltei um suspiro. *Foco.*

— Para qual clima devo me preparar? — perguntei, testando-a.

Ela soltou o ar em uma expiração audível e seu pulso acelerou.

Era um alívio porque ela achava que eu tinha caído em seu truque?

Ou alívio por eu confiar nela?

— Você vai soltar minhas amarras? — Sua pergunta era baixa e sua expressão muito esperançosa.

— Ainda não tenho certeza — admiti. — Diga-me o clima para o qual preciso me preparar primeiro. — *Pare de protelar e me dê uma resposta real, ou saberei que você está mentindo.*

— F-frio — ela gaguejou.

Não era exatamente a resposta confiante que eu estava

procurando, mas assenti de qualquer maneira e entrei no closet para me vestir adequadamente para o *frio*.

Quinnlynn entrou atrás de mim, mordiscando os lábios.

Eu a ignorei e pendurei meu paletó.

Então desabotoei o colete, gravata e camisa, e me virei para encontrá-la puxando as cordas atrás dela.

Depois de um momento deixando-a sofrer e achando isso estranhamente cativante, dei um passo à frente.

— Vire-se, pequena trapaceira.

— Não estou tentando te enganar — ela murmurou, me obedecendo de qualquer maneira.

Me inclinei e levei os lábios ao seu ouvido.

— Vamos ver, não é, querida?

Seus ombros e braços se arrepiaram, a reação ou resultado do meu sussurro ou uma resposta física às minhas palavras. Era difícil dizer.

Mas eu a ajudei a tirar o vestido de qualquer maneira.

Então a segurei pela nuca e a puxei para mim, meu lobo exigindo que eu fizesse pelo menos algum tipo de reivindicação.

O que fiz com minha boca contra a dela.

Porque eu estava morrendo de vontade de beijá-la a noite toda, e se eu estava prestes a perdê-la novamente, então iria roubar essa memória e usá-la como bem entendesse no futuro.

Ela ofegou, seus seios nus encontrando meu peito enquanto eu apertava com mais firmeza a sua nuca. A outra mão foi para sua bunda, reivindicando-a com um aperto inflexível enquanto a puxava ainda mais para perto.

Então a destruí com minha língua.

Tirei mais que dei.

Estampando minha alma dentro dela sem morder. Sem

marcar. No entanto, possuindo-a tão severamente que não poderia haver dúvida sobre quem era seu dono.

Minha.

Minha companheira.

Minha Ômega.

Minha pretendida Rainha.

Eu capturei com minha boca, tomando-a de uma forma que ela nunca esqueceria. Porque eu essencialmente acabei de dar um nó nela.

Com a porra da minha língua.

— Considere isso um voto — sussurrei em tom sombrio. — Me traia de novo, e você vai se arrepender, Quinnlynn MacNamara.

Mordi seu lábio inferior forte o suficiente para doer sem fazê-la sangrar.

Na próxima vez que fizesse isso, iria rasgar a pele, algo que garanti que ela visse em meus olhos.

— Este jogo que jogamos acabou — eu disse a ela. — Entendeu?

— Sim.

— Bom. — Eu a soltei. — Coloque roupas quentes, pois estamos indo para um lugar frio.

Eu me virei para tirar as calças, meu pau estava tão duro que fiquei com receio de me machucar acidentalmente. Mas pensar na possibilidade dela me enganar foi o suficiente para me acalmar.

Pelo menos até que eu considerasse como iria persegui-la e puni-la.

Isso me deixou duro de novo enquanto eu colocava um jeans.

Esta mulher é o desafio mais sedutor da minha vida. E o mais frustrante também.

Calcei meias e botas, depois peguei um suéter antes de encará-la.

Ela usava uma roupa semelhante, só que acrescentou um casaco à mistura. Assim como os brincos de sua mãe, que reconhecidamente pareciam apropriados para ela.

— Bem, pelo menos eu sei que as roupas que comprei para você servem — eu disse, olhando para o lado do armário que designei para ela. — Seria uma pena desperdiçar tudo isso, não é?

Quinnlynn se esticou ao meu redor para puxar uma jaqueta de couro forrada de pele de um cabide.

— Não vou desperdiçar nada, Kieran. Estaremos de volta pela manhã.

Peguei o casaco dela.

— Não faça promessas que você pode não cumprir, Princesa.

— Não estou mentindo para você, *Príncipe*. — Ela cruzou os braços. — Mas sua reação a tudo isso prova meu ponto: você é diferente. Se não fosse e soubesse do meu segredo, estaria salivando para ter acesso.

— É mesmo? — perguntei enquanto puxava suas lapelas peludas.

— Sim. — Ela parecia muito mais confiante agora, o que aumentou minha curiosidade. — E você vai se desculpar por duvidar de mim quando estivermos lá.

— Vou?

— Sim — ela repetiu. — Sei que não ganhei sua confiança, mas depois disso, não haverá dúvidas entre nós.

Bem, essa foi uma declaração promissora. Podia ser tudo mentira, mas eu esperava que fosse verdade.

— Tudo bem, pequena. Você ganhou.

Ela entreabriu os lábios.

— Jura?

Assenti, liderando o caminho para fora do *closet*.

— Mas estou falando sério, Quinnlynn. Se você me desafiar de novo, vou fazer você se arrepender. — Porque isso destruiria nosso território, e eu não podia deixar isso passar. — Portanto, pense com muito cuidado antes de decidir o que fazer a seguir.

Desvendei meu domínio sobre sua habilidade de desaparecer nas sombras enquanto falava, de costas para ela, principalmente porque queria testá-la.

Mas quando terminei o processo, ela simplesmente desapareceu nas sombras para aparecer na minha frente, seus olhos sorrindo com uma emoção que eu não poderia definir facilmente.

Felicidade? Gratidão? Uma pontada de mal-estar? Foi uma mistura estranha, que me fez levantar uma sobrancelha.

— Você está tendo dúvidas?

— Não. Já faz um tempo desde a última vez que visitei esse lugar. E eu realmente espero que a recepção deles seja melhor que a que recebi aqui — ela disse, com as bochechas vermelhas.

— Recepção deles? — repeti. — Quem vamos visitar?

Ela agarrou meu pulso.

— Você vai ver.

— Quinnlynn. — Agarrei o braço dela. — Diga-me quem vamos ver. Agora.

Eu havia concordado em ir a um lugar, não em ser levado a um grupo desconhecido de pessoas. Eu poderia cuidar de mim mesmo, mas Quinnlynn era um risco.

— Confie em mim — ela sussurrou, as sombras já envolvendo nós dois.

Cillian. A Quinnlynn está...

O mundo mudou, uma sensação de erro me dominando enquanto o poder estilhaçava o ar entre mim e Quinnlynn. Tropecei, seu braço parecendo desaparecer sob minhas mãos.

O nome dela saiu da minha boca com um grunhido

enquanto eu lutava para ver, a energia momentaneamente me cegando e me jogando no chão como se eu tivesse sido fisicamente empurrado.

Só que não havia ninguém lá.

Nenhuma outra entidade.

Nenhum poder místico de habilidade.

Apenas meu quarto.

Comigo no chão.

E Quinnlynn...

Em lugar nenhum.

Pisquei várias vezes, tentando limpar a mente, para processar o que tinha acabado de acontecer. Tudo parecia meio entorpecido. *Errado. De cabeça para baixo. Negado.*

Não.

Rejeitado.

O poder explodiu através de mim, me rejeitando.

Minha mandíbula se apertou.

Quinnlynn acabou de condenar nosso noivado com um feitiço. Ela tinha fugido *de novo*.

E desta vez, garantiu que todos no território sentissem.

Como evidenciado por meus dois Elites aparecendo apenas segundos depois de tudo ter acontecido.

Cillian deu uma olhada ao redor da sala e xingou.

Lorcan semicerrou os olhos.

Enquanto eu... deixei minha besta reagir à rejeição pública de nosso noivado.

E rugiu.

QUINN

Ai. Me enrolei em uma bola em cima de algo macio enquanto tentava banir a dor da minha cabeça. *Argh.*

Parecia que eu tinha pulado de um penhasco em um bloco de gelo.

Gemi, tudo se estilhaçando por dentro. *O que eu fiz? Onde estou?*

Minha mente parecia mingau, minhas memórias turvas na melhor das hipóteses. Algo sobre sombras.

Sombras. Sombras. Sombras.

Desaparecer nas sombras.

Hum.

Engoli em seco, minha garganta parecendo uma lixa.

Por que estou em uma nuvem? Parecia fofa. Tinha um cheiro doce. Assim como o Lar. Suspirei, o aroma familiar me deixando tonta de calor. Fazia tanto tempo desde a última vez que estive aqui. Em segurança. Meu ninho. Meu porto seguro.

Exceto...

Algo está faltando.

Não. Não é algo. Alguém.

— Kieran — murmurei, meus dedos automaticamente procurando por ele.

— Aqui não, infelizmente — uma voz familiar me disse, me fazendo franzir a testa.

O quê?

— O feitiço o rejeitou. Caramba, ele quase te rejeitou, o que é estranho, considerando que você o criou. Mas talvez a magia esteja louca por você ter ido embora por tanto tempo... Olha, eu sei que estou muito brava com isso.

Kyra, eu percebi.

— Você foi para o Território de Sangue antes de vir para cá. Não posso dizer que não estou um pouco magoada com isso, mana.

O apelido confirmou sua identidade, mas não explicou como ela estava aqui. Ou como *eu* estava aqui.

Mas então... então as coisas começaram a voltar em minha mente.

O jantar de noivado. Kieran. Dançando. Brincos. Convencê-lo a confiar em mim. As sombras...

Meus olhos se abriram.

E imediatamente se fecharam de novo. Porque, puta merda.

— Onde eu aterrissei? — perguntei, minha voz tão destruída quanto eu me sentia.

— Ao lado de uma foca — Kyra respondeu. — Assustou a pobre coitada.

Gemi quando ela riu, claramente divertida com a memória.

— Felizmente, o Fritz te viu. Ele foi capaz de tirá-la da água. Depois fiz o resto, acompanhando você aqui. — Sua mão tocou minha testa. — Você não está totalmente curada, mas quase lá.

— E o Kieran?

— Não conseguiu passar pela barreira do feitiço — ela

disse, repetindo o que já havia me contado. — Imagino que ele ainda esteja no Território de Sangue.

— *Puta merda.* — Tentei me sentar, mas ela me empurrou de volta para baixo.

— Ah, não, você não vai. Precisa de, pelo menos, mais um ou dois dias de sono.

Fiz uma careta.

— O quê?

— Você só teve cerca de três dias até agora, e...

— *Três dias?* — Tentei me sentar novamente, desta vez segurei as mãos dela enquanto ela tentava me impedir. Lutei, forçando-a a me deixar terminar o movimento.

Apenas para ser atingida por um feitiço que me mandou de volta para a cama com um gemido.

— Bem-feito para você, sua idiota teimosa — ela retrucou, seu sotaque inglês engrossado por sua raiva. — O que há de errado?

— Kieran — murmurei enquanto tentava abrir os olhos novamente. — Ele vai me matar.

— É? Então é bom que você esteja aqui comigo.

Comecei a balançar a cabeça, mas não consegui completar o movimento.

— Não. Eu prometi. Ele vai pensar... — Estremeci, minha garganta estava tão seca que as palavras saíram como sussurros roucos.

— Aqui. — Um canudo tocou meus lábios e eu o suguei até engasgar.

— Calma, Quinn. Não é um nó.

Quase rosnei com a piada de mau gosto, mas estava ocupada demais engolindo para fazer barulho.

Quando finalmente terminei, tentei abrir meus olhos novamente. Devagar. Começando com uma espiada que confirmou que eu estava no meu ninho – aquele que eu não visitava há décadas. No entanto, não estava empoeirado, me dizendo que alguém havia mantido o lugar limpo para mim.

Provavelmente Kyra.

Ela dirigia o Santuário na minha ausência.

Porque éramos parceiras. *Irmãs*, pensei. Não por sangue, mas por propósito.

Compartilhamos o mesmo objetivo: ajudar a salvar ômegas de todas as raças.

Eu nasci para esse papel.

E ela meio que caiu nisso depois de matar seu companheiro Vampiro Alfa.

Deveria tê-la dilacerado, o veneno de um Alfa era como um vício para as fêmeas ômega: elas o desejavam durante o processo de alimentação e os ciclos de cio. Algo sobre as mordidas do Alfa e toda a troca de poder.

Mas Kyra era metade loba do V-Clan.

O que lhe permitia funcionar de forma diferente de um vampiro típico. Ela essencialmente herdou todas as melhores características de cada um dos pais e nenhuma das fraquezas.

Ela me entregou outra bebida, desta vez uma caixa de suco, e eu bebi tudo antes de tentar me sentar novamente. Desta vez ela não me impediu, apenas me deu um olhar que expressava como ela se sentia sobre eu me mexer.

Um olhar tão matronal, pensei, lutando contra um sorriso. Porque Kyra era o oposto de matrona. Na verdade, ela era a única ômega que eu diria aos outros para nunca confiarem em seus filhotes. Ela os faria xingar e pregar peças minutos depois de conhecê-los.

Porque Kyra não acreditava em regras.

Ela valorizava a lealdade.

— Então, por que o seu príncipe alfa vai tentar te matar? — ela perguntou. — A última vez que ouvi, ele estava tão apaixonado por você que estava recusando cada ômega que tentava tentá-lo a se desviar.

— Você ouviu isso?

— Eu testemunhei isso — ela corrigiu. — Fiquei de olho no Território de Sangue, assim como você me pediu. Algo que saberia se você se importasse em ligar.

Fiz uma careta.

— Fiquei presa no Território Bariloche.

— Até que você saiu de lá.

— Exatamente — concordei. — Porque o Kieran me levou de volta para a Islândia e removeu minha habilidade de desaparecer nas sombras.

— É por isso que sua entrada foi tão fodida?

Dei de ombros.

— Talvez. Ou talvez porque tentei trazê-lo de volta comigo. Você disse que o feitiço o rejeitou?

— Sim, eu senti.

— Mas ele é meu companheiro.

Ela arqueou as sobrancelhas quando seu olhar foi para o meu pescoço.

— Ele finalmente te reivindicou?

— Companheiro pretendido — emendei.

— Ah. Bem, então isso explica. O feitiço não o deixa entrar porque ele tecnicamente ainda não faz parte da sua linhagem familiar. Ele teria que beber de você primeiro.

— Mas eu já absorvi sua essência antes.

— Não funciona assim, Quinn. Ele precisa do seu sangue. — Ela me deu uma olhada. — Você não se lembra do que aconteceu com a Livi depois que ela foi reivindicada? Como o alfa dela foi capaz de romper a barreira porque ele a mordeu?

— Claro que me lembro. Eu ajudei a subjugá-lo.

— Certo. E inspirou todo o treinamento de defesa.

Mas ele foi capaz de segui-la e atravessar porque engoliu o sangue dela.

— *Argh* — resmunguei, percebendo que ela estava certa. Eu estava tão envolvida em querer mostrar o Santuário a Kieran, que não havia considerado totalmente a barreira mágica. Eu pensei que ele ser meu companheiro escolhido seria o suficiente, especialmente desde que minha linhagem familiar criou e manteve o feitiço.

Aparentemente não.

— Ele vai me matar. — Na verdade, não ia. Eu estava sendo dramática. Mas ele ficaria bravo.

Meu estômago revirou com a ideia, meu coração quase saiu pela boca.

Ele provavelmente pensa que eu o traí. De novo.

— Eu preciso voltar — murmurei.

— Ah, não — Kyra respondeu. — Você acabou de dizer que ele quer te matar.

— Porque ele vai pensar que eu o deixei de novo. Vou explicar. Vai ficar tudo bem. — *Espero.*

Pressionei a palma da mão na testa, sentindo meu crânio doer e enviando ondas tumultuadas por dentro. Eu me sentia doente. Literalmente. Como se eu fosse vomitar. E o espasmo dentro de mim não ajudou.

Provavelmente era minha loba arranhando meu coração, pensei tonto. *Talvez ela possa sentir a ira de seu companheiro.*

Exceto que não, eu não conseguia sentir Kieran. Nem mesmo sua energia de cura.

Abri os olhos – eu não tinha certeza de quando os senti fechar – e minhas entranhas se revoltaram novamente. — Não consigo senti-lo. — Tentei encontrar o fio que me ligava ao seu poder, à sua *força*, e não sentia nada. — Como...?

Ele tinha me cortado?

Ele está ferido?

Comecei a tatear cegamente ao meu redor, procurando por roupas. Porque em algum momento tirei o suéter e o jeans.

— Quinn?

— Não consigo senti-lo! — repeti, frenética.

Ele quebrou nossa conexão de alguma forma? Ele tinha tomado outra companheira?

Ele prometeu que eu me arrependeria se o traísse novamente.

Será que ele... será que ele quis dizer que me deserdaria? Mesmo depois de tudo o que compartilhamos?

Ah, luas…

Era o que eu merecia, eu supunha. Mas não o traí!

— Eu preciso ir. Eu preciso desaparecer nas sombras...

Parei com um grito de agonia quando minhas entranhas se estilhaçaram.

— Quinn! — Kyra gritou.

Mas eu mal conseguia ouvi-la.

Algo estava errado. *Muito, muito errado.* Eu podia sentir minha alma se dividindo dentro de mim, minha loba gritando de dor.

Isso era o oposto da cura.

Isso... isso era um *inferno* torturante.

Eu me enterrei em meu ninho, procurando os cheiros que eu sabia que iriam me curar. Exceto que eles não existiam. Porque ele não estava aqui. Meu alfa. Meu pretendido. Meu Kieran.

— Eu preciso... de... — Não consegui terminar o pensamento, outro espasmo agonizante me reduzindo a nada além de gemidos e choramingos.

Vozes soaram por perto.

Kyra. Um homem. Outra fêmea.

Os nomes começaram a se confundir, as memórias girando em minha mente, todas elas estreladas por Kieran.

Ele está me punindo, percebi com um suspiro. *Fazendo algo para... reverter minha cura. Me machucando.*

Porque eu o machuquei.

Eu o abandonei.

Só que eu não tinha feito isso. Não dessa vez.

— Kieran — murmurei, as lágrimas nublando minha visão enquanto a realidade se agitava com pesadelos.

Eu estava pegando fogo, queimando de dentro para fora, perdida nessa agonia de solidão.

Ele me odeia.

Ele está me rejeitando.

Ele está... ele está garantindo que eu saiba que terminamos.

Mas eu não o traí. Eu juro, Kieran. Eu... eu tentei trazer você... comigo.

Chorei, meu corpo se recusando a me deixar desaparecer nas sombras e minha mente se fragmentando enquanto eu lutava para entender a verdade da ficção.

Talvez isso fosse apenas um pesadelo. Talvez eu acordasse logo com seu cheiro familiar.

Ou talvez...

Talvez esta seja a minha morte. Pelo espírito do meu próprio companheiro.

Eu pensei... eu pensei que poderia te amar...

E agora...

Agora eu vejo que você... você realmente é...

Um vilão.

Mais vozes ecoaram. Kyra gritou. Reconheci vagamente seus tons, sua presença, algo sobre *necessidade*.

Choraminguei, implorando por Kieran. Eu precisava que ele entendesse. Que me perdoasse.

Que... que ele me *aceitasse*.

Minha loba ganiu por dentro, o som escapando dos meus lábios. Ou talvez tenha sido uma espécie de alarme.

Não consegui ver. Eu não conseguia mais ouvir de verdade.

Estava perdida na dolorosa sensação de solidão.

Oprimida pela escuridão.

Sozinha... no meu ninho... sem... meu companheiro.

Meu Kieran.

Sinto muito, pensei para ele. *Eu não quis te deixar de novo. Na verdade eu... queria... ficar.*

Mas ele nunca acreditaria em mim agora. Eu entendia isso. *Sentia.* Esse tormento era meu castigo.

E ele estava certo.

Eu realmente me arrependi.

De tudo.

Confiança. Amor. *Me apaixonar.*

Não era justo. Mas a vida não era feita para ser fácil ou gentil. A vida era um desafio.

Apenas como eu.

Seu desafio.

E a cada espasmo torturante, ficava claro que eu não era mais um desafio que ele desejava perseguir.

O vilão me deixou sofrendo. Sozinha. Neste ninho. Sem meu companheiro pretendido.

Sem seu calor.

Sem seu carinho.

Sem seu ronronar.

Sem seu... *nó.*

KIERAN

Minhas patas correram sobre o gelo, meu lobo forçando nossos limites enquanto corríamos pela superfície da geleira.

Era perigoso.

Selvagem.

E exatamente o que eu precisava.

Ou foi o que pensei. Porque aquela pontada no meu peito continuou a irradiar.

Ela mentiu.

Ela nos traiu.

Ela nos rejeitou.

A sensação de ser jogado no chão me atingiu novamente, me fazendo rosnar de frustração. Eu não tinha certeza de como ela tinha feito isso e, enquanto parte de mim estava impressionado com a demonstração de poder, a outra parte se enfurecia com isso.

Eu confiei nela. Me permiti ter esperança.

E ela usou essa fé para desaparecer. *De novo.*

Ganhei nosso jogo de esconde-esconde. Como ela ousou me envolver em outra rodada?

Provei meu valor. Eu a curei. Ajudei-a a encontrar sua loba. Consertei sua dissociação. *Dei um nó nela.*

Puta merda!

Eu deveria reivindicá-la e forçá-la a ser minha.

Só que então eu teria ouvido sua agonia por estar presa. Teria descoberto que tudo o que ela me disse era mentira. E teríamos passado o resto de nossas vidas nos odiando.

Meu lobo rosnou em protesto, então bateu no gelo ainda mais forte em resposta.

Eu estava apenas seguindo, minha besta havia assumido o comando horas atrás. Eu poderia controlá-lo, mas não queria. Me sentia selvagem. Vivo. *Furioso.*

Quinnlynn MacNamara tinha me usado.

Ela havia se prometido a mim. Ela fugiu. Eu a encontrei. E ela fugiu de novo.

Uma parte sombria de mim estava animado com a perspectiva de outra perseguição. Mas eu me preocupava com o que essa parte faria quando eu a pegasse.

Porque todo o território agora sabia de seu desaparecimento. Caramba, eu não ficaria surpreso se os outros territórios também soubessem.

Sua rejeição foi poderosa, aquele feitiço enviou uma onda de choque por todo o Território de Sangue. Todos sentiram sua partida.

E eu estava muito atordoado para começar a abordar isso.

Meu trabalho como o Príncipe Alfa do Território de Sangue exigia que eu acalmasse o bando. Mas como eu deveria fazer isso quando me sentia tão totalmente destruído?

Eu não podia deixar que me vissem assim.

Daí a corrida.

Uma que começou há *quatro* dias.

Uma que não consegui parar.

Uma que me levou às profundezas das montanhas geladas onde comida e vida não existiam. Eventualmente voltaria através das sombras.

Mas ainda não.

Não até o desejo do meu lobo de destruir tudo em nosso...

Sire.

Rosnei com a interrupção indesejada de Cillian. *Não me importo com o que é. Me deixe em paz.*

Tivemos uma brecha, ele continuou, me ignorando completamente.

Então lide com isso. Porque eu não estava com disposição para besteiras políticas.

Não é tão simples assim. Você precisa...

Preciso de tempo, interrompi, ciente de que estava sendo um idiota egoísta e totalmente incapaz de resolver isso. *Lide com isso por conta própria.*

Se eu pudesse excluí-lo, eu o faria.

Infelizmente, sua telepatia anulou meu desejo de ignorá-lo. *Ela está aqui para falar com você, Kieran,* ele continuou, meu nome parecendo um chicote em minha mente.

Comecei a desacelerar. *Ela?* Meu lobo se animou, excitação e raiva criando uma mistura inebriante em nosso sangue. *Quinnlynn? Ela voltou?*

Não. Kyra.

Pisquei, meu ritmo se tornou quase uma caminhada. *O quê?*

Nós a prendemos na toca do Lorcan. Ele fez uma pausa. *Kieran, ela trouxe um frasco de sangue. Sangue da Quinnlynn.*

Paralisei. *Sangue?*

Ela se recusou a explicar o porquê. Disse que só vai se explicar para você.

O que significava que eles tentaram fazê-la falar e ela recusou. *Você acha que ela usou o sangue para cruzar nossa linha de fronteira?*

Quinnlynn havia mencionado Kyra antes, sugerindo que ela era a fonte de suas informações sobre mim. Mas não havia elaborado além disso.

O sangue dela era algo que Kyra havia usado para entrar em nossas terras antes?

Não. Ela disse que o sangue é para você e não vai dar mais detalhes.

Fiz uma careta quando mudei de volta para a minha forma humana. *Você detectou a entrada dela?*

Não. Eu a encontrei na sua suíte quando fui procurá-lo.

Arqueei as sobrancelhas. *Na minha suíte?*

Sim. Ela estava andando de um lado para o outro no seu quarto.

Ou seja, ela entrou sem ninguém saber.

Sim, ele repetiu.

Então, o quanto ela é segura? Porque se ela pôde escapar de toda a nossa segurança, eu duvidava que poderíamos segurá-la por muito tempo.

Honestamente? Não sei. Ele parecia cauteloso. *Mas ela está sendo receptiva no momento.*

Receptiva, repeti, incrédulo.

Ela disse que se você a fizer esperar muito, vai embora, e você nunca saberá o que aconteceu com a Quinnlynn, porque ela fará com que você nunca mais a veja.

Rosnei. *Estou a caminho.* Talvez para matar a intrusa que se atreveu a ameaçar minha futura companheira. Ou talvez para dizer a ela para ir embora porque eu não queria mais me importar.

Sim, definitivamente o primeiro.

Porque, por mais bravo que eu estivesse, eu ainda me importava.

Merda.

Desapareci nas sombras até o armário de Lorcan e peguei um jeans dele. Nós éramos do mesmo tamanho, então cabiam.

Então entrei em seu quarto, abri a porta e me dirigi para o escritório.

Ele me encontrou na soleira, observando as calças familiares com um olhar avaliador. Então ele recuou para revelar a mulher sentada em sua cadeira como se fosse a dona.

Gravei suas características com uma única olhada.

Cabelo preto azulado.

Olhos verdes felinos.

Pele pálida.

Pequena.

Vampira.

Exceto que ela era muito mais que isso. Ela também era parte loba do V-Clan. Uma ômega de genética mista. Não necessariamente incomum, mas eu podia sentir a energia antiga flutuando em seu pequeno corpo.

Esta mulher era poderosa.

E ela realmente tinha um frasco com o sangue de Quinnlynn. estava na mesa diante dela como uma espécie de oferta de paz fodida. O cheiro me atingiu como uma droga, meu lobo ansiando por provar sua pretendida.

Ou talvez fosse minha necessidade de violência que me fazia salivar pelo conteúdo daquela garrafa.

— Onde ela está? — exigi, sem me preocupar em esclarecer a quem eu me referia. Nem limpei a garganta. O grunhido rouco na minha voz parecia mais que apropriado para esta conversa.

— No Santuário — ela respondeu, sem se incomodar em brincar comigo.

— Me diga onde é isso. Agora mesmo. — Porque eu queria estrangular a linda garganta da minha pretendida.

— Não posso. Você precisa beber isso primeiro. — Ela apontou uma unha afiada para o frasco sobre a mesa. — Mas vou avisá-lo: não tenho certeza se vai funcionar.

Fiz uma careta.

— Funcionar para quê?

— Para romper o feitiço de barreira na ilha. Requer que você esteja totalmente acasalado, mas espero que possamos enganá-lo tendo o sangue dela em seu organismo. — Ela se afastou da mesa e se levantou. — Então beba. Em seguida, vou te levar até ela.

Lorcan deu um passo à frente, com a mão no meu ombro. Era o equivalente a uma negação. Não que fosse necessário.

Porque de jeito nenhum eu ia deixar essa fadinha de cabelo azul me levar a qualquer lugar.

Eu disse a ela para me dizer aonde ir, não para me levar lá como se ela fosse algum tipo de acompanhante encantada.

— Por que eu iria a qualquer lugar com você? — questionei. — Sei tudo sobre sua propensão para matar alfas, Kyra. E não estou prestes a me tornar sua próxima vítima.

Alguns alfas poderiam rir da ideia de temer uma ômega. Mas eu não. Eu não tinha vivido tanto tempo permitindo que meu ego anulasse a lógica.

Esta mulher despretensiosa provou ser mortal décadas atrás. Ela era uma proverbial viúva negra com poderes que ninguém sabia nada.

Ela curvou os lábios.

— Só mato alfas que merecem, Kieran. Você fez algo para merecer minha ira?

— Não sei — admiti. — Eu fiz?

— Você está começando a fazer. — Ela rondava a escrivaninha, seus movimentos eram felinos e combinando com a forma felina de seus olhos. — Sua futura companheira está ferida e entrando no cio. Se você continuar escolhendo não ajudá-la, então sim, vai ganhar minha ira.

Olhei para ela, a ômega mais de trinta centímetros mais baixa que eu. Ela não podia ter mais de um metro e meio. No entanto, senti a aura mortal circulando em torno dela como um manto escuro de energia enigmática.

— Ela é minha melhor amiga, Kieran — Kyra continuou. — E eu a deixei gritando no ninho. Então, se não vai trabalhar comigo, diga agora. Porque alguém precisa confortá-la e, mesmo que ela esteja chamando por você, não posso deixá-la sofrer sozinha.

Semicerrei os olhos.

— Ela me rejeitou de forma bastante espetacular. Então me perdoe por não acreditar em nada do que você acabou de dizer sobre ela me *querer*.

— Ele perdeu a audição quando a barreira empurrou a alma dele de volta para cá? — Kyra perguntou em tom casual, seu olhar indo para Lorcan e depois para Cillian. — Porque juro que já expliquei isso.

— Que tal tentar de novo? — Cillian sugeriu, seu tom sem emoção.

Ela revirou os olhos e olhou para mim novamente.

— A *barreira* te rejeitou. Não a Quinnlynn. E aquele feitiço quase a matou também.

— O feitiço que ela usou para desaparecer nas sombras sem mim?

A ômega felina olhou para mim.

— Não, idiota. O feitiço de barreira que protege a ilha. Ele a derrubou no caminho e a fez bater em um bloco de gelo, que a fez cair na água. Então ela acordou e entrou no cio. E agora estou aqui porque ela precisa de você.

Lorcan e Cillian rosnaram com o tom de voz e o

apelido ofensivo dela, mas eu estava muito ocupado decifrando suas palavras para me importar com as nuances de como elas foram ditas.

— O que esse feitiço de barreira está protegendo?

— O Santuário.

Obviamente.

— O que é o Santuário? — questionei, cansado desse enigma. — Diga-me o que é, e eu considerarei ir com você.

— Kieran — Lorcan rosnou, quebrando o silêncio.

Mas levantei a mão para detê-lo, meu olhar na ômega.

— A Quinnlynn disse que tinha que me mostrar para eu entender. Não confio nela ou em você para fazer isso, considerando tudo o que aconteceu. Então me diga o que é.

— Ela nunca te contou? — Uma pontada de desconforto surgiu nas feições e no tom de Kyra, seus olhos vagando sobre mim com cautela.

— Obviamente não.

— Mas ela... ela disse que quer acasalar com você — Kyra disse, sua expressão se transformando em confusão.

— Eu... eu estou aqui para ajudá-la. Eu pensei. A menos que... talvez seja o calor?

Ela deu um passo para trás, mas Lorcan a seguiu, bloqueando seu caminho e agarrando seu quadril para mantê-la no lugar. A ômega estremeceu em resposta.

Seu poder lambeu meus sentidos, me dizendo que ele a tinha castigado.

Acho que ela pode ser protegida, pensei. *Assim como Quinnlynn.*

Exceto que Quinnlynn tinha me enganado para deixá-la escapar.

Talvez, pensei. *A menos que esta fêmea esteja dizendo a verdade.*

— Conte-nos sobre o Santuário — exigi.

— Eu... eu pensei que você soubesse... Ela... ela estava tentando te levar até lá. Por que ela...? — Kyra piscou, confusão irradiando dela. — Faz tantos anos desde a última vez que a vi. Talvez eu tenha entendido mal?

— Ela me disse que era um lugar que eu precisava ver. Então disse que só ela poderia nos levar até lá. Foi quando decidi confiar e ela me traiu com seu feitiço de rejeição. — O que podia ter sido a barreira sobre a qual Kyra continuou falando. Mas eu não tinha certeza se acreditava. Eu não tinha certeza se acreditava em nada no que dizia respeito a Quinnlynn.

— Por que ela tentaria levá-lo lá se não planejasse contar a verdade? — Cillian interveio.

— Ou foi tudo um estratagema — Lorcan murmurou, falando as palavras antes que eu pudesse.

Qualquer outro dia eu teria ficado boquiaberto com ele por quebrar seu silêncio duas vezes em tão pouco tempo.

Mas eu estava muito ocupado examinando a ômega para me concentrar em meu primo.

— Não foi um estratagema — Kyra respondeu. — Eu a senti tentando levar Kieran com ela. Então o Fritz a encontrou flutuando pela costa gelada. Ele me ajudou a trazê-la para dentro.

— Fritz? — repeti. — Quem é Fritz?

— Um Protetor — ela sussurrou. — O Santuário... — Ela parou, seu olhar encontrando o meu. — É um Santuário para ômegas. A magia MacNamara protege a ilha. E essa magia serve como uma barreira. Apenas ômegas podem passar. Ou seus companheiros.

KIERAN

Arqueei as sobrancelhas.

— Uma ilha de ômegas V-Clan?

Ela balançou a cabeça.

— Ômegas de todos os tipos.

Olhei para Cillian e depois para Lorcan, suas expressões de descrença rivalizando com a minha.

Não é de se admirar que a Quinnlynn quisesse me mostrar ao invés de me contar.

Porque não fazia o menor sentido.

Como uma ilha de ômegas poderia existir sem que outros soubessem disso?

A linhagem MacNamara a protege.

Seu segredo de família.

A razão pela qual sua mãe e seu pai foram mortos.

— É por isso que um alfa assassinou seus pais — sussurrei, tudo se encaixando agora. — Mas como assassiná-los forneceu respostas? Porque enfraqueceu a barreira mágica?

Kyra balançou a cabeça.

— Não. A magia durou por causa da Quinnlynn.

— Então, para que serviu o assassinato deles?

307

— Eles não foram exatamente assassinados. O alfa colocou um encantamento de rastreamento no jato, e a única maneira de impedi-lo de identificar a ilha era pousar em outro lugar. Exceto que não havia lugar seguro para pousar... não onde os pais dela estavam. Não sem revelar muito. Então eles... escolheram morrer no mar.

— Foi isso o que a Quinnlynn quis dizer — percebi em voz alta. — Ela disse que o culpado enfeitiçou o avião e eles tiveram que derrubá-lo. Mas não detalhou o motivo.

No entanto, agora eu entendia.

Se não tivessem caído, teriam revelado a localização.

E então eles escolheram tirar as próprias vidas para proteger o Santuário.

O que explicava muito sobre Quinnlynn. Tudo o que ela fez foi para o Santuário.

— Por isso ela ficou no Território Bariloche. Por que ela precisava dos meus poderes de cura. Por isso ela fugiu.

Ela estava procurando pelo assassino de seus pais e cuidando de ômegas no processo.

— Ela não podia confiar em ninguém — Kyra respondeu. — Especialmente em um Príncipe Alfa.

Assenti, entendendo isso.

— Mas ela tentou te levar para o Santuário. E agora ela precisa de você mais do que nunca. Ela não só entrou no cio, mas sua cura também está mais lenta que deveria, provavelmente porque toda energia está sendo usada para alimentar o escudo.

Isso explicava por que ela absorveu tanto do meu poder quando eu a estava curando. Ela deveria se sentir como um vazio que precisava de muito mais vitalidade que qualquer um jamais deveria exigir.

E foi por causa do legado de sua família e da magia que sua alma fortaleceu.

— Não sei se beber o sangue dela vai fazer você passar

pela barreira, mas precisamos tentar. O Santuário precisa dela. Na verdade, o Santuário também precisa do alfa dela. Nunca a vi tão fraca. É como se ela estivesse usando toda a sua energia para manter a magia florescente. — A ômega superconfiante desapareceu, deixando uma amiga muito preocupada em seu rastro.

Qual lado dela é real? eu me perguntei. *De qualquer forma, ela é uma excelente atriz.*

Existe uma maneira de forçá-la a provar sua lealdade, Cillian respondeu.

Olhei para ele. *Você tem uma sugestão?*

Sim.

— Não vamos deixar o Kieran ir a lugar nenhum sozinho com você — ele disse em voz alta, assumindo a liderança de qualquer ideia que tivesse inventado.

Não o interrompi.

Eu poderia ser o líder aqui, mas ele era tão poderoso e inteligente quanto eu. Se ele tivesse algo a negociar, eu permitiria.

Kyra rosnou.

— Então você não pode me ajudar. — Ela tentou se livrar do aperto de Lorcan, mas ele a segurou.

— Ele não está dizendo que o Kieran não pode ir — meu primo disse a ela, com a voz baixa e ameaçadora. — Está dizendo que não vamos deixá-lo ir *sozinho* com você.

Desta vez, não pude deixar de olhar boquiaberto para o meu primo sempre silencioso.

Mas seus olhos estavam na Ômega diante dele.

— Um de nós irá com vocês — ele continuou.

Cillian acenou com a cabeça para a minha esquerda.

— Sim. Um de nós se juntará a vocês para a proteção do Kieran.

Kyra zombou disso.

— Nenhum de vocês está me ouvindo? — ela exigiu. — A barreira só permite ômegas e seus companheiros.

— E você não está acasalada — Cillian respondeu, sem perder o ritmo. — Desde que matou seu companheiro vampiro.

Quase curvei os lábios. *Um teste de lealdade*, pensei para ele. *Esperto.*

Ele faria Kyra provar seu valor ao concordar em acasalar com um de meus homens. Se ela realmente quisesse salvar a melhor amiga, ela concordaria com quase tudo, inclusive isso.

Não que meus homens fossem seguir em frente.

Eles só queriam ver o que ela faria e como reagiria.

Ah, nós pretendemos seguir adiante, Cillian afirmou a mim. *Você não vai a lugar nenhum com esta fêmea. E se ela estiver dizendo a verdade, precisamos chegar até Quinnlynn. Esta é a nossa solução.*

Eu o cortei um olhar. *Isso não vai acontecer. Se ela concordar, teremos nossa prova. E se ela for uma excelente atriz, posso me cuidar.*

Não em seu estado emocional atual, ele respondeu, seu tom severo e sem discussão. Então me dispensou em favor de Kyra.

— Acasale com um de nós para que possamos cruzar a barreira com você. Dessa forma, se o Kieran ainda não conseguir passar, um de nós pode trazer a Quinnlynn de volta para ele.

— Você acha que não tentei trazê-la até aqui? — Kyra questionou, arqueando uma sobrancelha. — Porque, confie em mim, eu tentei. Mas a barreira reagiu e Quinnlynn gritou tão alto que acordou todo o Santuário.

— Confiar em você? — Cillian perguntou. — Acredito...

— Você não nos deu um único motivo para confiar em você — Lorcan interrompeu. — Te encontramos à espreita nos aposentos de Kieran com uma faca.

— Para minha proteção — ela rangeu os dentes. — Não estou aqui para machucar ninguém. Estou tentando ajudar a Quinn.

— E, além de fornecer algumas explicações, que podem ou não ser verdade, você não nos deu nenhum motivo real para confiar — Lorcan rebateu, seu sotaque irlandês muito mais moderado que o meu. Provavelmente porque ele nunca usava sua voz. No entanto, esta fêmea parecia ter inspirado uma versão muito falante dele.

— Então você está me dando um ultimato? — ela questionou.

— Não, estamos te dando uma oportunidade de provar sua lealdade — Cillian a corrigiu.

— Me forçando a acasalar um de vocês. — Ela bufou uma risada sem graça. — Que cavalheiresco.

— Você acha que queremos tomar uma companheira? Ainda mais uma conhecida por matar seu último parceiro Alfa? — Cillian perguntou.

Ela semicerrou o olhar.

Mas ele não havia terminado.

— Nós dois temos mais de mil anos, ômega. Se quiséssemos uma companheira, já teríamos escolhido uma. Nosso dever é com Kieran e apenas com Kieran. Se isso significa tomar uma pirralha desobediente como companheira para que possamos garantir sua segurança, que assim seja.

— Essa é a verdadeira lealdade — Lorcan acrescentou. — Nós morreríamos por ele. Você faria o mesmo pela sua suposta melhor amiga?

Cerrei os dentes, mas permaneci em silêncio. Eu deixaria isso continuar até que ela expressasse sua resposta. Então interviria, diria a eles para se foderem e permitiria que essa ômega me levasse ao indescritível Santuário.

Supondo que ela se mostrasse leal em sua decisão, de qualquer maneira.

Kyra rosnou para meus dois Elites.

— Vocês dois não sabem nada sobre mim.

— Sabemos o suficiente para não confiar em você, pequena assassina — Lorcan respondeu.

Eu não tinha certeza do que me chocou mais: o fato de que a presença dessa fêmea milagrosamente liberou a língua do meu primo, ou que meus dois melhores amigos estavam dispostos a acasalar uma notória assassina de um alfa por mim.

Não que eu pretendesse deixar isso acontecer.

Não, alertou Cillian, obviamente ouvindo minha mente calcular um plano. *Este é o nosso dever. Deixe estar.*

Vocês não vão acasalar com essa assassina por mim. Posso me defender, caramba.

Não, Kieran. Ele olhou para mim, seus olhos escuros esbanjando energia letal. *Isso não está em discussão. Ou ela concorda com esse requisito ou retorna sem você.*

Não vou deixar minha companheira sofrer.

Ela não é a porra da sua companheira, ele atirou de volta. *Ainda não. Talvez nunca. Eu senti a energia que te derrubou. Não vou deixar você chegar perto dessa merda sem reforços. E o Lorcan também não.*

Você não pode me impedir.

Não vou precisar, ele respondeu, chamando minha atenção de volta para Kyra e Lorcan.

Ela se virou para encará-lo, os dois envolvidos em uma disputa verbal sobre lealdade e como nenhum deles realmente entendia o significado da palavra.

— Eu não tenho tempo para isso — a ômega retrucou, seu sotaque britânico mais forte que antes. — Mas é melhor você acreditar que vou te dar uma surra quando voltar, *alfa*. — A energia brilhou no ar enquanto Kyra tentava desaparecer nas sombras.

Lorcan apenas olhou para ela, com a expressão fria e calculista.

— Problemas, *ômega?*

Ela rosnou para ele.

— Certo. Você quer uma demonstração de lealdade? Vou te mostrar lealdade. — Ela agarrou um punhado de seu longo cabelo e puxou-o para si.

Então afundou as presas em seu pescoço.

— Merda! — gritei, dando um passo à frente, com medo de que ela estivesse prestes a rasgar sua garganta.

Mas Lorcan rosnou em advertência, seu poder emanando ao redor dela quando soltou um segundo grunhido, o que fez com que os joelhos da ômega cedessem.

Ele a segurou com um braço, levantando-a no ar, e retribuiu o favor cravando seus próprios dentes em seu pescoço. Seus olhos escuros brilharam com fome quando ele engoliu sua essência, o vínculo de acasalamento estalando no lugar.

Deuses.

— Você perdeu a porra da cabeça? — questionei.

— Somos seus Elites — Cillian interrompeu. — Nossa responsabilidade é proteger sua vida.

— Não às custas das de vocês — retruquei.

— Está feito — Lorcan respondeu, com a voz profunda e cheia de necessidade. Sexo inspirado no acasalamento. O que significava que seu lobo iria querer transar. Agora mesmo.

Mas meu primo soltou sua nova companheira em vez disso, sua expressão não revelando nada enquanto ele a encarava.

— Ela está dizendo a verdade — ele falou depois de um instante.

— Não brinca — ela murmurou, a mão cobrindo a marca de mordida em sua garganta. — Pelo menos sei que seu amigo falou a verdade quando disse que você não queria companheira.

Lorcan a ignorou, seu foco em mim novamente.

— Precisamos ir. Beba o sangue. Se não funcionar, trarei a Quinnlynn de volta para cá.

Minha cabeça estava girando, meu lobo rosnando por dentro com o comportamento autoritário de Lorcan.

Sim, ele era meu primo.

O que o tornava poderoso, forte e capaz de tomar suas próprias decisões.

Mas tomar uma companheira para me proteger?

— Nós ainda não terminamos essa discussão — eu disse a ele enquanto me aproximava da mesa para pegar o frasco com o sangue de Quinnlynn.

— Pode me agradecer mais tarde — ele brincou, seu comportamento me surpreendendo. Era tão estranho que eu estava começando a questionar se alguém tinha ou não substituído meu primo por um sósia.

Ou talvez ele tivesse sido encantado.

Olhei para a ômega. *Ou talvez enfeitiçado.*

Tensionei a mandíbula, mas eu não tinha muita escolha aqui. Se ela estava dizendo a verdade sobre Quinnlynn, então minha pretendida precisava de mim. E eu estive chateado injustamente nos últimos dias.

— É melhor você não estar nos enganando, ômega — eu a avisei enquanto abria a tampa do frasco.

— Tenho certeza de que não há uma punição pior que você poderia me dar agora, alfa — ela respondeu entredentes.

Lorcan olhou para ela, os olhos brilhando com o que

ouviu em seus pensamentos. Mas não consegui encontrar um pingo de culpa nele. Ele não era do tipo que se arrependia de uma decisão. Ele agiu por impulso e fez o que precisava para sobreviver.

Assim como eu.

Em vez de questionar ainda mais a ômega, esvaziei o conteúdo do frasco em minha boca.

E engoli.

Aprofundar o ponto seria perda de tempo.

O que estava feito, assim estava.

Infelizmente, porém, não me senti diferente. O que significava que beber o sangue dela não me acasalou com a minha pretendida.

Ela precisava da minha mordida.

Mas talvez isso fosse o suficiente.

É melhor que seja.

— Leve-me para a Quinnlynn.

— A nós — Lorcan interrompeu, estendendo a mão para Kyra. — Leve-*nos* para a Quinnlynn.

Kyra murmurou algo baixinho e segurou a palma da mão dele. Então ela estendeu a mão para mim.

— Espero que essa merda doa — ela disse a nós dois. — *Muito.*

KIERAN

O MUNDO BRILHOU ao meu redor, fazendo meu estômago revirar de desconforto.

Pelo menos, ainda estou de pé.

Meus pés descalços queimaram quando encontrei o equilíbrio no gelo, minha pele formigando com a atmosfera gelada.

Lorcan xingou nas proximidades.

— Kyra? — uma voz profunda perguntou com cautela.

— Está tudo bem — ela rangeu os dentes. — Ele está aqui pela Quinn.

— E o outro? — o macho pressionou, me fazendo olhar em sua direção. Eu não podia vê-lo. Não completamente. Mas imaginei por seu tamanho que ele era o ômega que Kyra havia mencionado. Fritz.

— É alguém de quem vou cuidar sozinha — ela respondeu.

Fechei os olhos e respirei fundo. Quinnlynn. Eu podia senti-la em todos os lugares. Seu poder. Seu cheiro. Sua presença.

Ela estava aqui.

Mas foi mais que isso.

Este lugar é ela.

A energia de sua família girava em torno de cada aspecto da criação desta ilha. Eu podia sentir a antiga vitalidade pressionando meu espírito, exigindo pagamento.

Isso fez com que meu lobo andasse loucamente por dentro. Ele podia sentir o preço que este lugar cobrava de nossa futura companheira, a fraqueza de sua alma totalmente exposta.

Esta ilha a estava drenando.

Completamente.

Eu podia sentir as ondas puxando seu ser, exigindo mais. Mas minha ômega não tinha quase mais nada para dar.

— Ela costuma ficar inconsciente quando visita esse lugar? — perguntei em voz alta, abrindo os olhos para ver as majestosas paredes externas do que parecia ser uma fortaleza.

— Não, mas já faz muito tempo desde a última visita — Kyra respondeu, seu tom cauteloso. — Ela veio aqui depois de seu noivado. Então partiu para seguir uma pista e nunca mais voltou.

Balancei a cabeça.

— A ilha está exigindo que ela recupere o tempo perdido. — Ou esse era o meu palpite. — Leve-me até ela.

Eu podia sentir a necessidade de Quinnlynn, assim como podia sentir o feitiço da barreira avaliando minha presença. O encantamento persistiu em minha pele como uma substância pegajosa, incerta se queria ou não permitir que eu ficasse. Um movimento errado e isso me expulsaria. Talvez até me matasse.

Eu precisava morder Quinnlynn.

Imediatamente.

Ou corria o risco de ser expulso desta ilha.

A única razão pela qual ainda não tinham me colocado para fora era o sangue daquele frasco.

E talvez a mínima fraqueza no véu causado pela exaustão de Quinnlynn.

O que sugeria que talvez eu não fosse capaz de abrir caminho à força.

Quanto mais cedo estivéssemos acasalados, mais cedo eu poderia ajudá-la.

Não haveria perguntas. Nem punição. Sem comentários de qualquer tipo. Apenas minhas presas encontrando sua garganta e nos unindo de uma vez por todas.

Assim que isso estivesse feito, poderíamos encontrar nosso caminho futuro novamente.

— Precisamos caminhar — Kyra falou. — Estou preocupada que o escudo reaja a você desaparecer nas sombras.

Assenti, concordando com sua avaliação.

Desaparecer nas sombras exigia que eu explorasse minhas forças internas, o que perturbaria a magia ao nosso redor. Eu precisava parecer não ameaçador, como se eu pertencesse a esse lugar.

— Esse encantamento é diferente de tudo que já senti. Quantos anos tem isso?

— Mais velho que nós — Lorcan brincou, com o olhar em sua nova companheira.

Ela olhou para ele.

— Pare de bisbilhotar minha cabeça.

— Não. Não até ter certeza de que estamos seguros aqui.

— Você não está seguro aqui — ela rebateu.

— Exatamente — ele respondeu.

Ela apertou a mandíbula e se virou.

— Eu disse que está tudo bem, Fritz — ela murmurou enquanto se dirigia para a parede. — Abra a porta.

A magia brilhou à nossa frente, me permitindo ver a *porta* que ela mencionou.

Mas não era exatamente uma porta, mais como uma grande entrada feita de fogo.

Lorcan olhou com interesse enquanto eu observava a neve ao redor. Nada estava derretendo.

Interessante.

Eu teria que avaliar a mecânica disso *depois* de cuidar da minha pretendida.

Kyra seguiu através do portal de fogo, seu cabelo azul-escuro nos acenando para a frente em seu rastro.

Lorcan a seguiu.

Então ele gritou do outro lado que era seguro, e eu entrei também.

Mais dessa magia tangível brilhou em minha pele, o resíduo pegajoso me deixando desconfortável. *Sem movimentos errados*, lembrei a mim mesmo.

Um trio de ômegas entrou no pátio à frente, a paisagem gelada levando a um palácio que brilhava como cristais.

— Está tudo bem — Kyra falou novamente. — Não estou sendo coagida. E é o futuro Rei do Território de Sangue que está na sua mira, Jas! — Ela gritou as palavras para uma sentinela na parede com uma flecha apontada diretamente para minha cabeça.

Arqueei uma sobrancelha, então olhei propositalmente para Kyra e ignorei a ameaça nas minhas costas.

— A que distância a Quinnlynn está?

Kyra apontou para o palácio.

— Está segura em seu quarto lá. Talvez uma caminhada de quinze minutos daqui.

— E se formos pelas sombras? — perguntei a ela.

319

— Não recomendo — Lorcan interveio. — As ômegas têm um exército, e parece que estamos quebrando seus protocolos habituais de convidados. É por isso que temos tantas armas apontadas para nós agora.

— Obrigada por roubar informações da minha mente, companheiro — Kyra disse em um tom sarcástico e doce.

— Vamos andar depressa — sugeri, ignorando os comentários sobre armas. Eu estava mais preocupado com a barreira que me catapultava para o Oceano Ártico no momento.

Kyra lançou mais um olhar de advertência para um Lorcan imperturbável e começou a seguir o caminho de pedra em direção aos portões do palácio.

O pátio ao nosso redor era enfeitado com esculturas de gelo, semelhantes a fontes com água e grama. Exceto que tudo aqui estava congelado.

Ainda bonito, no entanto.

Assim como o palácio à frente, com seus painéis de vidro decorativos e pináculos de gelo.

Os portões consistiam em um metal sintético que se abria conforme nos aproximávamos.

E as escadas eram feitas de pedra branca, semelhantes ao nosso caminho atual.

Mais ômegas permaneciam aqui, muitas delas segurando armas.

Mas um sinal de Kyra fez com que todas parassem.

Ela claramente tinha poder aqui. O que não me surpreendeu, se ela era a melhor amiga de Quinnlynn. Isso tudo acrescentou credibilidade às histórias sobre como Kyra havia sangrado seu companheiro também.

Ela era indubitavelmente mortal.

No entanto, parecia que Lorcan não tinha interesse em conhecê-la. Na verdade, ele parecia mais propenso a matá-la.

Duas sentinelas nos encontraram nas portas do palácio, seus cheiros confirmando que não eram lobas do V-Clan, mas algo mais.

W-Clã, talvez?

Eles desapareceram antes que eu pudesse avaliar adequadamente sua presença.

Quase perguntei, mas um cheiro repentino da fragrância de Quinnlynn fez meu lobo rosnar por dentro. *Umidade*. Ela tinha entrado mesmo no cio novamente.

Isso não era surpreendente, considerando que sua última bateria não havia sido completa. E imaginei que a magia que a drenava aqui a havia empurrado para outro estado vulnerável.

Meu nariz começou a me guiar mais que Kyra, minha besta interior rastreando sua pretendida.

A Vampira Ômega não entrou no meu caminho ou me direcionou de outra forma, apenas seguiu ao meu lado enquanto Lorcan protegia minhas costas.

Segui o cheiro por uma porta, subi uma grande escada e desci por um corredor decorado com vidro cristalizado emoldurando as paredes e o teto.

A caminhada continuou por alguns minutos, até outra área do palácio que parecia menos povoada.

Alojamentos familiares, percebi rapidamente quando empurrei outro conjunto de portas grossas.

Não me importava mais com Kyra ou Lorcan, meu foco estava inteiramente em encontrar minha ômega.

Seus gemidos ecoavam, seu cheiro era um farol para meus sentidos.

Não corri, a espessa magia no ar me lembrando de manter a calma, mas acelerei o passo.

Mais escadas me levaram a um andar com três portas. Não havia vidro aqui. *Quartos de dormir*.

O de Quinnlynn ficava no final, a entrada estava

parcialmente aberta para revelar um espaço opulento, emoldurado por janelas que davam para as montanhas de neve ao longe. Estávamos claramente muito ao norte, em uma ilha na costa da Groenlândia ou do Canadá. Talvez até da Rússia.

Mas isso não importava.

Eu só tinha olhos para a ômega enrolada em uma cama, com o cabelo escuro espalhado ao seu redor enquanto choramingava em agonia.

Minha energia imediatamente se prendeu à dela, dando-lhe a vitalidade que sua alma desejava e provocando um grito agudo de seus lábios.

— O que você está fazendo? — Kyra exigiu atrás de mim.

Eu a ignorei. Meus pés descalços, que deixei de sentir há algum tempo, me levaram para a minha ômega.

— Kieran. — Meu nome a deixou em um gemido. — Sinto muito.

— Shhh — eu a silenciei, me juntando a ela na cama e tirando a calça jeans no processo. — Estou aqui, pequena.

Ela balançou a cabeça.

— Você me odeia. Isso é um sonho.

— Não é um sonho. — Eu a puxei para mim quando comecei a ronronar. — E eu nunca poderia te odiar, princesa.

Ela soluçou quando sua cabeça encontrou meu peito, seus gritos partindo meu coração. Esta não era a minha companheira forte, mas uma ômega destruída pela pressão de manter esta ilha viva. Uma ômega sofrendo por entrar no cio sem seu alfa. Uma ômega que carregou o peso do mundo em seus ombros por muito tempo.

Era hora de nos unir como um, liderarmos *juntos*, não separados.

Ela precisava da minha força.

Assim como eu precisava da verdade dela.

Este lugar secreto agora era nosso para proteger.

— Você nunca estará sozinha de novo — prometi a ela enquanto meu lobo murmurava de acordo.

Beijei sua testa e afastei seu cabelo do lindo rosto.

— Olhe para mim, Quinnlynn — sussurrei. — Eu não sou um sonho. Sou real. Estou aqui. E vou reivindicar você.

— Kieran? — Meu nome soava muito baixo e frágil em seus lábios.

— Estou aqui — repeti, ronronando mais alto para ela e injetando mais energia em seu espírito.

Mas parecia passar por ela, a magia ao nosso redor faminta por mais. Com fome de *mim*.

Já não sentia a presença elástica da barreira, apenas um toque sutil de curiosidade, quase como se o encantamento estivesse vivo e possuísse emoções.

Isso não era possível, a magia não prosperava sozinha.

Mas parecia que era corpóreo, talvez porque estava tão fortemente ligada à minha futura companheira. Um pedaço dela. *O coração dela.*

Ela absorveu mais da minha força, pressionando o nariz contra meu peito enquanto tentava abrir caminho para dentro de mim.

Em vez disso, nos rolei em sua cama, levando-a para baixo de mim enquanto pressionava os quadris contra os dela. Ela finalmente se atreveu a abrir os olhos, aquelas lindas íris escuras imediatamente encontrando as minhas.

Ela piscou algumas vezes, como se despertasse do sono, seu olhar entrando e saindo de foco.

— Você está aqui?

— Estou — repeti.

— No Santuário?

Assenti.

— A Kyra me trouxe. — Inclinei a cabeça em direção a ela, apenas para perceber que ela e Lorcan haviam partido.

No entanto, isso não importava. Porque Quinnlynn parecia entender.

— O sangue funcionou.

— Sim. — Me equilibrei em um braço ao lado de sua cabeça enquanto minha mão oposta segurava sua bochecha. — Mas eu preciso reivindicar você.

Seus olhos brilharam.

— Sim.

— Você está pronta? — perguntei, um tanto satisfeito em ouvir sua concordância. Embora, pudesse facilmente ser o calor falando. Mas no final, isso não mudaria o que eu tinha que fazer. Ela era minha. E chegou a hora.

— Talvez eu nunca esteja realmente pronta — ela sussurrou, as palavras soando muito mais como a Quinnlynn que eu conhecia. — Mas é o que eu quero. O que eu *preciso*.

— Para equilibrar o poder — eu disse, traduzindo a parte necessária de sua declaração.

Mas ela balançou a cabeça.

— Para nos equilibrar. Para... para nos mover... para o futuro.

Essa foi a nossa conversa na outra noite, debatendo o passado, o presente e os caminhos destinados. Logo antes de ela me trair.

Ou melhor, logo antes de eu pensar que ela havia me traído.

No entanto, eu sabia a verdade agora.

Ela tentou me trazer aqui para me mostrar o segredo mais profundo de sua família. Porque ela decidiu me deixar entrar. Confiar em mim. Me fazer verdadeiramente seu.

E agora ela *precisava* de mim para completar o processo.

— Você quer isso — falei em voz alta, meu olhar procurando o dela. — Não é mais um jogo ou uma questão de me usar para obter poder. Você *nos* quer.

— Quero — ela confirmou, seus olhos totalmente lúcidos agora.

Então ela inclinou a cabeça, expondo o pescoço.

E disse as palavras que eu desejei ouvir.

Por mais de cem anos.

— Me morda, Kieran. Me faça sua.

QUINN

Kieran me encharcou com sua energia e força, me puxando de volta da beira da insanidade para a realidade mais uma vez.

Eu não tinha certeza de quanto tempo duraria, a queimação dentro de mim ficava maior a cada segundo que passava.

Mas eu estava grata pelo breve alívio.

Me deu a clareza que eu precisava para entender. Acreditar. *Saber* que ele existiu.

Não é um sonho.

Kieran está aqui.

Ele está em cima de mim.

Nu.

E prestes a me reivindicar.

— Por favor — sussurrei, querendo sentir sua reivindicação antes que eu perdesse a cabeça com a luxúria novamente. Tudo estava tão quente. Uma confusão de suor, lágrimas e *agonia*.

Ele empurrou mais poder de cura para dentro de mim, me fazendo suspirar de contentamento. Seu ronronar retumbou, seu cheiro dominou meus sentidos e sua presença masculina era como um presente dos próprios deuses, me embalando em um estado de êxtase.

Só que eu precisava de mais.

— Me morda — repeti, com a cabeça ainda inclinada para expor meu pescoço.

— Estou apenas pensando onde quero te marcar — ele murmurou, roçando seus lábios em minha bochecha em seu caminho para o meu ouvido. — Estou lutando para decidir se quero que seja em um lugar que todos possam ver. Ou em um que só eu conheça.

Ele beijou meu pescoço, seus lábios tocando meu pulso.

— Quero que todos saibam que estamos acasalados, Quinnlynn. Mas, acima de tudo, quero que *você* saiba que eu te reivindiquei. Que nossas almas estão ligadas. Que você é finalmente minha. — Ele mordiscou minha pele sensível, me provocando antes de levar sua boca para a minha.

Seu nome deixou meus lábios, apenas para ser interrompido por sua língua, enquanto ele me devorava em um beijo que me fez ver estrelas.

Porque eu me esqueci de como respirar.

Este macho me consumiu. Me possuiu. *Me reivindicou sem me morder*.

E eu não podia... lutar com ele. Nem queria.

Em vez disso, agarrei seus ombros e segurei enquanto ele dominava minha boca, destruindo todos os meus pensamentos e me apresentando sensações que eu só tinha experimentado com seu nó.

Oh, luas... Este macho sabia beijar. Não era à toa que ele se conteve. Isso... isso era... *tudo*.

Mas acabou rápido demais, sua testa encontrando a minha enquanto ele exalava contra meus lábios machucados.

— Puta merda, Quinnlynn. Sinto que eu poderia te beijar por toda a eternidade.

— Então faça isso — eu disse. — Me beije, Kieran. Me beije para sempre.

— Meu primeiro e último beijo — ele sussurrou, me confundindo.

— Primeiro? — repeti, sem entender.

— Você é a única, Quinnlynn. A única que eu já beijei. A única que eu quis beijar.

— Você... você nunca beijou mais ninguém? — sussurrei, chocada com sua admissão.

— Só você.

Só eu?

Sua boca capturou a minha novamente antes que eu pudesse falar, sua língua habilidosa me distraindo de meus pensamentos atordoados em um instante e me levando a um estado de paixão mais uma vez.

Cravei as unhas em seus ombros, meu corpo se iluminando em chamas que ameaçavam me queimar completamente se ele não me desse mais.

Ele rosnou, fazendo meu estômago se apertar enquanto a umidade se acumulava entre minhas coxas, revestindo sua excitação com a minha.

Eu estava tão pronta para ele, meu cio tendo preparado meu corpo para níveis indescritíveis de necessidade. Gemi, parte daquele desejo irresistível de acasalar voltou para mim e agitando um turbilhão de sensações dentro do meu corpo.

— Por favor — murmurei contra seus lábios, sem ar.

Ele era o meu ar. Meu propósito. Minha *tábua de salvação*. Apenas Kieran. Sempre Kieran.

Sua mão deixou meu rosto, descendo pelo meu lado até meu quadril. Abri ainda mais minhas coxas, querendo que ele me tocasse, me comesse, me *completasse*.

— Você quer meu nó, princesa?

— Sim. — Me pressionei contra ele. Não precisávamos de preliminares. Não quando eu me sentia assim. Não quando eu precisava dele tanto quanto eu precisava.

Mas Kieran era um provocador.

Porque ele me beijou *de novo*.

Sua mão roçou meu lado mais uma vez enquanto ele se deitava completamente contra mim.

Eu podia sentir seu pênis contra meu clitóris, seu pau lembrando uma marca contra minha carne lisa. Tentei me mover debaixo dele, me contorcer, convencê-lo a me tomar, mas ele me segurou com facilidade enquanto sua boca possuía a minha.

Dentes roçando em meu lábio inferior.

Língua provando. Acariciando. *Penetrando*.

Passei os braços em volta de seus ombros, me entregando ao momento que era totalmente controlado por Kieran O'Callaghan. Meu pretendido. Meu futuro. Meu rei escolhido.

Ele sorriu contra a minha boca, explorando meu corpo com as duas mãos. Acariciando. Tocando. Levando meu desejo a um frenesi que parecia lava derretida em minhas veias.

Eu choraminguei.

Implorei.

Esqueci até mesmo o meu nome.

Mas senti sua boca em meu pescoço, seus dentes arranhando meu pulso novamente.

— Não preciso te marcar aqui — ele sussurrou. — Basta olhar para você e todos saberão que é minha. Eles nem precisarão da marca crescente da minha boca para provar isso.

Ele começou a beijar um caminho para baixo, sua língua e boca me devastando completamente.

— Não, companheira desonesta. — Suas palavras eram um ronronar baixo contra a minha pele quando ele parou no meu peito. — Quero marcar você em algum lugar para nós. Em algum lugar que você veja todos os dias. Em um lugar que você sempre reconhecerá como nosso.

Ele capturou meu mamilo entre os dentes, me fazendo estremecer na cama, um som estrangulado saindo da minha garganta.

— Humm — ele murmurou. — Talvez aqui, então. — Ele mordeu o suficiente para me provocar, mas não rasgou a pele antes de continuar sua jornada para baixo.

— *Kieran*.

— Shhh — ele me silenciou. — A barreira parece melhor agora. Provavelmente é meu dom de cura. Temos um tempinho para eu escolher o lugar certo.

Ele fez uma pausa para passar a língua no meu umbigo, a sensação disparando faíscas atrás dos meus olhos.

— Meu calor — eu ofegava. — Eu quero... eu preciso... eu quero estar... *consciente*.

— E você vai estar — ele prometeu enquanto me encharcava em outra onda inebriante de sua essência de cura. Praticamente me derreti, minha loba interior contente, ronronando e deleitando-se com o poder de seu companheiro escolhido. Ela viu isso como uma espécie de presente de noivado. Uma demonstração de intenção.

Uma demonstração de valor.

Tremi, meu estômago se revirou com intensidade quando Kieran pressionou um beijo na minha parte mais sensível.

Sua língua quase me fez gozar com breve movimento, meu corpo tão pronto para entrar em combustão que eu não precisava de muito.

Mas ele afastou a boca, se movendo para o osso do meu quadril para mordiscar a carne ali.

E então até a parte interna das minhas coxas.

Sua boca e mãos estavam por toda parte, minha pele queimava com seu toque.

— Você está me punindo — acusei, arqueando para ele novamente.

— Não, amor, estou te adorando. — Sua boca voltou para minha carne superaquecida, sua língua sussurrou palavras quentes de adoração contra meu clitóris e me forçou a me perder nas sensações.

Queimou.

Eu gritei.

O mundo ficou escuro.

E então eu estava viva e ofegante novamente.

O tempo deixou de existir. Tudo o que importava era a boca de Kieran, seu toque, seu rosnado e seu controle.

Ele era o Alfa aqui. O dominante entre nós. O lobo poderoso que sempre sabia o que dizer e quando.

Dei tudo para ele. Toda a minha fé. Meu coração. Minha alma. Minha existência.

Porque eu confiava nele.

Ele me protegeria. Me agradaria. Me reivindicaria.

Ele é um companheiro digno.

Ele é meu companheiro.

Meu Kieran.

Meu Alfa.

— Sim — ele ronronou contra o meu centro úmido, com a boca a poucos centímetros do meu clitóris que pulsava. — Eu sou seu e você é minha.

Devo ter falado essas palavras em voz alta, algo que seus olhos escuros confirmaram enquanto ele olhava para mim em aprovação.

Ele gostava de ser chamado de meu.

Ou talvez fosse a parte *digna*.

Talvez fosse tudo.

Ele veio para cima novamente, seus movimentos elegantes, graciosos e condizentes com seu papel neste mundo. Todo poder e elegância. Tão perfeito. Masculino. Um pouco selvagem. No entanto, totalmente cativante.

— Me acasale — implorei a ele. — Por favor, Kieran. Quero sentir você dentro de mim em todos os sentidos.

Ele sorriu, a boca parando bem sobre o meu coração.

— Como quiser, minha rainha. — Seus caninos morderam minha carne antes que eu pudesse corrigi-lo, seu poder me atingindo como uma avalanche e me sugando para um vazio escuro de energia voraz.

Tanta. Vitalidade.

Tão. *Kieran*.

Meu mundo desapareceu, puxado para o vórtice do meu companheiro e aniquilou todos os pensamentos que já tive.

Apenas para de repente ficar cheia da mente de Kieran.

Dominada por seus pensamentos. Seus desejos. Suas emoções.

Sua lealdade.

Cada palavra. Cada declaração. Cada reivindicação. Era tudo verdade. Ele nunca mentiu. Nem uma vez. Sempre me dizendo exatamente como se sentia e o que desejava.

Ele não tinha matado meus pais.

Ele não estava atrás dos meus segredos de família.

Ele simplesmente me queria. E ao meu coração. Ele queria que eu implorasse. Para aceitá-lo *por ele*, não por algum esquema nefasto. Mas ele questionou minhas razões por mais de um século.

E agora ele sabia. Agora ele podia ver o que motivou minha escolha naquela noite.

Não se tratava apenas da necessidade de sua participação nas defesas. Era sobre ele. Seu poder. Seu status de *bad boy*. Sua aura intimidadora.

Eu sabia que nenhum dos outros Príncipes Alfas ousaria ir contra ele. E aqueles que o fizessem, pereceriam.

Porque ele estava apto para ser um rei. *Meu* Rei.

Seu poder correspondeu às minhas expectativas. Mas eu não esperava que ele fosse tão charmoso. Tão encantador. Tão... *perfeito*.

Ele se imaginava um vilão, e talvez para alguns isso fosse verdade.

No entanto, para mim, ele era um herói. Ele liderou o Território de Sangue com a facilidade e habilidade de um rei. Provou ser tudo que eu precisava e muito mais.

Ele se tornou o alfa que eu nem sabia que desejava, e agora não conseguia imaginar uma vida sem ele. Uma parte de mim estava furiosa por ter esperado tanto tempo para me sentir tão completa, tão segura, tão em *casa*.

No entanto, eu sabia que minha jornada até esse ponto era parte do que nos tornava tão certos um para o outro.

Aprendi ao longo dos anos como apreciar cada aspecto e faceta da vida, e Kieran aprendeu como ser um rei.

Juntos, éramos mais fortes pelo nosso passado e estávamos caminhando para um futuro reforçado por nossas experiências.

Ele era mais velho, mais sábio e mais poderoso. Mas entendia outros territórios, outros sobrenaturais e a beleza de se manter um Santuário para quem precisa.

Nossas vidas estariam sempre ligadas, sempre fortalecendo a outra, sempre *prosperando*.

Este momento criou uma colaboração tão bonita que chorei.

E Kieran beijou minhas lágrimas.

Então ele me penetrou e fez amor comigo lentamente. Não rápido. Não com intensidade. Apenas terno, certo e *nós*.

Sua boca reivindicou a minha, sua língua emitindo votos matrimoniais contra a minha enquanto ele conduzia meu corpo a novos limites.

Entrando e saindo.

Me dominando.

Me acariciando.

Me honrando.

Envolvi as pernas em volta de sua cintura, levando-o mais fundo. Apertando. Segurando-o por dentro. Implorando por seu nó.

Mas ele beijou meus apelos potenciais, me forçando a aceitar seu ritmo lento. Seus golpes medidos. Suas carícias hipnóticas.

Suas mãos estavam memorizando minha pele.

Sua língua estava falando a linguagem de amor com a minha.

E meu peito latejava de sua mordida.

Você me reivindicou, eu me maravilhei, envolvendo nosso vínculo mental e amando a facilidade com que o encontrei dentro da minha mente.

Sim, ele confirmou. Não que fosse necessário. Eu obviamente sabia que estávamos oficialmente acasalados. Mas havia algo de íntimo na troca de palavras por meio de nossa conexão telepática e não apenas com nossas bocas.

Eu podia ouvir seu desejo. Podia sentir seus desejos mais sombrios. E podia sentir sua necessidade de me fazer sentir amada também.

Porque ele se importava profundamente comigo.

Assim como eu me importava com ele.

Finalmente estávamos no caminho certo, nossas vidas

entrelaçadas para a jornada à frente e nossos corações se fundindo como um só.

Meu alfa, pensei para ele, pressionando meu corpo contra o seu e apertando mais uma vez. *Me dê o meu nó.*

Seu nó? ele respondeu em questão.

Sim. Meu alfa. Meu nó.

Ele riu, o som profundo e sexy vibrando contra o meu peito.

— Tudo bem, desonesta — ele sussurrou contra a minha boca. — Você ganhou.

Não tive chance de perguntar o que ele quis dizer porque seu nó explodiu no segundo seguinte, me levando à loucura.

Pulsou e latejou dentro de mim, me obrigando a acompanhá-lo no ápice arrebatador que se seguiu.

Alguma parte distante da minha mente ouviu sua preocupação por não ter tomado outra pílula anticoncepcional.

Algumas semanas atrás, isso teria me aterrorizado.

Mas agora... agora eu dava as boas-vindas a qualquer coisa que a vida tivesse reservado para nós.

Estamos em um novo caminho, eu disse a ele. *Aconteça o que acontecer...* Era mais uma reflexão delirante da minha parte, mas isso não tornava menos verdadeiro.

— Você está pronta para eu liberá-la de volta ao seu calor? — Kieran perguntou em voz baixa, com as mãos no meu rosto novamente. — Suspeito que este irá durar seus habituais trinta dias.

Eu podia sentir meu corpo concordar com essa afirmação. Meu ciclo anterior tinha sido um aquecimento, uma forma de trazer minha alma de volta à nossa rotina anual.

Este calor era o verdadeiro negócio.

Quase um mês de sexo.

Passei as mãos pela cama debaixo de nós, com as pernas ainda em volta de seus quadris.

— Vou precisar de suprimentos — eu disse a ele.

— Acho que o Lorcan e a Kyra já estão lidando com isso.

— Lorcan? — repeti.

Kieran balançou a cabeça.

— Uma história para quando sua bateria terminar. Por enquanto, quero me concentrar em transar com você.

Minhas paredes internas se fecharam em torno de seu nó, ansiosas pela promessa em suas palavras.

— Sim, alfa. Trinta dias de sexo.

Ele rosnou.

— Vou dominar cada centímetro seu.

— Que bom. — Eu sorri, gostando muito do desafio em seu olhar. — Agora me beije de novo. Quero perder a cabeça enquanto tenho sua língua dentro da minha boca.

Eu estava dando a ele permissão para me levar de volta ao meu calor, algo que ele saberia através de nosso elo mental.

Ele não se incomodou em tentar esclarecer. Simplesmente capturou meus lábios.

E me liberou para meus instintos de fogo.

Tudo isso me levou a querer transar com ele. *Durante todo o mês.*

KIERAN

Q{\small UINNLYNN SE ESTICOU,} abrindo a boca em um adorável bocejo enquanto se aninhava ao meu lado. Ronronei em resposta, contente com a satisfação da minha companheira.

Quatro semanas de sexo tinham cobrado um preço alto de nós dois, mas senti que Quinnlynn ainda não estava pronta para vir à tona. Não totalmente, de qualquer maneira. Ela estava mais alerta nos últimos dias, principalmente como resultado de sua necessidade de se aninhar. Isso teve prioridade sobre o acasalamento, seu instinto de reconstruir um porto seguro foi impulsionado pelo vínculo que se formava entre nós.

Lorcan havia trazido através das sombras duas cestas de roupas para eu dar a Quinnlynn.

Felizmente, ele as deixou do lado de fora, no corredor, o alfa totalmente ciente da possessividade da minha besta. Alfas eram inatamente protetores de suas fêmeas acasaladas, algo que vinha naturalmente para nós. E o cheiro de outro macho perto do ninho poderia deixar até mesmo os alfas mais controlados em uma fúria perigosa.

No entanto, meu lobo se sentiu mais calmo ao sentir o

cheiro do status de acasalamento de Lorcan. Como resultado, não senti vontade de rasgar sua garganta. Claro, esse instinto poderia ter mudado em um instante. Assim, a decisão de meu primo de manter distância foi uma escolha inteligente.

Passei os dedos pelo cabelo escuro de Quinnlynn, amando o jeito que contrastava com sua pele de alabastro. Suas bochechas tinham um leve rubor, me dizendo que ela estava saudável e feliz.

As ômegas tinham criado algum tipo de sistema de entrega de comida aqui, facilitando para que eu mantivesse Quinnlynn alimentada. Ela não tinha lutado comigo, algo que eu suspeitava ser devido ao fato de ela gostar das ofertas.

O que significava que alguém mantinha uma lista de alimentos que todas as ômegas apreciavam durante o cio ou um catálogo de preferências por pessoa.

De qualquer maneira, eu pretendia colocar as mãos naquela informação.

Seria útil no futuro.

Quinnlynn bocejou de novo, então enterrou o nariz no meu peito em um pedido silencioso por mais.

Sorri, meu ronronar se intensificando para atender seu pedido.

Ela suspirou, passando a perna entre as minhas enquanto deixava seu corpo falar por si.

Passamos por ciclos suficientes para eu saber o que viria a seguir.

Uma mordida.

Bem no meu peito.

Seguido de beijos subindo até meu pescoço.

Curvei os lábios quando Quinnlynn fez exatamente o que eu esperava, sua metade inferior se acomodando contra mim enquanto ela se movia para montar em meus quadris.

Eu vivia em um estado constante de excitação ao redor dela, tornando mais fácil para ela se sentar em mim. Até o fim.

— Você é tão linda, Quinnlynn — disse a ela, amando o jeito que ela apoiou as palmas das mãos no meu peito enquanto se sentava.

Ela murmurou em resposta, gostando do meu elogio.

Parecia que minha pequena ômega tinha uma inclinação para elogios, algo de que eu gostava muito. Ela tornava fácil elogiá-la, especialmente quando estava me montando.

Bom e lento.

Provocante.

Esperando que seu Alfa assuma o controle.

Alguns dias, eu a deixei cavalgar em mim por horas em vez de minutos.

Mas eu a sentia saindo de seu calor agora, o que me deixou ansioso para fazer valer esta última vez.

Dei a ela mais alguns segundos para satisfazer suas necessidades mais básicas.

Então lentamente me sentei, com o olhar preso ao dela.

Ela envolveu minha cintura com as pernas, sua loba dando um grunhido apreciativo lá no fundo. Foi algo que repeti enquanto envolvia a mão em seu pescoço e a puxava para um beijo.

Puta merda, eu amo isso. Eu a amo. Era viciado em seu gosto. Sua língua. Seus *lábios*. Cada abraço parecia a primeira vez, o que não fazia sentido, já que passamos o último mês nos beijando em seu ninho.

Mas eu não conseguia o suficiente.

Lutei com ela com a língua, amando como ela combinava comigo movimento por movimento.

Ensinei isso a ela. Ou talvez ela tenha me ensinado.

Não importava.

Estávamos dominando um ao outro, aprendendo nossas preferências, encontrando nosso equilíbrio e mergulhando juntos em um mundo inebriante de intenso prazer.

Segurei seu seio com a mão livre e apertei um pouco o mamilo logo abaixo da marca da minha mordida. Ela gemeu, a ação que descobri que era a favorito dela.

Assim como ela gostava do meu impulso profundo, que dei a ela agora, e o leve movimento dos meus quadris que roçava seu clitóris.

Ela tremeu, seu orgasmo já próximo.

Minha linda e responsiva companheira, sussurrei em sua mente. *Vou te fazer gozar com tanta força que verá estrelas.*

Sim, alfa. Sim.

Kieran, eu a corrigi. *Diga meu nome, amor.*

Kieran, ela repetiu imediatamente.

Boa menina, eu a elogiei.

Sua boceta apertou ao redor do meu pau em resposta, seu corpo vibrando com a necessidade.

É isso, Quinnlynn. Monte em mim, disse a ela, estocando. *Tome seu prazer. Aproveite.*

Kieran, ela gemeu, nosso beijo ficando ardente e cruel ao mesmo tempo. Ela mordeu minha língua, então sugou para engolir minha essência.

Eu retribuiria o favor em seu pescoço em um minuto.

Queria senti-la voar primeiro.

Humm, você é tão gostosa, amor, eu a elogiei. *Você está me apertando da melhor maneira. Eu poderia ficar aqui para sempre.*

Sim, ela sibilou. *Sim, Kieran. Por favor.*

Te comer até gozar e nunca mais parar de te dar o nó. Mordi seu lábio inferior, então a deixei morder minha língua novamente. Doeu, mas gostei. Porque eu podia sentir a gratificação sensual que isso dava a ela lá no fundo ao me marcar tão intimamente, me provar, me reivindicar. *Vai gozar para mim, querida?*

Ela me apertou com mais força, seu corpo se movendo mais rápido enquanto ela tentava atender ao meu pedido. Senti seu calor se espalhar, sua umidade envolver meu pau e seu pulso acelerado. *Kieran!*

Agora, Quinnlynn. Goze para mim agora.

Ela o fez, seu êxtase explodindo ao meu redor e através de mim em ondas quentes de intensidade. Eu podia ouvir sua alegria através de seus pensamentos, sentir seu êxtase em volta do meu pau e sentir seu orgasmo como se fosse meu, através de nosso vínculo de acasalamento.

Puta merda, pequena, murmurei, estocando nela com um movimento feroz de meus quadris.

Nos rolei, colocando-a de costas, mas mantive suas pernas em volta dos meus quadris.

Então eu a peguei do jeito que eu queria – com força e intensidade – e a levei a outro clímax que a fez gritar meu nome.

— Tão gostoso — eu disse a ela, meus lábios indo para seu pescoço, meus dentes preparados para morder. Esta marca iria se curar. A outra, não. Era parte da magia que mantinha nossas almas unidas, seu corpo sempre carregando minha reivindicação contra seu peito.

Só de pensar nisso me deixou mais duro.

Salivando.

Minha fera querendo *provar*.

Cedi à inclinação, minhas presas como as de um vampiro afundou no ponto pulsante de sua garganta, o que a levou a outro clímax eufórico.

Ela tremeu debaixo de mim, com o corpo à beira da inconsciência.

Mas eu a ancorei na realidade com meu nó, minha própria felicidade avassaladora, inebriante e absolutamente entorpecente.

Me senti tonto com o clímax e seu sangue, meu lobo saciado, embora ainda faminto.

Estou viciado em você, disse a ela. *Estou viciado nisso.*

Humm, ela murmurou, sua concordância incoerente, mas também palpável.

Nós nos entendemos. Nos amamos. Existimos juntos.

Minha companheira, sussurrei, engolindo mais de sua deliciosa essência antes de cortar minha língua e alimentá-la com meu sangue em um beijo sensual.

Meu, ela repetiu, respondendo à minha reclamação.

Seu, concordei, levando a mão ao peito dela mais uma vez. *Mas minha também.*

Ela gemeu de novo, envolvendo os braços em meu pescoço para me segurar, enquanto nos beijávamos durante nosso êxtase compartilhado.

Meu nó pulsou.

E pulsou.

E pulsou.

Era como se meu corpo soubesse que ela estava prestes a sair de seu cio, então tive que esvaziar cada grama que ainda restava dentro dela.

Enquanto isso, ela me apertava da mesma forma, tirando o máximo de mim que podia, enchendo seu útero e aceitando cada centímetro meu em troca.

Ronronei, satisfeito com minha companheira e sua vontade de brincar. De transar. De fazer o que eu pedisse. De *confiar*.

Eu a senti ceder ao meu controle semanas atrás, tendo fé em mim para mantê-la segura e apenas aproveitando o momento. *Experimentei muitos desafios em minha vida, Quinnlynn. Mas nenhum deles se compara à alegria que você me trouxe. Cada obstáculo valeu a pena só por este momento.*

Em breve enfrentaríamos o território juntos.

Asseguraríamos a todos que nosso amor e vínculo eram firmes.

E os ajudaria a encontrar a paz em nossos caminhos destinados.

Desci a mão por sua barriga lisa, a oposta ainda segurando sua nuca.

Seus olhos escuros estavam fixos nos meus enquanto eu me afastava de sua boca, o conhecimento em suas profundezas rivalizando com o meu. *Vida nova.* Não foi planejado. No entanto, nós dois aceitamos nosso destino.

A linhagem real se expandiria.

Na forma de nosso filho.

Um herdeiro. Nosso herdeiro.

A alegria nas feições de Quinnlynn me disse que este não era um presente indesejável, mas uma bênção. Eu compartilhava de seu sentimento. Meu lobo se regozijava com a criação aquecendo o abdômen de nossa companheira.

Não era algo que eu esperava desejar.

Mas Quinnlynn mudou todas as minhas aspirações e deu um novo significado à vida.

Foi por isso que aceitei e dei as boas-vindas a esse novo desafio. Porque eu estaria embarcando com minha companheira ao meu lado.

Você vai ser um pai incrível, ela sussurrou, a lucidez em sua resposta confirmando o que eu já sabia sobre seu calor diminuindo.

E você vai ser uma mãe incrível, eu disse a ela.

Então eu a beijei novamente, meu nó diminuindo em preparação para uma rodada final.

Seria mais lento novamente.

Minucioso.

Tudo o que nós dois precisávamos.

Então eu daria banho em minha companheira.

Iria alimentá-la.

E nos preparar para o amanhã.

Onde eu esperava finalmente fazer um tour pelo Santuário, bem como conhecer todas as ômegas que minha companheira mantinha perto e em seu coração.

Você é o rei delas, ela sussurrou enquanto eu a beijava profundamente. *Elas vão recebê-lo de braços abertos.*

Uma cerimônia de boas-vindas muito melhor que ser alvo de um arco de uma ômega, pensei.

Jas? ela adivinhou.

Foi assim que a Kyra a chamou.

Estou surpresa que ela não tenha atirado. A Jas odeia alfas. Quinnlynn se arqueou em mim, me levando mais fundo, abrindo seus olhos escuros mais uma vez. *No entanto, estou feliz que ela não o fez.*

Também estou, admiti. *Não teria me matado, mas certamente teria me atrasado.*

Sua magia as protege agora. Elas vão aprender a te amar. Assim como eu.

Talvez não como você, eu a corrigi, deslizando até a ponta antes de me impulsionar para frente novamente.

Ela tremeu, seu corpo encontrando meus movimentos com um impulso para cima. *Talvez não como eu,* ela concordou com um gemido. *Mas falo sério, Kieran. Eu te amo.*

Eu sei. Acariciei seu nariz, então a beijei antes que ela pudesse me repreender por minha arrogância. No entanto, eu podia ouvir seu amor dentro de sua mente, podia senti-lo em minha alma. E foi assim que eu soube que ela sentia o meu também. Era uma entidade próspera que existia entre nós, crescendo a cada segundo que passava.

Esta fêmea foi feita para mim.

Assim como fui feito para ela.

Nossa espécie podia não acreditar em companheiros predestinados, mas eu acreditava agora.

Por causa de Quinnlynn.

Não haveria mais ninguém para mim. Assim como não houve ninguém antes dela.

Você é minha existência agora, eu disse a ela, as palavras superando o amor. *Tudo o que eu fizer será para você.*

E nosso território, ela acrescentou.

Balancei a cabeça. *Não, Quinnlynn. Tudo isso é para você. Sempre foi. Você precisava de um Príncipe Alfa para guiar seu povo, e eu aceitei. Por você.*

Era algo que eu havia começado a perceber nas últimas semanas. Eu já tinha poder e um trono.

Eu não precisava do Território de Sangue.

Mas então uma ômega sedutora quebrou minha segurança e essencialmente me propôs casamento. Um caso risível. No entanto, aquele momento derrubou minha casca de tédio e me apresentou a uma nova realidade. Um novo desafio. Um novo jogo. E fiquei tão assustado que não consegui negar minha vontade de jogar.

Então aquela ômega tinha levado as apostas para um novo nível, me envolvendo em uma rodada de esconde-esconde que fez meu lobo rugir em aprovação.

Eu me tornei o caçador.

Ela se tornou minha presa.

E o tempo todo, mantive seu reino em sua ausência, não porque eu tinha que fazer isso ou porque eu sentia uma obrigação moral, mas porque eu sabia o tempo todo que a única maneira de realmente conquistar minha companheira era garantir que sua casa estivesse estável e esperando por ela quando o jogo finalmente terminasse.

Desde o dia em que nos conhecemos, tudo o que fiz foi por você. Era uma confissão que eu não faria a mais ninguém. Para o mundo exterior, todos os meus motivos eram movidos pelo poder. Mas com Quinnlynn, eu confidenciaria que minhas verdadeiras motivações eram adoração e respeito.

E amor.

Amor pela minha companheira pretendida.

Amor pelo nosso futuro.

Amor pela existência que ela representava.

Ela significava tudo para o nosso mundo, o coração da nossa realidade. Sem Quinnlynn MacNamara, o mundo seria um lugar muito mais sombrio.

Sua magia era pura. Bonita. Abrangente.

E ela usou isso para o *bem*. Ela a usou para *proteger*. Uma verdadeira heroína.

Eu era apenas o vilão destinado a amá-la.

Ela não me via dessa forma, mas muitos outros sim. O Príncipe Alfa das trevas que havia sequestrado o coração da princesa. Um futuro rei disposto a destruir o mundo por sua companheira.

Se ela me pedisse para queimar tudo amanhã, eu o faria.

Mas essa era a chave para a beleza de Quinnlynn: ela nunca tiraria vantagem de tal poder. Ela simplesmente o abraçava e o usava para melhorar todos ao seu redor. Eu podia sentir isso na energia viva que mantinha este Santuário vivo.

Você é um enigma, minha rainha, eu disse a ela. *Meu enigma. E vou cuidar de você por toda a eternidade.*

Ainda não sou rainha, ela sussurrou.

Oficial ou não, você sempre foi uma rainha para mim, Quinnlynn, confidenciei. *Assim como sempre fui seu rei.*

Ela sorriu contra a minha boca, mas não refutou minha afirmação. Ela simplesmente me beijou com mais força, seu corpo exigindo que eu parasse de falar e a levasse ao clímax novamente.

Uma coisinha tão exigente, provoquei, retribuindo o beijo.

Vá se foder, Kieran.

Agora foi a minha vez de sorrir. *Você está implorando?*

Não. estou exigindo.

Dizem que um rei nunca se curva para uma rainha, murmurei. *Mas para você, Quinnlynn, vou provar que todos estão errados. Porque para você, eu vou me ajoelhar.*

Em vez de dar a ela a chance de comentar, cedi à sua exigência.

Levei-a às estrelas.

A fiz gritar tão alto que tive certeza de que todos neste Santuário a ouviram chamar meu nome.

Só então dei meu nó novamente.

E só então disse... *eu também te amo.*

QUINN

Kieran e eu demos as mãos enquanto atravessávamos os jardins de gelo do palácio. Seu olhar era apreciativo enquanto absorvia os detalhes.

— Suponho que esta seja uma maneira de tornar uma geleira habitável.

Eu sorri.

— Há toda uma equipe dedicada ao projeto e manutenção.

— E um exército inteiro também — ele comentou, vagando o olhar até as sentinelas nas paredes acima.

— Não é necessariamente um exército. Elas se autodenominam Protetores — expliquei. — Kyra é a capitã delas.

— Lorcan mencionou isso durante o café mais cedo. Embora ele a tenha chamado de tenente, não de capitã.

— Essa distinção não significa muito aqui — admiti.

— Imagino que não — ele concordou.

— Kyra e os outros acharam que era importante para as ômegas aprender autodefesa — acrescentei. — Nem todos os alfas acreditam em valorizar ômegas.

348

Ele assentiu.

— A autodefesa é uma habilidade importante. Especialmente neste mundo.

— É sim. Mas aprendemos que há poder nos números aqui. E as armas também ajudam. — Olhei em volta, apreciando a paisagem e o ar fresco. — Elas cresceram muito na minha ausência também. Fico triste por ter perdido tanto.

— Você estava perseguindo sua vocação, salvando outras ômegas e tentando encontrar o responsável pelo acidente de seus pais. As ômegas aqui entendem, Quinnlynn. — Ele fez uma pausa, sua mão indo para minha bochecha enquanto me forçava a olhar para ele. — Posso ver isso na maneira como elas te olham. Elas te admiram muito. E o Território de Sangue também vai.

— Como? — perguntei. — Não posso contar a eles sobre este lugar.

— Talvez ainda não — ele concedeu. — Mas vamos encontrar uma maneira de conquistá-los. Juntos.

— Eles acham que eu os abandonei de novo.

— Não. Lorcan e Cillian garantiram que todos soubessem que você entrou no cio. E qualquer um que não acreditar nisso verá que estava errado durante a coroação. — Ele soltou minha mão para pressioná-la em meu ventre. — Não há como negar nosso tempo juntos agora.

Minhas bochechas aqueceram com a insinuação e o prazer em sua voz.

Eu compartilhava o sentimento, algo que ele podia ouvir dentro da minha mente.

— Espero que você esteja certo sobre eles me perdoarem — sussurrei. — Especialmente porque a coroação é em três dias. — Cillian disse a Kieran que era imperativo fazer o ritual mais cedo ou mais tarde, especialmente porque Kieran e eu estávamos totalmente acasalados agora.

Meu alfa concordou.

Parecia que ele queria esclarecer as coisas de uma vez por todas, tirar todos do passado e trazê-los para o presente.

Chega de dúvidas.

De mágoa.

Não havia mais espaço para reivindicações de ilegitimidade.

Era hora dos lobos do V-Clã nos aceitarem como seu Rei e Rainha.

— Você acha que quem atacou meus pais estará lá? — perguntei a ele.

— Se for um Príncipe Alfa, como você sugeriu, então sim. Convidamos todos eles. — Ele passou o polegar pela minha bochecha, seu olhar acompanhando o movimento. — Imagino que quem você sentiu no Território Bariloche também estará presente.

— Pode até ser o mesmo lobo — sussurrei, expressando a suspeita que mantive por anos. — É por isso que fui ao Território Bariloche, porque ouvi sobre um alfa do V-Clan que havia visitado o... hum... *bordel* do Alfa Carlos. Pensei que poderia ser o mesmo Alpha. Mas então...

Então eu fugia toda vez que ele visitava, pensei, envergonhada de minhas ações. Eu estava com tanto medo de ser pega que desisti da única pista que me levou ao Território Bariloche.

Baixei o olhar com o meu fracasso, apenas para Kieran mover seu toque para meu queixo e forçar meus olhos de volta para os seus.

— Ter medo não faz de você um fracasso, Quinnlynn.

Isso significa que você estava ouvindo seus instintos. E a sua *loba*. Nunca se sinta mal por seguir a orientação dela.

— Mas acabou com todo o propósito de estar lá.

— Quantas ômegas você salvou? — ele perguntou em resposta, arqueando a sobrancelha. — Quantas teriam morrido se você tivesse sido pega?

Engoli em seco, incapaz de responder a isso.

Porque a resposta era *muitas*.

— Você pode ter ido até lá em busca de uma pista, mas ficou em lealdade as ômegas que precisavam mais de você. Essa é uma escolha difícil, Quinnlynn, encontrar o assassino de seus pais ou ajudar os necessitados. No entanto, acho que podemos concordar que você tomou a decisão certa.

— Só que ainda não tenho ideia de quem sabotou o avião — murmurei. — E você tem razão. Preciso contar ao território a verdade sobre a morte deles. Mas não sei como.

Seu aperto aumentou e seu olhar ficou intenso.

— Vamos descobrir como fazer isso juntos.

— Do jeito que eu deveria ter feito desde o começo — admiti em um sussurro.

Mas ele balançou a cabeça.

— Não, Quinnlynn. Eu tinha que ganhar sua confiança, assim como você tinha que ganhar a minha. Isto aconteceu exatamente como deveria. Não há mais arrependimentos sobre o passado. Apenas pensamentos sobre seguir em frente. Entendido?

Olhei em seus olhos cor da meia-noite, permitindo que sua força e segurança reforçassem as minhas, e finalmente assenti.

Ele estava certo.

Não havia nada que eu pudesse fazer para mudar o

passado. Eu só poderia aprender com isso e aceitá-lo. Mas era muito mais profundo que a mudança também. Porque eu não queria mudar minha história. Tudo o que fiz foi com um propósito em mente e, embora eu possa ter perdido de vista meu objetivo final, ele nunca desapareceu de verdade.

— Você tem um plano em mente para a coroação? — perguntei a ele. — Uma maneira de descobrir quem sabotou o avião?

— Tenho algumas ideias — admitiu. — Mas há um aspecto em tudo que não entendo.

Fiz uma careta.

— O quê?

— Por que seus pais voaram quando poderiam ter desaparecido nas sombras? Por que não derrubar o avião e desaparecer nas sombras para segurança? — Ele parou por um momento, pensativo. — Se o jato físico estava enfeitiçado, então por que não abandoná-lo e evitar isso antes da explosão?

— Por que ter um avião quando podemos desaparecer nas sombras? — perguntei baixinho, estremecendo com a memória de *por que* meus pais precisavam voar. — Você me levou para casa em um jato do Território Bariloche quando poderia ter me levado através das sombras, certo?

— Você estava ferida — ele respondeu de imediato. — É por isso que trouxe o jato secreto, caso precisássemos usá-lo para transporte... — Ele parou. — Ah. Eles não estavam sozinhos no jato.

— Eles estavam, mas... — Limpei a garganta. — A minha mãe... estava grávida. — E como Kieran já sabia, poderia ser perigoso para uma loba grávida do V-Clan se transformar ou desaparecer nas sombras. Isso era algo que já havíamos discutido no início desta noite.

Era por isso que eu teria que ser levada de volta ao Território de Sangue por meio de seu jato – um que Cillian já havia inspecionado pessoalmente em busca de encantamentos. Kyra e Lorcan haviam ido até lá através das sombras hoje cedo, com a intenção de trazê-lo aqui porque Kyra conhecia o caminho e Lorcan sabia como pilotar.

E já que eles estavam acasalados – algo que eu ainda não tinha entendido completamente – eles poderiam voltar para cá juntos sem problemas. O que essencialmente os tornava o time perfeito. Embora, não parecessem tão entusiasmados com o acasalamento.

— Então o seu pai poderia desaparecer nas sombras, mas a sua mãe não — Kieran disse, me trazendo de volta à nossa conversa.

— Sim.

— É por isso que eles escolheram morrer juntos em vez de pousar o avião em algum lugar inóspito e arriscar que o culpado encontrasse a localização da ilha. — Ele suspirou. — Uma decisão honrosa, que eu não teria entendido um século atrás, mas entendo agora.

Seu olhar foi para o meu abdômen. Ele afastou os dedos do meu queixo e tocou meu ventre.

Sorri ao seu toque, sentindo meu coração feliz e triste. Mas seu questionamento me fez perceber um detalhe importante que não havia considerado antes.

— Quem enfeitiçou aquele avião sabia que a minha mãe estava grávida. — Meus lábios se curvaram para baixo. — Você sabia que ela estava esperando um bebê?

Ele balançou a cabeça.

— Não, mas nunca lidei com política do nosso mundo. Alguns dos príncipes deveriam saber.

— Talvez — respondi. — O território com certeza

sabia. Eles poderiam sentir o cheiro. Eles também sabiam que era por isso que meus pais tinham que voar. Então talvez a notícia tenha se espalhado para os outros, mas... — me interrompi, pensando neste detalhe que eu havia deixado escapar anos atrás. — Mas eles não teriam tempo para sabotar o avião, então.

— Ou então, alguém descobriu através de um vazamento do território — Kieran sugeriu.

— Ou não é um príncipe, mas alguém do Território de Sangue. — Arregalei os olhos com a ideia. — Não. Não pode ser isso. O território amava meus pais.

— Mas é preciso apenas um para discordar — Kieran respondeu, sua mente muito mais cética que a minha. — Precisamos avisar a Kyra e ao Lorcan. — Ele tirou o telefone do bolso, discando antes mesmo de terminar de falar. — Cillian. Verifique o jato novamente.

— Eles já decolaram — Cillian respondeu, sua voz saindo pelo alto-falante.

— Puta merda.

— O que houve? — Cillian exigiu.

Kieran rapidamente o informou sobre o que estávamos discutindo, incluindo as partes sobre como nós – principalmente Kieran – questionamos se o culpado era realmente alguém do Território de Sangue.

Eu odiava acreditar nisso.

Mas ouvi-lo reiterar os fatos me fez pensar o contrário.

Todo esse tempo, presumi que fosse um Príncipe Alfa por causa das últimas palavras de minha mãe.

Não confie nos Príncipes Alfa. Não até você descobrir a verdade, mo stoirín.

Presumi que era o poder que eles sentiram que os fez pensar que um Príncipe Alfa era o culpado. No entanto, agora eu me perguntava se havia entendido mal tudo o que meus pais me disseram.

Embora, eu não tivesse certeza de como. Eles foram tão inflexíveis quanto a não confiar naqueles que estavam no poder.

Por que eles teriam feito isso se não fosse um Príncipe Alfa?

Comecei a andar, acariciando o pingente em meu pescoço.

Por que me dizer para não confiar nos Príncipes Alfa quando nenhum deles poderia ter sabotado o avião naquele dia?

Minha mãe estava grávida de apenas algumas semanas. O território sabia porque podia sentir o cheiro. Mas a notícia ainda não havia se espalhado. Nem mesmo Kieran sabia sobre a gravidez dela, seu choque agora me disse que ele nunca havia sido informado.

O que sugeria que nenhum dos príncipes sabia.

E o território optou por manter isso em segredo.

Mas basta um para discordar.

As palavras de Kieran passaram pela minha cabeça, me fazendo andar mais rápido, enquanto continuava a tocar o pingente em meu pescoço.

Alguém sabia que meus pais estavam indo para o Santuário. Alguém sabia disso, para ter sabotado o avião. Mas quantas pessoas realmente conheciam seus planos de viajar naquele dia?

Aqueles que prepararam o jato.

Aqueles que o prepararam para sua segurança.

Olhei para o telefone na mão de Kieran quando Cillian disse algo sobre bloquear o território. Porque ele era o atual Alfa atuante do Território de Sangue.

Como o Elite de Kieran.

Parei de andar, o pingente girando entre meus dedos.

Não confie nos Príncipes Alfa. Não até você descobrir a verdade, mo stoirín.

Me afastei de todos os que estão no poder por causa

desse pedido. Me escondi e recusei todas as propostas, permitindo que uma guerra tomasse conta do meu coração e fui atrás do único que não tentou lutar por mim. E só fiz isso por desespero.

Não pelas razões pelas quais uma princesa deveria procurar um companheiro.

Para equilibrar a balança.

Para reforçar o poder da minha família.

Para garantir a segurança desta ilha.

A declaração de minha mãe me fez afastar todos os meus pretendentes, indo contra o que uma rainha em ascensão deveria fazer naquela situação. Eu escolhi o isolamento... em vez de uma união de poder.

Este é um sinal de poder, mo stoirín. *E agora é seu. Use-o para nós. Use-o para você. Use-o quando matar nosso traidor.*

Fiz uma careta, parando meus dedos contra o pingente. *Um sinal de poder.*

Não.

Era um símbolo para nossa família. Uma coroa proverbial que definia uma dinastia. Um *propósito* – proteção. O diamante negro lembrava a rocha negra escondida sob as camadas de gelo semelhante a uma geleira, a pedra brilhante uma referência simbólica ao escudo cintilante ao redor desta ilha.

Não era um sinal de *poder.*

Era um símbolo do nosso *propósito.*

Soltei o colar, confusa com a memória do que ele representava.

Então Kieran tirou os pingentes correspondentes das minhas orelhas, sua mente sintonizada com cada pensamento meu. Eu não tinha certeza de onde ele havia colocado o dispositivo, talvez de volta no bolso, porque agora ele estava com um brinco em cada mão.

— Dê-me isso — ele exigiu, referindo-se ao meu colar.

Entreguei a ele sem questionar.

E ofeguei quando ele saiu do pátio.

Uma explosão de poder se seguiu, me fazendo cair de joelhos enquanto eu era tomada por uma série de tremores.

Kieran! gritei, sentindo minha alma se quebrar sob a onda de poder que veio a seguir.

— Princesa! — A voz de Fritz ecoou ao meu redor enquanto eu desabava de lado com uma pontada de dor que atravessou meu peito.

— Saia — Kieran grunhiu e senti sua agressividade Alfa me atingir enquanto outro estremecimento de poder se estilhaçava dentro de mim.

De repente, minha cabeça estava contra seu peito. Seu ronronar era uma reverberação que fez pouco para dissipar a frieza que aumentava dentro de mim.

Mas então ele me atingiu com uma onda de sua essência de cura, uma que me deixou ofegante quando o escudo ao meu redor quase imediatamente a absorveu.

— Que merda é essa que está acontecendo? — uma fêmea exigiu. *Jas*, reconheci vagamente.

— Uma brecha no escudo — Kieran resmungou. — Estamos consertando.

Nós? pensei, delirando enquanto minha alma estremecia mais uma vez.

Kieran imediatamente me atingiu com outra explosão de seu poder, me fazendo ofegar quando minhas veias se iluminaram com vigor renovado.

Era isso que ele queria dizer com *nós*.

Minha magia estava ligada ao escudo, que acabou de ser atingido por algo poderoso. Algo mortal. O impacto teria me matado lentamente...

Fiz uma careta.

Me matado lentamente... semelhante a... como me senti quando acordei algumas semanas atrás? me perguntei. Eu me senti muito esgotada, minha energia do escudo da ilha quase drenada.

No entanto, agora eu entendia o que realmente estava acontecendo, principalmente porque a mente de Kieran estava preenchendo as lacunas.

As joias estavam enfeitiçadas, ouvi seus pensamentos. Assim como o avião. Talvez eles até tenham se encantado no avião.

O colar e os brincos estavam contrariando a magia da barreira em uma tentativa de criar uma espécie de porta dos fundos, ou talvez apenas para atuar como um farol de rastreamento. A mente de Kieran me disse que ele não tinha certeza. Ele simplesmente os escondeu fora da barreira para ver o que os itens fariam.

Então ele sentiu a vibração do poder.

Jogou-os fora.

E as joias explodiram.

Se tivéssemos decolado naquele avião... não consegui terminar o pensamento.

Porque eu já sabia.

Essa explosão teria me matado.

E ao fazer isso, teria derrubado todo o escudo.

Assim como teria deixado um farol para quem criou o feitiço.

Como...? perguntei, delirando com a troca de energia acontecendo entre mim, Kieran e a barreira. *Como isso é possível?*

Quem quer que tenha enfeitiçado aquele colar está jogando um longo jogo, Kieran murmurou. *Porque você o deixou para trás quando desapareceu.*

Porque ainda não parecia certo usá-lo, admiti. *Eu deveria usá-lo quando encontrasse o traidor.*

E você não deveria confiar em nenhum dos Alfas que poderiam ter ajudado você a encontrar o culpado, acrescentou. *Essas palavras não eram de sua mãe, Quinnlynn. Eram de alguém tentando cobrir seus rastros.*

KIERAN

Tudo fazia muito sentido agora.

A evasão de Quinnlynn da guerra Alfa... tudo isso tinha o objetivo de protegê-la com o companheiro certo para sua ascensão.

A desconfiança inerente de Quinnlynn.

A certeza que ela tinha de que um Príncipe Alfa estava por trás de tudo.

Os alfas do V-Clan costumavam proteger e adorar ômegas. Nenhum dos que eu conhecia desejaria ter acesso ao Santuário. Todos eles o respeitariam. Caramba, todos ofereceriam suas vidas para *protegê-lo*.

Por que um Príncipe Alfa seria diferente? Nós éramos da realeza por uma razão, nossas linhagens poderosas eram a característica definidora de nossa raça.

Não precisávamos de uma ilha de ômegas. Recebíamos ofertas o tempo todo de mulheres e homens dispostos.

Não havia um único Príncipe Alfa que eu pudesse nomear que teria matado a família real com o propósito de roubar esta ilha.

Caramba, todos eles ficaram loucos ao lutarem entre si para provar seu valor para Quinnlynn.

Então ela evitou todos eles, que era exatamente o que o verdadeiro culpado queria.

Porque se ela tivesse acasalado, o Príncipe Alfa teria descoberto a verdade sobre a morte de seus pais e a teria ajudado a resolver o mistério, ao mesmo tempo em que reforçava a magia desta ilha no processo.

Nunca foi um Príncipe Alfa, repeti para ela. *É alguém do Território de Sangue. Alguém que conhece você e sua família muito bem. Alguém...* Encontrei seu olhar enquanto ela olhava para mim parecendo abatida. *Alguém que sabia que você não apenas aceitaria esses brincos, mas também os usaria.*

Myon, ela murmurou.

Myon, repeti.

Mas assim que eu disse isso, sua mente começou a se rebelar contra a ideia, as memórias da amizade dele com seu pai fazendo-a questionar tudo.

Isso só pode ser um mal-entendido, ela estava dizendo. *Isso não pode estar certo.*

Quem preparou o jato dos seus pais? perguntei a ela. *Quem foi o primeiro a saber da gravidez da sua mãe, além talvez de você e seu pai?*

Uma lágrima caiu de seus olhos quando ela começou a balançar a cabeça, negando a afirmação. No entanto, seus pensamentos já estavam entregando sua crença na possibilidade da culpa de Myon.

Ele não aprovou meu noivado com você, ela pensou baixinho. *Ele queria que eu o terminasse.*

Eu sei.

Pensei que era carinho paternal, ele sendo superprotetor, mas agora...

Você percebe que é porque ele me via como uma ameaça, terminei por ela, minha mente já tendo deduzido a mesma linha de pensamento.

Havia uma razão para eu não permitir que ele fizesse

parte dos meus Elites: eu não confiava nele. Confiança tinha que ser conquistada. E ele nem tentou ganhar a minha.

Ao contrário de muitos outros.

Atribuí sua teimosia a estar preso a velhos hábitos ou por sentir raiva de mim por "deixar" Quinnlynn escapar. Ou talvez até mesmo persegui-la.

Percebi agora que não tinha sido nada disso. Ele não queria chegar perto de mim porque eu poderia ter visto através de sua fachada.

Mas por quê? Quinnlynn perguntou, sua mente mais quieta agora. *Por que ele faria isso? Ele era o melhor amigo do meu pai.*

Será que ele realmente era? perguntei. *Seu pai contou a ele sobre o Santuário?*

Quinnlynn franziu a testa. *Bem, não. Mas é um segredo de família.*

Um que você só compartilhou comigo quando me considerou digno de fazer parte de sua família, apontei. *Um que já compartilhei com Cillian e Lorcan porque eles são muito mais que meus Elites. Eles são minha família também.*

Também tinha sido necessário, dadas as circunstâncias, mas permiti que ela soubesse que eu teria contado a eles de qualquer maneira. Porque eles eram realmente meus melhores amigos.

Se seu pai não confiava em Myon, havia uma razão. E suspeitei que não era algo que ela gostaria. *Mas se ele era bom em seu trabalho, provavelmente tinha a sensação de que aquele lugar existia. Ou talvez até tivesse descoberto sobre isso.*

Isso poderia ter sido motivo suficiente para ele reagir da maneira que reagiu.

Ou talvez houvesse uma razão ainda mais profunda do que isso.

Não saberíamos até que o questionássemos.

Ainda bem que Cillian bloqueou o território, pensei, roçando os lábios na testa de Quinnlynn.

Sua magia finalmente diminuiu. A barreira consumiu energia suficiente dela para se reconstruir. Agora, sua própria alma estava tentando guardar suas reservas, algo com o qual a ajudei, empurrando o poder de cura para ela por meio de nosso vínculo.

Ela fechou os olhos, mantendo a cabeça apoiada no meu peito enquanto me permitia protegê-la.

Havia várias ômegas no pátio agora, todos olhando para nós com uma mistura de admiração e respeito. Até mesmo Jas, aquela que parecia estar pronta para atirar em mim com seu arco, parecia impressionada.

Dei a todas um sorriso suave que provavelmente parecia mais uma careta. Eu queria que soubessem que estávamos bem. Pincipalmente por que eu queria que todos se danassem.

Se eu pudesse ter levado minha companheira de volta ao seu quarto pelas sombras, era o que eu teria feito.

Mas a criança que crescia dentro dela tornava isso impossível.

Puxei-a com mais firmeza para o meu colo enquanto meu poder se espalhava sobre ela para verificar se havia algum dano duradouro. Eu não esperava que as joias explodissem. Só queria ver como a barreira reagiria a isso.

Não muito bem, aparentemente.

Foi um milagre que não tivessem entrado em combustão quando Quinnlynn chegou.

Talvez porque ela veio pelas sombras para cá? Comigo? O escudo estava tão focado no erro da minha abordagem que a deixou passar, então usou toda a sua energia para me impedir em vez de focar na joia?

Fiz uma careta. *Não. Vir pelas sombras foi definitivamente o que a salvou.*

Porque fui pelas sombras nos arredores da barreira e aterrissei do lado de fora dela. Então levantei as joias em direção ao escudo, senti o zumbido da energia, larguei os itens e retornei antes que as joias pudessem detonar.

Então, elas foram feitas para serem usadas em um avião.

Não através das sombras.

O que significava que quem os criou o fez para alguém que eles sabiam que não podia fazer isso.

Sua mãe estava usando aqueles brincos e colar quando ela partiu? perguntei, ciente de Quinnlynn ouvindo através dos meus pensamentos.

Sim, ela respondeu. *Ela sempre os usava. Exceto talvez à noite.*

Significando que ela tirava as peças e a colocava em seu esconderijo... um lugar ao qual um Elite teria acesso, pensei, principalmente para mim.

Mas Quinnlynn também ouviu.

Essa é outra informação que aponta para a culpa de Myon, eu disse a ela.

Eu sei, ela sussurrou, sua voz mental triste.

Myon tinha sido como uma figura paterna, mas ela não podia negar que ele parecia culpado nesta situação. Pelo bem de Quinnlynn, eu esperava estar errado.

Mas eu duvidava que estivesse.

Porque todas as evidências apontavam para Myon.

Ele deve ter ido ao local do acidente para recuperar as joias, pensei. *Quanto tempo depois da morte de seus pais você recebeu o colar?*

Alguns dias depois.

Assenti. *Porque, como um Elite, ele saberia quando eles teriam decolado. E então estaria usando o feitiço para rastreá-los.*

Foi assim que ele soube onde havia caído.

Porque os jatos secretos – mesmo os daquela época – não eram rastreáveis por tecnologia. Daí o termo.

Ele deve ter sentido a queda e, como o encantamento parece não ter sido quebrado – algo que presumi, já que funcionou enquanto estava aqui – *ele foi capaz de recuperar as joias. Então ele encantou um para aparecer para você como se fosse de seus pais.*

Uma ilusão que seria fácil de criar com o tipo certo de habilidades mentais.

Eu não tinha certeza de quais eram os talentos únicos de Myon, mas apostava que existiam encantamentos entre seus dons. Talvez algo a ver com alucinações também.

Embora, considerando que demorou alguns dias para o pingente aparecer para Quinnlynn, também era possível que Myon tivesse procurado ajuda.

Mas ele tinha que saber que eu não pegaria um voo até aqui, ela disse. *Então, por que me dar os brincos agora?*

Talvez o feitiço em seu colar tenha passado, ou talvez ele esteja preocupado que não funcione mais, respondi. *Os brincos provavelmente tinham um feitiço de rastreamento mais forte, o que infelizmente significa que ele tem as coordenadas da ilha agora.*

A menos que ele precisasse ter a posse das joias para seguir o rastro. Pode ter sido por isso que ele deu os brincos para Quinnlynn, já que ele poderia esperar que ela viesse até aqui e depois voltasse para casa, dando a ele uma trilha a seguir, supondo que ele pudesse pegar as joias novamente.

Ou talvez esse fosse apenas o plano B: se os brincos e o colar não tivessem explodido e derrubado a barreira, ele poderia ter roubado os diamantes e seguido sua trilha encantada até aqui.

Se fosse esse o caso, havíamos perdido uma excelente chance de prendê-lo. Poderíamos ter montado as joias para ver se ele vinha buscá-las.

Mas isso não poderia acontecer agora que elas explodiram.

Meu bolso vibrou, fazendo Quinnlynn pular.

— É o Cillian — eu disse, olhando para o nosso público novamente. Elas claramente não iriam nos deixar em paz tão cedo.

Lutei contra a vontade de suspirar e peguei o telefone no bolso. Normalmente, eu usava um relógio. Mas eu o deixei no Território de Sangue. Em vez de me trazer isso com minhas roupas, Lorcan me trouxe o telefone. *Talvez ele traga meu relógio no avião, pensei,* atendendo ao celular arcaico.

— Conseguiu trancar tudo?

— Sim — Cillian confirmou, parecendo cansado. — Bem na hora também.

— O que você quer dizer?

— Seja lá que bomba poderosa você acabou de lançar, atingiu o território. Alguns alfas do V-Clan tentaram se esconder. Não tenho certeza de onde eles planejavam ir, talvez para casa, para suas tocas, mas segurá-los quase me derrubou — ele murmurou.

— Algum deles era Myon? — perguntei, ignorando suas reclamações.

— Sim, por quê?

— Quero que ele fique detido até eu chegar aí — eu disse. — Na verdade, coloque todos os alfas que tentaram se esconder nas celas. Mas não diga a eles porquê.

— Você vai me dizer o motivo?

— Claro. — Olhei para Quinnlynn. Ela fechou os olhos, sua respiração estabilizou com o sono. A explosão de poder claramente a nocauteou.

— Por quê? — Cillian pressionou quando não me expliquei imediatamente.

— Porque um daqueles idiotas quase matou minha

companheira — eu disse a ele. — Usando o mesmo feitiço que levou os pais de Quinnlynn à morte.

Este mistério de um século acabaria agora.

Assim que eu voltasse para casa, exigiria respostas.

Respostas que provavelmente levariam a pelo menos uma morte.

E então, eu finalmente assumiria o trono com Quinnlynn ao meu lado.

QUINN

Meu estômago revirou quando o jato pousou no Território de Sangue. Quase quebrei a mão de Kieran por agarrá-la com muita força durante o voo. Ele se ofereceu para me ajudar a *descansa*, mas recusei.

Porque eu precisava superar esse medo que só piorava por saber que eu não poderia simplesmente me esconder em segurança.

E sim, eu não tinha intenção de fazer isso de novo. Nunca mais.

Portanto, este voo não forneceu nenhuma aparência de cura. Não que eu realmente esperasse, mas imaginei que me sentiria pelo menos um pouco mais confiante ou orgulhosa de mim mesma.

Em vez disso, tudo o que senti foi pavor.

Porque minha recompensa por ter sobrevivido com sucesso a esta viagem era enfrentar o homem que poderia ser o responsável pela morte de meus pais.

Kieran apertou minha mão, a sua ainda funcionava de alguma forma, apesar do meu aperto mortal.

— Você vai ter que se esforçar muito mais para me

machucar, amor — ele disse, seus olhos sorrindo com desafio.

Mas foi uma reflexão à qual não conseguia responder. Não agora.

Ele usou sua mão livre para segurar minha bochecha, roçando o polegar no meu lábio inferior.

— Você é uma das lobas mais corajosas que já conheci, Quinnlynn. Você conquistou mais que a maioria dos metamorfos na vida. Estou honrado em ser seu companheiro.

Me inclinei com seu toque e permiti que seu elogio me envolvesse, enquanto sua mente acentuava sua reivindicação verbal. Ele foi sincero em cada palavra. E saber disso fez meu coração bater muito mais forte por ele.

Isso era o que nossas vidas deveriam se tornar, esse vínculo um casamento de amor semelhante ao que meus pais compartilharam.

Obrigada, sussurrei para ele. *Obrigada por ser meu.*

Obrigado por entrar sorrateiramente em meu território e me pedir em casamento, ele respondeu. Seu comentário quebrou um pouco do gelo que cercava minha mente.

Eu quase sorri. *Quase.* Mas então os motores foram desligados, confirmando nossa chegada. *Pelo menos estamos no chão*, pensei enquanto Kieran soltava meu rosto.

Eu ainda não tinha soltado sua mão, e ele não parecia nem um pouco incomodado com isso. Ele soltou seu próprio cinto, em seguida me puxou para cima enquanto se levantava.

Minhas pernas tremiam, meu equilíbrio era questionável. Mas ele me manteve imóvel, me emprestando sua força até ter certeza de que eu poderia me mover sozinha.

Lorcan nos recebeu na porta, com a expressão impassível. Ele escolheu voltar conosco, deixando Kyra guardando o Santuário. Eu não tinha certeza de que acordo eles haviam feito, mas parecia claro que Kyra pretendia permanecer sozinha no Santuário enquanto Lorcan permanecia no Território de Sangue.

Eles não podiam quebrar o acasalamento.

O que significava que eles estariam conectados para sempre.

Mas nenhum deles queria um companheiro, algo que Kieran havia confirmado com um pensamento sobre Lorcan. E eu sabia que Kyra não tinha nenhum desejo de permitir um alfa dentro dela novamente. Não depois do que Alfa Fare tinha feito com ela.

Assim, ela e Lorcan simplesmente permaneceriam em um acasalamento de conveniência, onde nenhum dos dois visitaria o outro exceto pelos encontros aleatórios.

Eu imaginava que isso funcionaria para eles.

Como alguém que fugiu de seu noivado por mais de um século, eu também meio que entendia.

No entanto, eu nunca mais fugiria de Kieran. Ele era meu. E eu pretendia fazer com que todo esse território soubesse disso.

Assim que lidássemos com a questão de Myon.

Kieran apertou minha mão novamente e me conduziu pelas escadas do jato.

Vários membros do bando permaneceram perto da pista, com expressões curiosas.

Mas no momento em que seus narizes sentiram nosso cheiro, seus olhos se arregalaram.

Eles não apenas poderiam sentir o cheiro do nosso vínculo, mas também seriam capazes de farejar nosso herdeiro.

Alguns trocaram olhares. Outros se inclinaram para sussurrar, as palavras abafadas pelo vento. Eu realmente não me importava. O que importava era que Kieran e eu estávamos juntos agora. Para o bem.

Ele abaixou a cabeça para dar um beijo na minha têmpora, seus lábios se curvaram um pouco de prazer com a certeza dos meus pensamentos. Tecnicamente, poderíamos bloquear um ao outro, mas não tinha motivo. Mantive a mente aberta para ele, e ele fez o mesmo por mim.

Uma demonstração de confiança.

Um verdadeiro acasalamento.

Andamos vários metros antes de Kieran me parar. Fiz uma careta para ele, sem entender suas intenções até que ele me puxou para um beijo que quase virou meu mundo de cabeça para baixo.

Levei alguns segundos para entender que essa demonstração de carinho não era apenas para mim, mas para o nosso público também. Ele queria que o bando entendesse nossa posição conjunta.

Juntos.

Acasalados.

Para todo sempre.

Sua língua dominava a minha, sua boca não deixando dúvidas quanto ao seu desejo e carinho por mim. Passei o braço em volta de seus ombros e cedi à exibição, ciente de que um daqueles observadores era Ômega Miranda.

Este Alfa é meu, eu estava dizendo a ela e a todos os outros.

Kieran sorriu, gostando do meu lado possessivo, e me permitiu morder seu lábio inferior.

Seu sangue tinha um gosto doce contra a minha língua, o sabor quase me fazendo esquecer o que motivou minhas ações. Eu queria arrastá-lo de volta para o quarto dele e...

Nosso quarto, ele me corrigiu, sempre em sintonia com

meus pensamentos. *Se você não gostar do prédio, nós podemos nos mudar. Mas é o nosso quarto, Quinnlynn.*

Nosso quarto, repeti. *Preciso fazer um ninho.*

Sim, ele concordou. *Podemos começar agora, se você quiser.*

Quase concordei com esse plano.

Mas então me lembrei do motivo pelo qual voltamos para casa mais cedo que o esperado. A coroação demoraria dois dias. Voltamos para questionar Myon primeiro, assim como os outros Alfas que tentaram desaparecer nas sombras. A maioria deles já havia expressado suas desculpas, suas reações foram de se esconder nas sombras para encontrar seus companheiros ou casas para proteger seus filhos.

Cillian deixou alguns irem embora, pois sabia que eles não eram culpados.

Kieran não concordou nem discordou da decisão, sua confiança em Cillian era firme. Portanto, eu confiava nele também.

Mas um grupo de alfas permaneceu sob custódia, todos em nossa lista de interrogatório.

Ou, no caso de Kieran, lista de *mortes*.

Ele estava furioso por alguém ter colocado não apenas minha vida, mas também a de nosso filho em perigo. E ele não iria levar esse ataque de forma leviana. Se descobríssemos que Myon estava por trás disso, ele morreria. Não havia nada que eu pudesse fazer para impedir Kieran.

E eu não tinha certeza se iria tentar.

Alguém tentou matar meu filho. Era uma ofensa imperdoável, mesmo que a pessoa não soubesse que eu estava grávida. Saber disso não teria importância de qualquer maneira, como evidenciado pela morte de minha própria mãe.

Não. Quem estava por trás disso merecia morrer. Eu havia me resignado a isso.

Eu apenas esperava que não fosse Myon, embora todas as evidências apontassem o contrário.

O mínimo que ele poderia fazer neste momento seria me dizer por quê.

Embora Kieran já suspeitasse que sabia a resposta: seu ego provavelmente havia sofrido um golpe depois de saber sobre o Santuário.

O que então deixava em aberto a questão de como ele soube. *Quem contou a ele, senão meu pai?*

Nós vamos descobrir, Kieran prometeu, seus lábios se demorando contra os meus.

Abri os olhos para encontrar seu olhar escuro, a promessa dentro dele me fazendo debater nosso curso de eventos mais uma vez. *Você faz com que eu me distraia.*

Como deveria ser, companheira, ele murmurou, as íris brilhando com intenção. *Posso te morder?*

Arqueei as sobrancelhas. *Você quer fazer sua reivindicação?*

Quero.

Então faça, eu disse a ele. *Você não precisa pedir.*

Considere-me um cavalheiro, ele respondeu.

Eu quase ri. *Você não é um cavalheiro, Kieran.*

Então o que eu sou? ele perguntou, os lábios deslizando pela minha bochecha enquanto ele fazia seu caminho para o meu pescoço.

Meu, respondi simplesmente.

Ele sorriu contra o meu pescoço. *Eu gosto de ser seu, Minha Rainha.* Seus caninos afundaram em minha carne no instante seguinte, arrancando um suspiro coletivo de nosso público. *Voyeurs*, ele pensou.

Mas eu estava ocupada demais suspirando com as intensas endorfinas para reagir ao seu comentário.

Sua mordida era pura euforia, fazendo minhas coxas se apertarem com necessidade imediata.

Felizmente ele não chupou por muito tempo, ou eu teria acabado gozando na frente do território.

Humm, ele murmurou. *Algo a se considerar para mais tarde.*

Não se atreva, sussurrei, meio bêbada de sua mordida.

Pode ser interessante. Ele considerou por outro momento. *Exceto que eu precisaria matar todos os presentes depois por ver algo que não pertence a eles. Então, talvez não.*

Assenti, me sentindo atordoada por sua provocação.

Só que ele não estava brincando.

Ele disse cada palavra com intenção.

Foi então que percebi que toda essa exibição era para me distrair, para me ajudar a me sentir com os pés no chão, para me recompensar por ser corajosa o suficiente para voar do Santuário para o Território de Sangue depois de tudo que passei.

Este macho estava cuidando de mim à sua maneira, o tempo todo provando um ponto para os lobos que nos cercavam.

E ele me chamava de enigma.

Ele era o verdadeiro enigma aqui. Não o vilão que gostava de chamar de si mesmo. Minha versão de príncipe encantado. Meu herói.

Ele semicerrou os olhos. *Não me chame assim.*

Ofendido?

Sim, ele respondeu imediatamente, me fazendo sorrir.

Tudo bem, herói.

Quinnlynn, ele avisou.

Agora tenho um apelido para você, continuei, ignorando-o. *Você é meu herói.*

Ele rosnou, fazendo com que meu sorriso se alargasse.

Não se preocupe, sussurrei, segurando sua bochecha. *Seu segredo está seguro comigo.*

Sua expressão permaneceu impassível, os olhos ainda semicerrados.

Eu te amo, acrescentei, acariciando seu nariz. *Obrigada por me distrair.*

Ele soltou um ronronar curto em resposta, seu lobo incapaz de negar afeto, mesmo enquanto o humano tentava domar suas reações.

Ele respondeu me beijando novamente, sua adoração aquecendo meus pensamentos.

— Acho que você provou seu ponto, Sire — Cillian falou enquanto se aproximava. — A notícia vai se espalhar, e a Miranda está praticamente fora de si.

Kieran continuou me beijando por um longo momento, então parou lentamente, todos os sinais de sua agitação haviam desaparecido. *Eu também te amo*, ele sussurrou antes de olhar para Cillian.

— Foi você quem sugeriu que anunciássemos nossa chegada.

— Sim, eu queria que você anunciasse seu retorno para que todos soubessem que você estava de volta ao território, Sire.

Kieran apenas arqueou uma sobrancelha.

— Bem, acredito que todos eles estão cientes agora.

— Com certeza — ele respondeu, contraindo os lábios. — Podemos ir?

Meu companheiro me soltou, em seguida apoiou a palma da mão nas minhas costas e acenou com a cabeça.

— Mostre o caminho, Cillian.

Lorcan deu um passo atrás de nós, sua presença silenciosa e autoritária ao mesmo tempo.

No entanto, isso me fez sentir segura. Porque esses três machos estavam entre os mais mortais que existiam. Eu podia sentir seu poder sobre minha pele como uma carícia hipnótica.

Cillian estava exalando mais energia, seu controle sobre o território me surpreendeu um pouco. *Ele tem todos na palma da mão.*

Sim, Kieran respondeu. *Ele estava atuando como Príncipe Alfa na minha ausência, e acredito que ele forneceu uma demonstração bastante completa para explicar como e por que recebeu esse papel.*

Assenti. *Ele é tão poderoso quanto um Príncipe Alfa.*

Ele vem de uma linhagem antiga, assim como eu e Lorcan. Ambos poderiam facilmente administrar seus próprios territórios.

Por que não o fazem?

Lealdade, ele respondeu quando entramos em um carro que nos esperava. Suspeitei que o veículo era para meu benefício, já que não podia me transformar ou desaparecer nas sombras.

Lorcan escolheu o banco do passageiro da frente enquanto Cillian se sentou ao volante. Kieran e eu nos acomodamos na parte de trás. Em seguida, iniciamos uma viagem que nos afastou do aeroporto, que ficava a uns bons quarenta minutos de carro de Reykjavik, e nos levava para o campo. Não demorou muito para eu perceber que não estávamos indo para a capital, mas para outro lugar.

Não fiz perguntas, pois a mente de Kieran continha as respostas de que eu precisava: estávamos indo para um centro de detenção longe das áreas residenciais.

Apoiei a cabeça em seu ombro e fechei os olhos.

Esta ia ser uma longa noite.

KIERAN

Dᴉsᴘᴇɴsᴇɪ dois dos alfas ao entrar na masmorra, bem como um beta. Seus aromas por si só confirmavam sua inocência.

Não era apenas terror que emanava deles, mas raiva também. Principalmente quando viram Quinnlynn e perceberam que ela estava grávida.

Eles não estavam zangados com as acusações ou com minha companheira por seu comportamento anterior.

Não, eles estavam com raiva porque alguém tentou machucá-la e ao futuro herdeiro do Território de Sangue.

Essa reação por si só provava que eles eram inofensivos. Dado o que Cillian havia me contado sobre suas desculpas para desaparecer nas sombras, eles simplesmente tentaram voltar para suas tocas em busca de proteção, foi fácil deixá-los ir.

Mas acrescentei um aviso sutil aos dois Alfas ao fazê-lo.

— Vocês são alfas. Bons alfas não se escondem, eles protegem. Lembrem-se disso da próxima vez que sentirem uma mudança de poder, ou posso estar inclinado a removê-los do meu território.

— Sim, meu Rei — o primeiro falou, se dirigindo a

377

mim por um título que ainda não recebi, mas claramente mereci. Então ele se curvou diante de Quinnlynn enquanto dizia: — Bem-vinda ao lar, minha Rainha. Estamos felizes em tê-la de volta.

Ela sorriu, com os olhos um pouco embaçados ao responder:

— Obrigada, Odin.

Ele se levantou e se desculpou com outra reverência educada para mim.

O outro alfa prometeu que não aconteceria novamente antes de se dirigir a Quinnlynn e expressar sua gratidão por seu retorno também.

Eu suspeitava que isso aconteceria muito na próxima semana.

É o bebê, ela me disse. *Eles estão satisfeitos por eu ter cumprido meu dever com a linhagem.*

Isso pode ser parte, mas no fundo, eles estão gratos por ter uma Rainha poderosa protegendo-os. Todos sabem que a explosão de energia estava relacionada a você. Ouso dizer que assustou alguns deles.

Como deveria.

Quinnlynn podia ser uma ômega, mas era forte e vinha de uma linhagem que substituía todas as outras existentes. Subestimá-la seria a ruína deles.

Ela me deu um sorrisinho. *Obrigada por me ver como mais que uma ferramenta de criação.*

Agarrei-a pela nuca, irritado com aquela afirmação. *Você é muito mais que um útero para mim, Minha Rainha. Nunca duvide disso.*

Não duvido, ela sussurrou. *Assim como você é muito mais para mim que um nó.*

Sua resposta atrevida me fez parar, fazendo um pouco da minha agitação desaparecer.

Se quiser me usar pelo meu nó, estou bem com isso.

— Sire — Cillian interveio. — O que gostaria de fazer com Myon e Orion?

Aqueles eram nossos dois prisioneiros restantes. *Matar os dois para que eu possa dar meu nó à minha ômega?* sugeri a ele telepaticamente.

Quinnlynn semicerrou o olhar em resposta.

Cillian apenas suspirou. *Podemos fazer isso rápido. Posso ler suas mentes.*

No entanto, você ainda não foi capaz de discernir as verdades de Myon.

Verdade, ele concordou. *Porque ele está lutando comigo.*

E Orion? perguntei.

Parece ter um bloqueio natural.

E os três que acabei de liberar? questionei.

Suas íris escuras brilharam. *Todos eram inocentes, mas não queria estragar sua diversão. Além disso, sei como você gosta de uma boa demonstração de poder.*

Então devo ter te decepcionado muito quando os deixei ir.

Pelo contrário, provou meu ponto, ele murmurou. *Eu já disse a Myon e Orion que vocês seriam rápidos em suas avaliações. Eles agora sabem que falei à sério.*

Sim. Sorri para o meu amigo mais antigo. *Talvez você devesse administrar o Território de Sangue com mais frequência.*

Por favor, não me ameace, Sire, ele brincou. *Não aprecio isso depois de tudo que fiz por você.*

Um dia desses, Cillian, você vai ter que liderar, eu o avisei. Era uma conversa que tínhamos com frequência.

Hoje não, Sire.

Hoje não, concordei. Dei outro aperto na nuca de Quinnlynn e a soltei.

— Vamos começar com Myon. — Ele era o culpado.

No entanto, os comentários de Cillian sobre Orion me deixaram curioso.

Ele era um alfa mais velho. Não acasalado. E muitas vezes ficava sozinho no campo.

Se ele tinha afinidade com poderes de bloqueio, então eu queria saber mais. Ele poderia ser útil. Principalmente como guarda.

Cillian liderou o caminho para a cela de Myon. Ele não algemou o alfa com prata nem nada, simplesmente o manteve preso com seus poderes superiores.

Assim como os alfas podem forçar os outros a se transformar, eles também podiam controlar a capacidade de outra pessoa de desaparecer nas sombras.

Se Myon fosse mais forte, poderia lutar contra Cillian.

Mas ninguém nesta ilha superava Cillian em poder. Foi assim que ele conseguiu controlar todo o território. Se ele rosnasse um comando para se transformarem, todos obedeceriam.

Exceto por mim e Lorcan. Assim como nossos talentos de desaparecer nas sombras não eram afetados pelo domínio de Cillian.

Ele não tinha domínio sobre mim.

No entanto, eu também não tinha poder sobre ele.

Era isso que nos tornava iguais.

Também era o que nos permitia manter o Território de Sangue tão facilmente — ninguém queria nos desafiar. Éramos essencialmente um trio de Príncipes Alfa.

Só ganhei o título mais alto entre nós porque o desejei mais.

— Olá, Myon — cumprimentei.

Acenei com a mão para destrancar o portão. Havia sido trancada com magia por um encantamento que Lorcan nos ensinou há muito tempo. Mais ou menos como um quebra-cabeça complexo, que exigia o grau certo de força e movimento para destravá-lo.

Era quase impossível para os outros imitarem.

Daí a razão pela qual o usávamos.

— Você ficará satisfeito em saber que a Quinnlynn e eu estamos oficialmente acasalados — continuei enquanto entrava. — Ela também está grávida de nosso herdeiro, como tenho certeza de que você deduziu. — Me sentei em uma cadeira na mesa em frente a que ele estava sentado.

— Parabéns — ele disse, impassível.

Eu sorri.

— Estou feliz que você não está tentando bancar o solidário, Myon. Eu respeito isso.

Eu meio que esperava que ele tentasse implorar a Quinnlynn e alegar inocência imediata. Mas ele só parecia cansado.

Você o analisou mentalmente? perguntei a Cillian.

Não mais que qualquer um dos outros, ele respondeu. *Acho que ele está apenas resignado com seu destino.*

Hum. Posso trabalhar com isso.

— Por que não vamos direto ao assunto? — ofereci. — Você encantou algumas joias com a esperança de acessar um mundo que não te pertence. E falhou.

Ele olhou para mim, apertando os lábios em uma linha reta.

— Você nega? — perguntei.

Silêncio.

— Entendo. — Então ele queria jogar o jogo do silêncio. — Vou assumir que silêncio é concordância. O que significa que você encantou aqueles brincos e o colar antes de dá-los a minha companheira.

— À mãe dela — ele esclareceu em tom categórico. — Foram dados à mãe dela.

— Então você admite ter dado a ela?

— Eles foram um presente de Seamus. Não meus.

Seamus MacNamara, pensei.

Isso é verdade, Quinnlynn me disse enquanto permanecia

no corredor. *Meu pai deu esses diamantes a minha mãe séculos atrás. Bem antes de eu nascer.*

— Quando você os encantou? — perguntei, estudando Myon.

— Não os encantei.

Arqueei uma sobrancelha.

— Mas sabia que estavam encantados?

— Claro que sim. Todos os Elites de Seamus sabiam.

Fiz uma careta.

— Todos?

— Sim. Seamus colocou um farol de rastreamento neles para que pudesse localizar sua companheira se ela fosse capturada. — Myon falou as palavras com clareza e sem indícios de mentira. — E todos nós sabemos como acessar o encantamento também. É por isso que tentei seguir Quinnlynn quando senti o alarme.

— Sentiu o alarme? — repeti.

— Sim. Aquele ligado ao pingente. Está encantado com o sangue do antigo Elite de Seamus. Todos nós sentimos o chamado.

— Mas você foi o único que tentou desaparecer nas sombras — apontei, intrigado e confuso com sua história.

Sua expressão ficou sombria.

— Essa é uma questão que você precisa resolver com os outros. Mas fiz um juramento àquela família para protegê-los. E foi isso que tentei fazer. — Seu olhar foi para Quinnlynn. — Estou feliz que você esteja bem, princesa.

Ele não parecia muito feliz. Parecia zangado.

Mas isso poderia ser devido à situação em questão.

Ou talvez raiva dos outros Elites por não tentarem ajudar Quinnlynn quando o "alarme" soou.

— Se você sabia que a joia era encantada, por que não mencionou? — Cillian perguntou.

Ele estava na porta atrás de mim enquanto Lorcan

espreitava no corredor, seu objetivo silencioso era proteger Quinnlynn.

— Porque você deveria ter sentido isso sozinho — Myon resmungou. — Mas está muito preocupado em proteger Kieran sobre todos os outros. Algo que as joias mais que provaram.

Semicerrei o olhar.

— Cillian e Lorcan protegeriam Quinnlynn com suas vidas.

— Ainda não vi provas disso — Myon retrucou. — Ela ficou sozinha por um século, porque estava com muito medo de ficar aqui e contar a verdade.

— A verdade sobre o quê? — perguntei, genuinamente curioso para saber o que ele achava que ela pretendia esconder de mim.

— O Santuário. — Não houve hesitação em sua resposta. Provavelmente porque ele sabia que eu tinha acesso a cada pensamento dela agora. O que significava que eu sabia tudo o que havia para saber.

— E o assassinato dos pais dela — acrescentei, semicerrando o olhar. — Porque disseram a ela que um Príncipe Alfa fez isso.

— Uma mentira necessária para mantê-la segura.

— De quê? — exigi.

— De um pretendente indigno — ele respondeu. — Seus pais queriam que ela tivesse um período de corte adequado, mas eu sabia que isso não aconteceria com suas mortes inesperadas. Então os Elites e eu resolvemos o problema com nossas próprias mãos, para proteger a dinastia.

— Enfeitiçando um pingente e inventando uma história a respeito dos pais dela? — Não pude evitar o tom incrédulo em minha voz.

— Essa parte não foi ideia minha... toda a história

inventada sobre eles terem sido assassinados... mas precisávamos dela devidamente preparada para assumir seu dever no Santuário.

— Não entendo — Quinnlynn falou enquanto se movia para dentro da sala. — O que está dizendo, Myon? Que você inventou uma mentira para... para me proteger?

— Para motivar você — ele a corrigiu. — E para evitar que tomasse uma decisão precipitada de acasalar. Seus pais gostariam que você levasse seu tempo.

Ela lentamente balançou a cabeça.

— Eles já haviam começado a abrir o processo de corte. Queriam que eu acasalasse com um Príncipe Alfa.

— Mas não de imediato. O processo de corte pode levar décadas. Como aconteceu com sua mãe.

— Então você a assustou, fazendo-a acreditar que seus pais foram assassinados por um Príncipe Alfa? — Eu não estava engolindo essa besteira, mas o entreteria por um minuto.

— Essencialmente, sim. — Ele encontrou meu olhar. — Como eu disse, não foi ideia minha.

— Então de quem foi? — perguntei, curioso para ouvir o nome de quem ele queria jogar debaixo do ônibus.

— Do Fritz.

— *O quê?* — Quinnlynn questionou enquanto eu avaliava sua resposta interessante.

Ele ouviu esse nome de Seamus, leu em algum lugar ou realmente sabia toda a verdade sobre o Santuário.

Dado que ele não podia acessar a ilha, parecia duvidoso.

Mas ômegas poderiam sair à vontade.

— Fritz corroborará essa história? — perguntei, semicerrando o olhar.

— Só há uma maneira de descobrir. — Myon não parecia nem um pouco em pânico, o que me disse que ou ele estava confiante e dizendo a verdade ou era um sociopata muito competente.

— Lorcan — eu chamei.

— Ele já está falando com a Kyra — Cillian confirmou.

Bom.

— Então, se estou acompanhando corretamente, você está me dizendo que a joia do rastreador foi desenvolvida de propósito, para garantir a segurança de Kiana MacNamara, e os pais de Quinnlynn não foram assassinados. Portanto, a história sobre o estranho acidente é verdadeira.

— Sim. A história sobre a explosão do jato devido a um mau funcionamento do motor é verdadeira. — Ele se recostou na cadeira, a imagem da tranquilidade. — Eu tenho a caixa preta.

Arqueei as sobrancelhas.

— Onde está?

— Já estou trabalhando nisso — Cillian respondeu, desaparecendo em um piscar de olhos.

— Você tem uma gravação da morte dos meus pais e nunca me contou? — Quinnlynn questionou.

— Você não estava pronta para ouvir, Princesa — ele disse, o primeiro indício de tristeza colorindo seu tom e feições. — Mas foi rápido. Eles não sentiram dor.

— Ah, bem, isso é bom — ela grunhiu enquanto se aproximava da mesa em uma onda de raiva. — Nos últimos cem anos, você me deixou pensar que eles foram assassinados. Me fez perseguir uma mentira pelo mundo todo, deixar meu território e não confiar em meu futuro companheiro.

Suas bochechas estavam vermelhas com fúria justificada, me fazendo pensar se ela estava prestes a atingir este cretino com um raio de poder.

Eu não iria impedi-la.

Na verdade, eu a incentivaria.

— É verdade — Lorcan falou da porta. — A história falsa sobre o assassinato foi ideia do Fritz.

— O ômega? — perguntei, honestamente surpreso.

— Ele pode ser fisicamente menor que um alfa, mas o ômega mortal é especialista em armas — Myon respondeu. — É por isso que ele está na ilha. Ele é um dos ex-Elites de Seamus.

— Meu pai nunca me disse isso — Quinnlynn retrucou. — Fritz é um Protetor.

— Ele é o Protetor original — Myon a corrigiu. — É mais velho que todos nós. Foi por isso que me curvei aos desejos dele e encantei o pingente de acordo com suas especificações.

— E a explosão? — exigi. — Isso fazia parte das especificações? — Porque se fosse, eu ia matar aquele ômega, Protetor ou não.

Myon franziu a testa.

— Não... Isso... eu não sei do que você está falando.

Verdade, Cillian declarou, sua presença próxima, mas fora de vista quando ele se materializou na outra sala. *Posso ouvir a confusão dele.*

Pode ouvir a minha? brinquei.

Você parece um assassino, Sire. Como de costume.

Eu grunhi.

Vou ouvir este vídeo com fones de ouvido em outra sala. Não quero incomodar a Quinnlynn, mas também quero provas.

Deixe-me saber se é verdade, eu disse a ele, não precisando de mais detalhes. Porque se ele os fornecesse, Quinnlynn os ouviria. E eu não colocaria pesadelos na cabeça dela.

— A joia explodiu quando o Kieran a levou para perto do escudo. Se eu estivesse usando aqueles brincos, a explosão teria me matado.

— Não é possível. Os diamantes foram enfeitiçados para protegê-la. — Ele franziu a testa, seu olhar se voltando para mim. — Você os levou até o escudo? De dentro?

— Do lado de fora — esclareci, observando-o atentamente.

Ele franziu a testa, em seguida a suavizou quando a compreensão pareceu tomar suas feições.

— Eles não foram feitos para proteger você. Devem ter reagido ao estarem perto da barreira protetora sem sua legítima dona.

— Então por que estavam em conflito com o escudo enquanto Quinnlynn os usava? — contra-ataquei. — Pude sentir o encantamento da barreira drenando sua energia enquanto lutava contra a magia daqueles diamantes.

Olhei para ele e havia uma verdadeira expressão de confusão em seu rosto.

— Isso não deveria acontecer. Mas talvez... talvez seja porque o feitiço era para a mãe dela, não para ela?

— Então você deu a ela a joia sem entender completamente como reagiria a Quinnlynn?

— A Quinnlynn é filha de Kiana. Presumi que...

— Essa palavra é o problema — eu disse, sem me preocupar em esconder minha fúria. — Não se pode assumir nada quando se trata de minha companheira. E certamente parece que você e os outros ex-Elites de Seamus fizeram muitas suposições no que diz respeito a minha companheira.

A gravação é real, Cillian interveio baixinho. *O jato explodiu inesperadamente.*

Engoli em seco, meu olhar indo para Quinnlynn enquanto eu compartilhava a informação com ela em silêncio.

Ela não reagiu externamente, sua mente se movendo

muito rápido para decidir como interpretar tudo o que havia acabado de descobrir.

— A Quinnlynn é nossa futura Rainha — continuei, com a voz mais calma agora, mas não menos furiosa. — Ela tem o direito de escolher. O direito de decidir com quem ela acasala e quando. O direito de saber a verdade. E de ser respeitada por seu poder e direito de primogenitura, não tratada como se fosse feita de vidro.

Eu me afastei da mesa, encontrando o olhar de Myon.

— Será ela quem decidirá seu destino porque, ao contrário de você e dos outros ex-Elites, tenho fé em minha Rainha para fazer suas próprias escolhas. Não vou mentir para ela. Não vou esconder a verdade dela. E com certeza nunca tomarei decisões por ela.

Enfrentei minha linda companheira e inclinei a cabeça para ela em um gesto de respeito necessário.

Então me endireitei e estendi a mão.

— Você está pronta, minha Rainha? Ou tem mais perguntas para seu ex-guardião?

As palavras foram propositais. Um lembrete para o alfa na sala de que ele não protegia mais essa fêmea. Eu a protegia. E ao contrário dele, faria isso da maneira certa.

— Quero ouvir a gravação — ela disse.

Assenti. Não quis ouvir os detalhes de Cillian porque me recusava a compartilhar esses fatos devastadores com Quinnlynn.

Mas ela tinha o direito de escolher por si mesma.

E se escolhesse ouvir aqueles momentos finais, então eu ouviria com ela.

Depois, eu ficaria ao seu lado enquanto ela questionava Myon. E se ela quisesse, eu o mataria também.

Embora eu já soubesse que não era a punição que ela desejava. Porque parte dela via aspectos de seu pai em

Myon e, embora ela não concordasse com o que ele havia feito, ela entendia um pouco.

Essa compaixão era o que faria dela uma rainha brilhante.

Mas também era por isso que ela precisava de mim.

Porque eu poderia ser o vilão quando ela precisasse de um.

Assim como eu poderia escolher ser um com Myon em algum momento, algo que eu o deixei entender agora com um olhar.

Quinnlynn poderia escolher sua punição. Mas seria eu quem cumpriria a sentença.

E eu não seria gentil.

Questione Orion sobre seus dons, eu disse a Cillian. *Trate-o como se fosse uma entrevista de emprego.*

Claro, Sire.

Fiquei de pé. *E mantenha Myon confortável. Nossa Rainha decidirá seu destino em uma data posterior.*

E o Fritz? ele perguntou.

Suspeito que a Kyra vai lidar com ele. E se ela não o fizer, eu o farei. Depois que a Quinnlynn der sua sentença. Pressionei a mão na parte inferior de suas costas enquanto a conduzia para fora da sala.

Entendido. Considere tudo resolvido aqui, Sire.

Obrigado, Cillian, eu disse, falando sério. *Você é um ótimo Príncipe Alfa.*

Vá se foder, Kieran.

Meus lábios ameaçaram se curvar. *Mal posso esperar pelo dia em que você assumirá um território.*

Ele não respondeu.

Não que eu esperasse que ele o fizesse.

Mas um dia, ele lideraria. Eu tinha certeza disso.

QUINN

A GRAVAÇÃO da morte de meus pais assombrou meus pensamentos enquanto eu estava na fila cumprimentando os Alfas dos Territórios do V-Clan.

Temi esse momento por muitos anos, com medo de apertar acidentalmente a mão do assassino de meus pais, apenas para descobrir que tudo tinha sido uma mentira.

Nem isso, mas uma manobra. Uma motivação. Uma maneira de evitar que eu acasalasse com um Príncipe Alfa "muito cedo".

Me senti traída de uma forma que não sabia definir. Pessoas próximas, em quem eu confiava para me proteger, mentiram para mim.

E pior, descobri depois de tudo isso que Fritz foi quem forneceu informações a Kyra sobre Kieran. Oh, ela sabia do meu companheiro através de seus próprios laços com Alfa Fare, mas Fritz foi quem contou a ela sobre a propensão de Kieran para desafios.

Tudo parecia fabricado.

Tão... tão... *controlado*. Como se eu não estivesse no comando do meu próprio destino.

E isso me enfureceu.

Kieran passou o dedo pela minha espinha exposta. Meu vestido da cor da meia-noite era muito diferente do espartilho que usei em nosso jantar de noivado. Ele se inclinou para dar um beijo contra o meu pulso, me trazendo de volta para o momento antes de cumprimentar Alfa Cael.

— Você está radiante, minha Rainha — ele cumprimentou com uma reverência cordial.

— Não é? — Kieran perguntou, descendo a mão para a parte inferior das minhas costas em um movimento dominador.

— Guarde as garras, *Rei* Kieran. Não tenho intenção de levar sua companheira. Cael piscou para mim, provocando um grunhido de meu alfa. — Você certamente escolheu bem, minha Rainha.

— Verdade — concordei. *Só que agora estou me perguntando se tudo foi planejado por um bando de machos Elite que sentiram a necessidade de controlar minha vida.*

Eles certamente não controlam a minha, Kieran murmurou de volta para mim. *E se eu te ouvir questionar nosso acasalamento mais uma vez, vou te comer na frente de todos aqui só para provar um ponto.*

Você não vai fazer isso. Teria que matar todos eles depois, lembrei a ele, pensando em sua ameaça do outro dia.

Algo que eu faria com prazer em sua homenagem, Quinnlynn, se isso te provar que estamos juntos porque queremos, não por causa de uma mentira e um par de brincos.

Sua frustração era palpável e rivalizava com a minha, mas por razões muito diferentes.

Você está certo. Não estou sendo justa com você.

Não se trata de ser justa, querida. Isso é acreditar em nós. Você acha que Myon nos queria juntos? Ele olhou para mim, ignorando completamente o que quer que o Príncipe Cael estivesse dizendo.

Não, não acho mesmo.

Então aí está.

Mas Fritz aparentemente queria.

Tudo bem, digamos que sim, Kieran respondeu. *Você está chateada com a escolha dele?*

Claro que não.

Então por que está se torturando assim? ele questionou, levantando uma mão para fazer uma pausa no meio da frase do Príncipe Cael.

— Eu te amo, Quinnlynn MacNamara. Isso é tudo que importa, certo?

Várias pessoas pararam ao nosso redor, todas esperando ansiosamente para ouvir minha resposta.

— Sim — concordei depois de um tempo, decidindo estar no presente ao seu lado como ele exigia.

Sem me preocupar com o passado.

Chega de me preocupar com os "e se".

Era hora de existirmos juntos no agora.

Porque, independentemente da intromissão de Fritz e Myon, eu estava aqui. Ao lado de Kieran. Nós dois tínhamos acabado de sermos coroados Rei e Rainha do Território de Sangue. E estávamos agradecendo educadamente a presença de todos os Príncipes Alfa.

Isso era o que mais importava.

O resto... o resto já não se aplicava mais.

Uma lição de moral interessante para aprender, especialmente depois de anos ouvindo como a história era importante para garantir que ela não se repetisse. Mas habitar no passado só trouxe tristeza.

E, no meu caso, criou mágoa e dor desnecessária.

O jato dos meus pais tinha um defeito que ninguém poderia prever. E os Elites se culparam por não perceber.

Mas eles não eram engenheiros ou técnicos aeronáuticos. Como poderiam saber?

No entanto, ficou claro que eles assumiram a culpa, o que os levou a decidir conduzir minha vida como achavam que meus pais gostariam.

Eu ainda não tinha certeza de como responder a tudo isso.

Talvez eu os banisse.

Talvez os deixasse ficar.

Me inclinei para Kieran, aceitando sua força, enquanto reacendíamos a conversa com o Príncipe Cael. Ele me deu um olhar avaliador, sem dúvida sentindo minha hesitação e conflito interno. Mas quando Kieran fez um pequeno ronronar que me derreteu ainda mais ao seu lado, o Príncipe sorriu.

— Eu mesmo nunca estive em um relacionamento desses — ele comentou.

— E, no entanto, foi você quem disse a todos que eu reagendaria esta coroação — Kieran comentou.

Cael sorriu.

— Isso os acalmou, não foi?

— Sim — Kieran concedeu, avaliando o outro homem. — Talvez você devesse voltar em breve para um jantar privado.

— Isso me parece ótimo — Cael respondeu. — Vou entrar em contato com o Lorcan para agendar um horário. Como ele monitora minhas conversas, deve ser relativamente fácil de se fazer isso. — Ele deu um sorriso brincalhão para Kieran antes de se misturar à multidão, fazendo meu companheiro murmurar em agradecimento.

Ele me lembra um pouco você, admiti. *Um encrenqueiro.*

Ele brinca e tenta jogar o jogo, Kieran respondeu. *Mas é um que dominei séculos antes de seu nascimento.*

Justo, voltei. *Mas acho que ele pode ser um forte aliado.*

Concordo, Kieran concordou. *Supondo que ele não seja o V-Clan Alpha que visitou o Território Bariloche.*

Ele não é. Fiz uma careta, avaliando a sala. *Na verdade, acho que ninguém aqui tem a aura que senti lá.*

Um mistério para outro dia, então, Kieran falou. *Talvez eu procure Ander e Sven, para descobrir se há algum registro no Território Bariloche. Ou talvez uma das muitas ômegas possa nos ajudar a identificar o culpado.*

Poderíamos enviar imagens para o Ander mostrar a elas, sugeri.

Kieran assentiu. *Vou encarregar Cillian disso. Tenho certeza de que ele ficará feliz em lidar com a caçada.*

O macho Elite em questão encontrou o olhar de Kieran do outro lado da sala. Seu corpo estava envolto em sombras enquanto ele permanecia discretamente fora de vista.

Cillian me lembrava um pouco de um camaleão, algo que os pensamentos de Kieran me disseram que era comum para o homem. Aparentemente, ele frequentemente era capaz de se esconder, mesmo em uma sala lotada.

Ele está concordando com o pedido? perguntei.

Não verbalmente, Kieran respondeu quando Cillian inclinou o queixo em um aceno sutil. *Digamos que seja um acordo não-verbal.*

Porque ele nos ouviu falando sobre ele?

Mais ou menos, Kieran murmurou. *Pelo que Cillian me contou, ele pode entender nossos tons mais que nossas palavras. Mas é silenciado quando falamos um com o outro. No entanto, nossos pensamentos exteriores nos denunciam. O que quer que isso signifique.*

Isso não é muito reconfortante.

Não, realmente não é, ele concordou com um sorriso.

Os lábios de Cillian também se contraíram.

Então ele os apertou quando virou a cabeça para Ivana, que havia se materializado a poucos metros dele.

Sua mandíbula se apertou por ter sido pego, mas não dissuadiu a ousada ômega. Ela estendeu a mão para puxar uma mecha do cabelo escuro dele e sorriu.

Não consigo ouvi-la, mas imagino que ela esteja dizendo algo como: *te encontrei você. Recebo uma recompensa?* — Kieran comentou.

E como você acha que Cillian está respondendo? perguntei.

Com algum tipo de castigo, certamente.

— Um dia desses, você terá que me contar a história deles — falei, decidindo falar em voz alta em vez de em sua mente, enquanto me pressionava ainda mais firmemente em seu lado e colocava a mão sobre seu coração.

— Essa história não me pertence — Kieran murmurou. — Mas talvez o Cillian possa esclarecê-la.

Sorri para ele.

— Duvido.

— Eu também — ele concordou, passando a mão pela minha espinha para acariciar os cachos do meu cabelo. — Vejo que o Cameron fez um bom trabalho te vestindo novamente. Devo ficar com ciúmes?

— Claro que não — afirmei. — Ele foi um cavalheiro absoluto.

— É mesmo? — Kieran questionou. — Um cavalheiro como eu?

— Não, não como você — eu disse a ele. — Você é único. — *Meu herói, se lembra?* Acrescentei essa última parte com o pensamento, pois havia prometido fazer disso nosso segredo.

Ele semicerrou imediatamente os olhos. *É como se você quisesse que eu te punisse.*

Ainda não tenho certeza do que isso significa, admiti. *Qual é a sua ideia de punição, Kieran?*

Me pressione e descubra, ele incentivou.

Eu sorri. *Bem, agora, isso não parece muito heroico de sua parte.*

Porque não sou um herói, querida.

Sim, sim, você é um vilão. Revirei os olhos com exagero. *No entanto, não vi nada de vilão, Kieran. Estou bastante desapontada. Na verdade, estou completamente entediada.*

Ele ergueu as sobrancelhas. *Dê-me uma tarefa cruel e cuidarei para que seja cumprida.*

Considerei por alguns segundos, curvando os lábios para o lado. *Estou sem tarefas cruéis no momento. Que tal um desafio?*

Estou ouvindo.

Com que rapidez você acha que pode me tirar desta sala enquanto permanece politicamente educado? perguntei.

Seus lábios se curvaram. *Agora veja, Minha Rainha, esta é uma tarefa que posso realizar. Uma que vai mostrar a você o quanto eu posso ser malvado como um vilão.*

Eu disse politicamente educado, lembrei a ele.

Não faço política. E certamente não sou educado, ele me disse. Então ele olhou para a multidão.

— Minha rainha e eu estamos nos retirando. Aproveitem o vinho. Está misturado com sangue.

Ele passou o braço em volta da minha cintura e começou a me levar para fora do salão.

— *Kieran.*

— O quê? — ele perguntou, demonstrando falsa inocência. — Você queria ver com que rapidez eu poderia tirá-la da sala. Agora já sabe.

Ele me puxou para trás da área do trono e através das cortinas.

Então me levantou em seus braços.

E começou a me carregar pelo corredor.

Não pude evitar – eu ri. Porque é claro que esse seria seu método para evitar o resto do nosso baile de coroação.

— Nós nem chegamos a dançar — eu disse a ele.

— Vou dançar com você em nosso quarto — Kieran respondeu. — Nus.

— Nus? — repeti.

— Sim — ele afirmou.

Considerei isso por um momento e assenti.

— Aceito.

— Bem, isso é bom, já que você não teve escolha no assunto.

— Pensei que você havia dito que eu sempre teria uma escolha como Rainha.

— E você vai ter em quase tudo, exceto o que fazemos no quarto — ele respondeu, me fazendo arquear as sobrancelhas.

— É mesmo?

— É — ele respondeu. — Considere isso sua *punição* por me fazer esperar um século para dar o nó em você.

Ri de novo, incapaz de discutir. Eu sabia que ele estava falando sério, mas sinceramente não me importava. Se ele quisesse me controlar no quarto, eu permitiria.

Porque no fundo, eu confiava nele.

Eu sabia que ele nunca iria me pressionar demais. Nunca me machucaria. Nem me negaria prazer – a menos que ele quisesse fazer isso como um jogo. E acima de tudo, nunca me tomaria sem consentimento.

Este macho era meu. Meu alfa forte. Meu rei.

Eu o amava.

O estimava.

O respeitava.

E jurei ser dele.

Assim como ele jurou ser meu.

Eu nunca mais fugiria dele. A menos que fosse um jogo. Pelo qual eu gostaria de ser perseguida. Montada. E reivindicada.

Seus olhos escuros brilharam com conhecimento enquanto ele olhava para mim.

— Está tendo pensamentos perversos, pequena trapaceira?

— Planejando meu próximo movimento — contra-ataquei.

— Humm — ele murmurou. — É uma pena que você não possa desaparecer nas sombras.

— Então acho que vamos ter que brincar de esconde-esconde no quarto — sugeri.

— E o que acontecerá quando eu te encontrar?

— O que você quiser — prometi a ele.

— Uma oferta atraente — ele respondeu enquanto me levava para fora do local de entretenimento e para a rua. — Aceito.

— Mas você tem que dançar comigo primeiro — eu o lembrei.

— Claro — ele concordou. — Depois vou te amarrar em seu ninho.

Suspirei, pensando no novo ninho que construí em nosso quarto. Era perfeito porque tinha o cheiro de Kieran.

Não, tinha o *nosso* cheiro.

Um porto seguro onde eu poderia me esconder do passado e dos pesadelos que assombravam o presente.

Uma toca protetora onde as decisões não importavam.

Um espaço macio para fazer amor com meu alfa, para nos unirmos como um, para ficarmos juntos, sozinhos e exatamente como deveríamos estar.

— Você estava certo — sussurrei, inclinando a cabeça em seu ombro e pressionando os lábios em seu pescoço. — A influência deles não foi o que realmente nos uniu. Nossos lobos o fizeram.

— Nossas almas nos uniram — ele corrigiu.

O que era o mesmo que nossos lobos, mas de alguma forma mais profundo.

— Estávamos predestinados, Quinnlynn. Senti isso no momento em que nos conhecemos. Seus caminhos tortuosos chamaram meu espírito interior. E minha propensão a quebrar as regras chamou o sei.

Quase fiz uma piada sobre ser seu lado heroico ter chamado minha alma, mas não queria estragar o momento.

Era perfeito demais.

Muito certo.

Todo *nosso*.

— Me leve para o ninho e faça amor comigo, alfa — sussurrei vários minutos depois. — Não quero mais jogar.

— Como quiser, minha rainha — ele respondeu quando entramos no prédio. — Tudo o que faço, faço por você.

— Ouvi você dizer isso uma vez — admiti baixinho. — Algo como estar disposto a fazer qualquer coisa por mim. Achei que era um sonho.

— Não — ele confirmou, o elevador apitando quando ele o chamou na área do saguão. — Era verdade.

— Acredito nisso agora. — Beijei seu pescoço. — Obrigada, Kieran. Por aceitar meu noivado e se tornar meu rei.

— Obrigado por me ensinar a viver de novo — ele respondeu, seu ronronar retumbando em seu peito. — Agora, seja um bom desafio e umedeça essas lindas coxas para mim. Tenho planos para essa sua linda boceta.

— Que romântico.

— Eu nunca aleguei ser romântico, Quinnlynn.

— Não, acho que não. — Assim como ele afirmou não ser um herói.

Mas isso não o tornava menos do que um aos meus olhos.

— Eu te amo, Kieran O'Callaghan. Do jeito que você é — jurei a ele.

Ele sorriu, saiu do elevador e entrou na suíte.

— E eu te amo, Quinnlynn MacNamara. Agora, tire a roupa.

Eu ri quando ele me colocou no chão.

Então fiz exatamente como ele exigiu.

E o levei direto para o meu novo ninho.

— Me dê um nó, alfa.

— Com prazer, ômega.

EPÍLOGO

KYRA

— A Quinn já decidiu quanto a punição que sofreremos? — Fritz perguntou como forma de saudação.

Olhei para ele da cama e arqueei uma sobrancelha.

— Se ela tivesse me dito, acha que eu diria a você?

— Sim.

— Depois que você a traiu e me usou para fazer isso? — pressionei.

— Nós dois sabemos que não foi isso que aconteceu. — Ele se encostou no batente da porta, flexionando os braços musculosos enquanto os cruzava sobre seu peito largo. Ele era bem grande para um macho ômega, com pouco mais de um metro e oitenta de altura, o que o tornava bem mais alto do que eu.

Se eu não conhecesse sua verdadeira natureza, eu o chamaria de beta. Mas não de alfa. Ele não rosnava o suficiente para isso.

No entanto, sua propensão para jogos era totalmente ômega.

— Você me deu informações sobre Kieran, sabendo

que eu o recomendaria a Quinn — eu o lembrei. — Isso é traição, Fritz.

— Alguns chamariam isso de combinação precisa — ele corrigiu.

— É mesmo? E aquela merda de história de assassinato que você inventou? Como chama isso?

Ele tensionou a mandíbula.

— Um teste necessário.

Arqueei as sobrancelhas.

— Teste para quê?

Ele soltou um suspiro e passou os dedos pelos longos cabelos loiros.

— Nós dois sabemos que alfas podem ser maus, Kyra. Eu estava tentando afastá-la dos jogos de acasalamento, deixando-a cautelosa em relação a todos eles.

— Enquanto também a conduzia em direção a Kieran — apontei.

— Porque eu sabia que ele seria bom para ela.

— E todos os outros eram ruins?

— Alguns deles são — ele se esquivou, a resposta cautelosa me fazendo pensar no que ele estava escondendo. — Mas Kieran era para ser dela. Eles são perfeitos juntos.

— Certo, senhor casamenteiro — falei, não impressionada com suas trapaças.

— Você e o Lorcan são muito bons juntos também — ele acrescentou, me fazendo semicerrar os olhos.

— Está tentando me convencer a te matar? Porque eu tenho que te dizer, Fritz, já estou na metade do caminho. Você pode não querer me empurrar muito além dessa linha, ou posso colocar uma lâmina em seu coração.

Ele sorriu.

— Flerte.

Revirei os olhos.

— Dê o fora do meu quarto, Fritz. — Eu não estava pronta para perdoá-lo ainda. Eu poderia eventualmente, mas não tão cedo. Quinn era minha melhor amiga. Minha lealdade era para ela primeiro.

No entanto, isso não me impediria de recomendar que ela pegasse leve com Fritz.

Embora eu não concordasse com sua intromissão, sabia que, no fundo, ele queria o bem dela. E ele me salvou vezes o suficiente para que eu me sentisse muito forte em mantê-lo vivo.

Felizmente, Quinn não era do tipo assassino. Ela era mais indulgente e acreditava em lições de moral em vez de letais.

Supus que os opostos atraíam a metodologia aplicada às amizades também. Porque eu preferia o método assassino ao compassivo.

— Você acha que ela vai me perdoar? — Fritz perguntou, ignorando minha ordem para sair.

— Honestamente? Não sei — admiti.

Ele assentiu, os olhos azuis com um toque de tristeza incomum.

— Eu realmente não posso culpá-la. Mas fiz isso para protegê-la.

— Às vezes, não precisamos dos outros para nos proteger, Fritz. Temos que aprender a fazer isso por conta própria. — Era o mais moralmente correto que eu poderia imaginar, mas soava como algo que Quinn diria.

— Estou começando a perceber como isso é verdade — ele admitiu, desaparecendo nas sombras e me deixando sozinha em meu ninho mais uma vez.

Suspirei e me deitei novamente, olhando o teto ornamentado. Não importava quanto tempo eu olhava para ele, o visual seria substituído assim que eu fechasse os olhos.

Porque tudo que eu podia fazer era sonhar com ele. Meu companheiro morto. O Vampiro Alfa que me manteve em cativeiro por quase vinte anos, me compartilhando com seus amigos e provando o quanto alfas podiam ser vis.

Vampiros Ômegas tinham um tipo de sangue raro que poderia sustentar os Vampiros Alfas por muito mais tempo que qualquer ser humano. Nosso sangue era como uma droga para eles, o meu ainda mais por causa da minha genética mista do V-Clan.

E pior, uma vez acasalados, Vampiros Ômegas dependiam do veneno de seu Vampiro Alfa, tornando-se um ciclo vicioso de dar e receber que provou ser inebriante.

Estremeci só de pensar nisso.

Kyra? Lorcan sussurrou, sua intrusão em minha mente era uma distração bem-vinda.

O que, é claro, me fez retrucar *O quê?* em resposta. Porque eu odiava como sua voz mental parecia me acalmar instantaneamente. Eu não queria ficar viciada em outro Alpha nunca mais.

Senti desconforto.

Estou bem, disse a ele.

Tudo bem. Boa noite.

Ele se foi tão rapidamente quanto chegou, seu comportamento respeitoso enervante. Ele fazia isso uma vez por dia, apenas verificando antes de se retirar e me dar o espaço que eu desejava.

Porque ele não queria uma companheira, um fato que Cillian afirmou sobre si e Lorcan, mas não acreditei até ouvir a verdade na mente de meu novo companheiro.

Ele realmente não queria ter uma companheira. Era uma característica que compartilhávamos. E foi a principal razão pela qual não o matei ainda.

Ah, planejei matá-lo antes mesmo de mordê-lo. Eu iria atraí-lo para o Santuário com Kieran, garantir a segurança de Quinn e depois esfaquear Lorcan bem no coração.

Só que o cretino inteligente tinha escondido todas as facas do meu quarto antes que eu pudesse encontrar.

Então ele me prendeu na cama e me disse que se eu continuasse fantasiando sobre matá-lo, ele seria forçado a me trancar em uma jaula.

Em. Uma. Jaula.

Eu rosnei.

Ele rosnou de volta.

Então ele me soltou e me informou que não tinha desejo de consumar nosso vínculo de acasalamento. Era mentira, porque pude sentir sua excitação e interesse, mas também ouvi sua resolução mental de não me tocar.

Ele nunca tomaria uma mulher à força. Ele também não queria uma para si.

— Assim que Quinnlynn e Kieran estiverem prontos para retornar ao Território de Sangue, irei com eles. Nossas interações daqui para frente serão mínimas — ele afirmou categoricamente.

Fiquei atordoada com sua declaração.

— E quanto ao meu ciclo de calor? — perguntei a ele.

— O que tem?

— Você não vai se oferecer para me ajudar?

— Você gostaria que eu me oferecesse para ajudá-la a passar por isso? — ele contra-atacou.

— Não.

— Então não, não vou oferecer minha ajuda. Além disso, isso exigiria que eu deixasse o Território de Sangue por um longo período, o que não é algo que desejo fazer.

Toda a conversa passou pela minha mente como sempre acontecia, meu choque ainda palpável. Porque ele foi sincero em cada palavra. E exceto pelas verificações casuais, ele me deixou em paz.

Embora eu suspeitasse que ele era o responsável por meus pesadelos encurtados ultimamente. Continuei acordando no meio do dia, coberto de suor e tremendo. Apenas para ser embalado de volta em um sono sem sonhos.

Era como se ele tivesse feito um feitiço para ajudar a afastar meus terrores diurnos.

Engoli em seco e fechei os olhos, me sentindo estranhamente segura sabendo que Lorcan podia ser a invenção que me protegia de longe.

Era uma ideia boba.

Mas me ajudou a adormecer.

Apenas para imediatamente me levar para minhas memórias *dele*.

O Vampiro Alfa que assombrava minha mente e espírito.

Estremeci, me enrolando como uma bola, desesperada para escapar.

Só que o visual mudou um pouco, revelando meu quarto. As luzes estavam apagadas, o que era estranho, porque eu sempre as mantinha acesas. Principalmente por causa dos pesadelos e minha necessidade de estar cercada de luz depois de tantos anos vivendo na escuridão total.

Peguei minha lanterna, desesperada para acendê-la novamente.

Apenas para tocar em algo frio.

Não humano.

Impossivelmente real.

Meu sangue gelou.

Isso não é real. É um sonho. Vou acordar logo.

Fechei os olhos com força, desejando que desaparecesse.

Mas o ar girava ao meu redor, o Santuário uma presença tangível.

É minha mente pregando peças em mim, disse a mim mesma. *Você está bem. Não há ninguém aqui.*

Só que minha mão ainda estava contra aquele objeto frio e imóvel. E certamente parecia real.

Assim como seus dedos, quando ele tirou meu cabelo do meu rosto.

E seus lábios, que ele pressionou em minha orelha em um beijo falsamente terno.

Os pelos dos meus braços se arrepiaram em resposta a sua proximidade, familiaridade e presença. *Irreal. Irreal. Irreal.*

— Olá, escrava — ele cumprimentou, a voz macia e sem a rouquidão típica dos meus pesadelos. — Acho que está na hora de você voltar para casa, hein?

Abri os olhos e o quarto ao meu redor se iluminou com cores vivas.

Meu ninho, pensei, apoiando a mão na camisa encharcada de suor. *Obrigada.*

Mas no meu travesseiro, bem ao lado da minha cabeça, havia uma flor preta murcha.

E ao lado havia uma nota escrita com sangue que dizia: *Vamos jogar...*

A série V-Clan continua com Território Noturno, apresentando Lorcan e Kyra.

Nunca quis uma companheira.
Especialmente ela, a assassina conhecida por matar Alfas.
Mas, como o destino quis, ela se tornou minha.

Felizmente, temos um acordo onde raramente tenho que
vê-la, e ela finge que não existo.

Está tudo bem.
Até que ela é sequestrada por um Vampiro Alfa sádico
determinado a transformá-la em sua bolsa de sangue
Ômega.

Agora, sou o único que consegue ouvir seus gritos.
E estou muito irritado.

Posso não querê-la como companheira. Mas ela é minha.

Minha para proteger.
Minha para vingar.

Minha para *caçar.*

Não se preocupe, pequena assassina.
Vou atrás de você.
E quando eu te encontrar,
Vou te entregar a lâmina de prata,
E te ver matar.

Nota da autora: Este é um romance independente de metamorfo sombrio, com temas do Ômegaverso, com dinâmica A, B, O com nó, ninho e mordida. Verifique os avisos de gatilho na introdução para saber mais detalhes.

Lexi C. Foss é uma escritora perdida no mundo do TI. Ela
mora em Chapel Hill, na North Carolina, com o marido e
seus filhos de pelos. Quando não está escrevendo, está
ocupada riscando itens da sua lista de viagem. Muitos dos
lugares que visitou podem ser vistos em seus textos,
incluindo o mundo mítico de Hydria, que é baseado em
Hydra nas ilhas gregas. Ela é peculiar, consome café
demais e adora nadar.

https://www.lexicfoss.com/Inicio

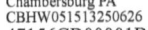